禁止物种歧视

人族（上）

暮沉霜 著

北京联合出版公司
Beijing United Publishing Co.,Ltd.

目录

第一章
穿越

清明雨水多，桐花郡接连阴沉了半月，晾晒的衣服久久不干，就连猫狗身上的毛也是潮湿的。

俞幼悠拿着破布，手法粗糙地擦着自己的尾巴。

没错，就是尾巴。

穿越都有半月了，俞幼悠还是不太习惯这玩意儿的存在，坐着躺着都会压疼，上厕所容易弄脏，更要命的是它还随时掉毛。

但是能再活一次，多条尾巴也不算烦恼了。

半月前，桐花郡里的积雪还未消融，末世最年轻的医药学教授俞幼悠打着哆嗦被冻醒了，成了个十三岁的半妖小孩。她厘清原身的记忆后，才发现自己穿越成了一本龙傲天[①]小说里的同名配角。

龙傲天是她爹，但很可惜，她娘不是女主角，而是一个妖族女反派。

男主名叫俞不灭，是个天才剑修，被困妖界后，因为“看似平平无奇却莫名让人心动”的特质得到了妖族公主的信任和爱慕，结成道侣。数年后，俞不灭修为大成，竟趁着公主难产之际将她斩杀，之后又屠杀了无数妖族，最后以自己刚出生的女儿为质，逃出生天。

对于一位龙傲天男主来说，俞不灭此等行径不叫残忍，他们通常管这叫有勇有谋，杀伐决断。

只是可怜了那个被带回人界的孩子。人生的叫人，妖生的叫妖，所以人跟妖结合生下来的就该叫…… 不叫人妖，她这叫半妖。

---

① 龙傲天，网络用语，多用于讽刺一些小说或动漫中的主角。这些主角做事毫无常理、不合逻辑，却可以轻松打败实力强大的反派人物。

身负两族血脉并不代表着身兼两族天赋，反而带来了每月都要发作的血脉反噬，每月都发作一次，熬过了就继续活下去，熬不下去就被疼死。

如果好好照顾，这孩子说不定是能养大的，若再找点儿灵药救治，不说继承双亲的可怕天赋，总归能多活几年。可是，没有。

因为对俞不灭来说，这半妖小杂种的存在是耻辱。只要一看见这孩子，他就会想起自己曾被困于妖界，还被迫向那妖女低头讨好的过去。

他对那妖族公主只是利用罢了，眼下看着这半妖女儿也只觉恶心，索性把孩子丢到了桐花郡，让手下一个仆妇养着。这样既不至于手刃骨肉，又不必见之心烦，俞不灭觉得甚好。

负责照看孩子的张婆子起先还谨慎，一年又一年过去，俞不灭那边别说前来探望，就是连句过问也没。

时间久了，张婆子也越发不上心，又怨这孩子拖累了自己，到后面竟然对这孩子动辄打骂，当猫狗一样使唤。

半月前，小小的半妖终于没熬过血脉反噬，死状凄惨，张婆子吓得连夜收拾细软跑了。

原书中，那孩子的死讯过了许久才传到俞不灭耳中，彼时这位父亲已同新道侣生了对龙凤胎，达成完美结局。娇妻笑着同他恭贺——

“那孽种死了也好，这样你身上便再无污点了。”

那个半妖孩子的一生，在书中拢共不到百字，就此终结。

医药学教授俞幼悠穿越过来后，留给她的是个空荡荡的院子，连粒米都没，只有些搬不动的重物件。没房契不能卖房，俞幼悠这些天到处奔走，把桌椅板凳和张婆子的泡菜坛都卖了，终于在今天凑出了二两银子。

她得为下一次的血脉反噬做准备，这些银子是准备拿去买药的。

俞幼悠暂时无法解决血脉反噬的问题，好在这个世界的药材有不少她都认识，用来配制一些强身健体的药物还是没问题的。可惜但凡补药都贵，她现在没钱买药补身子，只能勉强买点儿止痛药的材料了。

外面细雨霏霏，俞幼悠在院门口捡了片泡桐叶盖在头顶当伞，带上全身家当出门了。

满城皆被葱茏烟雨罩着，眼下城中的泡桐正值花期，开得绚烂至极，爬满青苔的青石板路上撒满润湿的山花，整座城被萧萧春风吹白一片。

如果细看就会发现，白的不只是花，还有散开的纸钱。

倒也没人觉得不吉利，久住桐花郡的人们早已习惯了。更有不少精明的人跑上前，先抹着并不存在的眼泪哀悼一番，又关切询问是否需要上好的棺材和墓地。

桐花郡的丧葬业在整个东境都很有名。这儿气候温润，是出了名的疗养胜地，加上丹鼎宗又在此处立宗，吸引了无数想要拜入仙门的郎中，所以凡人也好、修士也好，病弱伤残们都喜欢往这儿跑。病人多，死人自然也就多了。

东街在兜售棺木香烛，西街在贩卖药材灵丹，大家相处很是和谐。从东街走到西街，俞幼悠小腿在抖。没办法，这具身体实在太虚弱了，稍微走远些都会喘不上气。不过她运气不错，在西街口就发现了自己想要的药材。醉心花，是在末世用来制作强效止痛药物的关键材料。

俞幼悠捏了捏钱袋蹲下，看似不经意地翻了翻几株无关紧要的药材，之后随手拎起那株蔫巴的醉心花。

“这什么价？”

摊主在看清她的脸后便皱了眉，下意识地往她身后望去，果然在裙角下看到了一小截尾巴毛，顿时满脸嫌憎地挥了挥手：“不卖，你赶紧走。”

说完，他一把将那株醉心花夺回，直接塞回药篼里。

“……”

俞幼悠只好挪步到不远处的另一个摊前，谁知还没等她问话，这摊主又是一瞪眼：“老子不做妖族的生意，你滚远点儿！”

她倒也不气馁，又转身走向对面的一排药摊，只见那几个摊主要么面上长毛，要么长了兽耳，都是妖族。然而他们也没给俞幼悠好脸色，都不等她问就先开了口。

“想买药材？行啊，要么给一百枚灵石，要么给一万两黄金。”

“……你怎么不去抢？”

边上摊主们不加掩饰的议论声响在俞幼悠的耳边，这边人族——

“这不是张婆子家里的那只小妖吗？怎么一家都搬走了，她没走？”

“我上个月在张家门口看见过她，那会儿瞧着没多少活气了，现在居然还没死。”

那边的妖族——

“又是这个玷污我妖族血脉的废物！”

“也不知道是哪个不要脸的妖，竟然跟人族苟且生下这小杂种，呸！”

人族跟妖族曾有过大战，素来不睦，少有往来。不过桐花郡跟妖界接壤，时常有些妖族偷渡过来买卖药材，因此在这儿看见妖族很正常。

普通人大多还是歧视妖族，他们可不知道什么半妖，通通归入妖族。而妖族也看不起血脉不纯、一闻就有股人味儿的俞幼悠，坚决不承认她是妖族。

原身其实很害怕出门，一来是她身体太差走不远，二来，她每次出门都会被欺负。有人会叫她妖孽，拿粪桶泼她。有妖会叫她小杂种，拿石头砸她的尾巴。人嫌妖憎，莫过于此。

好在不是所有人都会物种歧视，还是有不少好心摊贩愿意卖药给俞幼悠，虽说叫价略高些，好歹也让她凑齐了大部分药。

只可惜俞幼悠都快走到西街尽头了，还没看到第二株醉心花。现在时间还早，兴许下午还有别的采药人来卖药。俞幼悠打算再等等，不过她这会儿又饿又累，只能在街角屋檐下蹲着休息。

街上有人在叫卖包子肉饼，俞幼悠只看了一眼就收回了视线。她先前问过，包子跟肉饼都是两文钱一个，太贵了。东街那边的馒头一文钱买俩，等会儿回去买两个，她能吃一天。

多省点儿钱，可以留下来买药救命。

只不过那边的油炸肉饼实在是太香了，香味儿随风一阵接着一阵往鼻子里钻，让半个月没吃上肉的俞幼悠忍不住咽唾沫。

就在俞幼悠考虑要不要现在就去买馒头的时候，一阵诡异的焦煳味儿突然出现，硬生生地把饼香盖过了。

她抬头扫了一眼，没找到煳味儿源头，却发现对面不知道什么时候来了个锦衣少年。对方这会儿正捣鼓着一个丹炉，底下赫然是个灵石阵！

俞幼悠精神一振。这个世界除了凡人之外，还有修士存在，而丹修便是其中之一。

要是有仙丹，随时要死的俞幼悠说不定就有救了，而且对于一个医药学大师来说，这玩意儿有致命的吸引力，毕竟是她上辈子无法触及的神秘领域！

据说丹鼎宗偶尔会让弟子出山历练，看这少年穿着、气度皆不凡，难道他就是传说中的丹修？

与俞幼悠想法相同的人不少，附近已多了不少围观的人。少年清理完丹炉，随手一抓，面前凭空多了一大把药材。周围的凡人们顿时惊住了，不知道人群中谁先起了头开始惊呼。

“居然是传说中的芥子囊，大气！”

少年不称重也不看，一股脑儿把药材丢进丹炉。

“这就是传说中的丹修吗？厉害！”

在万众瞩目之下，少年气定神闲，一连串的花哨动作后，丹炼好了！

然而待他开炉取出里面的丹药后，那股熟悉的焦煳味儿再次出现，同时亮相的还有十余粒废丹。一半煳得像炭，另一半还没炼化，都能看见药材的本色。就这手艺，怎么看也不可能是丹鼎宗的丹修。

先前夸奖的声音戛然而止，众人目光略微妙地看看那堆废丹，沉默着各回各摊，不打算继续围观了。

少年面子有点儿挂不住，他环视众人，清了清嗓子：“我这丹卖相虽然不好，用的可是最好最新鲜的药材！保证药效绝佳！”

众人哄然大笑——

“药效绝佳？怕是吃了就要被抬去隔壁东街找棺材铺吧？”

“你问问谁敢买你的毒丹？”

少年脸上发烫，正试图翻出一粒没煳的丹往嘴里塞证明它无毒的时候，一道瘦小的身影突然蹿了出来。

一个小丫头猛地抓住少年的手，如获至宝地盯着那粒丹药：“这粒丹多少钱？”俞幼悠简直太激动了。她在这粒没煳的半成品里嗅到了醉心花的味道，而且这坨药材没被炼化，把醉心花挑出来兴许还能用！

少年也很激动，终于出现有眼光的人了！

“我这里面用的都是上百年的上好药材，除了看起来……”少年说着说着，声音突然顿住了。他这才看清楚俞幼悠的模样。

眼前的小孩儿骨瘦如柴、脸色惨白，跟街边快死的瘟猫似的，整张脸唯独那双乌亮的眼中还透着点儿活气。

少年不由得心里发虚，这丫头看起来身体不太好，万一真吃死了怎么办？而且看她这样子，也不像是买得起的人。

俞幼悠看出少年的犹豫，立刻鼓励他："药是拿来吃的，不是拿来看的，长得再好看没效果又有什么用？这丹我买了！"

西街上遍布三教九流，这里最不缺起哄的人："小子，终于有伯乐看上你的丹了，怎么还舍不得了？"

"呔，肯定是知道自己的丹有毒，怕吃死人吧？"

一听这话，少年立刻气血上涌，他颇为豪气地看向俞幼悠："光药材就花了我三千两银子，不过你有眼光，今天我就当交你这个朋友。你随便开个价，我都卖！"

要的就是这句话！

俞幼悠捏了捏空瘪的钱袋，从里面抖出所有的钱，她想了想，又扒拉一文钱装回去了。

"三十文，你卖吗？"

少年：好家伙，你还真敢开口啊！

俞幼悠将三十文递过去，又伸手去接那粒废丹。

但是少年没撒手，他心觉钝痛，再次强调了一句："我光买药材就花了三千两……"

俞幼悠叹口气，开始同他讲道理："你看，这粒丹药都没被炼化，是粒无用的废丹，而且我不知道它是什么丹，想来也不能治我的病，对我来说是毫无价值的。"

少年有点儿蒙："是……是吗？"

俞幼悠一根一根掰开少年的手指，飞快地拿走丹药，语重心长："但是我依然愿意拿出所有家当买下它，可见我看重的不是丹药，而是你精妙绝伦的炼丹手艺。"

她字字真诚道："欣赏那三千两银子的人多，但是欣赏你手艺的，可只有我一个啊！"

少年傻了。这番话听着好像很有道理，甚至很让人感动，但是为什么他总觉得哪里不对？

还没等他细想，拿到丹药的俞幼悠已经跑路了。她穿过摆满了棺材和纸钱的东街，买了两个馒头，一边啃着一边朝街尾的小巷走。

这条巷子算得上是桐花郡的贫民区，住在这儿的人要么是家贫的当地百姓，要么就是来看病花光了积蓄的病患们。

张婆子倒是挺有钱，但是抠搜到令人发指，当初买院子都选的最便宜最小的，而且俞幼悠为了凑药钱把家具都卖完了，这会儿屋里空荡荡的，连张破床都没有。

在末世生活的她什么苦都吃过，拿床破被子裹着躺草堆里照样能睡很香。前两天，她用干树叶堆成的床虽然粗糙了些，但睡上去挺软的，还有股泡桐叶的清香。

把剩下的那个馒头用泡桐叶包好，俞幼悠开始准备做止痛药。她从角落取出一套简陋的茶具，这是先前特意留下来准备制药的。

末世条件差，三天两头被丧尸追杀到荒山野岭，哪怕俞幼悠是顶级的医药学教授，也习惯了用各种简陋的方法和工具。

强效止痛药在末世算是常用药了，制作过程也不算麻烦。不过药材得先处理，有些需要晒干磨粉，有些需要拿水泡几天，得等上十天才能做好。

俞幼悠飞快抬头看了眼墙上画的标记，算上今天，她来到这个世界已经有十八天了。按照记忆中的规律，距离下一次血脉反噬也只剩十二天。行，还来得及。

俞幼悠不去多想，动作麻利地开始整理那些药材。等做足准备工作后，她才摸出先前买的那坨丹药。

对的，就是坨，因为它压根儿没成形，就是把药材简单粗暴地揉成拇指大的一团。

不过，这对俞幼悠来说是好事。她拿了根针，小心翼翼地将药丸挑散，原本淡淡的醉心花香味儿顿时变得浓郁起来。

醉心花有麻醉致幻效果，俞幼悠屏住呼吸，一把拽过自己的尾巴捂住鼻子。很好，这玩意儿还是有用的。一点一点地把破碎的醉心花挑拣出来后，俞幼悠呼出一口气。

在末世很多植物都灭绝了，药物稀缺，这坨丹里有好几种药材，俞幼悠只在书上见过。

这坨丹药中的药材包括醉心花在内都无毒，而且大部分都还是补药，直接吃都没事。全是好东西啊！

先前做止痛药还剩了一些材料，俞幼悠便取出一些，按比例加在这些补药里。不一会儿，她就弄出了三粒新药丸。

工具简陋，她这三粒药丸跟先前那坨丑得不分上下，但配方一改，效果倍增。她拿了一粒泡水喝了，感觉酸痛的胳膊都舒服了些。

忙活许久，俞幼悠伸了个懒腰，才发现天色都变暗了。她正打算拿冷馒头啃的时候，院外突然传来一阵喧哗和狗叫。

“哪家的臭流氓居然敢来扒墙，以为她家没人就敢来欺负这丫头是吧？”

“狗蛋，咬他！”

俞幼悠连忙跑出去，看到邻居花婶端了碗面，一边骂一边指挥她家的大黄狗咬人。另外一个人被狗吓得够呛，死死扒着俞幼悠家的墙头，不敢下来。

那少年这会儿也看到了俞幼悠，连忙挥手：“哎！是我，快来救我！”

俞幼悠有点儿意外，居然是白天炼丹的那个少年！

听俞幼悠说认识这人后，花婶这才牵住那条叫狗蛋的大黄狗，她仍不放心，把那碗面塞到俞幼悠手里后，瞪了一眼少年：“俞丫头，你慢慢吃，有事儿就大声喊婶子。”

等到花婶离开后，少年才反应过来，他难以置信地问俞幼悠：“我看着像坏人吗？她怎么还防着我！”

俞幼悠端着花婶送的面堵在院门口，用行动表示他真的很像坏人，语气略警觉：“你来我家干吗？”该不会是终于反应过来，想要把那粒丹讨回去吧？

少年却没有提丹药的事，而是笨拙地从墙上翻下来：“能先让我进去坐坐喝杯水不？我在墙上扒了半天，腿麻了。”

俞幼悠审视了片刻，确定这人不是来讨债的后，挪步让他进了。

少年一进门就看傻眼了，这儿怎么啥也没有？俞幼悠盘腿坐在泡桐木上开始吃面，顺便递了杯茶过去。

少年在墙上挂久了，腿疼得厉害。他也不嫌弃，马上学着她的样子垫张叶子坐下，再拿过茶灌下一大口，夸了句：“这茶味儿不错。”

俞幼悠没理他，少年也不觉尴尬，自顾自地清了清嗓子道："我叫启南风，桐花郡本地人，今天不小心迷路走到了你家门口……"

"本地人还迷路？还迷到了我家墙头扒着？我信你个鬼。"俞幼悠毫不留情地戳穿。

启南风："……"

虽然事先找人看过丹方确认无误了，但毕竟是第一次动手炼丹，启南风心里也没谱。说起来也是巧，今天启南风刚买了口不错的新丹炉，欣喜之下竟带了丹炉直奔西街现买药材炼丹，本来打算当众炼粒丹要个帅，等丹药真的被俞幼悠买走了，他才后知后觉地担心真把人吃死了。

他现在总不好直说自己是担心那粒丹真的有毒，跟了一路过来偷看她死活的吧？那他先前在西街不是白装了！

启南风只好扯开话题："你就住这儿啊？你家里人呢？"

俞幼悠很淡定地答道："死光了。"

启南风被噎住了，不知道为啥，他觉得俞幼悠这句话说得还挺轻松。

他心里浮现出一个可怕的猜测：这丫头该不会是家人死光了，所以也不想活了吧？而且看她这样子，的确像是有什么大病。她家穷成这样子，先前又说那三十文是全部家当，难不成是故意乱买药吃，准备找死？

想到这里，启南风立刻坐直，正色劝道："你还小，还有大把的机会。"

俞幼悠抬头茫然地看着他。

启南风故作老成，语重心长继续说："咱们桐花郡到处都是郎中，你肯定能治好病的，普通郎中治不好，还能去丹鼎宗求丹修嘛。"

听到这里，俞幼悠终于来了兴趣，提出早想问的问题："丹修是什么？丹鼎宗又是什么？"

俞幼悠的渣爹[①]是个剑修，所以原书中根本没有怎么提过丹修这一职业。也就只出现过一位美女丹修，用自己的心头血替俞不灭炼了粒疗伤的灵丹，原文中炼丹的原理和经过都没写，着重描写的是渣爹与这位美人双修的过程。

末世的娱乐项目太少，俞幼悠手上就这本小说，当初把双修过程看了足

① 渣爹，指不负责任的爹。渣，网络流行词，形容玩弄他人感情、不负责任。

有七遍。

启南风对俞幼悠的无知倒也不惊讶，毕竟她看着年纪太小，而且普通人不知道丹修也是正常的。

他解释道："丹修是医修的一种，厉害的丹修能炼制起死人而肉白骨的高品灵丹，在他们面前，没有什么病是一粒灵丹不能解决的，如果不能，那就来两粒。"

"因为在丹道上有天赋的人极少，加上丹修通常与人为善，所以丹修在整个修真界都备受尊崇。"

看到俞幼悠听得认真，启南风有点儿得意，伸出手举着杯子咳了声："说太多，有点儿渴了。"

俞幼悠立刻上道地为他递上第二杯茶。

启南风心满意足，继续解答："至于丹鼎宗，那是整个东境最大的丹修门派，地位非凡，能进丹鼎宗的无一不是天才中的天才。"

俞幼悠点点头，然后发出灵魂拷问："所以你也是丹鼎宗的弟子吗？"

启南风一时语塞："我…… 我还不是……"

他又飞快地补上一句："不过十日后就是丹鼎宗的入门考核，我马上就会成为丹鼎宗外门弟子了！"

启南风瞟了一眼俞幼悠病恹恹的样子，又透露了一个消息："每年入门考核的时候，丹鼎宗都会开放山门，有不少病患都会去跪求丹修赐丹，你也可以去试试。"

俞幼悠若有所悟地点点头。

看到自己没把人毒死，启南风也安下心，准备离开了。想起门口那条大黄狗，他有点儿发虚："我找不到路，你出门给我指指？"

俞幼悠还真好心地送他到了院门口，就在启南风准备走的时候，她突然伸手拦住了他："茶水钱二两，谢谢。"

有没有搞错？一杯茶就要一两？

启南风顿时不乐意了，虽然自己的钱多，但是他不觉得自己人傻。他刚要撸袖子理论，动作突然僵住了。

俞幼悠脚边的狗蛋这会儿正盯着启南风，龇牙咧嘴地低声呜呜叫着。

启南风："……"

在猛犬的威慑下，启南风被迫支付了这二两茶水钱。他怕被狗咬，一边在心里骂骂咧咧，一边飞快跑路。

跑着跑着，启南风突然停下脚步："咦，我的腿怎么不痛了？"

非但僵肿的腿不痛了，他现在整个人都精神振奋起来，就跟嗑了大补丸一样。问题就是今天他出门早，还什么都没吃过呢。

启南风想了会儿就不纠结了，美滋滋："我果然天赋异禀，是块修炼的好材料！"

接下来的几天，俞幼悠都在忙碌。

天公作美，阴沉了半月的桐花郡重见阳光，俞幼悠把药材晒干后磨成粉，总算赶在第十天把它们搓成了十多粒小药丸。

半妖的血脉反噬一次比一次厉害，这次她要迎接的痛苦比原身记忆里的还要可怕，如果不快点儿弄出特效止痛药，她大概又要死一次。

不过止痛也只能勉强再熬两次，血脉反噬一次比一次狠，现在看来想要活命，最好去丹鼎宗试试。而且研究了一辈子药物的俞幼悠，对丹修还真的挺有兴趣的。

把止痛药丸贴身放好，俞幼悠背上行囊出门了。

天色尚未明，门口的狗蛋蜷着睡成一团。自从那天启南风来爬了墙，花婶就一直让它来俞幼悠这儿守着。俞幼悠摸了摸狗头，从行囊里摸出个馒头分给它。

这条巷子住着的都是穷苦人，自己过得不容易，却都还在想办法照拂她。

路过巷口的水井时，她驻足片刻，最后抿抿唇，把剩下的那粒大补丹丢了进去。

少女踏着氤氲的雾气，充满斗志地朝着城外的那座高山走去，步履尽显坚定！

一刻钟后，累得头晕眼花的俞幼悠大喘着气，拄着木棍拦住了一辆牛车。

"大叔，十文，载我一程行吗？"

在牛车上晃悠了半个时辰，俞幼悠终于抵达丹鼎宗山门外。

正如启南风所说，想要趁着丹鼎宗一年一度开山门的日子来求药的病患很多，有不少人特意从东境的其他郡城赶来。

天才刚亮，山门口已经挤了上千人，好地方都被占完了，就连树上也爬满了人，俞幼悠压根儿挤不进去。

前边还有两个人为了个位置在吵架：

“你走开，我昨晚就来占位了！”

“我还昨天早上就来了呢，去上个茅厕的工夫你就把地儿给我占了！”

“好啊，这附近压根儿就没茅厕，你居然在仙门前乱拉屎！”

俞幼悠警惕地看了眼地上，决定绕开这片区域走。

就在这时，突然有人注意到了她，喊了一声：“那谁！小鱼？”

启南风不知道俞幼悠名字，只听花婶叫过一次“俞丫头”，就自来熟地跟着瞎叫。

俞幼悠抬头发现了熟人，犹豫片刻还是朝他走去。

虽然十天前被敲了二两银子，但是看到俞幼悠真听自己的话过来了，启南风心情颇不错。他一边大嗓门喊着，一边让身边的小厮把俞幼悠领到自己身边。

有人帮着，俞幼悠总算挤到了前面。

她看了一眼，这位置特别靠前，不由得惊讶：“你昨天就来占位置了？”

启南风摇摇头：“没有啊，我刚来。”

“那怎么抢到这么好的位置？”

启南风纳闷：“还需要抢吗？我刚掏出五百两银票，就有好心人主动让给我了。”

俞幼悠：“……有钱真好。”

启南风很大方地指了指地上垫着的柔软毯子：“等会儿山门开了我要进去接受考核，这块地儿就让给你了，你记得要装得柔弱，跪得诚恳，让丹修们多可怜可怜你。”

俞幼悠摇头：“我不用装。”她是来参加入门考核的，又不是来求丹修可怜的。

启南风看了她一眼，满是同情地点头：“也是，你看着就有大病，不用装都很柔弱了。”

俞幼悠：“……”

天色渐明，萦绕在丹鼎宗山门前的迷蒙白雾也开始消散，远处蓝白交错的衣袂翩飞，数十人踏着晨曦出现。

是丹鼎宗弟子！

山门外等待着的凡人瞬间安静下来，不知是谁带的头，人们一个接一个地自发跪下，无比诚心。

启南风没跪，因为他坐在毯子上。俞幼悠也没跪，因为她矮，站着也没人能看到她。

丹鼎宗弟子中为首的是位年轻女修，个子高挑，修眉微微上扬，显得冷冽又英气。她目不斜视，语气淡淡道：“入门考核者，上前一步。”

乌泱泱跪倒的人群中，有数百个少男少女站了起来。

年轻女修又开口：“年十岁到十五岁者，随我进来。”

底下有些不合规则的人失落地退下，也有年龄不符的人想要浑水摸鱼，但是都被拦住了。山门布置了限制骨龄的阵法，不符合的压根儿进不来。

踏入山门后，这群年纪还小的孩子都有点儿紧张。丹鼎宗的考核方式每年都不一样，谁也不知道等会儿要面临什么。

方才那年轻女修走在最前面，不徐不疾道：“我叫曲清妙，负责你们这次考核。有不少人远道而来，本宗给你们一夜的休息时间，正式的入门考核在明日辰时，现在我带你们去客院。”

俞幼悠觉得，丹鼎宗还挺人性化的。

就在这时，有人忍不住问：“外面跪着的那些人怎么办呢？”

好家伙，大佬说话还有人敢插嘴。俞幼悠抬头一看，果然又是启南风。

曲清妙轻飘飘地瞥了他一眼，边上有个丹修低声提醒：“是启家的公子。”

听这语气，启家在丹鼎宗好像还有点儿面子，可惜曲清妙不给启南风面子，毫无搭理他的意思。

那个丹修只好轻咳一声掩饰尴尬，看向启南风低声回答：“医者仁心，方才那些师弟师妹都留在山门外尽力救治了。”

启南风没完，略着急地继续道：“我有个朋友快不行了……”

正说着，他的袖子被扯了扯，转过头就对上了一双乌黑的眼睛。

发现自己口中那个快不行的朋友居然跟进来了，启南风吓了一大跳："你怎么溜进来的？！"

俞幼悠有点儿无奈："我一直都在你后面。"

启南风上下观察她一番，很快得出结论："我知道了，一定是你太矮，所以我没看到你。"

俞幼悠不想跟他论高矮，因为身高这问题她的确论不过。

客院在丹鼎宗外围的一座山上，用来接待宗门外人士。清幽的山路曲折陡狭，还长满了湿腻的青苔。

这可苦了俞幼悠，她强忍着越来越强烈的眩晕感沿山路爬，虽然很努力，还是慢慢落在了队伍最后面。

边上的启南风倒是来劲儿，一直追问："你不是来求丹的吗，怎么又来参加考核了？这儿的人要么是医药世家的，要么是特意学了几年的，你认识药吗？"

"求丹不如求己。"俞幼悠拄着木棍，喘着粗气继续说，"而且'久病成医'这句话听过吧？我打小有病，所以从小学医。"

启南风总觉得她这话听着有问题，但是不知道怎么反驳。

不过他很快就接受了这个解释，脚步轻快地走在前面："我没想到你居然在年龄限制内，我先前还以为你未满十岁呢。"

因为俞幼悠从小体弱，加上张婆子平日里就给她吃点儿剩菜剩饭，导致俞幼悠身量瘦小，谁都猜不到她其实已经十三岁了。

两人你一句我一句地说着，只是俞幼悠的步子越来越慢。

眼前的山路不知为何变得模糊，更要命的是，一股莫名的剧痛不知从何处生起，让她险些直接晕厥。

身体仿佛被无数根针扎着，疼痛开始蔓延到五脏六腑，像有无数只凶猛的野兽在啃噬着血肉。

这感觉……是血脉反噬提前发作了！

俞幼悠勉强稳住身形才没直接从斜陡的山路上滚下去，她慢慢蹲下，瘫软地坐在台阶上。

启南风没听到动静，回头一看才发现俞幼悠已经坐下了，低着头瞧不清神色。启南风纳闷地回望，问她："你怎么了？"

俞幼悠死咬着牙说不出话，此刻肉体的疼痛在慢慢加剧，她颤抖的手准备摸止痛药吃。

启南风已经挨着她蹲下了：“你脸色不太好，是不是太累了？我陪你歇会儿？”

不知为何，他感觉边上的俞幼悠手抖得更厉害了。

启南风觉得脚下硌得慌，不过热心肠的他忙着关心俞幼悠也没注意：“你说话啊，到底怎么了？”

俞幼悠红着眼眶，咬牙切齿挤出几个字——

“你踩到我尾巴了。”

“尾巴？”

启南风吓了一大跳，他先前在西街就听说俞幼悠是妖族，因为平时见识挺广，家里人甚至跟妖族有生意来往，所以并不似西街的那些寻常人大惊小怪。

启南风飞快地跳开，想扒拉开俞幼悠的裙子检查尾巴伤势又不敢，毕竟他也只是个十二三岁的孩子。

启南风急得手足无措：“我听说……听说有些妖族的命门就是尾巴，你是不是被我踩中命门了啊？”

他再低头一看，发现俞幼悠的皮肤居然开始渗出血来，骇人无比。

“完了！你怎么还流血了？你一定是被我踩出大问题了！”

俞幼悠压根儿没有力气跟他说话，她浑身都使不上劲儿，连拧开药瓶都做不到。这个月的血脉反噬居然提前两天来了！

她原本想让启南风帮着拧药瓶，谁承想他什么都听不见了，一把将她扛在肩上往前冲。

整个山路上都回荡着他凄厉的求救声：“救命啊！曲仙子救救她啊！”

他腾出一只手想擦眼泪，结果一擦，眼前红了一片，低头才发现是俞幼悠的血顺着身子流下来，把他的手都打湿了。

启南风哭得更惨了：“救命啊！我不想杀人啊！”

曲清妙回头就看到这混乱的一幕，她皱眉，正想要上前查看的时候，数道绚烂的剑光突然从头顶闪过，之后竟然直直地朝着这边射来。

丹鼎宗内无人用剑，这是外人趁着山门大阵打开闯入了！丹修们大多交友广泛，平日会有不少外宗道友拜访，但这般鲁莽闯入的还是头一遭。

曲清妙飞快展开灵力护盾，抬手一拦，护住身后一众还没修为的孩子。

剑光暗淡下来，数个身着青衫的年轻人落在地上，瞧着都有些狼狈。

曲清妙皱眉，寒声警告："道友竟趁山门大阵开启时御剑闯入，未免太不把我丹鼎宗放在眼里了！"

"太好了，原来是曲道友！"一个青年剑修快步上前拱了拱手，惊喜道，"在下是云华剑派弟子姜渊，此番带师弟师妹前来桐花郡历练，不慎负伤，不得已才闯入贵宗求救！"

后面的丹修中有人轻呼出声——

"竟然是姜渊！云华剑派的大弟子啊！"

"他竟然就是不灭剑神的徒弟？"

云华剑派是原文中的主角宗门，当然也拥有龙傲天的主角光环。自从男主俞不灭在十年前修炼到了化神期，云华剑派就坐稳了东境第一宗的位置，而他本人也被尊称为不灭剑神。

作为男主的大弟子，姜渊自然不一般，此人不到二十岁就到了筑基期，在年轻一辈中颇有英名。

同为东境大宗，丹鼎宗跟云华剑派之间往来颇多，加上他们也只是落在外门的客院，尚未闯入内门，所以曲清妙这会儿倒也没动手，只轻声吩咐后面的人："周师弟，你替他们看看。"

说着，她朝正哭得凄厉的启南风那边走去，很明显，那边的伤势重得多。

然而姜渊持剑一横，拦住了她。

"曲道友是丹鼎宗大师姐，我只信你的医术。"姜渊说得客气，见曲清妙面色阴沉，又略带深意地补上一句，"我师妹乃师尊唯一的掌上明珠，也是我云华剑派的珍宝，还望道友多费点儿心，亲自替她疗伤。"

受伤的人竟是俞不灭的女儿？

听到这话，即便是曲清妙也不得不留步，更莫提其他丹修了。

俞不灭的那对龙凤胎在修真界无人不知晓，他们不到十三岁就修炼到了筑基期，要知道寻常孩子在这么大的时候还在摸索着引导灵力入体呢！

更要命的是俞不灭极其护崽，据说有人曾不慎刺伤他女儿的手，事后他便去了那人的家族，将其上下几十余口人的手尽数斩断。

姜渊挪步，众人终于看到站他身后的那对双生子。

姐姐俞念柔娇艳夺目，弟弟俞长安清秀挺拔，二人年纪虽小，身上却隐约带着让人不敢直视的矜贵傲气。

尤其是被几个剑修仔细护在最中间的俞念柔，从头到脚都装饰着华贵的灵器，珠光宝气，怕是中小门派掌门的全部身家加起来，也比不过她这一身贵重。

此刻，俞念柔的脸被轻纱遮住了，只露出一双微微红肿的眼睛。

姜渊小心地挑开面纱让曲清妙看："伤在面颊，女修的脸最重要不过，师妹已经伤心一路了。"

俞长安也上前拱手一礼，低声道："姐姐最是怕痛，还望曲道友出手相助。"

曲清妙看着那道约莫寸长的口子，表情逐渐沉凝下去。

跟那边启南风背着的小女孩比起来，这伤算什么？还好他们来得快啊，但凡他们来慢点儿，伤口都自行愈合了！

启南风很想骂人，虽然他看不到，依然能感觉到周围充斥着越来越重的血腥味儿，他后背温热濡湿的感觉越来越明显，俞幼悠的身体也一点一点地在往下滑：她快死了。

启南风见过许多死人，可是他从未亲眼看着一个活人在自己面前慢慢消逝。

曲清妙被拦着了，他只能慌忙地找其他几个丹修求救，然而他们看着形容凄惨的俞幼悠也是束手无策。

"我们也只是刚入门的外门弟子，还未修行到家，跟曲师姐不能比啊。"

"近日异兽频频作乱，内门的师兄师姐们大多外出游历救人了，而且内门很远，你们尚未修行，光靠脚力起码半炷香时间才能到，这小丫头怕是撑不住了。"

"她这怪病来得太急，而且我看她好像已经没气儿了？"

没气了？

启南风呆呆地把滑落在地的俞幼悠扶正，在她的鼻下探了探气息，然而他手抖得厉害，也探不出究竟。

他抹了把眼泪，难过极了："我害死你了，我也不参加考核了，这就回去给你准备棺材……"

"对了，你是不是不知道我家是开棺材店的？整个东境就我家棺材最多，我一定给你选个最好的，你死了之后别缠着我……"他正一把鼻涕一把泪地忏悔呢，低头就看到俞幼悠的嘴在慢慢地嚼着什么。

他想起刚才看到俞幼悠背着的那满满一行囊的馒头，再想起先前花婶接济俞幼悠的那碗面，启南风顿悟了，他理解她了。

"我知道，你饿了一辈子，不想做个饿死鬼，你想吃饱了上路。"

他从俞幼悠的包裹里摸出个馒头，上面已经浸了血了，但是他并不嫌弃，因为又不是他吃。

启南风拼命地将整个馒头硬塞进俞幼悠的嘴里。

他热泪盈眶，哽咽道："吃，多吃点儿！一个够吗？不够还有！"

好不容易攒足力气吞下止痛药才缓过来的俞幼悠："……唔！"

救命，她这回真要没了！

俞幼悠觉得自己的人生太艰难了，这边她在拼命拒绝馒头，那边启南风在拼命试图多喂一个。

启南风眼含热泪："我害你受伤，还没能救你，你就让我最后再为你做一件事吧！万一你吃饱了就有力气等人来救了呢？"

俞幼悠吐掉满口馒头渣儿，费尽全力喊出来："不用浪费力气救我！"

还救命？兄弟，你不要害死我就行了！

俞幼悠这句话出来，那边被拦住的曲清妙跟丹修们都愣住了。

丹鼎宗弟子经常出去救治伤员病患，也见惯了那些人为了活命拼死抢夺丹药的场面。换成旁人，哪怕是成年的修士，这会儿指不定也要哭着喊着求救命，甚至不惜以武力胁迫丹修为其治病，然而他们面前的这个小姑娘看着柔弱，对于生死竟看得如此超脱。

曲清妙的脸色微有动容。

启南风哽咽，含混不清地说："可是我还想再努力一下。"

俞幼悠还在努力翻身，想要逃离这兄弟的馒头，她艰难地开口道："你还是去救别人吧。”求求你放过我！

丹修们没听清启南风在说什么，一直以为这小姑娘是在跟曲清妙说话。俞幼悠此话一出，饶是见惯生死的丹修们也不由得轻叹。

小姑娘隔得远，肯定看不到俞念柔脸上只是一道小伤，明明自己都快死了，还愿意把得救的机会让给别人。

多好的小姑娘啊，真是至纯至善啊！

相比之下，那边分明没有大碍却仗势欺人的云华剑派几人，还有那个娇贵的小姑娘，未免太不像话了。

丹修们大多性情纯善仁慈，眼下看着俞念柔的眼神也从一开始的敬畏变成了谴责：看看你们，居然还医闹，可耻！

曲清妙再也站不住了，她身上的灵气骤然迸发，竟然强势地将姜渊的剑击退了。

姜渊脸色顿时沉下：“曲道友这是何意？”

曲清妙眸光淡淡：“我要救人，道友可以先在此等我救完，也可以去内门寻找其他丹修出手。”

姜渊眉头一皱，眼下他正着急，只想最快治好师妹，哪里还能耽误工夫。他提醒曲清妙：“念柔师妹乃不灭剑神膝下爱女，而那小丫头……”

他远远地瞥了一眼俞幼悠，神情漠然如冰，没有继续说下去。

蜷缩在地上的那个小姑娘穿着破烂的旧衣，尘泥跟血水混在一起，狼狈不堪，而她背上那个破包裹里滚出来的粗面馒头，更是昭示了她穷酸低贱的身份。

跟俞念柔比起来，一个如同阴沟底的沙砾，一个则是高悬长空的明月。

曲清妙知道姜渊下半句想说什么。

果不其然，他开口道：“那小丫头只不过是个凡人罢了。”

曲清妙停下脚步，就在姜渊以为她终于想通的时候，她却头也不回地往俞幼悠那边走去，声音冷淡到了极点：“在我丹鼎宗内，仙凡无差，众生平等。”

曲清妙径直走到俞幼悠跟前，看着躺在地上气若游丝的小姑娘。她小得像只幼猫，鲜血从七窍往外渗，在苍白的皮肤上画出蜿蜒的曲线。

曲清妙看得眼睛酸涩，然而就在她准备将俞幼悠扶起查看伤势时，后者突然动了。

止痛药终于发挥作用了，不愧是在末世被称为“吃一粒，被丧尸咬断腿都能跑”的特效药！

俞幼悠抓着曲清妙的手借力，麻利地翻身爬起来：“多谢。”

她先看了眼背后的那些馒头，发现没法儿吃后不由得叹气摇头，然后又觉得脸上黏糊糊的不舒服，于是拿袖子胡乱抹了抹。

这下可好，原本脸上只是七窍流血，现在整张脸都是血。

但是这个突然诈尸的血人瞧着……还挺有活力的？

见证这一幕的众人：“……”

启南风吓了一大跳，声音也变得磕磕巴巴：“你……你怎么没死？刚刚不是已经快晕死过去了吗？”

鼻血还在流，俞幼悠一边抹一边糊弄地回答：“啊，可能是你喂的馒头起作用了吧？”

启南风立马举起手里剩下的半个馒头，跃跃欲试：“那再来一个？”

俞幼悠果断推开他的手：“走开！”

曲清妙微微皱眉，略显诧异地打量着俞幼悠。

俞幼悠还没开始修炼，所以身上没有妖气的存在，而且她今天穿的旧裙子是花婶送的，稍微大了些，裙摆把尾巴完全遮住了。

人族嗅觉远不如妖族，所以妖族能嗅出俞幼悠身上的人味儿，但是不到一定境界的修士，还真看不出俞幼悠不是人。半妖这品种太罕见了，鲜少有人知晓血脉反噬的存在，而且它只会让宿主剧痛至死，除了两种血在经脉内乱窜导致大出血外，旁人真的瞧不出半点儿端倪。

曲清妙又替俞幼悠仔细检查了一番，最后也没发现异常，只能归结于俞幼悠身体虚弱过头了。这个结论让丹修们听了很是心疼，所以在为参加考核的少男少女安排客院时，别人都是八人挤一起，唯独给俞幼悠分了个单人间。

俞幼悠洗完澡，又把尾巴擦干撸了好一会儿，心里很满足。

先前的生活条件太艰难，她的尾巴毛都打结了，丹鼎宗的客房里有上好的香薰皂，洗完以后尾巴毛顺滑了许多，自己摸着都爽。如果启南风没有嚷着要照顾“得了怪病”的她，然后被深受这段神仙友情感动的丹修们分到了相邻单间，那就更好了。

不出所料，安分不下来的启南风又过来了，他刚进门就吓了一大跳：“大白天的你趴在床上干吗！”乍一看，还以为俞幼悠又要死了呢。

俞幼悠面无表情地抬起头，在鼻血滑下来之前又低下。血脉反噬开始逐渐退散，她的身体几乎已经不渗血了，但鼻血还是止不住。

启南风这才发现她的头下面放了个碗，里面已经接了小半碗鼻血了。他看了一眼就不敢看了，同情道：“等会儿咱们去膳堂要份毛血旺，补补血。”

俞幼悠一边往嘴里送了粒止痛药，一边点头：“我觉得可以。”

她来到这个世界后还没开过荤，毛血旺可太香了。

启南风兴致勃勃地跟她讲八卦：“先前那位曲师姐不是没给不灭剑神的闺女疗伤吗？那个姜渊当时就带着他师妹直接去了内门，硬让丹鼎宗的长老给她疗伤。”

“结果那位长老一看，俞念柔的伤口已经结痂了，哈哈哈。”

“长老说俞念柔是修士，这点儿小伤过两天就会自愈。但是她怕留疤，不但取了十多瓶丹药走，还硬要在丹鼎宗住下，说是担心伤口恶化，要确定无碍了再走。”

俞幼悠听得津津有味，原作小说里只会描写俞不灭杀敌升级，可不会仔细描写他背后那些配角的精彩日常。

云华剑派如此维护俞念柔，俞幼悠并不怎么感到意外。

原文中渣爹就很宠俞念柔，因为当初帮着渣爹逃出妖界的正是俞念柔的娘，也是男主无数红颜知己中的正宫——女主角崔能儿。能当女主角的当然不是普通人，崔能儿是某个修真世家的独生女，外出试炼时被妖族掳走，辗转流落成妖族公主的婢女。后来遇到了俞不灭，两人瞬间看对眼，合谋算计着害死了妖族公主，携手逃回人界。半年后，生下了俞念柔跟俞长安这对双胞胎。

也就是说，早在俞幼悠还在她娘肚子里的时候，那两人就已经滚在一起了！

因为崔能儿是女主，所以她在原书中也不是恶毒的“小三”，而是冰雪聪明的真爱。而俞念柔的待遇，当然比俞幼悠这个半妖小杂种好儿万倍了。

按照渣爹“杀伐决断”动辄灭掉仇人全家的性格，俞幼悠怀疑自己现在只要一跳出来揭他家的丑，化神期大佬的剑就会立马飞来削她的脑袋。好在他好像早就忘掉被丢到桐花郡的另一个女儿了。

启南风讲完八卦后天色都晚了，俞幼悠拿棉花把鼻子堵了，跟他一起去丹鼎宗的膳堂吃晚饭。

金丹以下的修士都得正常吃喝拉撒，而辟谷丹的味道一言难尽，据说有股蟑螂味儿，没人愿意吃，所以膳堂还挺热闹的。

启南风阔绰地要了一大盆毛血旺，端着跟俞幼悠去角落吃。两人刚准备吃饭，那边忽然传来些骚动，原来是云华剑派的几个人也来吃饭了。

姜渊跟俞长安一左一右把俞念柔护着，其他两个剑修去端菜，不一会儿桌上就摆了十来盘。只是俞念柔心情仍然不太好的样子，从头到尾连面纱都没揭开过，更别提吃饭了。

看着那边满满一大桌的肉菜，这盆毛血旺好像索然无味了。上辈子在末世没吃过好的，这辈子当个半妖也吃不上好的，俞幼悠眼睛都快看直了。

启南风当她是在为今天被欺负的事儿难过，安慰道："别难过嘛，她不过是有个好爹罢了。谁让她姓俞你姓鱼呢……对了，我还不知道你的名字呢，你叫什么？"

俞幼悠瞥了他一眼："俞幼悠。"

启南风啧了一声："鱼游游？这名字谁起的，也太土了。"

"……"俞幼悠没跟他争辩，只是看准碗里最大的那片毛肚，精准夹起。

呵，她就知道，以这兄弟微不可察的那点儿智慧是不会把她跟俞念柔联系在一起的，当然，正常人也不会觉得她们两人是姐妹。

就在这时，俞幼悠察觉到有道视线停留在自己身上，她一抬头，正巧与皱着眉的姜渊对上。后者神情冷淡，很显然，他是把白天的账也算在她头上了。可是俞幼悠的眼神不避不闪，很淡定地夹着毛肚放进嘴里，吃得很香。

姜渊冷冷地盯了她半天，结果只看到俞幼悠越吃越香，吃完了四大碗饭不说，还蘸着辣汁吃了两个大馒头！

"……"他咽了口唾液，突然有点儿饿。

然而就在他准备动筷子的时候——

"我没胃口，丹鼎宗的饭菜太粗糙了，狗都不吃。"俞念柔起身就走。

姜渊：汪？

第二章

丹鼎宗入门考核

第二天的考核如期开始，所有人都被带到了入门考核的山峰上。因为是正式考核，所以今天除了曲清妙之外，还来了一位外门长老。

“丹鼎宗外门考核不看灵根，也不需要你们炼丹，只看对药材的了解。”头上锃亮的万长老一脸和气地对眼前的这群孩子说着规则。

丹鼎宗的外门不需要炼丹，大多都在学习药材知识和基础的丹方。要是外门考核还要炼粒丹才能通过，那得错过无数好苗子。至于灵根有无也不太重要，大部分外门弟子最后都会留在丹鼎宗种植和处理药材，这些活儿并不需要灵力。

“今年的考核是这个。”

万长老在前方轻轻一抚，青色的灵力如丝带般托着上百个匣子升起，最后一一落入待考核的少男少女的手中。

俞幼悠打开一看，发现里面是粒豌豆大的丹药。

“这是内门弟子上月新配出的一粒丹药，丹方尚未透露，但是我可以告诉你们，一共是十种药材。”

“此峰共有数百间封闭的石室，里面已放置了一百种药材，你们需要在七日内从中找出那十种药材！”

“头名通过者，可额外获得去药田中自由选取一株一品灵药的机会！”

一品灵药！俞幼悠眼睛骤亮，虽然她还不知道那是什么，但是听起来就很厉害，万一有能治好血脉反噬的药材呢？丹鼎宗大气啊！

启南风立马大声问：“万长老，药田里有没有……”

还没等俞幼悠听清这夯货又问了什么问题，她眼前突然闪过一道光，再睁眼，已经进入了其中一间石室。

“嘭！”沉闷的一声响之后，一道灵石阵法亮起柔和的光芒，将整间石室映照得如同白昼。内里倒不算小，桌椅床褥一应俱全，最醒目的莫过于那个大药柜，里面有一百个没有标记的药匣。俞幼悠拉开药匣看了看，里面装着的都是不同的药材。桌上也放了十个药匣，看样子是要从大药柜里选择那十种正确的药材放入其中。

“川续断。”

“土茯苓。”

…………

这些药材都很常见，没有那些传说中的灵药，想来也是考虑到凡人家孩子没接触过高级药材。

在检查到中途的时候，俞幼悠的眼睛突然变亮，她发现了一种自己从未见过的药材！

末世条件太差了，不仅空气和土壤污染严重，而且遍地是丧尸。往往药材还没成熟就被丧尸踩踏完了。在这样恶劣的条件下，许多植物都灭绝了，就算是最普通的金银花都能卖出不菲的价格，医药学专家们也不得不竭尽全力让手里的药物发挥出最大作用。

作为人类基地中的顶尖专家，系统的资料库对俞幼悠是全开放的，因此她几乎学习了所有药材的名字和功效。但她没见过实物，现在乍一看到这些被晒干的药材，有些难以区分。

“羽状叶，单叶单花……”俞幼悠拎着那株晒干的药观察了半天，最后拿到跟前嗅了嗅，闻到一股淡淡的清香后，试探性地掐了一丁点儿放进嘴里。他们末世的人就是这么野，个个都敢学神农尝百草。“味苦涩，回甘，微刺舌。”

俞幼悠眼睛一亮：“这不是传说中的独叶花吗？”

独叶花，止血良药，在动辄伤腿断手的末世，这玩意儿在黑市中一株就能卖上万元，而且还是有市无价。即便是俞幼悠，上辈子也只得到过一片叶子，功效最强的花朵部分她碰都没碰到过。

俞幼悠脑海中瞬间浮现出十多种用独叶花为主材的药方，以前没条件做，现在终于能动手了！她目光火热地盯着独叶花，看了好一会儿才勉强让自己的心情平复。

继续看下面的药材——

“白芥子。”吁，普通货色。

“穿心莲。”呵，平平无奇。

“银痕草…… 草草草？”

俞幼悠死死揪住自己的尾巴，让疼痛感唤回理智，她怕自己按捺不住冲上去直接啃了这玩意儿。这是末世黑市上拍卖价高达百万的银痕草！跟它比起来，独叶花算个什么！

如果说吃了拿醉心花制作的止痛药后，被丧尸咬断腿都没感觉，那么吃了拿银痕草制作的止痛药，被丧尸咬掉半边脑袋都不会疼！

只是可惜了，俞幼悠有点儿心疼地摸了摸这株干草，银痕草越新鲜药效越佳，这株草都晒干了，要是有新鲜的银痕草就好了。

石室外，万长老拿着壶茶兑着新鲜的牛乳喝着，似乎觉得味儿不够，又丢了两块冰糖下去。边上的曲清妙面无表情地抱手站着，好似寒山上一棵冷冽挺拔的雪松树。

万长老递了杯牛乳茶过去：“来一杯？”

曲清妙摇摇头：“不用。”

万长老也不失望，喝了一口茶，低声道：“也不知道今年这些孩子怎么样，再不来个像样的，咱们丹鼎宗怕是又要被其他三境打脸了。”

曲清妙没说话，只是眼神略幽深了些。

东境丹鼎宗、西境灵药谷、南境回春门、北境悬壶派。这四大医修门派互有较量，其他三大门派都有着上千年的底蕴，且门派内部都有各个医修世家支持，而丹鼎宗则是人妖两族大战过后，由各家散修聚集而成的医修宗门。

丹鼎宗各方面都比不过其他三派，光是挑选弟子的要求就看得出了，其他三派的外门考核都只招有灵根的，门内大部分弟子也都是“修二代”，只有丹鼎宗不限制这些。

两人沉默了一会儿，前方的其中一个石室突然闪过一阵亮光。

万长老摸了摸光头，神情有所舒缓：“居然这么快就有人找出一味药了，还不错啊，是哪家的？”

这么快的速度破解出新丹方，肯定是医药世家甚至是医修世家出来的孩子。

曲清妙看了一眼，道出对方来历：“是北境苏家旁支的苏意致。”

苏家是北境赫赫有名的丹修世家，执掌北境悬壶派。按道理，苏意致该加入悬壶派才对，不知为何竟来了丹鼎宗。

万长老立刻警觉起来：“小心点儿，别是来当奸细偷咱们丹方的。”

曲清妙目光有点儿古怪，沉默了一会儿才开口：“悬壶派约莫看不上我们的丹方。”人家是传承最久远的门派。

万长老只好喝口牛乳茶掩饰尴尬，扎心了。

大概是在客院闲来无事，俞念柔几人也来了。

俞念柔脸上的伤口已经好得差不多了，只是脸颊上有道极浅的疤痕怎么也不见好，使原本精致娇嫩的脸上生出一丝瑕疵。她极其在意容貌，每每有人看过来，就浑身不自在，觉得他们是在盯着那道疤看。

姜渊见状，低头温声安抚她：“师妹别怕，我保证，七日后你的脸定会恢复如初。”

俞念柔别过脸，哼了一声：“你又不是丹修，你的保证有什么用？你跟他们一样没用！”

被骂了的姜渊脸上笑容变得僵硬。

可恨丹鼎宗的这些长老不是在闭关炼丹，就是在远游救人，好不容易找到一个在宗门的，却不愿意费心替她医治，这让在云华剑派被众星捧月的俞念柔很是不满。

一旁的俞长安扯了扯胞姐的衣袖提醒：“姐姐，近来异兽躁动频频伤人，丹修们都在外救治伤患，并不是故意冷落你的。”

俞念柔微扬下巴，脸色总算好了些，又看向姜渊：“师兄刚才想说什么？”

姜渊无奈地笑了笑，低声道：“我昨日听人说，丹鼎宗的药田中出了一株银痕草，七日后就会成熟。”

银痕草活血生肌，是上乘的疗伤神药，拿来祛疤最好不过了。

可惜见惯了好东西的俞念柔并没将它看在眼里：“不过是没有灵力的凡药

罢了，要来何用。”

姜渊补充道：“那株银痕草长在一品灵药田中。”

俞念柔的眼神这才微有变动。寻常的凡药若能吸收灵力，那就是灵药了，但是千万株凡药也不见得有一株能变成灵药。既然那株银痕草长在灵药田中，就说明它已经变成灵药了！这可比寻常的一品灵药来得珍贵数倍。

俞念柔看了眼前方曲清妙的背影，皱了皱鼻子：“丹鼎宗的人抠抠搜搜，昨日我不过拿了些丹药就一脸肉痛，我再去取药他们不一定给。”

丹修视药如命，遇到稀奇的药材都喜欢藏着掖着。那株银痕草虽然只是最低等的灵药，但是架不住罕见，谁知道那群穷丹修会不会卖。

姜渊自信地笑了笑：“师妹无须多虑，这次参加丹鼎宗考核的人中，拿头名的肯定是苏家的那小子。昨夜我去找过他，已先交了一百枚灵石做定金，七日后，他就会献上那株银痕草了。”

考核进行到第二天时，已经陆续有人破解出丹方了，他们每在一个药匣里放入药材，对应的石门就闪过一次光。

苏意致的门上已经闪过三次光了。

曲清妙一一看过去，最后在俞幼悠处顿了顿，那里悄无声息，半点儿动静都没有。她记得那个小姑娘，若没猜错，只是个贫寒人家的孩子，怕是根本没有机会学习辨认药材，更别提破解丹方了。

可惜了，如此善良坚强的孩子怕是没法儿通过考核留在丹鼎宗。曲清妙打算送俞幼悠下山的时候，再替她仔细看看病。想起小女孩那双澄澈无辜的猫儿眼，她微不可察地叹了口气。

麻绳专挑细处断，命运对弱者总是这么残酷。

“命运之神果然眷顾着我！”

在石室中的俞幼悠就像是掉入了米缸的老鼠，那些灭绝后只在数据库里出现的药材，居然就在她的手里！药材的香味儿让俞幼悠沉醉不已，她瞬间陷入了狂热的工作状态中，无比谨慎地对照着记忆中的数据库资料，将所有的药材按照功效重新归纳整理。

这是一个漫长的过程，药材这东西，一丁点儿差错都不能有。等俞幼悠将所有的药材都记住后，神经一松懈下来，早就不堪重负的身体直接瘫软在了地上。

先前太过专注没发现，她现在才察觉到饿得胃痛了。俞幼悠躺了会儿，慢悠悠地爬起来。

如果没记错的话，桌上放了七粒丹鼎宗提供的辟谷丹，服用一粒就可以饱腹一日，还不用产生三急的烦恼，乃低阶修士出门必备。果然，她摸到了那个白瓷小药瓶。

快饿晕的俞幼悠塞了粒辟谷丹进嘴里，结果她原本惨白的脸，瞬间变成了猪肝色。早就听说过辟谷丹难吃，先前她也没放心上，毕竟上辈子天天喝寡淡的营养液，这辈子也是天天吃馒头的苦命，有什么不能接受的？然而辟谷丹一入口……

俞幼悠没吃过蟑螂，但是当辟谷丹的味道在味蕾上炸开的瞬间，她不知为何瞬间想象到了一只带翅膀的丧尸蟑螂！

唠！跟它比起来，末世寡淡的营养液简直美味如同甜饮料。自穿越后，俞幼悠头一次怀念起营养液的味道。

石室外，亦是气氛凝重。

从曲清妙之后，丹鼎宗已有好多年没有资质顶尖的弟子出现了。不光是丹鼎宗的诸位长老在关注考核，就连云华剑派的几人也在外围远远观望。当然，他们是为了那株一品银痕草。

俞念柔将信将疑地看向姜渊："师兄，你确定那小子真是苏家的人？"

姜渊原本冷峻的面上浮出温和笑意，低头好脾气地解释："苏意致的确是苏家子弟，我曾听人提及他出身庶家旁支，估计是受嫡系打压才来了丹鼎宗。所以师妹放心，头名定是他。"

"即便拿不到，我们回宗门让父亲帮忙……"

俞长安的话还没说完，俞念柔便将其打断："不可，这次出来便说了，遇到麻烦我们要自己解决，让那些说闲话的闭嘴！"她微微抬起精致的下巴，眸子微凛。

自出生开始，俞念柔就是被百娇千宠地长大，不曾受过半点儿委屈。吃的是价值万金的灵食，穿的是天材地宝炼制的法衣，用的是顶级的灵器和宝剑。正因如此，旁人都觉得她的修为都是靠着父亲给予的资源堆出来的，明面上恭敬，背地里却总是轻蔑。

她才十二岁就修炼到了炼气巅峰境界，换成旁人定要被赞成天才，换成她，就只是一句捻酸的：“啧，俞师妹真是有个好爹。”

她这次出山历练，为的便是证明实力给那些人看，可惜不慎在桐花郡遇到异兽暴乱，反而把自己的脸伤到了。要是这样顶着脸上的伤回到宗门求父亲帮忙，岂不让人嘲笑？

她拿不到那株一品银痕草，那便砸灵石让别人替她拿，若那人不从，她手上的剑可不答应。父亲曾说过，修真界弱肉强食，强者生弱者死，所以她此举并无不妥。俞念柔握紧了宝剑，剑鞘上挂着的银色毛茸饰物随风飘荡。那株一品银痕草，她要定了！

考核场内。

万长老茶盅里的牛乳茶从茉莉花茶底到大红袍底，语气略焦灼：“奇了怪了，苏意致在第一天就找出了三种药材，这都第六天了，怎么还没把最后一味找出来呢？”

曲清妙反问：“你不是说他疑似奸细吗？”干吗一脸盼着他早点儿出来的样子。

万长老尴尬地笑了笑：“就算是奸细，咱们也能用爱感化培养他，定能把他策反到咱们这边，成为咱们丹鼎宗未来的支柱！”

曲清妙的眸子扫过那些封闭的石室。破解丹方的人越来越多，苏意致依然排在首位，门上亮着的九道光点格外醒目。只有两扇石门从头到尾都沉寂着，未见丝毫动静。

忽然，曲清妙抬起头，薄唇微启：“出来了。”

几乎话音刚落，苏意致的石门上猛地绽开第十道光芒，他第一个完成考核了！异状突显，他隔壁那扇没动静的石门竟然突然连续闪过十道光芒，两扇门几乎同时打开，难分先后。

众人脸色大变，难道是哪个天才一次性破解了全部丹方？

气氛逐渐凝滞，唯独万长老脸色红润有光泽。太好了！另外这个天才不可能也是奸细吧？而且此人直到今日方才一鸣惊人，心性之稳重、意志之隐忍，皆让万长老满意。

“好好好！”他连赞了三声，紧紧盯着那扇石门，等着看这人是谁。

万众瞩目之下…… 启南风迈着轻快的步伐走出来了！

万长老将他从头打量到尾，最后满意地点头：“这小子长得英俊端正且气质绝佳，一看就不是奸细，不愧是我丹鼎宗未来的支柱，好好培养不会比苏意致差。”

曲清妙神情古怪地看了他一眼：“那我们丹鼎宗未来的支柱还挺多。”

与启南风同时出来的是个矮个儿少年，颊上还带着几分未散的婴儿肥，肤白胜雪、眼尾微红，看着无辜且可爱。原来这个疑似奸细的苏家人只是个半大少年。

苏意致满脸恍惚像是在走神，出来的时候竟然被绊倒了。他没爬起来，反而就着这姿势先吐了会儿。

启南风吓了一跳，连忙跑去把他拉起：“小兄弟，你是不是吃了辟谷丹？哎呀，我也尝了一粒，那味儿的确一言难尽，还好我的芥子囊里还放了几个肉包子，不用一直吃那玩意儿。”

苏意致：“哦。”

看到苏意致出来，在外边儿远望的俞念柔再也坐不住，翩飞着就要进去。

但是丹鼎宗的弟子把她拦在外面：“考核尚未结束，道友非我宗弟子，不便入内。”

俞念柔抱着剑，轻哼一声：“第一个都出来了，可以先让苏意致出来取头名的奖励了吧？”

被点到名的苏意致慢吞吞地抬头看了她一眼，又懒懒地低头继续走神，没起身。

万长老好脾气地解释：“需得等明日考核结束，再来核对每人呈交的答案，现在谁是头名还不知晓。”

启南风在边上拍了拍胸膛，自信道：“对，虽然我比他迟一步出来，万一我全对、他全错呢？”

这份自信和傲气，不愧是他物色中的弟子。万长老欣慰地看着启南风。

俞念柔将剑一横，略带杀意地盯着启南风，不过最后还是知晓分寸，没有在丹鼎宗内动手。她冷冷道："好，那我便再等一日。"

星子散落，晨曦渐亮，又是一夜过去。考核进行到第七日了。

这一日，石室中的少年们开始陆续出来，面上有喜有悲。他们都聚集在试炼场内，等着钟声敲响后的考核结果。

眼见着日头西沉，在这儿候了数日的俞念柔也失去耐心，不知为何，她觉得自己面颊的伤口越来越疼，眼下急着拿到银痕草。她高声问："所有人都出来了，还不算结束？"

万长老皱眉，对这姑娘早已厌烦不已，奈何对方背后是一位化神期大能，惹不起。他指了指："还有一人没出来呢。"

顺着他指的方向，俞念柔才发现果真还有扇石门闭合着，兴许是因为从头到尾都没动静的缘故，所以被人彻底无视了。

"到现在都没出来，定是无法通过考核的无能之辈，何必为那一人浪费时间？"俞念柔语气笃定，说得理所当然。这是她自小就从俞不灭那儿学到的道理，不需要同情无能者。

"瞧把你能得，管东管西，不知道的以为你是丹鼎宗掌门呢。"启南风没管住嘴，马上撑回去了。他出来后没看到俞幼悠，猜到那间没开的石室中就是她，好歹是自己带进门的熟人，心中又对俞幼悠有点儿愧疚，于是下意识地就开口相护。

万长老心中暗喜，这小子好，还没入门就知道维护丹鼎宗的脸面了！

俞念柔斜睨着瞧了瞧，总算认出了启南风："原来是你啊，所以里面的那人……就是先前你背上山的那个小乞丐？"

她微微偏过头，笑容甜美中又带些戏谑，若仅看脸，谁都会觉得这是个娇俏天真的小姑娘。可是她开口，却是这样一句——"都七天了还没动静，她会不会已经死了呀？"

一股无名怒火蹿上启南风的脑袋，他猛地站起来想要理论，然而护在俞念柔边上的姜渊冷冷地一瞥，在筑基期的灵力威压之下，启南风闷哼了一声，重重地倒跌回地上。这就是修士跟凡人的差距。

启南风趴在地上，深深吸了一口气后，强挤出一个笑容。他阴阳怪气地开口："说别人是乞丐，我看你们这群瘟丧真的个个都像宝批龙（傻瓜）。"

启南风说的是桐花郡方言，几个云华剑派的外地人完全听不懂。不过姜渊总感觉这不是什么好话，于是看向万长老："他刚才说的什么意思？"

万长老脑袋冒出冷汗，他只是个外门长老，惹不起云华剑派的啊，可眼前这小子是他看中的奇才，不能让他被这几个剑修给砍了！

老人家只能硬着头皮胡诌："这……他说几位真是人中之龙让人敬仰，他知错，不会再冒犯了。"

宝批龙是人中之龙？好像也没什么毛病。

姜渊原本还想再追问瘟丧又是什么意思，那边的俞念柔早已抽出了剑："钟声响就结束，对吧？"

她将剑一抛，在万长老怒目注视下，纤指翻转着使出一记御剑诀："那我现在就让它响！"流转着璀璨光华的飞剑带着巨大的冲击力直直飞向古钟，下一刻，整座考核峰上回荡着恢宏雄厚的钟磬声。

俞念柔的唇角微扬。

然而，就在钟声响起的那一霎，原本封闭的石门忽然猛地亮起一道耀眼的光芒……

不，那是十道光会聚在了一起！在钟声消散前，封闭足足七日的石门终于开启。一个小小的身影慢慢从里面走出来。

最先映入众人眼中的是一双布满冻疮和伤痕的赤脚，再往上看去，是快要曳地的敝旧衣衫，最后是被这身不合身的裙子衬得极小的脸，白得不见丁点儿颜色，唯独嵌在小脸上的眼眸幽黑，像一潭静谧的寒水。

俞幼悠眼中还留有些许茫然，她虽然沉浸在药方中，却也时刻牢记着时间，眼下距离结束尚有大半日的工夫，怎么钟声提前了呢？当看到握着剑站在古钟前的俞念柔，她瞬间猜到了个大概。

俞念柔居高临下地打量着她，她猜的没错，果然是那个一直碍事的小乞丐。

"居然赶在钟声结束前出来了。"她收回剑，嗤笑一声，"你是怕破解不出丹方丢脸，所以在匣子里瞎放了十种药吧？"

此言一出，启南风顿觉膝盖中了一箭，立刻东张西望，假装没听见。

俞幼悠凝视着自己名义上的妹妹，沉默片刻后，只垂下眼无波无澜道："你们练剑的别教我们炼丹的做事。"

都不等俞念柔开口，姜渊便冷着脸拔剑，准备教训这不知天高地厚的丫头。这样的事他做过太多次了，俞不灭不在的时候，他便一直代替师父护着师弟师妹。

在姜渊出手的同时，曲清妙突然翩飞而至，拎着俞幼悠把她丢到人堆里，自己则挡在这群孩子的正前方。

她冷声警告："道友，即便云华剑派是友宗，也没有干涉我宗考核的道理！"

"很好。"姜渊收了剑，面无表情地看着俞幼悠，"那我就等她考核结束。"

曲清妙心中微沉。修真界都知道俞不灭那一脉有多护短，现在俞幼悠还在丹鼎宗，云华剑派的人自然不会对她动手。但她若是没有通过考核，就得离开这里。姜渊会顾及丹鼎宗，却不可能会顾及一个普通人。凡人的生死，只在修士的一念之间。然而她也无法，只希望这孩子能争气点儿通过考核，虽然可能性几近于无。

万长老清了清嗓子："那我不多说了，直接公布正确的丹方，破解出六种及以上的便通过考核了！"

"第一味药，盐黄柏。"

没选过这味药的人瞬间一脸沮丧。

"第二味药，山萸肉。"

…………

每念一个，人群中的叹气声就越多，看样子有不少人出错了。

俞幼悠肚子饿得慌，而且在石椅上坐太久把尾巴压麻了，现在浑身不舒服，只能东张西望转移注意力。结果一转过头，就跟一双熊猫眼对上了。

俞幼悠边上坐着的圆脸少年生得白嫩干净，可能是熬了夜，眼尾微微泛着红色，像只无辜的兔子。他突然开口，抢在万长老之前低声说出丹方的下一味药——

"第六味药，天冬。"

俞幼悠觉得这人有点儿意思，于是跟着接下去——

"第七味药，金樱子。"

貌美少年愣愣地看着她，继续："第八味——"

两人你一句我一句，语气镇定地抢在万长老之前把十种药材全说出来了，更可怕的是连顺序都毫无差错。

"苏意致。"少年突然又开口。

俞幼悠愣了愣："错了，没这味药。"

少年的脸瞬间涨红："……我叫苏意致。"

"我叫俞幼悠。"

苏意致这才发现因为两人压低声音说话凑得太近，又红着脸挪了挪身体与俞幼悠保持距离。

此时万长老也报完了丹方，在他面前仅留有两组药匣。

"全部选对的是苏意致和俞幼悠……咦？"万长老的眉毛一抖，下意识地就往启南风身上看去，他以为这小子能全对呢，结果留下来的竟然是那个最后出来的小姑娘。

更重要的是——

"这小姑娘的最后一个药匣里，为何放了两株药？"

众人哗然，只见过放错的，怎么会有人放多了的？

俞幼悠虽然坐得懒散，但是语气很笃定："因为丹方里本来就有它。"

可万长老说过丹方是十种药，所有人都这样想着，唯独苏意致突然呆滞，似乎想到了什么。难怪他总觉得药方不太对，原来是有十一味药！

他拧着眉思忖片刻，看向俞幼悠悄声问："所以你这么迟出来，就是因为这最后一味药？"

俞幼悠点点头："是有这方面的原因……"

远处的俞念柔并没听见那二人的对话，只暗自松了口气，是她多虑了，刚才见小乞丐的药匣留到了最后，有一刹那竟真担心她能胜过出身世家的苏意致。

她面无表情地睨了一眼俞幼悠，轻哼道："所谓自作聪明、画蛇添足，莫过于此。"

俞幼悠抬头，再次告诫："都说了，剑修不要装作很懂丹修的事。"

就在这时，一道极冷的声音打断众人的议论："她没有放错。"

曲清妙好似无意地将俞幼悠护在身后，淡然道："那新丹方是我所作，本就是十一味药，说十味只是为了给你们降低难度。"

最后那味药是甘草，仅有淡淡甜味儿，对药效全无影响且无异味儿，之所以加进去只是因为那粒丹原本太苦了，曲清妙咽不下去。当然，这种理由她是不会说出口的。

俞念柔脸上的笑容一僵：“曲道友，你这是什么意思？”

“意思是，头名并非苏意致，而是俞幼悠。”

苏意致盘腿坐在地上，很服气地点点头，赞同这个结果。

曲清妙垂眸静静地注视着俞念柔，之后语气极冷淡地告诫：“还有，请云华剑派不要教我们丹鼎宗做事。”

云华剑派的几人在宣布结果后就冷着脸走了。

没了姜渊的修为压制，启南风身体一松，飞快地朝着俞幼悠跑去。

“你果然深藏不露，我的眼光真是太好了。”他满脸喜滋滋地先夸了自己，然后上上下下打量了一遍俞幼悠，察觉到了不对，“咦，七天不见，我怎么感觉你的气色好了不少？”

启南风这回还真没胡说八道，包括苏意致在内，参加考核的少年们在石室被关了七天后都是蓬头垢面、一副苦瓜脸。唯独俞幼悠，非但没有大伙儿想象中的奄奄一息，肤色反倒红润了些。

启南风还记得第一次见到俞幼悠的情形，那会儿她瘦得脱了形，就像是刚从坟地里爬出来似的，现在好歹有点儿人样了。

俞幼悠脸色很镇定：“可能是辟谷丹还有养生的功效吧。”

“是吗？”启南风疑惑地挠了挠头，“我还剩了六粒辟谷丹，都给你吃？”

俞幼悠立马扭头装作没听见。

与此同时，俞幼悠身后传来丹鼎宗弟子疑惑的声音——

“曲师姐，为什么这间石室的药材都不见了？”

“药柜里只剩下几种有毒的药材，其他的都没了。奇怪了，也没见她带药出来啊，总不可能被她吃了吧？”

这些凡药对于仙门来说很廉价，要带走也无妨，只是以往最多就是最值钱的那些药被拿走卖钱，头一次见有人在里面把药都啃完的！背后投来狐疑的目光，俞幼悠连头都不敢回。

当然看不见了，她摸了摸自己干瘪的肚子，因为那些药都被她配成各种补药吃进去了。若不是俞念柔提前敲响了古钟，她指不定还要把剩下的那些药材全配成强身健体的药吃下去。

这才是她这么迟出来的原因，是为了活命，活下去比任何事都重要，这是印在她骨子里的末世生存法则。可能是虚不受补，往回走的路上，俞幼悠又流鼻血了，启南风吓得强行拎着她转道去膳堂吃东西。

晚上的膳堂没有白天那么热闹，三三两两坐着的人大部分是这次参加考核的少男少女。通过考核的在痛快地吃饭，弥补辟谷丹造成的创伤。没通过考核的吃得更狠，明天他们就得被送下山了，今天怎么着都得多吃丹鼎宗一顿。

苏意致端着饭碗坐在俞幼悠对面，发现后者好像沉迷于吃饭，没打算理自己。他只好主动开口："你是怎么知道丹方是十一味药的？前十位药已经构成了完整的丹方，其他药其实也有带甜味儿的，和甘草的甜味儿几乎一模一样。"

俞幼悠把碗里最后一粒饭吃干净，才抬头回答："几乎一模一样不等于一样，分解药方不允许有误差。"也正是因为她察觉出了那一丁点儿不同，才在石室中耽误了那么久，对于一个医者来说，追寻极度的精准比一切都重要。

苏意致沉默半晌，最后释然地点头："言之有理，是我太想拿头名，心急了。"

启南风很嫌弃他俩，一人给夹了一筷子豆芽菜："吃饭就好好吃，饭桌上少讨论扫兴的事儿。"

此话一出，俞幼悠顿时想起先前瞥到的启南风的考核结果，在落选的学渣面前谈考试的事，诚然太过残忍了。

不管怎样也算朋友了，俞幼悠思忖片刻安慰他道："你这次回家好好学，明年再来考一次便是了。"

"我都已经是外门弟子了，明年还来考什么？"启南风一脸莫名，摸出了块外门弟子的牌子，"我刚上山就拿到了，你俩也别太羡慕，明天就会给你们发了。"

俞幼悠夹着豆芽，有点儿蒙："你不是一种药材都没选对吗？"

启南风很淡定地回答："是啊，但是我家年年给丹鼎宗捐一万口棺材，今年额外捐了一万亩药田。"

“有钱真好。”

俞幼悠直吃得肚子溜圆，才慢悠悠地走回去。

此时早已夜深，丹鼎宗内只听得窸窣虫鸣，客院的照明阵上萦着几只飞蛾，也把静立在她门口的那道人影给照亮了。一个穿着绣金边白衫的青嫩少年提着把细剑，听到脚步声回了头。

俞幼悠停下脚步，语气不冷也不热：“你走错路了吧？”

站在她面前的俊美少年长了一张跟俞念柔极相似的脸，他就是龙傲天的儿子俞长安。

虽然俞幼悠并不稀罕，但是勉强算来他还该叫自己一声长姐。少年年岁尚小，却已经隐约触碰到筑基境界了，即便是天才如姜渊，与之相比亦显逊色。

俞长安清秀的眉头微微皱着，他打量着俞幼悠，旋即摸出一袋灵石递上去：“这是一百枚灵石，你用来修炼也好，换成银子也罢，足够你丰厚过活了。”

俞不灭教育儿子显然比教育女儿上心，俞长安虽然也带着股“修二代”特有的傲气，但总算不像俞念柔那么气势逼人，至少开口前还知道给好处。然而，俞幼悠依然把手揣在袖子里，没动。

俞长安继续开口：“这是定金，明日你去药田中取来那株一品银痕草，我再给你一百枚灵石。”

两百枚灵石，这样的价格就算是筑基期的修士也会心动不已，难怪当时苏意致会答应交易。

然而，比他矮了一头的小姑娘目光古怪地盯着他，没伸手接灵石，反问一句：“一品银痕草长什么样？跟普通银痕草有区别吗？”

俞长安以为她答应了交易，于是为确保俞幼悠不会取错药，认真地同她描述起了一品银痕草的样子：“的确和普通银痕草不一样，因为有灵力滋养的缘故，所以叶片上的痕迹不是银色而是金色，另外为了摘取的时候保持灵力不流失，你最好把它连根拔起。”

俞幼悠点点头，客客气气道谢：“明白了，多谢。”

俞长安皱眉，又递出灵石：“定金……”

但是俞幼悠已经往院内走了："我吃饱犯困，就不送客了，明日见。"

房门飞快地关上，俞长安微微一怔，低头定定瞧着没送出去的一百枚灵石：明日见？难道她的意思是不要定金，明日拿到药后再收灵石？

俞长安心情复杂地回到云华剑派所在的小院，还没进门就听见俞念柔的怒骂声。

"就怪那个小乞丐！竟让她走运成了丹鼎宗的弟子了！"俞念柔将手中的面纱揉成一团砸过去。

面纱落在姜渊的衣角，他无奈捡起："我马上就去找她买……"

"买？"俞念柔偏过头，娇俏的脸上是一贯的傲气，"区区一个乞丐也配？师兄，你去让她明日为我取来银痕草跪着送来，否则我就斩断她的脏手！"

"姐姐，她现在已是丹鼎宗的弟子。"俞长安推开门，无奈地提醒。

俞念柔依然不屑："不过区区外门弟子罢了，我不信丹鼎宗愿意为了她得罪爹爹。"

父母都说女孩子应该宝贝娇养，可这样的百娇千宠也导致俞念柔格外刁蛮。在自家人面前这样的娇气是可爱，但是在外面，有时就未免显得太蛮横不讲理了。

俞长安手里握着那袋没送出去的灵石，鬼使神差地说了句："姐姐，我觉得她其实倒也不坏。"

这次随师兄出来历练后，他才知晓这些灵石会让普通人多么疯狂，饶是大世家出来的苏意致，当初不也为了这些灵石低头了吗？然而那小姑娘甚至没多看灵石一眼。

这样看来，俞长安忽然觉得那小女孩极具风骨，不像苏意致，那家伙拿了定金不办事，事后还只肯退一半定金！

某个偏僻的客房里，苏意致连打了三个喷嚏。

第二天一大早，俞幼悠刚领完外门弟子的衣服和令牌，就被万长老拎去了灵药田。

刚踏入这里，俞幼悠就感受到了灵药跟普通药材的差距，一种说不清道不明的力量萦绕在整块药田上，让她原本因为走得太远而闷痛的胸口都逐渐舒服起来。

她打量着这些稀奇的灵药，发现一种也没见过，要真让她选怕是也不知如何下手。

“这里都是已经长成的一品灵药，你随意选择一株带走吧，记得别耽误太久，你只有半盏茶的工夫。”万长老在她身后说着，正打算为她介绍下灵药种类的时候……

俞幼悠径直走到一个角落，干脆利落地将那株一品银痕草连根拔起来。

“万长老，我选好了。”

万长老：“……”

为什么你刚好选了药田里唯一的一株一品银痕草！物以稀为贵，你知不知道！

俞幼悠无辜地回望他，坚定地把灵药收好。她是不识货，但是主角亲儿子都愿意花高价买的，肯定是好东西啊！

万长老一脸肉痛地带着俞幼悠出来，他怀疑这小丫头不是孤儿，而是哪个大家族派进丹鼎宗的奸细，不然为什么偏就选了最难得的那株灵药！

外面早就等了一群人，眼见俞幼悠出来，俞长安眸子一抬，旋即迈步朝她走去，然后对着她伸出一只手准备拿药。可惜俞幼悠好像没看他，而是看向了启南风，把手里的一品银痕草递过去，后者难得聪明一回，飞快地将其丢入芥子囊中。

她转过头，才发现俞长安还冲自己伸着手，他这是想干吗呢？只思索片刻，俞幼悠就将手递上去，热情且友好地握了握俞长安的手。

真是好弟弟，多亏他昨夜特意来告诉她什么灵药最好。

“你好啊！”

俞长安不太好，他整个人都僵在了原地，其他人也傻傻地看着这一幕。

过了好一会儿，俞念柔才见鬼似的盯着弟弟：“你一大早把我带来这儿，就是想让我看你跟这个小乞丐的关系有多好？”

俞长安傻愣在原地，竟然忘记抽回手。俞念柔不等弟弟解释，重重将他的手拍开，一把抽出灵剑。

“万长老，今日我要向你们丹鼎宗讨要一个人。”她微微抬起下巴，看向俞幼悠的美眸中已有浓郁的厌憎。

万长老意识到不对，急忙阻止："不可！"

然而俞念柔只是轻哼一声，她并不把一个金丹期的外门长老看在眼里。俞不灭当初为了哄她开心，不知杀过多少金丹期修士了。

她随意地丢出一张高阶符咒，想要出手相护的万长老和启南风顿时被困住。下一刻，俞念柔便掂了掂剑，笑眯眯地走到俞幼悠面前，语气天真又认真："我不杀你，不然要脏了我的剑。"

她弹了一下剑身，悦耳的清鸣响起："你嘴巴厉害，还总碍我事，更恶心的是你弄脏了长安的手。我得把你绑回云华剑派，好好教训你。"

俞念柔解下剑鞘上的那条挂饰，原本只有手指长的毛茸饰物被灵力催动，瞬间变成了一条银色的绳子，在阳光下流光溢彩，美得令人惊心动魄。

这是这次出来试炼前父亲赠予她的高级法宝，能够轻易将人束缚住，今日她就要拿绳子牵着俞幼悠走，把这小乞丐当狗遛。

银绳被她轻轻一抛，好似游龙一般飞向准备逃跑的俞幼悠。然后……

"啪叽"一声，绳子掉在俞幼悠的手里，好似失去灵气一般毫无动静。

俞幼悠逃跑的步子一顿，这是什么招式？

俞念柔愣了愣，这还是她头一次在人前失败，更要命的是，她想抓的人还只是个凡人！她银牙暗咬，只觉得脸上燥热无比，原本想羞辱俞幼悠的念头瞬间转换成了杀意。

俞念柔手中的灵剑扬起，俞长安焦急道："姐姐不可！"这里是丹鼎宗，不是任她横行的云华剑派！

不叫还好，这一声顿时让俞念柔脸色更冷："你竟为个乞丐求情？放心，我只要她一只手！"

就在这时，一道清亮的剑鸣声似凤啸，响彻天际。

俞念柔的脸色猛地惨白，手上不受控制地猛颤了一下，灵剑居然重重跌落在地："惊鸿剑……他怎么来了？"

俞长安叹气："桐花郡出现了一只化神期的异兽，百里小师叔怕是来斩异兽，顺便带我们回去的。"他只谨慎地说了这样一句，便带着敬畏看向天边。

只见萦绕在丹鼎宗上空的云雾被凛厉的剑气击碎，生生地在长空划出一条剑痕，有道挺拔的身影就站在剑痕上方。

逆光中，无人看清他的面庞，唯独能看清他手上反握的那把剑，泛着骇人的血光，黏稠的血渍包裹着剑身往下淌，生生将其染成红色。他并不擦拭，任其滴落。

俞幼悠愣了愣，下意识地偏头去看身边的树叶。墨绿的树叶上溅落了点点暗红色痕迹，并不是雨水，而是血滴。

对方没有闯入丹鼎宗大阵内，而是停在阵外，一言不发。

丹鼎宗内，似有某位大人物长叹了一声，幽幽道："百里道友，贵宗小友太过了。"

提着血剑的那人声音淡淡道："知道了，马上收拾她。"

俞念柔怒极："你敢！我爹——"

"我不是你爹。"那人语气极淡地打断她的话，"滚上来。"

这次即便是姜渊也不敢护着自家师妹，无比老实地朝那人飞去。云华剑派所有人都僵硬地挺立，排成了整齐的一列队。

队伍末尾的俞念柔低头看到了地上的俞幼悠，后者这会儿正把那根漂亮的银色绳子往衣兜里揣。

俞念柔心里一急，那可是她刚拿到不久的法宝："小乞丐，还我——"

还没等俞念柔喊完话，一道剑气就猛地落在她头顶，生生地把她刚抬起的脑袋拍低。

那力道毫不留情，瞬间让俞念柔飙出眼泪。

云端上的剑修冷淡警告："闭嘴。"

俞念柔忍住泪，这会儿她的骄纵跟底气全消失了，竟跟个鹌鹑似的老老实实跟上去了。

而那位出手凶悍的剑修仅停留了片刻，领到人后便御剑扬长远去，丹鼎宗内的长老也就此消声。

原本被剑气遮蔽的日光重现，若不是树叶上那几滴血还在，俞幼悠简直怀疑是自己的幻觉。

见识了这等大场面的启南风难掩兴奋："刚刚那是谁？"

万长老神情古怪，讳莫如深不愿多说，被他烦得不行了才吝啬地吐出一句："百里空山，云华剑派的……疯子。"

他说得含混又迅速，如同面对洪水猛兽，唯恐避之不及。到最后两字时，还鬼鬼祟祟地望了望天空中那人远去的方向。

俞幼悠走神没听清楚名字，纳闷再问："长老，您刚说什么来着？"

但是万长老死也不愿再提了，他在临走前看着俞幼悠长长地叹口气："原以为你能成为我们丹鼎宗新的支柱，但是你招惹了不灭剑神的女儿…… 唉，希望她爹这次别杀进丹鼎宗。"

启南风突然连着打了好几个喷嚏，然后轻咦一声。

"这是什么毛？"他手里抓住一团随风飘到脸上的白色绒毛，观察了一会儿，很嫌弃地抛给俞幼悠，"噫，天气暖和了，你是不是开始换毛了？"他还没见过俞幼悠的尾巴呢，下意识地就以为这是她掉的毛。

俞幼悠："你走开。"

这毛纯白如雪，又软又顺还泛着光泽，一看就不是从她尾巴上掉下来的。她的尾巴毛干干巴巴的很粗糙，甚至因为营养不良还掉毛严重，有点儿秃，更重要的是，她的尾巴毛是灰色的。

可能因为太过炮灰，所以原文一直没提她是什么半妖，要不是尾巴够大够长，俞幼悠刚穿越来那会儿得怀疑自己是老鼠妖。

"估计是哪只野猫野狗的吧。"俞幼悠随手把那团让人羡慕的白毛揣好，打算有空研究下为什么别人的毛质这么好。

尽管万长老怀疑俞不灭会杀进丹鼎宗，但还是让俞幼悠进外门了。

丹鼎宗的外门跟俞幼悠想象中有点儿不同。作为东境第一的丹修仙门，俞幼悠以为会看到云阶月地、仙人翩飞的震撼画面。结果刚越过山头抵达外门，出现在她面前的就是一望无际的药田，远处是一排排简陋的木屋，还有好几个挽着裤腿的人在地里忙活，要不是认出他们身上穿着的蓝白色外门弟子服，俞幼悠得怀疑自己到了哪个农庄。从某种意义上来说，俞幼悠还是被震撼到了。

有师兄师姐看到这两张新面孔，立刻扛着药锄走过来，热情招呼："你们也是新来的？"

俞幼悠点点头。他们立刻熟络地走在前面带路："带你们先去挑选住处吧，不过你们来得太迟，好位置估计都被挑完了。"

俞幼悠原以为他们会被带去那排木屋，师兄们却领着她走向药田边上的一座传送阵前。

短暂的眩晕过去，俞幼悠睁开眼，发现自己此刻正站在一座繁华的山中。

用繁华来形容山好像不对，然而确是如此。清幽翠丽的青山上花树茂密，每隔一段距离就建有一座小院，或是沿溪而起，或是傍树而生，每个小院都清雅别致。

带路的师姐微笑道："新来的都住山脚，你们自己去挑选空院子便是，另外每日都有长老在山顶大殿中授课，切勿迟到。"

两人同时抬头看向山顶，却只看到翻腾的云雾。想到未来住处在山脚，长老授课却在山顶，两人都沉默了。

"没事，大不了每天早点儿起床就是了，还能锻炼身体，不亏。"启南风强行安慰自己。

俞幼悠转过去看师兄，认真发问："我可以在山顶打地铺吗？"

师姐古怪地一笑："可以，但是膳堂在山脚，你要想一直在山顶打地铺，最好多带点儿辟谷丹。"

想起那蟑螂味儿的玩意儿，俞幼悠瞬间打消了这个念头。

每座院子都差不多，俞幼悠看了会儿，最后选了座最空旷的小院。这座院子无树无花，同那些院子比起来略丑了些，就连启南风都挺嫌弃它："你住这儿干吗？连棵乘凉的树都没有。"

俞幼悠倒是甚为满意，她指了指长满杂草的空地："这儿可以开辟出来种药。"

宗门药田里的药不能随意采，但若是自己院里种的就不一样了。生在末世的俞幼悠深明种地的重要性，一眼便相中了这块好地方。

启南风听后大受启发，可惜这附近就俞幼悠那院子最秃，他只好撸起袖子，大胆地开始思考把隔壁院子的一众花草拔除的可能性。

俞幼悠并无行李，好在丹鼎宗很照顾新人，哪怕是外门弟子的居所也放置了各类必需品，跟她先前住的那个雪洞似的空院子比起来，这里更像个家。

一番整理后，俞幼悠同启南风一起去膳堂用饭。膳堂里面坐了不少通过考核的熟面孔，看到俞幼悠，他们又是好奇又是钦佩地同她打招呼。

人群中有稀稀落落的议论——

"她是谁？"

"俞幼悠。"

"俞幼悠是谁？"

"就是赢了苏意致的那位。"

"哦，你这样说我就知道了。"

某个角落坐着吃饭的苏意致膝盖又疼了一下，他默默端起饭碗回自己院里吃了。

膳堂里三三两两的议论声极多，不多时就有人聊起了院子的事儿。

有个弟子一脸幸灾乐祸："还好我来得早，我刚刚看到被挑剩下的那座秃院居然有人搬进去了。"

"太惨了，到底谁这么倒霉住那种鬼地方？"

"我想去看看到底谁选了那儿。"

俞幼悠低头吃饭，全然没将"秃院"这名字同自家对上，她甚至兴致勃勃地跟启南风说悄悄话："他们一直在说的秃院是什么地方？听起来很烂，我们去看看？"

直到邻座的那群人与俞幼悠再次相遇，就在她的小院门前。

众人面面相觑，最后只能尬笑着告辞："打扰了。"

启南风一脸同情："原来秃院就是你家啊。"

俞幼悠："…… 求你闭嘴。"

在秃院里，俞幼悠睡了来到这个世界后最香甜的一觉。不过天边星星还没全部落下，她便翻身而起，抄起块石头往隔壁院里丢过去。

没过一会儿，隔壁就传来启南风骂骂咧咧的声音，但他还是跟着起床了，毕竟他们得爬山去听长老授课。

山道蜿蜒陡峭，黎明前的天幕尤为黑。俞幼悠每走一步都要耗费更多的力气，小腿酸软得好像快要断掉。

启南风不放心，他自己也觉得有些累。却还是回头看了眼俞幼悠："要不我背你吧？"

"不必。"俞幼悠喘着气摇摇头，颤巍巍地摸出一粒补身体的药丸丢进嘴里，硬忍着继续往前，还好当时在石室里搓了药丸带出来，不然现在怕是要死在半路。来不及看山顶大殿，俞幼悠含着粒药，软趴趴地找了个角落坐着。

第一天授课的长老是熟人万长老，他笑眯眯地同众人介绍：“你们现在已经是我丹鼎宗的外门弟子了，从今日起就要正式开始学习作为丹修的各类学识。”

“除了灵药学、基础炼丹术之外，你们还有另外一门必修课。”万长老抬手一挥，几十把锄头瞬间出现，分散地朝着这群弟子飞去，他正色道，“这是你们的药锄，从今日起，你们就要去药田里学习如何种植灵药了。”

俞幼悠很高兴，她在末世种过很多药，但是从没学过如何种植灵药，正愁不知道怎么打理自己的秃院呢。

其中一把小巧的锄头飞到俞幼悠头顶，她兴奋地主动伸手握住，结果砰的一声被砸落在地：我去！为什么会这么重！

种田是成为丹修的必修课。不过对于这些新人来说，要锄地下田还是太困难了。能通过外门考核的大多是从小苦修医术的孩子，无论男女个个都长得白净文雅，平日里最多干点儿研磨药材的活儿，哪有会种田的。

除了几个从小在山里采药的孩子动手了，其他人都扛着锄头，手足无措地站在边上。

俞幼悠也在边上，她倒是很擅长种田，不过她有条毛尾巴，一旦撩裙子或者挽裤腿就会暴露！

启南风听完她的困扰后，悄悄出主意：“要不把尾巴盘在腰上？”

“……”俞幼悠看妖怪一样看着他，这人脑子里想的都是些什么？过了会儿依然没别的主意，最后她还是摸到药田边上的小屋里盘尾巴去了。

从俞念柔那儿捡来的绳子贼好用，虽然俞幼悠现在没有灵力，不知道如何驱使它，但这绳子跟她尾巴的颜色差不多，还柔软且韧，用来绑尾巴再好不过。万幸，俞幼悠的腰又软又细，加上天气暖和了，她也开始换毛了，半秃的尾巴盘在腰上居然不显臃肿。

她从师兄那儿领了灵药的种子，听完种植灵药的要领后，光着脚进了药田开始奋斗。种药不难，只是那把锄头对现在的她来说还是太重了，俞幼悠怀疑自己迟早会练出肱二头肌。

出乎意料的是，启南风挖土居然又快又好，一点儿也不像是富家公子。别人问起，他得意地大笑：“我家前几年没发达之前，我天天跟着我爹去帮人挖坟坑！”俞幼悠抽出手，朝他比了个“六”。

从这日起，俞幼悠在丹鼎宗的日子变得格外充实，上午被丢去药田刨土，下午爬到山顶大殿听长老们讲解灵药的种类和功效，每顿都能吃三大碗饭。

同时，她终于知道一个残酷的真相。原来一品灵药是最低等的灵药，亏她先前听到“一品”两个字以为这就是最高级的，一直在夸丹鼎宗大气呢！

灵药的分类比起普通药材更为繁杂，不过俞幼悠对此很有兴趣，在不需要种田的时候，她一般都去藏书阁，翻看那本厚得能砸死人的《灵药大全》，一坐就是一整天。

这日，启南风在藏书阁找到俞幼悠的时候，她正啃着馒头，津津有味地看书。

“明日要小考，他们都出去买药材练手了，你怎么还在这儿看书呢？”启南风一把夺过她的冷馒头，塞了个热包子过去。

丹鼎宗每个月都会有一次小考，这次要考核的是灵药材的配比，需要用宗门发放的药材配出标准的丹方。

好巧不巧，头一个要学的丹方就是辟谷丹！因为药材多一点儿少一点儿都会造成丹方错误，而宗门也够狠，没告诉他们每一种药准确的分量，所以大伙儿要么跑去师兄那儿打听精准的丹方，要么就跑去买一堆药材用来练手。

师兄师姐们知道这是为了考较这些弟子的炼丹天赋，所以口风极严，这些刚入门的弟子只能自己琢磨去了。

俞幼悠啃着包子："灵药太贵，而我太穷。"

启南风翻了个白眼："宗门这个月的弟子月例发了二十枚灵石，足够你买三份药材练手了。"

寻常的一品灵药并不算贵，用不了多少灵石。当然，换算成凡俗的银子那就是天价了。

“三份？”俞幼悠算了下，纳闷，“好像没有谁卖得这么便宜啊？”

除了发下来的份例外，丹鼎宗弟子想要灵药都得用贡献点来换。启南风跟俞幼悠靠着超强的种植技巧，在同届弟子中算是贡献点积累得最多的了，就这样也只能换两三株灵药，想要更多的灵药只能找师兄师姐买。

启南风神秘兮兮道："我知道有个地方能买到很便宜的灵药，去吗？"

俞幼悠抠抠搜搜地捏了捏自己好不容易丰满起来的钱袋，想了想，还是果断点头：“行，那我们去！”

启南风带俞幼悠去的地方并不在丹鼎宗，而是在桐花郡城内。俞幼悠的记忆中只有破旧混乱的东西二街，这还是头一次见识桐花郡的繁华，雅致的亭台楼阁处处可见，盛会九衢三市。来往的人群中时常可见修士的身影，竟然还有不少卖符咒和卖灵丹的店铺。

“那些都是散修或者外宗人开的，丹鼎宗是不许外门弟子外出售药的，怕技术太差炼坏了丹，丢宗门的脸。”启南风一边说着，一边领着俞幼悠往一条狭长的小巷走，“你把面具戴好，跟我来。”

他先前给了俞幼悠一张面具，上面布了隐蔽的阵法，可以防止被修士们窥探真容。两个人都穿的是黑衣，这会儿再戴上黑色面具，几乎要同这条黯淡无光的小巷融为一体了。

“这地儿可是我花了大价钱才从师兄口中打听到的，鱼游游，你可要看好长见识了！”

启南风话音刚落，就用力地把俞幼悠往那面看似破烂的旧墙上一推。预想中的疼痛没有出现，俞幼悠脚下踉跄了几步，抬头才发现眼前的场景早已变换。这里像是一片封闭的空间，没有阳光映照，然而处处都是灵石和法宝的光亮，里面闪耀的灯火将这处空间映照得仿若白昼。

“这里是桐花郡的修真黑市，什么东西都有。”启南风在她身后出现，压低声解释，“听说修士们几乎都会来这儿买卖东西，什么东西都有，当然很多东西来路也不太正。”

比如杀人夺宝来的宝贝不方便处理，修士们就会把这些东西拿到这儿来卖，又有些难搞的东西寻不到，也会在这里花钱让人去找。听说还有在这儿雇凶杀人的，不过启南风觉得这种事儿太过血腥，就没跟俞幼悠说。来往的人跟他们一样，都身着黑袍，戴着漆黑的面具，就像是一团团黑色迷雾飘荡在黑市中。

启南风跟俞幼悠都是第一次来这儿，两人现在还没有修为，不敢乱逛，只是飞快地买了灵药就回宗门了。黑市的药材价格跟宗门师兄师姐们卖的价格比起来，果然便宜许多。

“我买了五份灵药材，今天晚上多试几次，我就不信明天配不出辟谷丹的丹方！对了，你买了多少？”

俞幼悠没有芥子囊，她把背后的包裹打开给启南风看：“喏，就这些。”

启南风看了一眼，脸色就变了：“你怎么一份辟谷丹的药材都没买？”

包裹里的药材乱糟糟的什么都有，甚至有灵药的种子，就是没有炼辟谷丹所需的药材。

俞幼悠挠了挠头：“明天小考的时候不是会发一份吗？”

那份药材等于是正式的试卷了，问题是现在别人都在买练习册补课啊！启南风被她弄得哑口无言，恨铁不成钢：“连续三次小考不通过是要被逐出外门的！算了，我给你两份药材，你今晚赶紧练练……”

“不用。”俞幼悠把他摸出的灵药推回去，认真道，“放心，我没问题。”

“真的？”启南风将信将疑。

“真的。”

送走启南风后，俞幼悠才把自己今天买的灵药一一摆放出来。想了想，她又摸到院子里，把移栽到院里的那株一品银痕草给拔下来，多亏了好弟弟提醒要带泥连根拔，不然她还得不到这么新鲜的药材。

马上又要到血脉反噬了，上次的药用完了，这次她准备拿银痕草做个加强版的止痛药。

有了上一次的经验，俞幼悠这回操作起来极快，不一会儿便炼制好了。

此时桌子上还摆放着许多药材，无一例外全是灵药。俞幼悠的表情有点儿凝重。体内的两族血脉跟有仇似的每个月都要打一次架，导致她的身体也被摧毁得破破烂烂，灵脉全碎无法修炼。光吃普通的补药已经没多大用了，得用灵药才行。桌上的这些灵药，就是她再三翻阅《灵药大全》后选中的。

在末世有不少强化身体的药物，但是因为药效太猛，所以大部分人不敢直接吃，而是选择用药浴的方式来吸收药效，虽然不如直接服用药物来得快，但是温和很多。现在，俞幼悠也决定采用这种方式。

俞幼悠弄了一大桶冷水在房间里，将门窗闭合后，慢悠悠地探了只脚进去。很冰，腿上的鸡皮疙瘩马上就起来了。但是她没有加热水，反而整个人都沉到了水底，然后开始往水里丢灵药。

灵药的威力远不是凡药能比拟的，药材一入水，原本还冰冷的水瞬间变得滚烫，俞幼悠苍白如雪的皮肤立刻被烫得通红。体验过血脉反噬的人对疼痛的忍耐度高得可怕，俞幼悠面无表情地继续往水里丢药材，浴桶里面的水一会儿烫一会儿冰，更离谱的是还有辣的！俞幼悠在恍惚中一度怀疑自己成了火锅里的食材。

俞幼悠体内的两种血脉在灵药的刺激下，也逐渐翻涌起来。她死死地咬住牙，浑身剧烈地颤抖着，就连尾巴也疼得僵直。她舍不得吃止痛药，那是要留着血脉反噬时用的，她这个月已经没有更多灵石去买第二份灵药了。

这样的痛苦一直持续到了后半夜，原本被药材弄得浑浊的药水逐渐变得清澈，等到晨曦透入门窗缝隙后，折腾了一夜没睡的俞幼悠才逐渐回过神来。

她艰难地从浴桶中爬出来，穿好衣服，藏好尾巴后，一边打着哈欠一边朝山顶跑。

俞幼悠踏入大殿，准备摸去熟悉的角落时，居然有人拦住了她："不好意思，这儿有人坐了。"

俞幼悠有点儿纳闷，这不是她的位置吗？更离谱的是，拦她的人居然是她的好兄弟启南风！

"你有新兄弟了？"

"没啊，这是鱼…… 你是鱼游游？！"启南风听到声音后猛地回过神，死死盯着俞幼悠的脸怪叫出声。

大殿中其他人也看了过来。

俞幼悠摸了摸自己盘在腰上的尾巴，还好，藏好了。她纳闷道："你们看着我做什么？"

启南风先回了神，又盯着俞幼悠看了半天，嘀咕："好像也没太大变化啊……"

但是为什么刚才就没认出俞幼悠呢？

"她好像有脸了。"坐在边上的苏意致冷不丁地开口。其他人若有所悟，随即跟着猛点头。

先前的俞幼悠就像是一张白纸，不是说她单纯，而是说她像个纸扎的假人，五官都被一团死气笼罩，好像风一吹就会消失。现在的她尽管仍是瘦瘦小小的模样，但是眉眼间鲜活许多，苍白的唇泛出血色，就连脸颊上也有些粉嫩的颜色了。从鬼到人，气质大变。

"我一直都有脸的。"俞幼悠拍了拍自己的脸蛋坐下，嫌弃地推开凑过来看的启南风，"离我远点儿，你早上吃的炸酱面吧？嘴里的蒜味儿熏到我了。"

启南风挺受打击，才刚浮出的“兄弟有点儿可爱”的念头马上熄灭了，他兄弟果然还是个狗东西。

“好了，安静！今日是你们入外门后的第一次小考，需要配比辟谷丹所需的药材分量。”

上方的万长老没有注意到角落里发生的事，只是分发了小考的药材下去。药材入手，底下的弟子们一片肃静。

万长老慢抚着胡子，挨个儿观察底下的动静。看得出来，几乎所有人私下都拿药材练过，眼下配制药材的动作虽然生疏，却也像模像样。

其中最醒目的无疑是苏意致，他一扫平日温暾的模样，动作流畅地处理着药材。

相比起来，他边上的启南风简直粗暴，磨个药粉都跟锄地一样用力。

至于另一边的俞幼悠嘛……

万长老皱眉怒斥：“俞幼悠，还在考试，你啃什么馒头！”

俞幼悠非但没把馒头丢了，还加快速度把它两口咽下，面不改色道：“万长老，我考完了。”

万长老见状气得够呛：“俞幼悠，你给我出去站着反省！”

俞幼悠没反驳，她从桌下又摸出两个馒头带着，这才走出去罚站。她真不是故意挑衅万长老，今天早上不知为什么饿得慌，都吃了五个馒头了还不顶饱。

只不过万长老并不知道俞幼悠的苦衷，好脾气的他今天也发了一通脾气。待曲清妙过来的时候，万长老指着俞幼悠在殿外的身影发牢骚：“你先前还跟我说这丫头心性好，我看她就是欠收拾！”

曲清妙不解，她一直都觉得俞幼悠是个乖巧的孩子，问道：“她怎么了？”

“她仗着自己入门考核拿了头名就飘了，上课吃东西就算了，连小考都敷衍着不想考。”万长老的手飞快地点着俞幼悠交上来的药匣，“才半盏茶的工夫啊，她就说自己把药材配好了！就算是内门弟子也不敢说自己对辟谷丹的药方这么熟悉吧！”

万长老痛心疾首：“我看她就是活腻了，要真被逐出丹鼎宗，万一那个疯丫头又来杀她，谁还能护得住啊……”

“给我看看。”曲清妙接过药匣，只看了一眼，她凝着的眉便逐渐舒展开来，“万长老，你不必再担心她被逐出山门然后被杀了。”

“嗯？”

曲清妙将药匣递给万长老：“你自己看吧。”

万长老先前忙着生气都没细看，此时细细检查片刻，突然怔住了。小考禁止用药秤，药匣里放着的药材的分量竟然跟药方分毫不差，精准得堪称范本！

“这…… 这是什么可怕的天赋！”万长老吐了一口气，“原来她才是我丹鼎宗未来的支柱？！”

曲清妙的神情依然凝重，她遥望着殿外的俞幼悠，那姑娘像是又流鼻血了，边上的启南风正手忙脚乱地拿馒头替她擦血。

她长长地叹息了一声，甚是惋惜道：“她或许只能一辈子待在外院种植药田，处理药材了。想要升入内门学习炼制灵丹，必须拥有灵力，尤其是以亲近药材的木系和善于掌控火焰的火系灵力最佳。你先前看中的苏意致是火系灵力，启南风是木系灵力。而俞幼悠那孩子…… 测试结果看来她灵脉尽碎，怕是这辈子也无法控制灵力，成为一个真正的丹修了。”

俞幼悠压根儿不知道有人在为她遗憾，她只想吃饭。丹鼎宗的膳堂对弟子是免费的，小考后，她把肚子吃得溜圆，又打包了一口袋馒头走。

小考完了有一日的假期，俞幼悠打算去黑市挣钱。一回生二回熟，俞幼悠换上黑衣，戴上黑面具，再次进入这片区域，也没了头回的紧张。

上次她跟启南风在最外围买了药材就走了，这次她往里面走才发现还有卖各类灵器和法宝的，最边上是一堵望不到边的巨墙，上面密密麻麻张贴着各类粗暴的告示——

“一百枚灵石高价悬赏空空山妖女幻姬的项上人头，一手交头一手交钱。”

“组队探秘岐山老祖洞府，事后一九分成，老子拿九，你拿一，不服来砍。”

习惯了丹修和平生活的俞幼悠眼皮子一抖，黑市散修们这种粗暴的生活让她瞬间梦回乱糟糟的末世。不过黑市有规矩，不能杀人，她不怕。

她个子矮，看不清贴在高处的布告，正努力踮脚呢，边上走过一个彪形大汉，随手揪着她的衣领把她拎起来了。

“看清楚没？”大汉粗声粗气地问。

俞幼悠飞快地扫过这片区域，里面都是委托杀人寻宝的，她不行。她回道："看完了，谢谢。"

大汉把她放回地上："你跟我客气你祖宗呢！"

俞幼悠仰头一看，刚才来的路上她就发现黑市有很多妖族，没想到这人居然也是。他背后长了双乌压压的大翅膀，漆黑的面具上还歪歪扭扭地画了个血盆大口。

那妖族大骂："看什么呢？没见过妖族要被吓哭了啊？"

俞幼悠摇摇头，她觉得这个妖族其实还挺乐于助人的，回道："不是，我是想跟你打听一下哪儿可以挣灵石。最好是那种不需要大力气，还挣钱快的。"她态度诚恳，脸皮却厚。

"呵，"妖族的翅膀抖了抖，像是听到了什么笑话，"来钱快还不需要大力气的？有啊，就看你敢不敢去！"

片刻后，俞幼悠被妖族大汉拎着丢到了一座闹哄哄的高楼里。她爬起来一看，就见到正中间矗立着一个擂台，上面有两个人正战至酣处，一摊血啪地从俞幼悠的头顶飞溅而过，若不是她矮，怕就被淋一脑袋了。

胜负很快揭晓，输的那人抱着断臂滚下擂台，赢的那人断了条腿，却还哈哈大笑："老子赢了，哈哈哈！这些灵石是我的了！"

台下的观众嗷嗷怪叫着起哄，那条断腿被人群抛来抛去，最后滚落在俞幼悠面前。

俞幼悠：又是该死的熟悉感，这不就是末世中赌钱又赌命的擂台赛吗！

大翅膀妖修抱着胳膊怪笑："想挣快钱？你别光是做梦，倒是上去打啊。放心，黑市有规矩，不会闹出人命。"

他声音一顿，躬下身拿那张画着血口的面具对着她，阴恻恻道："但是断胳膊断腿那可是常事了。嘿嘿，怕了吧？赶紧滚回去找你娘要奶喝去，黑市这地儿不是你这种小屁孩儿该来的！"

俞幼悠沉默，没有立刻说话。妖修原以为面前的这小鬼要被吓得屁滚尿流，没想到她竟无比诚恳地道谢："谢谢大哥提醒。"

就在大翅膀妖修准备继续吓唬这小孩儿的时候，俞幼悠突然蹲下，捡起那条断腿扛在了肩上。感谢过去的日子那把锄头对她的锻炼，她现在扛着别人的大腿都不费劲了！

整个擂台区域的声音突然消失，所有人见鬼似的看着这个扛着断腿爬上擂台的小矮子。断腿的主人也眯着眼盯着她，眼中还带着大战后未消的嗜血意味。

就在众人以为那小矮子要被丢下去的时候，俞幼悠抢先一步，飞快开口道："需要接断腿吗？今日优惠，只要一百枚灵石。"

在末世常有人断手断腿，导致那个世界的接肢技术异常发达，常常上演扛着断腿跳进手术室，双腿健全走出来的奇迹画面。

断腿主人半晌没回答，他戴着面具，俞幼悠也看不见表情，只以为对方嫌贵。于是她耐心地同他讲道理："接断肢是个技术活，你去找医修的话，不专业的散修不靠谱，容易落下残疾。丹鼎宗的专业医修技术好，但是他们收费高，接腿要一百，止痛再一百，加上后续的各种丹药费，至少要一千枚灵石。更重要的是，丹鼎宗你不一定有求诊的门路。"

"而我技术过硬，价格也是童叟无欺。"俞幼悠骄傲地为自己比了个大拇指，"只要一百！"

她顺道转向台下那个断了手臂的败者，热情招呼："你来接手臂也是一样的价！"

断腿的冷哼了一声，像是看到了什么新鲜的蠢货玩意儿，抱着手臂居高临下地盯着她："黑市骗子多，但是这么小就敢出来骗的，你是头一个。"

"我们行医的从不骗人，说能接，就一定能接。"俞幼悠摆了摆手，她收起散漫的语气，有了几分认真。

"那要是没接好呢？"

"没接好？"俞幼悠重复一遍，云淡风轻地拍了拍自己的腿，"没接好，我就赔你一条腿。"

那个断臂的咬着牙，似有意动。他身上仅剩下最后一百枚灵石了，若真如那小矮子所说，这点儿钱是找不起医修的，毕竟医修的确很稀少，而丹鼎宗的弟子更不可能出现在这种地方。他的手断了，修为也就废了大半，想要再挣灵石几乎不可能了。

"犹豫太久的话，就没法儿接了哦。"俞幼悠体贴地提醒。

此话一出，断臂者猛地抬头，本就是赌徒，又怎么会拒绝再赌一次？他飞跃向擂台，站到俞幼悠的跟前，一片阴影将后者笼罩。

啪的一声沉闷的响声后，一条血淋淋的断臂和一袋灵石同时落到了俞幼悠的怀里。

“灵石给你，今日你若接不好……”断臂者语气阴冷，“那我便断你两只手臂！”

高楼内灯影摇曳，把或彪悍或瘦削的身影皆拉得狭长而扭曲。其中一道小得可怜的影子被四面包围。

俞幼悠盘腿席地而坐，从背后的包裹里摸出数把大小不一的寸刀和细针，锋利的寒光泛出。

边上的断臂者看得头皮发麻：“你这不是缝衣针和削皮刀吗！”

答对了。

俞幼悠在心里给他一个赞。这就是她在膳堂帮着厨娘洗了三天碗换来的宝贝，末世那种专业设备，她是没钱定制的。

反正修士们身体强悍，都不怕感染，缝衣针也没啥毛病。当然，实话是不能说的。

俞幼悠语气一下子变得严肃起来：“休要侮辱我辈医修的法宝，这叫手术刀，这叫手术缝合针。”

从没有听过这种法宝名字，但是配合她高深的语气，一听就感觉莫名厉害！断臂的修士果然被唬住了。

“那帮我接……唔！”还没等他说完，小刀已经飞快地扎到了他的断臂处，黑市的修士果然是狠人，这样也只闷哼了一声。

“疼吗？”俞幼悠关切地问，又飞快地补上一句劝，“说实话，医修面前要放下你的倔强。”

断臂的兄弟立马放弃面子，点头：“真疼。”

“第一天开张，免费送粒止痛药，下次就要一百枚灵石了。”俞幼悠塞了粒药进他嘴里，然后开始操作了。

末世的接断肢技法之高超远非常人能想象。众人见她十指翻飞，时而换针、时而持刀，那抹寒光在污烂的血肉中不断闪过，竟让边上的糙汉们察觉到了一种奇异的美感。不知不觉中，原本嘈杂的擂台变得一片寂静。

俞幼悠利落地丢掉用过的针。

“叮。”

清脆的微响过后，众修猛地回神。

“咋了？就完了？”断臂的那人蒙了一会儿，低头一看，自己的断臂已经被接上了，上面还撒上了灵药粉末。

“今日特惠，原价一百的止痛灵药和两百的止血生肌灵药，只要接断肢就免费附送了。”俞幼悠吆喝了一嗓子。

骗人的，止痛药是凡药配的，止血的倒是灵药，但她在药田挖一天地就能兑换两株了。

有人好奇地问伤患：“你的手感觉怎么样？”

“没感觉。”断臂的人老实回答，“老子的手现在一点儿也不疼。”

“没感觉？不会是废了吧？”

“刚才矮子医修说给他吃了止痛药，所以才不痛的吧？”

看热闹的修士不嫌事大，乱糟糟地分析着。

“呵，蠢货！黑市待了这么久，竟然都不知道除了申鲦大师以外，其他医修都不靠谱吗？”断腿那人冷冷注视完这场闹剧，话语中全是讥讽，“也就你这厮才会信这个来路不明的小鬼。”

医修哪里是这么容易就碰到的？怕又是个骗子！

他捡起自己的断腿，单脚跳下擂台：“老子要去找申鲦大师接腿了，你就等着自己的手臂废掉吧！”

俞幼悠听罢，好奇地扭过头问断臂兄弟：“那个申鲦大师接腿多少钱？”

“申鲦大师据说是丹鼎宗内门丹修，他出手一千枚灵石起步。”

俞幼悠吓了一大跳：“你们打一架挣一千，疗伤花一千，那为何还要打？”

“万一没断手断腿就打赢了呢？”断臂兄弟的语气很是理所当然，“那不就是天上掉灵石了吗？”

很好，不愧是赌鬼。

接了一条断臂后，俞幼悠没再接到生意了。她也不贪心，捂好了手里的一百枚灵石，飞快地奔向卖药材的区域，最后扛着一大袋灵药跑回了外门。

上次的药浴果然厉害，这次她走路不喘了，都没雇牛车，又省了五十文钱！

第三章

灵脉测试

外门的日子过得无比充实，每天睁眼就是种药和处理药，闭眼就是背《灵药大全》和药方。接下来的好长一段时间，俞幼悠都没有再寻到机会去黑市。

那包药看着多，其实泡一次药浴也就没了。唯一值得庆幸的，就是她带回来的药材种子都发芽了，看那青葱的模样估计过两个月便可收获，到时候做止痛药就不用再花钱买了。

捏了捏自己空荡荡的钱袋，俞幼悠心痛不已。想要活下去也太烧钱了吧？俞幼悠叹了口气，一边啃馒头，一边继续翻那本厚厚的《灵药大全》。

这让暗自观察她的万长老眉毛一抖："这都吃了十个了，怎么还在吃呢？"

恰好曲清妙在此刻飞落在地，她是丹鼎宗的大师姐，也身兼训导外门弟子的职责。

她轻声道："多吃多补。"

看样子是先前过得太清苦才这么病弱，多吃点儿就补回来了。

万长老挺惋惜地摇头："吃得再好也没法儿把碎掉的灵脉补回来，好在她虽然能吃却也能干，种药也好，处理药材也罢，都是外门数一数二的好手，以后留在外门当个管事也行。"

曲清妙抿了抿唇，没反驳。她这次便是来给众弟子测试灵脉的。其实早在这群少年入门时她就大概看过，只是未曾正式测试罢了。从当时测试的结果来看，能修炼的人寥寥无几，其中最惨的莫过于俞幼悠。别人再不济都是灵脉太微弱，不足以吸收灵力，她倒好，灵脉碎成了渣儿。

所有的弟子都正坐在大殿中。

"先前我就同你们讲过，炼制灵丹有三个条件。第一，灵丹所用药材须用灵药；第二，丹炉须为法宝；第三，炼化药材须用灵力。虽然有凡人尝试用灵石阵炼制灵药，但是灵石阵中的灵力无法操控，自然也不能顺利炼化药材。"

听到这里，俞幼悠往启南风那边看了一眼。他当初就是拿灵石阵来炼丹，结果一半煳了，一半还是绿的。启南风别开脸，装作不知道。

曲清妙的目光好似无意地落在俞幼悠身上，继续道："现在你们挨个儿上来，将手放在这块测灵石上。"

在这种事上最积极的当属启南风。曲清妙话音刚落，他就蹿到测灵石前把手放上去了。在他手触碰的瞬间，那块半人高的透明石头猛地绽放出翠绿的光华，大殿中的每个人都被这束光映成了绿色。

一枚烙印了修炼心法的碧色玉珏从测灵石中飞落到他手里，启南风挺嫌弃："怎么这么绿？"

"这是好事，光彩越盛资质越高。"曲清妙解释道，"不同属性的灵脉会唤出不同的修炼心法，里面自有修炼要诀。"

大殿中的上百号人皆是满目期待，一个个轮流上去，大殿中时不时泛出各色光华。有些光太过微弱，差点儿连玉珏都没能唤出，这样糟糕的天赋，即便有修炼心法也没用。像启南风那样耀眼的光芒，后面再没有出现过。

直到苏意致起身走向那块测灵石，一束红色光芒猛地绽开，同启南风的不分上下，中间还夹杂着些许金光。

曲清妙眼前一亮，先前她只看出苏意致是火系灵脉，没承想原来他还有一条金系灵脉。想来是火系太过强势，把金系掩盖了！一金一红两枚玉珏落入苏意致手中。

"很好。"曲清妙难得地夸赞了一句。对于修士来说，能掌控的灵力种类越多越好。

苏意致并没有像启南风那般激动，他随意地将玉珏收入囊中，没有多看一眼。

很快便轮到了俞幼悠。底下传出众人低声的议论——

"小鱼这么强，说不定比苏意致还厉害。"

“不一定，你看她那弱得不行的身板，压根儿就不是修炼的料。”

…………

背对着那些声音，俞幼悠伸手触向测灵石。那块透明的石头反射出她小小的影子，过了许久，都没有光亮起，更没有玉珏飞出。

底下的声音戛然而止。

“曲师姐，是测灵石坏了吗？”启南风飞快地站起来，探着头想看清楚。

“怎么可能会坏？就是她资质太差了，一看就不是修炼的料。”某个少年马上插话，他家是卖骨灰盒的，跟启南风家是竞争对手，关系自然不可能好。

“你闭嘴！”启南风焦急地转头看向曲清妙，“曲师姐……”

曲清妙的表情有些微妙，她盯着测灵石看了许久，最后轻声道：“测灵石没坏。”

这意思是——

“俞幼悠果真是资质太差了？”

“看样子她进不了内门了。”

底下议论纷纷，或怜悯或窃喜的眼神都落到了俞幼悠身上。

启南风猛地转头看向脚步轻快走下来的俞幼悠，又飞快把自己那块绿色发光的玉珏藏好，怕她看到了伤心。

“你别太难过。”启南风憋了半天，最后摸出个馒头递给她，“吃个馒头缓缓。”

没想到俞幼悠还真接了馒头，神情满足地吃起来了。她近来补药吃得多，身体逐渐强壮，饭量也与日俱增，比隔壁花婶家的大黄狗吃得还多。

目睹这幕的曲清妙微怔。她其实一直都在观察俞幼悠。要说俞幼悠跟前阵子有什么区别，那就是…… 最近她天天都在啃馒头，一天能啃几十个。

“总不能是吃馒头把灵脉吃出来了吧？”曲清妙喃喃自语。

是的，俞幼悠的灵脉，别人没看见，她离得近却看见了。方才测灵石亮起了一丝小小的微光，微弱到无法辨别其颜色，可是它的确存在。原本灵脉尽碎的俞幼悠，竟然又有一道细弱的灵脉了！

“不可能是馒头。”曲清妙有点儿不自在，觉得自己刚才的想法太过可笑。想来是她上次没有发现那条小小的灵脉吧？

曲清妙能看到的灵脉，俞幼悠当然也能看到。

她当然不可能没有灵脉，渣爹那可是龙傲天，她娘又是妖族公主，这样的血统是妥妥的“修二代”。只是血脉反噬把灵脉都弄碎了而已，现在有了灵药的滋养和修补，她这具破碎的身体也开始慢慢恢复了。

俞幼悠对此很满足，灵药浴果然效果奇佳，要是吃灵丹效果会更好吧？不过在这之前，她得让自己的灵脉修复到能够修炼灵力的地步，这就需要更多的灵药来泡澡了。

俞幼悠盯着自己干瘪的钱袋，她得再去黑市搞点儿钱了。

俞幼悠熟门熟路地往黑市奔去。刚穿过墙进去，还没站稳，她整个人就被拎着衣服领子提起来了。

一群凶神恶煞的面具人将她围住，为首的赫然是那个独腿修士。他的面具上画了把狰狞的大刀，跟他手里那把一模一样。

还没等俞幼悠开口，一股寒意猛地从她后背传来。此刻，那把大刀就紧贴在她背上！

独脚的声音阴冷且不耐烦：“是她吗？”

这话过后，俞幼悠身后的寒意更盛了些，那把刀贴得更紧了。身后的小弟不知如何比画了一下，最后迟疑：“好像不是，我记得矮子刚好只有刀这么高，这人比刀要高半个头。”

俞幼悠：原来你们是在拿刀当参照物量我的身高？

“是就是，不是就不是，别好像！”独脚远不如几个月前在擂台上那般桀骜，露在外面的头发杂乱如草，甚至秃了两块。

小弟一慌，马上给予笃定回答：“不是，那个矮子医修没有她高！”

“那就让她滚！”独脚往俞幼悠那边啐了一口，后者飞快地抬腿避开。

此话一出，那把大刀终于远离了俞幼悠，她背后传来一股大力，推开了她。

但是俞幼悠没走，她觉得有些事必须要问清楚：“你们口中的矮子医修……该不会是在说我吧？”

声音刚落下，听出她声音的独脚猛地转过头，近乎神奇般地单脚飞跃到了她面前，单脚稳稳站住，然后猝不及防地，扑通跪倒在地！

他颤抖的声音里透出狂喜："大师救命！"

俞幼悠：你变脸变得未免太快了。

俞幼悠很快从独脚那儿听到了事情的经过。他去找了那个申鲧大师接腿，花了整整三千枚灵石不说，那腿还没接好。

"疼倒是其次，我辈修士哪有怕疼的？他说只要过了七天就不疼，还能正常走路了。"独脚咬牙切齿，"问题就是，过了两天我就发现，我的腿不疼了。"

俞幼悠搞不懂："不疼不是挺好吗？"

"不只是不疼，是我整条腿都没知觉了，结果被只野狗咬掉了一块肉都没发现！"

"七日过后，我再去找申鲧，发现他已经早一步得到消息跑了。"独脚说到这里，声音都快哽咽了。

那日他拖着一条被狗咬烂的腿回到黑市，恰好遇到痊愈的断臂兄弟。对方实力恢复如初，在擂台上连胜了十场，赢了三千枚灵石。

"他赢了整整三千枚灵石啊！而我却被诓了三千，算下来我就输了六千啊！"

不愧是赌鬼思维。

独脚跪在地上，死死扒拉着俞幼悠的黑袍衣角："大师，我的腿只有你能救了！"

但是俞幼悠并不打算接这活儿，前阵子丹鼎宗又进行了好几场小考，她都好几个月没来黑市了。也就是说……那条被狗咬烂的断腿早就没有了生机，都该发臭生虫了，没的救了。

谁知听到这里，独脚突然抬头，匆忙地摸出一枚戒指："不臭，也没长虫！我好好放着呢！"

俞幼悠只想到一个可能："你总不可能把它腌成火腿了吧？"

独脚差点儿张嘴骂人，但是嘴皮子张了张，想起自己现在还跪着呢。他挪了挪姿势，让自己看起来跪得更诚恳。

"大师，不瞒你说，我前些年运气好，得了件法宝，将新鲜的吃食放在里面一年也不会腐坏。我当时情急之下就把腿放里面了，没想到过了几日看，上边儿的血肉都还留有生机。"

俞幼悠来了兴趣，只见独脚手上的一枚戒指一亮，瞬间出现了一条被啃得乱糟糟的大腿。她仔细检查了一番，这腿虽然难看，但的确还能用。

“大师，我们现在就接腿吧？”独脚飞快地摸出一百枚灵石递上，眼巴巴地望着俞幼悠。

但是俞幼悠没动，她甚至没去看那些灵石：“一百枚灵石？那是刚开张的价了。”

独脚的心顿时沉下去。无门无派的散修们都有自己的生存守则，懂得什么叫能屈能伸。能嚣张的时候他目无下尘，恨不能把所有人都得罪，有求于人的时候也能毫不犹豫地下跪卖惨。一听这矮子医修的口吻，怕是要坐地起价了。虽然面具掩盖了神识的窥探，无法知晓对方的修为，但是经验老到的他从这矮子的反应就看得出来…… 是个弱鸡。实在不行把这人绑了，抓去替他接腿！黑市不许杀人，但绑出去不就能杀了吗？

独脚的声音带了些许寒意，最后退让一步：“那是自然，待腿好之后，我会再付一千枚灵石。”

哪知俞幼悠极轻蔑地笑了一声：“灵石？你未免太看不起人了，我们医修炼一粒灵丹就能拍卖出上万的价格，会缺这点儿灵石？”虽然钱袋里只剩下三枚灵石，但是并不影响她装大款。

独脚沉默了，他不是医修，还真不知道其中内幕。他只知道申鲦那家伙的确很有钱，全身上下都是高级法宝。

“我出手，为的是悬壶济世救苍生！”俞幼悠语气正经，慢悠悠地补上一句，“不过也需要收点儿灵石或者有意思的法宝，让伤患不会愧疚。”

“您刚刚说不缺灵石，所以是想要法宝？”独脚悟了。

俞幼悠看了眼那把大刀，装着饶有兴致：“这刀好像还不错……”

“不行！”独脚断然拒绝，“刀跟我老婆一样重要，我没有老婆，只剩刀了，不能给你！”

俞幼悠就知道他会拒绝，于是啧了一声，转头看向他手上戴着的那枚戒指，语气挺勉强：“那就这玩意儿吧。”

独腿稍许犹豫：“这可是件中级法宝……”

俞幼悠从不骗人，她只会跟人讲道理。此刻，她又开始讲道理了。

“不过是一个新奇点儿的芥子囊罢了，能保鲜腿是挺不错，但是你觉得自己还会被那谁再砍断一次腿吗？”

“当然不会！上次只是那厮运气好罢了！”独脚咬牙切齿。

“那就对了，这玩意儿既不能增加你的修为，也不能保你性命，对你而言毫无用处。但是一条痊愈的腿就不同了，兴许也能跟那谁一样擂台上连胜十场…… 不，二十场呢？”

最后这句话简直有奇效。独脚恍然彻悟，他再也不磨叽了，飞快地取下那枚戒指。

“大师说得对，是我魔障了！”他这次真心诚意地道谢，“大师果然是个大善人！”

俞幼悠没有脸红，她不由得感慨修真界的民风还是挺淳朴的，黑市的人居然都不如末世的小孩子狡诈。

不过她也没有太黑心，在接腿时依然赠送了一粒止痛药。

独脚震惊：“这丹竟神奇如斯？虽然你正在割我的肉，但是我居然一点儿也不觉得痛！”

这玩意儿的效果太过强劲，比申鲧那儿叫卖两百一粒的丹药还要厉害，想来此物也更加珍贵，大师竟然就这样送给他…… 两相对比，高下立判。

“大师！”独脚这次终于发自内心地叫了一声大师，他重重地拍了拍胸膛，“以后您在黑市遇到麻烦了就找我霸刀！什么事我都替您干，只要价格到位就行！”

但凡他不说最后那句，俞幼悠都要赞他一句真汉子。

接完腿后，俞幼悠本打算再去擂台找找生意，没想到霸刀的手下不知何时把她给围住了。她心中一凛，这些家伙不会是想把戒指要回去吧？

就在气氛逐渐凝滞时，其中一个小弟开口了：“大师，你给霸刀老大吃的那种丹…… 能卖我两粒吗？”

原来是看上止痛药的。俞幼悠不太想卖，她前阵子把止痛药的药方改良了一下，里面有两味灵药挺贵的，价值二十多枚灵石，折合下来一粒的成本就得两枚灵石。这种好东西，她肯定要留着自己用的。

“此物珍惜——”俞幼悠的话还没说完，那边的小弟就迅速地递上一袋灵石，“我懂的，大师！上一次我在擂台听说了，这里是一百枚灵石！”

后面的几人齐齐跟上，下一刻，俞幼悠怀里就抱满了灵石。

俞幼悠头一次觉得自己宰得有点儿狠，她纳闷："此物昂贵，你们也没受伤，要这丹做什么？"

"打擂台挣钱啊！"那几个人迅速达成一致，"吃了这药不怕疼，我就比对手坚持得更久了，肯定能赢千百倍的灵石回来，这一百枚灵石多划算啊！"

得，你们黑市打擂台的都是一群赌鬼！

看着买到药后，赌鬼们欢天喜地把霸刀抬走，俞幼悠找了个角落看自己宰……不是，凭本事拿来的法宝。

对于霸刀那类人来说，这东西的确没用，跟一百枚灵石都能买到的低级芥子囊没有多大区别。

他不知道的是，这玩意儿对医修来说无异于神器。有许多药材都需要保持鲜度，就好比先前的银痕草，俞幼悠是正好在丹鼎宗内才能把它种在秃院中保持新鲜。若没有丹鼎宗充满灵力的土壤，那它就无法维持新鲜，药效也会大打折扣。

没有灵力，法宝就无法使用，但是可以滴血认主，它此刻已经幻化成合适的尺寸套在她的尾指上。她举起手迎着灯光看，苍白纤弱的尾指上多了一抹温润的玉色，把整只手都衬得好看起来，这还是她头一次在自己身上察觉到"好看"两个字。

俞幼悠心情颇好，她现在背上扛了八百枚灵石！幸福跟重量成正比。她现在可是富婆了，还不得去挥霍一下？

此刻在她左侧的是黑市的花酒巷，隔了老远都能闻到香粉和酒水混杂在一起的甜腻味道。若是没看错，在一众美貌女修中，还有几个穿着宽松白袍的妖族少年，毛茸的尾巴尖在地上轻扫，泛着粉晕的耳朵微颤，眼尾上挑，唇角一抿，勾人得要命。

而右侧是法宝巷，各类法宝符篆和武器的光芒相映生辉，还有不少华美的裙子和饰物，闪耀得好似天上星辰。

俞幼悠没有过多思考，毫不犹豫朝着左边走了。然后……绕开花酒巷，去了隔壁的药材区域。肯定是买药活命要紧，而且她还只是个孩子，想什么妖族少年呢！

路过花酒巷口的时候，一条毛茸茸的尾巴好似无意地钩向俞幼悠的脚踝，俞幼悠灵巧地一跃，顺利避开。又一张绣花丝帕带着暗香往她脸上飘，她脑袋一歪成功躲过，不带丝毫犹豫地往边上的小巷钻去。

妖族少年和漂亮姐姐：“……”

俞幼悠扛着灵石，头也不回地冲到了药材售卖区域。

当看到堆放得乱七八糟的各种药材摊，还有都穿着黑袍、戴着面具蹲在地上的小黑们，又闻到熟悉的或香或臭的药味儿，耳边也洋溢着骂骂咧咧的讨价还价声时……她终于长长地舒了一口气。果然还是这里让人觉得亲切。

俞幼悠沿着这些药摊一一看过去，这里跟西街不同，卖的都是灵药，大部分都是一品或者二品的。她在一众低阶灵药中发现了一株四品的灵药，但是那株药上沾满了血，怎么看都像是摊主刚杀人夺宝抢来的……当然这不是重点，重点是四品灵药一千枚灵石起步，她还不配拥有。

最后，她停在了一个专卖一品灵药的摊位面前。这摊位的主人比她还矮，披着黑袍，缩在那儿小小的一团，像朵香菇。

俞幼悠蹲在地上仔细打量，按说散修们卖的药材都是外出历练时无意寻找到的野生灵药，所以少不了各种被灵兽啃噬过的痕迹，长的也都是磕磕巴巴。但是这个摊上的灵药都生得郁郁葱葱，甚至连大小都差不多，漂亮得让俞幼悠想到了丹鼎宗药田里的灵药。

她指着药材问：“兄弟，什么价？”

摊主下意识地回了个数字，结果下一瞬间才反应过来，抬起头盯着俞幼悠。俞幼悠听到这熟悉的声音后也吓了一跳，抬头看回去。

可惜在面具的掩饰下，两人谁也认不出谁。

对方有点儿迟疑，最后试探着开始对暗号——

“秃院之主？”

俞幼悠：啊？这是外院同门私下给我起的外号！

俞幼悠也谨慎开口：“万年老二？”

从外门考核起，苏意致就一直是老二，种植药材他被启南风压了一头，处理药材和配制药方等科目又被俞幼悠压了一头。

苏意致的膝盖不知为何隐隐作痛，原来同门私下都这样叫他吗？！

确认过身份后，俞幼悠盯着摊位上的药材看：“这些都是宗门里的？”难怪成色这么好。

“嗯。”苏意致点了点头，“都是我拿贡献点换来的。”

也是，寻常人用不着天天嗑药泡药浴，也用不了这么多灵药。

苏意致看向俞幼悠背后的那一个大包裹，以为她也是来摆摊的。没想到俞幼悠指了指他的药材：“我全都要了，能便宜一成吗？我俩又是同门，能再便宜一成吗？我保证替你保密你来黑市卖药的事儿，能再再便宜一成吗？”这一砍就是三成。

“不能。”没想到，平时看着性子温暾绵软的苏意致也有硬气的时候，他冷静反驳，“我也可以替你保密，但是便宜不可能。”

两人讲了半天价，俞幼悠最后用两百枚灵石拿下了这大堆灵药。

“我只收灵石，不要贡献点，也不能赊账。”苏意致突然想起站在眼前的人是整个外门最穷的弟子，有点儿不好意思地补上这一句。

“知道。”俞幼悠大气地一挥手，然后把背后那个破布包裹拿下来摸灵石。但是那个包裹太破，灵石又太沉了，只听得“刺啦”一声响，包裹破了个大洞。

晶莹剔透的灵石好似倾泻的洪水一般源源不断地洒落，那一刻，苏意致的呼吸有点儿困难。他有点儿怀疑人生了。原来这就是他最穷的同门吗？如果她都算穷，那他……算啥？

俞幼悠飞快地捂住破洞，点出两百枚灵石给苏意致。

就在她纠结该怎么补破洞的时候，苏意致艰难地开口了：“你带了这么多灵石，怎么不买个芥子囊？”

芥子囊是特殊的法宝，没有灵力也能用。主要是俞幼悠也没料到今天能挣这么多灵石，更重要的是，空间最小的芥子囊也得两百枚灵石，她舍不得。

“我舍不得买。”俞幼悠看向这一大堆药材，要扛着它们从丹鼎宗过来也不容易，“你为什么也没有芥子囊？”

苏意致声音闷闷的：“我也舍不得。”

透过面具确认了眼神，两个都是抠搜的人。

就在俞幼悠准备脱了黑袍把药材包着跑的时候，盯着那一袋灵石没移过眼的苏意致突然开口：“你要不要修炼心法？”

俞幼悠愣住。

苏意致声音很轻很缓："想进入内门都需要有灵力，那时我看到你让测灵石发光了，但是你并未从测灵石中唤出玉珏。你若是不想办法得到功法，修炼出灵力，明年的外门考核过不了，想入内门就得再等三年了。"

他盯着俞幼悠看："我可以给你心法玉珏。"

俞幼悠一愣："一枚玉珏只能一个人用吧？"

"对，但是我早已修炼到炼气中期了，用不上这个。"苏意致轻飘飘地丢下一个重磅消息，至少在修为上面不是万年老二了，他心里终于舒服了一些。

俞幼悠有点儿不敢信："所以你打算送我？"

苏意致竟然被问得有点儿尴尬，他只能装作没听见，飞快地取出两枚玉珏："火系和金系，双系修炼心法，买一送一，两枚只要一千枚灵石。"

俞幼悠很心动。修真界的修炼心法都是通用的，但是大门派和世家的修炼心法更完善。作为东境顶级大派之一，丹鼎宗的心法自然是好东西，而每个弟子只有一次获得修炼心法的机会。但是太贵了。

每当遇到钱不够的情况，俞幼悠都不慌，因为她坚信大家都是愿意讲道理的。于是她不慌不忙地坐了下来，开始同苏意致讲道理——

"你既然看到了测灵石的光，就该知道我只有一道灵脉，且不说我修炼成功的可能性微乎其微，就算可以，我也只需要一种心法，所以另一枚对我来说完全无用，一百枚灵石怎么样？"

砍价的精髓就在于直接砍成"骨折"。

苏意致也察觉到她的厉害，坐直了严阵以待——

"你并不知道自己的灵脉是何属性，两枚玉珏更保险，所以一千枚灵石不能少。"

双方你来我往，最后俞幼悠放出大招——

"宗门内除了我人人皆有心法，现在这种东西你只有可能在黑市卖，但是你忘了，黑市除了我……几乎人人都是修士，无人需要心法。"

俞幼悠一字一句，直戳苏意致的心窝子："我可以去黑市找别人买心法，你现在却只能卖给我，否则不知道还要等多久。所以两百一枚卖不卖？"

苏意致沉默了许久，只能无可奈何地做最后的挣扎："五百！两枚都给你！"

俞幼悠唇角扬起笑容。很好，跟她预想的价格分毫不差。苏意致还是很讲道理的！她利落地把背上的那袋灵石交给苏意致，至于那个破洞，就交给他来操心好了。

背上的药材极重，俞幼悠走得也不快。

路过熟悉的东街小巷时，她驻足朝里面看了看。黑暗中家家户户都闭门熄灯，只有大黄狗还在花婶家门口趴着守夜。

狗蛋认出了她，摇着尾巴跑过来在她脚边蹭。俞幼悠把包裹里的馒头分给它："下次给你带肉饼，丹鼎宗膳堂的肉饼贼香。"

临走前她摸了摸狗蛋的脑袋，顺便又把一株养气的灵药丢进那口古井里。

夜很深，无人知晓她来过。

俞幼悠泡在药浴桶里，看着那两枚玉珏。她滴了两滴血入玉珏里，里面的修炼心法便涌入了脑海里，玉珏也随之消失不见。她先试着运行了金系心法，结果体内那根细弱的灵脉没反应。

不会这么倒霉，两枚都不是自己需要的心法吧？她一边嘀咕着，一边又换了火系的心法，又按照心法指引，开始感受灵力并尝试牵引它们进入体内。

据苏意致所说，他牵引灵力入体只用了三天。虽然跟瞬间感应到灵力的渣爹比起来还是逊色了一些，但也不愧是苏家的天才了。

毕竟龙傲天是一种特殊的物种，不算正常人，正常人是绝对不可能这么快的！

俞幼悠正乱七八糟地想着，忽然察觉一股火热的气息慢慢涌入了自己的灵脉。按玉珏上的记载，这玩意儿好像就是火系灵力。

刚说渣爹不是人，结果自己也不是人？按照血统来算的话，其实她也是半个龙傲天，而且是更加特殊的物种？

只是她那道灵脉着实太细弱，俞幼悠足足修炼了一整夜，也只吸收了一小缕灵力，除了她自己压根儿没人会察觉。

第二天一大早，俞幼悠打着哈欠朝膳堂跑。

启南风一看到她就招手：“这边。”

俞幼悠跑去坐到他旁边，结果发现他只拿了两盘馒头：“就这？”

馒头打包起来的确最方便，但是都来膳堂了，肯定还是吃肉饼更香啊。

“不知道为什么，膳堂只有馒头了，听说是曲师姐吩咐的，把膳堂的主食全换成了馒头。”启南风也挺嫌弃的，他也更喜欢吃肉饼一些。

被提及的曲清妙恰好路过，她神情自若道：“近日宗门财务吃紧。”

俞幼悠很能理解，免费的伙食她从来都不挑，只是不太理解为什么曲师姐又递了盘馒头让她吃。

眼见俞幼悠真的乖巧地吃完了两盘馒头，曲清妙正想去拿第三盘时，一阵又一阵悠远的古钟声响起，一连五声。这代表宗门在召集内门弟子，对于向来自由的丹鼎宗来说极罕见，定是有大事发生了。

曲清妙的表情逐渐变得凝重，飞快赶往内门方向。

俞幼悠跟启南风啃着馒头出去看，发现内门方向竟有数名长老飞奔出来，神情分外冷肃。

山雨欲来，风极大。

俞幼悠抽了抽鼻子，她隐约嗅到了一股浓重的血腥味儿，里面还夹杂着让她极难忍受的奇异味道。她觉得有点儿想吐，竟然连馒头都吃不下了。

外门弟子们不知道发生了什么事情，只能忐忑地等待着。

直到第二日，曲清妙才现身。她召集了外门所有弟子，不只俞幼悠他们这届新来的，其他入门多年的弟子也在其中。

“想必你们已经知晓，昨日宗门出了一些变故，具体何事不要追问。”曲清妙的声音有些冷，“与你们有关的，只有一件事——外门弟子考核每三年进行一次，本该在明年进行的考核，提前到下月了。”

第四章

外门考核

暮夏的晨风都带了三分燥，山门内的蚊子驱了又来，在耳畔嗡闹不歇。自入夏后俞幼悠就一直趴着睡，方便晃悠尾巴驱蚊。

外边天还没亮，她却毫无睡意，索性翻身爬了起来。刚推门出去，就看到隔壁院的启南风居然也醒了。

“你怎么醒这么早？”

两人同时纳闷开口，启南风挠了挠头：“我琢磨着下月要考核，想去练习下炼丹。”

俞幼悠走在他前面：“走吧，一起去。”

启南风小跑两步追上：“你要先去膳堂拿点儿馒头吗？”

自从俞幼悠身体开始转好后，她的胃口也跟着身高逐渐加大，启南风都习惯了在芥子囊里帮她装上几十个馒头了。

往日俞幼悠在吃饭这事儿上最为积极，今日她却摇摇头：“不拿了，我刚吃了一粒辟谷丹，不饿。”

启南风的表情相当复杂：“你宁愿吃蟑螂丹，都不愿意吃馒头了？！”

“……虽然是这么回事，但是你一说出来就显得我很变态。”

俞幼悠始终忘不掉昨天从内门方向传出的味道，那气味让她莫名感到恶心，连吃辟谷丹都面不改色的她当时居然差点儿吐出来，更别提继续啃馒头了。

那血腥味儿太过浓腻，俞幼悠甚至怀疑是不是因为女儿被打了脸，龙傲天直接杀入丹鼎宗了。灭门立威这种事，对于龙傲天这个品种来说也不算稀奇。

但是看宗门的反应又不像是这样，曲清妙对此讳莫如深，只叮嘱他们这一个月抓紧时间练习炼丹术。

去了炼丹房，才发现抓紧时间练习的人可太多了。这天还没亮，炼丹房中已坐了大半的人，个个都顶着乌黑的眼圈在丹炉前忙活。

“怎么都来得这么早？”都跟她一样被蚊子咬得睡不着了？

“还不是因为考核提前到了下月。”同门们看了她一眼，叹气道。

“要是明年再考，咱们还有一年的时间慢慢来，但是现在才入门大半年，谁能成功啊？”

“这样看来还要再等三年了。”

“现在感应到灵力的只有天赋最好的那几人，能操控灵力的怕是一个也没有吧？怎么跟先入门的师兄师姐比？”

弟子们怨言颇多，听到这些话，曲清妙一脸愁容，眉目间似有些许倦意。她淡声道：“炼丹要诀早已传授与你们，接下来自行练习便是。还未能操纵灵力的弟子，宗门每日会分发灵石给你们，以便熟悉炼制灵丹的步骤。切记不能过于依靠灵石，毕竟最后的考核还是要用自身灵力炼丹的。”

这话一出，底下的外门弟子们顿时欢喜了。

启南风啧了一声：“宗门这不是挺大气的吗？怎么师姐还说没钱呢？”

俞幼悠拿了灵石下来，刚坐稳就发现一道炽热的目光落到了自己手上。

她纳闷道：“苏老二，你看我做什么？”

苏意致平时听到“老二”这个词得捂膝盖，但是今天没动。他盯着俞幼悠手里的灵石看：“发了多少枚？”

启南风热心解释：“炼丹需要的灵石阵起码得十枚灵石才能布置好，宗门自然是给我们发了十枚。”

苏意致眼巴巴地看着大伙儿手里的灵石，然后…… 他也上去排队了。

轮到苏意致的时候，曲清妙微微皱眉：“你也要？”

她早就知道苏意致的修为了，自然也知道对方能够熟练地操纵灵力炼丹，所以少年居然需要拿灵石来炼丹…… 挺让人惊讶的。

苏意致的脸猛地涨红，他有些局促不安地抿了抿唇，却还是没退半步。最后，他吞吐着说：“近日…… 近日身体不适，灵力滞郁，需要灵石阵协助。”

曲清妙：“……”在一个丹修面前说自己身体不适，未免也太不聪明了。

不过，最后曲清妙还是没为难他。

拿到灵石的苏意致如获至宝地将它们拿在手里爱抚了好一会儿，才小心地装入随身的芥子囊中。

俞幼悠看得眼皮子一抖，凑过去："买芥子囊了？"

"嗯，二手的，只要一百五十枚灵石。"苏意致挺高兴，圆脸上挂着骄傲，"毕竟灵石多了，随身不好携带。"

俞幼悠：那些灵石都是从我的包裹里掏出来的。

俞幼悠转头认真地捣鼓药材和丹方，边上行动派的启南风的第一炉丹已经出炉了。

一股熟悉的煳味儿蔓延在整间炼丹室，早有同门骂骂咧咧寻找源头，只有俞幼悠都不用回头就知道这兄弟又弄出了个什么玩意儿。

那十枚原本闪耀的灵石黯淡了几分。等到启南风那边连续三次传来熏得人头疼的煳味儿后，他的灵石已经耗尽灵气，变成了普通的石头。

就在俞幼悠以为煳味儿攻击终于要停止的时候，只见启南风豪爽地从芥子囊里摸出一大把灵石。那光芒过于耀眼，以至于整间炼丹室的同门都把目光投了过来。

不多时，熟悉的煳味儿再次蔓延开来。同门们都没心思骂了，现在大伙儿心里只有一个念头——有钱真好。

寒酸的俞幼悠握着那十枚灵石，有点儿不忍心下手。她太穷了，霸刀那群赌鬼又不是天天都需要接腿，更不可能拿一百枚灵石一粒的止痛药当饭吃，所以她的收入还是不稳定。

这十枚灵石都能买好些灵药材了。贫穷使人拼命，俞幼悠最后决定试着用自己的灵力炼丹。细弱的灵脉已着实壮大了不少，不过还是病恹恹的，像是随时要碎掉似的。里面有股微弱的灵力，泛着亮眼的红。俞幼悠回想着玉珏中记载的方法，开始慢慢催动它去炼化药材。

约莫半盏茶的工夫，灵力用竭的俞幼悠瘫倒在地上，手边躺了一粒丑得过分的辟谷丹。她嫌丑，有点儿下不去口，于是推了推边上的启南风："尝尝我炼的？"

启南风不带犹豫地拒绝："不要！"

倒是苏意致凑了过来瞧瞧，讶异道："居然成功了？虽然跟我炼制的比起来略丑。"

俞幼悠忽略掉后半句，鼓励他：“那你尝尝，帮我指点下如何？毕竟你的炼丹术是我们当中最强的。”

苏意致脸上微红，看得出俞幼悠的话让他很是受用，于是再也不嫌那丹药丑，直接送到了嘴里。

下一刻……

“哕！”苏意致踉跄着飞奔出去，只留下一阵又一阵的呕吐声。

启南风扭头去看：“他怎么了？不是都习惯辟谷丹的味道了吗？”

“我那不是蟑螂味儿的。”俞幼悠转过身继续在纸上涂涂写写，看样子是在配制丹方，“我把丹方改良了一下，弄了个毛血旺味儿的辟谷丹。”

她探出脑袋看了看，外面的苏意致还在哕：“看老二的样子应该是失败了，不过也不排除比起蟑螂，他更讨厌毛血旺。”

俞幼悠转过头，对着启南风露出笑脸：“你好像挺喜欢毛血旺的？要不下一粒你帮我尝尝？”

可惜，启南风冷酷无情地拒绝了，她只好作罢。

接下来的一个月里，俞幼悠跟同门们天天吃住在炼丹房里，虽然被熏得一身煳味儿，但是气氛居然快活得离谱。

相较之下，长老们就个个愁眉不展了。明日就是正式考核，所以今日他们在抽查弟子们炼制的丹药。他们看着桌上超过半数的失败品，都可以想象到被内门的长老们劈头盖脸骂他们不会教弟子的场景了。

早两年入门的弟子炼制的丹药当然还不错，可是那群年纪小的，送上来的什么奇怪玩意儿都有。

“苏意致倒很不错，炼丹术超群，小小年纪就有炼气中期修为了。”

“启南风也是，虽说最先送上来的丹药丑了点儿，但是现在炼出来的很像样了，听说他修炼速度很快，已到炼气初期了。”

最后众人的视线落到了最丑的那粒丹药上。虽然麻麻赖赖一点儿也不圆润，但是里面蕴含的灵气居然很是惊人，就连苏意致炼制的丹药都差了半分。不过因为太丑，所以没人敢尝一口。

“俞幼悠？那难怪了。”万长老看了眼丹匣上的名字，语气有些可惜，“估计是用灵阵炼制的，所以才这么不尽如人意，但是看得出来她很努力了。”

俞幼悠没测出灵脉的事在外门已经不是秘密了，在外门长老们的眼中，她就是永远不会被内门挖走的天才弟子。

其中一位长老也来了兴趣："那孩子种植灵药倒是很不错，到时候我让她来药田当个管事。"

马上便有人反驳道："不行，我看她对药材和丹方都很熟悉，还是来我藏书阁当管事最合适。"

"她饭量极大，我觉得来我膳堂当管事也挺好。"

听到这里，送完丹药过来便一直沉默的曲清妙突然开口了。

"恐怕不行。"迎着众人的视线，她不徐不疾道，"她得来内门。"

几个长老愣了愣，毕竟都是活了上百年的人，万长老很快反应过来，猛地起身："你意思是…… 这粒丑丹是她用自己的灵力炼制的？"

曲清妙颔首，轻声道："我也是半月前才发现俞幼悠修炼出灵力了。"

众长老齐齐沉默，最后发出相同的疑问："可她的灵脉不是碎了吗？"

其实曲清妙当时也大受震撼。任凭她如何猜想，也想不出是因为俞幼悠在自行医治那具破烂的身体。最后只能归结于俞幼悠身体变得健康，灵脉也跟着长全了。

离开前，她突然驻足望向负责膳堂的那位外门长老："李长老，劳烦将膳堂的三餐主食都换成馒头吧。"

李长老有点儿反应不过来："弟子们原本就在抱怨早膳只有馒头，嚷着要肉饼和包子……"

"咯。"曲清妙脸上略有些不自在，她抬手撩发，掩饰眼底一闪而过的心虚，"先前给弟子们发放灵石炼丹，耗资甚巨。"

李长老还想争辩，毕竟十枚灵石都够弟子们吃一个月的肉饼了。然而曲清妙毕竟是掌门关门弟子，现在就已接掌外院事务，未来极有可能执掌整个丹鼎宗，他不好驳其颜面，只是依然忍不住小声念叨："明明我们招牌的香酥肉饼更受弟子欢迎啊，除了俞幼悠，谁会喜欢吃馒头啊……"

被多人念叨的俞幼悠连着打了好几个喷嚏，她揉了揉鼻子。

边上的启南风变戏法似的递过来一碗馄饨："黄鹤楼的鲜虾鱼子馄饨，吃吗？我让我家人送来的。"

俞幼悠没客气，接了碗一边往外门考核的山峰上爬，一边吃馄饨：好久没吃到这么豪华的早点了，真香！

为了回馈启南风的热心，她摸了粒丑丹回赠过去："榴莲味儿的辟谷丹，昨天刚研究出来的成品，吃吗？"

压根儿没体验过榴莲美好的启南风一脸嫌弃："你以后要是还想吃馄饨，就赶紧把这玩意儿拿回去。"

俞幼悠有点儿遗憾。迄今为止，除了苏意致"误食"的那粒毛血旺辟谷丹以外，竟没人愿意吃她做的各种辟谷丹。

不就是长得丑了些吗？她也没办法啊，灵力有限，为了追求最完美的药效，只能牺牲点儿外观了。

吃完馄饨，山也登至顶峰，外门考核终于要开始了。

外门考核在山顶大殿前。不知何时这里已安置了数百个丹炉，古朴的炉身在黎明晨光映照下显得越发端肃，让人莫名生出敬畏。

站在这里的几乎都是生面孔，至于半年前入门的那批弟子，有资格参加考核的不到十人。位置好的丹炉早就被占据，俞幼悠他们找了半天也没找到空位。

这时，有道声音招呼他们："这儿，师弟、师妹，来这边。"

在最边缘的旮旯儿里，他俩常在药田碰到的熟人张师兄正热情地冲他们挥手。

"我这儿还有两个好位置。"张师兄面带喜色地指了指自己隔壁，只见那两个丹炉就在山顶最边缘，再往后退两步怕是就得掉下去了。

启南风挺惜命："师兄，我感觉这儿不算好。"

张师兄恨铁不成钢地教育："你没发现这是整个考核场中最隐蔽的地方吗？"

"所以呢？"

看启南风还是没理解，张师兄偷偷看了看周围，最后敞开外衫——原本纯白的内衫上居然写满了密集的蝇头小字！

"看到没，我抄录了最精确的药材分量和步骤，再加上这个绝佳的位置，还担心过不了？"

俞幼悠：怎么连修真界都有考试打小抄的？

不多时，曲清妙与外院众长老齐齐现身。

万长老摸了摸半秃的脑门儿，收敛了平日的笑容，严肃道：“此次考核会决定你们是否能进入内门，成为一名真正的丹修。本次考核规则如下：首先，诸位弟子自由炼制一粒灵丹。其次是本次考核另加的项目，各弟子利用下发的药材，再炼制一粒灵丹。”

外门考核时常出现加试一粒的情况，所以弟子们倒也淡定。掌握考核“秘诀”的张师兄更是成竹在胸。

他颇为得意地看向两个后辈：“加试本就在意料之中，所以我特意多抄录了几个丹方，炼两粒丹也不是什么难事。你俩等会儿注意观察我的动作，好好看、好好学，争取三年后也这样过关。”

俞幼悠往后看了眼，欲言又止。然而考核已经开始，张师兄在悄悄地宽衣解带了。俞幼悠掩唇假咳了一嗓子，低声提醒，然而张师兄依旧没听到。

直到一道冷清的声音在他身后响起——

“张录仁，你在做什么？”

张师兄的手一抖，敞着外衫无助地面对这可怕的一幕——曲清妙和一众外门长老，竟然齐刷刷地出现在他眼前！

“我有点儿热……”张师兄气弱地解释道。

“有点儿热？”曲清妙面无表情，“那去给药田浇水凉快一下吧。”

“现在？”

“现在。”

张师兄流着泪去给药田浇水了，他走到药田都没想清楚为什么长老们不去看传说中的苏家天才，也不去看那几个最有实力的师兄，偏偏专门跑来他这个旮旯儿！他做梦也想不到，“鬼”是俞幼悠引来的。

几位长老面无表情地站在俞幼悠面前，看似无话，实则在传音入耳，疯狂讨论。

“她还真到炼气初阶了！她究竟是如何挽救破碎的灵脉的？”

“这处理药材的手法很老到，而且看她药材的用量竟然与丹方分毫不差，这可怕的操控能力，真不像是只学了半年的新弟子啊。”

“我还是怀疑先前的丹药并非出自她手，且看看吧。”

俞幼悠和其他弟子的选择一样，炼制的也是辟谷丹，为了保险起见，选择了最寻常的蟑螂味儿。

随着时间的推移，一股药香味儿和隐约的灵力从丹炉内飘出。长老们眼神大亮。

“光闻味道就知道这是枚完美的辟谷丹，即便是内门弟子也不一定能把握得这么好！”

“你们别抢，待出炉后，我要第一个品尝她的丹！”

…………

丹炉开启，俞幼悠取出自己炼制的辟谷丹。

俞幼悠把灵力全用在炼化药材上了，对于丹药的外表是半点儿灵力都舍不得花，直接导致炼出来的是一坨诡异的玩意儿。那色泽、那形状，好像只能用一坨来形容了。

长老们：“……”

不知道为什么，她拿出这枚辟谷丹后，原本站在她前面的长老们都默契地走开了。俞幼悠有点儿纳闷，不过她也没多想，因为她还要炼制另一粒丹药。

第一份药材可以根据自己要炼制的丹药自行选取，第二份由长老们统一发放。

药匣打开的瞬间，俞幼悠就听到边上有人吸了口凉气，更有人疯狂地问边上的同门：“这些是什么？”

里面装的自然都是灵药，然而对于大多数外门弟子来说，这些药材陌生得像这段时间的膳堂菜谱。不是所有弟子都会抱着《灵药大全》背的，为了成功进入内门，更多人选择的是反复练习几种最常见的灵丹。

启南风挠了挠头。他之前不爱看书，更没背下多少个丹方，但是他热爱种植药材。这里面居然出现了几株他很眼熟的灵药！

前阵子他帮俞幼悠采集秃院的灵药时认识了几味少见的药材，此刻它们居然都出现在了药匣中。岂不是说，他可以复制俞幼悠的丹方了？

“可是每株药材的具体用量是多少？”启南风有点儿后悔，当初该问清楚俞幼悠种这些药是用来炼什么丹的。

他盯着俞幼悠清瘦的背影发呆，绞尽脑汁却只想出她曾说过“这些药材够用三次了”。

三次？炼三粒丹的？启南风猛地抬起头，眼底已有隐约的兴奋。也就是说，他只要根据记忆算出每种药的大概配比，就能推得正确的药方？

真是多亏了小鱼！启南风心情激荡，他下定决心，日后定要亲自帮着俞幼悠播种、收割每一茬灵药！他压根儿没想到那不是拿来炼三粒丹的，而是拿来泡三次澡的……

而俞幼悠也不知道启南风为什么突然用那种恶心的表情看着自己，更不明白他为什么突然对长老们说药材不够，又要了足足五匣子的药材。算了，启南风脑回路清奇又不是第一天了。

俞幼悠转过头继续看那些灵药，它们对她来说不算陌生，毕竟她是抱着《灵药大全》从头背到尾的人。

“嘡——好几味药都可以拿来泡药浴啊。”

俞幼悠心动了，她喊住路过的一位长老，充满期待：“长老，我可以把用剩下的药材带走吗？”

长老给予了肯定的回答。

俞幼悠跃跃欲试，她看着启南风面前堆成小山的药材：“那我也想再来……”

“不行。”长老看穿了她的心思，冷酷拒绝，“除非你像他一样把所有药材都丢进丹炉。”

“那还是算了。”浪费可耻，俞幼悠只好作罢。

饶是如此，她炼丹的时候还是没舍得用那几味药，抠搜地拿了其他几株药来炼制。她选择的是冷门的止痒丹。

对于修士来说，蚊虫是没法儿叮咬灵力淬炼过的肉体的，他们甚至不会觉得痒，所以止痒丹这种鸡肋的丹药相当罕见。但是被蚊子困扰了整个夏天的俞幼悠根本离不开止痒丹！

更重要的是，止痒丹只需要三种原材料，用不上的那一大堆药就全归她了！

这场考核一直从黎明进行到黄昏时分，最后所有的丹药都被呈送到了诸位长老面前，用以评定最后结果。

弟子们炼制的第一粒丹药，是清一色的辟谷丹。数十名长老一一过目，或是皱眉或是颔首赞许，为确保能够精准评判丹药差距，人人手中都执有银针，用以挑破丹皮尝味儿。

直到一坨疑似某玩意儿的丹药被送上来，长老们将手上的银针默契地放下，看都不看就给评了个上等，匆匆地挥手示意童子把这玩意儿拿开。

“喀，光看此丹是瞧不出太大差距的，还要看第二粒丹才能知晓各弟子对药材和丹方的熟识程度。”万长老轻咳了一声，云淡风轻地把刚才对那丑丹的嫌弃盖过，“呈第二粒丹上来吧。”

真正炼成第二粒丹的少之又少，大多数人不识药材，所以炼出来的丹药性相冲，彻底失败。这也在长老们的意料之中。

“苏家小子炼制的这粒凝神丹倒不错，上等。”

“呵，李小子炼的虽然漂亮，但药性全无，下等。”

…………

长老们一一看过去，走到最后两个药匣前方时，数张老脸都皱起来了。

左边的那粒丹只有黄豆大，更要命的是它依然丑得那么张狂，大小、形状乃至颜色都神似老鼠屎。光看这色泽和形状，就知道是出自谁手了。

万长老嘀咕：“怎么这么小？”

边上另一位长老无奈地解释：“她只用了三种药，每种还只取用半份，剩下的药材全都带走了。”这不是明目张胆地薅宗门的羊毛吗？

“此丹药效奇佳，而且只用三种药也能成丹，足以见得她对药材及丹方烂熟于心，不过着实太丑，就定为……”

万长老一顿，眼睛告诉他，这粒老鼠屎一样的玩意儿根本不配叫作丹药，最好定个下等。但是他百年的炼丹经验告诉他，这粒老鼠屎上面萦绕的灵力充沛，且三种药材被炼制得完美无缺，在药效上一丁点儿错都挑不出：“就定为上等吧。”

万长老不愿再伤害自己的眼睛，飞快地掠过俞幼悠的丑丹，准备看下一粒丹。结果刚转过头，他的眼睛更疼了。摆在药匣里的是一颗拳头大的丹药。

“这怎么回事？！”

“启家那孩子用了六份药材来炼这颗丹，所以稍微大了点儿。”

“你管这叫稍微？！”万长老伸手握拳放在那颗巨丹面前，好家伙，比他的拳头都大！

想到启家给丹鼎宗捐赠的药田，万长老忍着嫌弃开始检查这颗丹。一查却有意外的惊喜：“看起来竟像是他自创的丹方，虽然炼制失败了，但是每种药材竟都配合得天衣无缝，若是仔细研究一番，兴许我们就能配出一张新丹方！上等，必须给他上等！此子乃天才啊！”

外门考核的结果于次日公布。

参加考核的外门弟子约莫五百人，合格者不过三十余人。要细论下来，俞幼悠他们这届最惨。独有她、启南风，还有苏意致合格了。

苏意致能通过考核本就是意料之中的事，但是启南风…… 俞幼悠又想起他开丹炉时抓出来的那颗发煳发黑的大圆球，捉摸不透这玩意儿是怎么让长老们满意的。不过能一起入内门自是好事，好友两人默契地决定去黑市一趟，以作庆贺。

启南风：“搬进内门当然要添置些新物件，我得多买点儿法宝符篆，还有丹炉也不能少。”

富人的发言令人窒息，俞幼悠背上小包裹：“我好穷，想去黑市摆摊挣灵石。”

启南风倒也豪阔：“你要摆摊卖什么丹？不如我买了，年底发给各城的掌柜当福利也挺好。”

俞幼悠心想：像辟谷丹那样的普通的一品灵丹不贵，一枚灵石就能入手了。可是该如何告诉你，我的朋友，我那一粒丹要卖一百枚灵石？

俞幼悠的表情略显复杂，虽然启南风脸上写着“人傻钱多速骗”几个大字，但她还是下不去手。

“算了，赚你的钱我亏心。”俞幼悠摸了摸鼻子，“叫上苏意致，我们一起去黑市吧。”

“叫他干吗？”启南风费解，这两人什么时候关系这么好了？

“他在黑市上租了个摊位，我想去蹭。”

…………

最后，苏意致还真同意借摊位给俞幼悠了，甚至意外地没收摊位费。

这样的苏老二太陌生了，俞幼悠反而警惕起来："你需要我做什么？"

苏意致脸颊有点儿红，吞吞吐吐地说完请求："我也想买点儿法宝，你帮我去砍价。"

俞幼悠纳闷："砍价？我不擅长啊。"

苏意致和启南风同时用谴责的目光看着她。

她还在挣扎："我那不是砍价，是讲道理。"

然而两个受害人压根儿不听她狡辩，去黑市的路上甚至开始互相倾诉起了被害经过，等真到黑市后，居然勾肩搭背、一副哥儿俩好的模样了！

摆摊的地方位于整个黑市最破烂的角落，摊位三三两两混乱地摆着，只不过都在卖灵药，即便是卖灵丹，上面也沾染着骇人的鲜血，瞧着像是刚抢来的。

苏意致见怪不怪地从芥子囊里摸出油布铺上，又取出新兑换的药材，最后才小心地拿出数个装着灵丹的药瓶，摆在最前方。边上两个没摆过摊的抻着脖子瞧。苏意致心想：要论炼丹术，果然还是自己最强啊。

被他们压了半年的苏意致略自得地取了一粒摊在掌心："我上月在丹房练习时顺便炼了些凝神丹，能帮助修炼。"

那枚凝神丹圆润均匀，丹皮上泛着灵力的光泽，一看就是上品。

启南风啧了一声："这么小，不够大气。"

俞幼悠倒是夸了句"漂亮"，跟着在边上摆摊了。她连装灵丹的瓷瓶都没买，用的都是平平无奇的木质药匣。这东西也是特制的，不会流失丹药药性，更重要的是…… 这是在丹鼎宗免费拿的，不要钱。

饶是见惯了俞幼悠炼的丹，当一排这玩意儿出现在眼前的时候，苏意致还是觉得辣眼睛。

更辣眼睛的是，俞幼悠竟然还扯出一块幡布，只见上面龙飞凤舞地写了行大字——"悬壶济世救苍生"！

没想到俞幼悠还挺不要脸的，边上二人只有这个想法。

"你要不把口号改改吧。"拥有丰富摆摊经验的苏意致指着那块布，开始替她出主意。

"改成什么？"

"你就改成：丹药清仓处理，两枚灵石一粒，五枚灵石三粒，应该还是能卖出去的。”不然这么丑的丹估计没人愿意买。

俞幼悠纳闷：“你也是这样卖的？”这价格只够炼丹的成本，她觉得苏意致不像是做慈善的人。

后者微微挺了挺胸膛，自矜道：“我不一样，我的每粒丹都卖十枚灵石，照样很受欢迎。”

果不其然，这小摊才摆出没一会儿，一大群面具人便直直地朝这边走来。然而这群人身上煞气格外强烈，面具上的纹饰扭曲粗犷，那股威压隔了段距离都让人喘不过气来。

苏意致瞬间想起这里是黑市，混迹于此的狠角色太多，从隔壁摊的那儿粒带血丹药就看得出，抢掠灵丹对他们来说不过是家常便饭。

当这群大汉站在摊位前时，被阴影覆盖住的苏意致差点儿直接跑路。不过，启南风跟俞幼悠的修为都比他低，他要是跑了，这两人怎么办？

苏意致咬了咬牙，强忍着肉痛递上白瓷瓶：“这些都给你们！”

“这？不要。”霸刀很嫌弃地看了眼，不过是普通的一品灵丹罢了，他还真不太感兴趣。

苏意致一慌：“那你要……”可别说要他花了一百五十枚灵石买的芥子囊！

霸刀不搭理他，悄悄拿着刀比画了一下高矮，最后确定最右边那个是自己要找的人。他的态度顿时变好，蹲在地上热情道：“我的腿痊愈了，多亏了大师！”

后边儿的小弟齐声：“谢谢大师！”

俞幼悠被这一嗓子尬到了：“你们是怎么知道我在这儿的？”

她最近两次都不太想去擂台那边，一去就有人暗戳戳地拿刀或者剑量她的个子，待确定身份后就冲上来想要让她医治各种刀伤、剑伤和内伤。明明是个丹修，硬被逼成了骨科郎中。

偏偏擂台那边全是成年大汉，即便她个子长高了不少，也还是次次都被认出。

“手下的说看到了这个，我赶紧跟着来了。”霸刀指了指写了“救苍生”的那块幡布，那是断臂的兄弟擂台连胜十次后送的。

“我也给大师送了幅字来。”他美滋滋地拿出一块红布，上面只有歪歪扭扭的三个字——“大善人”！

边上小弟懂事地解释：“大师不仅治好了大哥的腿，而且愿意把如此好用的灵丹卖给咱们哥儿几个，无愧这三字！”

“我吃了大师的药，在擂台上被砍了三十二刀都没退一步，赢了两千多枚灵石！”

俞幼悠心想：你没死真是万幸。

霸刀一群人送完题字红布后，又大方地把所有止痛丹都包了，都不用俞幼悠开口，每人恭敬地送了一百枚灵石上去。

为了宰完肥羊后良心不痛，她还一人送了盒辟谷丹，全是先前练习的成品，多达十余种口味儿。

目睹这一切的启南风跟苏意致不敢开腔。

苏意致还抱着他那堆完美的灵丹，整个人有些失魂落魄道：“一百一粒……”他不能接受那么丑的灵丹还卖一百一粒！

“你这么想就错了。”俞幼悠耐心向他传授经验，“长得好不如药效好，与其浪费灵力把它弄得好看，不如多花点儿灵力把药力催发到极致。”

“是……是这样吗？”苏意致还是头一次听到这种说法。他出生于炼丹世家，从小见到的丹药都是圆润光亮，放置在精致容器中的。

“对，”俞幼悠给予肯定的答案，“内在美才是真的美！”

这一天，苏意致的炼丹审美观受到了冲击。

摆完地摊，俞幼悠出面替另两人低价买了不少东西，满载而归。至于她自己，则大方地把全身的灵石都拿去买灵药了。一品药浴收效甚微，现在她都开始买二品灵药了。

俞幼悠还没接触过二品灵药，分不清好赖。所幸启南风这次终于派上了用场，或许是顶级木系天赋的缘故，所以他只看一眼便帮她挑出了药效最强的几株。

三人背着新得的宝贝，在师姐的指引下踏入大阵，进入内门。

映入眼帘的是无数悬浮于空的青峰，峰上亭台楼阁如蜿蜒的游龙般连接着每座浮空山。山间偶有青白色的衣袂翻飞在云间，或是弟子匆匆自楼阁游廊奔跑而过，手中捧着的丹药传出阵阵异香，引得仙鹤盘旋不离。

更重要的是这里的灵力充沛得惊人，俞幼悠甚至感觉自己的灵脉在自行吸纳着灵力。若外门还带着凡俗的气息，那内门便是真正的仙门了！

三个土包子一边东张西望，一边跟着师姐往前走。

启南风咽了口唾沫："小鱼，你看那只鹤是不是又肥又香？"

苏意致抬头痴痴盯着游廊顶部："这上面点缀装饰的好像都是灵石……"

俞幼悠："……"

好在这俩人没真的动手，安分地被带到了一座浮空山上，俞幼悠才发现三人被分到了相邻的小院。

启南风踮着脚看对面的那排院落，他视力惊人："怎么那边的院子都锁死了？"

带路的那位师姐面上微怔，匆匆垂眸笑道："那边的师弟师妹们在闭关，你们无事不要去打扰。"

俞幼悠沉默着凝视对面，先前她已经闻不到的那股味道，现在又出现了。对面恐怕就是上月宗门出事的地方。

不过俞幼悠不爱招惹麻烦，所以启南风跟苏意致鬼鬼祟祟地撺掇着她去对面看的时候，她果断拒绝了。

去看什么热闹，体验二品药浴的痛苦不爽吗？

俞幼悠把院门锁死，开始处理新买的那些药材。刚弄完，正准备出去担水泡澡的时候，有两个人翻越高墙跳进了她的院内。

俞幼悠提着水桶，面无表情："你们解释下？"

这次启南风没心虚，他匆匆道："我们发现了一件大事！必须现在就告诉你！"

"不听，我要泡澡。"俞幼悠毫不动摇地继续去担水，她舍不得刚切碎的那些药，再晚点儿灵力都要流失了。

唉，女修怎么这么爱泡澡！启南风一把抢过她的水桶，主动道："你等着，我现在就去帮你提水！"

以往斤斤计较的苏意致居然也同样主动："我用灵力帮你烧热！"

俞幼悠空着手目睹了浴桶被飞快盛满又瞬间变热的奇迹："你们别告诉我，还要帮着搓澡？"

"你想得美，少爷我担水都累惨了。"启南风累得跟狗一样喘，他把俞幼悠用力往门内一推，再主动把门关死，"你且泡着，我们在外面跟你讲那件大事！保证不偷看！”

在末世混惯了的俞幼悠不觉有异，毕竟一群人挤在狭小的地下室里过夜都是常事，压根儿不存在男女大防的说法，外面这俩少年她也是信得过的。更重要的是，她感觉启南风要说的事儿跟对面的空院子有关，所以她躺在浴桶里竖起了耳朵。

启南风跟苏意致背对着门坐下，因为担心隔了门听不清，又因为不敢高声说秘密，不得已歪着脑袋紧贴着门嘀咕。

曲清妙跟几位内门长老路过的时候，看到的就是这幅场景。

院门紧锁，屋内传来沐浴的水声。门外不知为何溜进院子的两人把脸紧贴着门，神情激动、面容猥琐、行迹鬼祟。

曲清妙的脸色猛然变青，她突然想起这两人，一人出身世家，一人家境优渥，若是私下欺辱俞幼悠这样的小孤女，后者根本无法反抗！

此等行径，令人发指！外面那两人放肆、可耻，且禽兽！里面的小姑娘弱小、可怜，且无助！

盛怒之下，曲清妙从芥子囊中掏出丹炉砸过去——

“你们给我滚出来！”

“啊！”

“呜！”

从浴桶里飞快爬出来的俞幼悠利落地穿好衣服打开门。

还没来得及查看外边儿的情况，一只手便轻轻地抚上她的头，那衣袖盈满了药材的清冷香气，虽然很好闻，她依然有点儿蒙。

这发生了什么事儿？为什么刚才传来了两声惨叫？

“唉——”头顶一声轻叹，之后便是曲清妙带着怜惜自责的一句，“师姐竟没能保护好你，让你受委屈了。”

俞幼悠没反应过来，她下意识回答：“师姐，我现在每天都能吃饱了，不委屈。”而且她下午的时候还去内门膳堂看过，里面供给的全是免费灵食，不比先前每顿啃馒头香？

这孩子的愿望多么卑微且容易满足啊，曲清妙低头怜爱地看着她。

俞幼悠现在变化颇大，若不是曲清妙时常看见她，恐怕很难将这个漂亮的小姑娘同刚入山门时的小乞丐联系在一起。不过小姑娘依然纤弱瘦小，半缕墨色湿发在夜风中瑟缩于雪白的脖颈间，那小小的模样像一只淋了雨的幼猫。她望向自己的那双眼眸里全是纯粹与干净，还带着些许不易察觉的恐惧和迟疑，像是在怯生生而又满怀信任地求助。

饶是冷清、严肃如曲清妙，此刻也有点儿鼻尖发酸。

俞幼悠："师姐，你怎么了？"

师姐不要用这种诡异的眼神看着我，我害怕。

"无事。"曲清妙摇摇头，从芥子囊中取出一块柔软的手巾替俞幼悠擦拭着湿发，"师姐替你出头，绝不让你继续受委屈！"

最后半句她说得铿锵有力，目光同时也转向了地上那两人，变得冰冷。

"咦？"俞幼悠有点儿蒙，师姐你倒是先告诉我，我到底受啥委屈了啊！

被绑在地上的那兄弟俩才是真委屈。

启南风差点儿哭出声，他刚刚辛辛苦苦去给俞幼悠挑了洗澡水，腰还酸着呢，就被一个丹炉砸得七荤八素，还没反应过来又被绑上了。

苏意致也很委屈，他刚刚为了给俞幼悠热洗澡水，灵力都透支了，现在脑袋上又被砸了个大包，他到底是做了什么孽？

"师姐，我们才委屈啊！"

曲清妙没听他们诉苦，一道灵力又把他们的嘴给封了。

她万分惭愧地对着那几位长老行礼："是清妙未能约束师弟，他们竟然做出如此禽兽不如、有辱门风之事。还请诸位师叔先回，明日我便昭告众弟子，将他们逐出我丹鼎宗！"

"唔唔唔！"启南风好像被丢上岸的鱼，疯狂挣扎。

我就给几个师姐送了几根法宝簪子，顺便打听出了内门发生的八卦，这也算禽兽不如、有辱门风吗？

"呜呜呜！"苏意致流下了悔恨的泪水，无力动弹。

我不就是被启南风忽悠着叫了那几个师姐"好姐姐"，顺便知道了那件八卦，这就要被赶出去吗？

最后还是俞幼悠站出来救了他俩。

"师姐，我觉得这中间好像有点儿误会！"

听完事情的经过，又得知这两人是如何探得那件大事后……

曲清妙："……"

只是她仍有些存疑，觉得世上应该不会有这种为了分享八卦而翻墙扒门的蠢货，更不该一出现就是俩。

她皱眉看向俞幼悠："你不要畏惧他二人的权势，又或者因为他们生得好，特意替他们开脱。"

要仔细论来，启南风生得俊秀高挑，分明一副贵公子模样却又总洋溢着亲切的笑，生就一副烂漫的小太阳模样。而苏意致就更不用说了，光凭着一声"好姐姐"就能让那几个师姐心动，得是多俊的小白脸！

启南风美滋滋："那我的确长得好。"

就连苏意致也跟着羞红着脸挺了挺胸膛，很明显经不住夸。

俞幼悠没眼看了，却还只能忍着替他们再做了次人品担保，甚至不得已把锅扣在自己头顶："我当时的确太过好奇，这才托他们在门外告知我的。"

曲清妙沉默了片刻，最后生出了一股深深的无力感。

"若没记错，我曾说过明日所有十六岁以下的新晋内门弟子来药谷寻我，有要事告知？"

启南风磕磕巴巴："难道就是我跑去打听的事？"

曲清妙面无表情地看向启南风："对，你的簪子白送了。"又看向苏意致，"你的'好姐姐'也白喊了。"

苏意致心里琢磨，这倒无所谓，叫几声"姐姐"也不花灵石。

"既然你这么想知道，"曲清妙颇为无奈地看着俞幼悠，却没有责备的意思，"那我便先告知你们吧。"

在说那件事之前，她先问了一句："你们可听说过四境大会？"

启南风一边揉着脑门儿上的包，一边大声回答："我们没听过！"

"不，我知道。"苏意致打脸。

"我也知道。"俞幼悠再打脸。

启南风见鬼似的盯着她："苏老二就算了，你怎么也知道四境大会？"

俞幼悠之所以知道，是因为原书主角俞不灭第一次名扬修真界，就是在某次的四境大会上。

四境，顾名思义便是人族居住的东南西北这四境，而每四年举行一次的四境大会则是人族修士的最大盛会，也是年轻修士们崭露头角的最好机会，因为四境盛会仅允许十六岁及以下的修士参加。

在四境大会上，年轻修士们会根据自己所在地组成一队，前往被异兽占领的万古之森中，依照斩杀的异兽数量来决定名次。

当年俞不灭便是在那次大会上突破到了金丹期，并凭着一己之力斩下三只金丹期的异兽，带领东境拿下头名，还收获了一众天骄小弟和红颜知己。

“自不灭剑神那次之后，我东境已有近百年未曾拿过第一了。”曲清妙皱眉，似乎想起了某些不愉快的事，“而且因为我们丹修不擅杀招，极难斩杀异兽，只能为云华剑派等其他宗门的道友疗伤，不仅自身伤亡惨重，还为其他修士所轻视。”

俞幼悠沉默了，好多人都有看不起辅助的毛病，偏偏需要医疗兵的时候哭得又比谁都大声，却不想想，孱弱的医修们在危机四伏的万古之森中为他们疗伤也是冒了生命危险。

“宗门为了让今年参加四境大会的弟子能平安回来，特意传授了不少战斗的功法给体格最为健硕的朱师弟，想让他护着其他师弟师妹。也正是他修习了那些功法，才酿成了一个月前的大祸。

“一月前，数只异兽突然出现在桐花郡，其中更是突然出现了一只化神期的异兽，虽然被云华剑派的前辈及时赶到斩杀，但是我宗门派出去救治凡人的弟子里，就有朱师弟。

“更糟糕的是，朱师弟被异兽挠伤，他当时正忙着救治当地村民，未曾发现。等到发现的时候已经迟了，朱师弟突然在炼丹房内失去理智，将数十名师弟师妹击伤。若不是长老及时赶到制止，恐怕要酿成更大的惨事。”

曲清妙美目低垂，幽幽道：“当时在炼丹房一起修习的，恰好全是十六岁以下的年轻弟子。不得已，我们只能提前进行外门考核，临时择选参加四境大会的人选。”

听到这里，俞幼悠猛地想起原文中的一段情节。

俞不灭闭关那会儿，他的那对儿女参加了一次四境大会，偏偏当时东境其他两个宗门派出来的都是些离谱的菜鸡队友。

在这样的情况下，龙凤胎顶住压力，协力斩杀了一只金丹期异兽，夺下魁首，狠狠地打了其他三境修士的脸，而那群菜鸟队友——“震惊！难以置信！他们崇拜地看着这对龙凤胎，被这二人的实力彻底征服了。”

最后便是出关的主角牵着儿子抱着女儿不住夸奖，那些原本等着看笑话的对手只能羡慕嫉妒恨，俞不灭又卖弄了一次。

俞幼悠震惊了：原来，我就是那些连姓名都不配在书中出现的菜鸟队友？

另一个菜鸟听到这里已是激动难耐："师姐，我要怎样才能参加四境大会？"

本着远离龙傲天剧本就不会沦为被打脸的工具人原则，俞幼悠马上表示："师姐，我实力太弱，不配参加这等大会。"

真是个谦逊的好孩子，曲清妙如是想。

她没有回启南风，转而安抚俞幼悠道："虽然你才习炼丹术不久，但是天赋极佳，在你同入内门的这群人中也是上等，不妨去争取一下参加盛会的机会。而且，四境大会尚有数月，你们还有长进的机会。"

启南风："师姐，我一定会争取的！"

苏意致略有迟疑，他忐忑地询问："四境大会要在万古之森中待那么久，还有那么多异兽，怕是有点儿危险吧？"

曲清妙轻笑："那是自然，但是会有高人前辈在暗处庇护的，而且若是遇到极险的情况，还能弃权传送出来。"

启南风："师姐，我不怕死！"

然而苏意致跟俞幼悠还是有点儿迟疑。他俩一个不想成为被打脸的工具人，另一个怕死。

曲清妙只以为他们是不自信，于是温声鼓励道："每次获得头名的那一境，可获得大量修行资源。且不论灵石这等俗物，各种难得的高级法宝就不少，更能扬名修真界。"

苏意致马上开口："师姐，我会努力的！"他可太喜欢那些俗物了！

曲清妙又道："万古之森乃修士福地，你们一旦进入便有机会获得各种天材地宝，其中不乏五品甚至六品的灵药。"

听到这里，俞幼悠坐直了身体。不知为何，她的脸突然好痒，要是有小龙傲天来打两下脸可能就舒服了吧？绝对不是因为听到有高品级的灵药心动了！

说到这里，曲清妙补了一句："另外，听说不灭剑神的一双儿女会参加盛会，所以他特意拿出了一对仙级法宝做彩头，等着自己的儿女将其赢回来。”

桐花郡的人待妖族友善，丹修们更是心性善良，曲清妙似是想起什么，面露不忍，她叹息道：“据说，那是用某位大妖身上利齿所炼制的两把剑。”

俞幼悠唇边笑容的弧度停留未散，眼底却一点一点地冷下去。

次日，早早醒来的俞幼悠将逐渐蓬松的尾巴抱在怀里，把脸埋在里面，缩成小小的一团。

她拥有原身的所有记忆。被张婆子打骂，被那些人欺辱，甚至最后被活活疼死的那种感觉，她都记得。

所以昨夜听到那两把剑的存在后，不知是不是原身残存的婴儿时期记忆被激起，她做了一整夜的噩梦。

梦里的血像雨一样冲她劈头盖脸地浇下来，几乎要把她溺死。

就在这时，外边传来叩门声。醒来的俞幼悠很快恢复冷静，她穿好衣服去开门，看到启南风拎着个多层的餐盒出现在自己门前。

她抬头看了看，天边只有隐约的晨曦，还没亮呢。

“你这么早过来做什么？”她低头看那个餐盒，纳闷，“现在膳堂怕是还没开吧？”

“对啊，所以我昨晚给我家的人传了信，让他们请了黄鹤楼的李大厨做了些早点，一早送过来。”启南风拎着餐盒自顾自地往里走，把东西一一拿出来，“饿死小爷了，赶紧趁热一起吃。”

然而俞幼悠站在门口没动，只是安静地看着他。

他见状只得放下筷子，纠结开口：“我昨晚就瞧你脸色不太好，那什么，你是不是听说那两把剑的来历后伤心了？”

不愧是野兽般的直觉，启南风还真猜中了一半。

他继续道：“你是不是害怕自己是妖族的事情被发现，然后也被人砍了尾巴、牙齿什么的拿去炼器？你别怕啊，我们跟妖族都和平共处一百年了，先前在黑市不也那么多妖族来去自如吗？现在没有哪个修士敢对你动手的。至于宗门嘛…… 要是你真的被逐出去，大不了我学了炼丹术出来再教你。”

启南风只以为她是妖族，所以担心她会被人族修士不容，甚至担心她被发现后逐出宗门。他却不知道，现在俞幼悠是半妖，除了多条尾巴外，和普通人族毫无区别，这也是为何先前黑市那么多妖族都没发现她身份的缘故。除非有人掀她裙子看尾巴。还好，修真界目前还没出现乱掀裙子的变态。

俞幼悠靠在门边听启南风计划着如何帮她隐瞒，昨夜生出的阴霾消去大半。她走过去，拿了个精致的包子咬了口："没事儿了，赶紧吃，等会儿去听长老授课。"

这边还没吃两口，突然又从院外走来一个人，苏意致居然也端着两盘灵食来了。

"启南风，你也在？正好，那我不用去你院里送了。"他看起来很兴奋，"内院居然有灵食免费供应！在外边儿一份得卖好多灵石了，我天没亮就去膳堂抢回来的！一个人吃不了这么多，我带回来一起吃了。"可惜每次只能领一份，害得他来回排了十多次队，才领回来这么一大堆！

苏意致特意把大的那盘往俞幼悠面前推："我看你昨晚好像不太高兴，来吃点儿免费的灵食，高兴一下。"

俞幼悠一愣，真没想到连他都看出来了。她的心情已经好了不少，把包子咽下后，笑眯眯地看向苏意致："是挺不高兴的，要不你也叫我声'姐姐'让我开心一下？"

昨天她听完那两人探听消息的经过后，就很好奇他是怎么哄那群师姐高兴的，而且苏意致比她还小几天，的确是个弟弟。

"可以。"苏意致居然真就一本正经地坐直了，虽然白嫩的脸上有点儿红，却还是坚定地伸出了手，"一枚灵石一声，先给钱。"

提到灵石，俞幼悠就沉默了，对不起，她舍不得。

倒是启南风很起劲地塞过去一枚灵石："叫我一声！"

苏意致飞快地收下灵石，然后敷衍地叫了一声——

"姐姐。"

启南风听傻了："我要你叫'哥哥'，谁让你叫'姐姐'了！灵石还我！"

"呵，送出来的灵石还想拿回去？没门！"

吃饱后天方微亮，三人都没有要补觉的想法了，踏着云间浮桥朝藏书阁走去。

第五章

丹修特训

四境大会之前的几月，内门长老们会对所有适龄弟子进行特训，再根据结果决定正式人选。

丹鼎宗在连续百年垫底四境大会后处境凄惨，资质好的弟子都被其他三境的医修宗门抢走了，这次十六岁以下的弟子又是从外门临时收进来的，个个都会炼丹，个个又都只擅长炼辟谷丹。可真是完美符合原文中“菜鸡队友”的设定。

俞幼悠一行人抵达藏书阁的时候，其他人都还没到。

说是藏书阁，其实根本没有书，而是放置了无数玉珏和幻阵。从最底层望去，那些玉珏散发着微弱的荧光，繁密如天上星辰。

负责看守藏书阁的是牛长老，这位清癯的老人挺有耐心地同他们解释这些东西的作用：“仅凭书册是无法真正了解灵材的，许多药材长相相似，药性却差之千里，所以我宗弟子出门采集灵药时都会随身携带留影的玉珏，以便记录药材的生长环境和所有细微特征。这里是我丹鼎宗前辈们近千年来积累下的经验。你们要做的，便是在三个月内将藏书阁里所有玉珏的内容记住。”

俞幼悠试着拿了枚玉珏，眼前景象顿时大变。出现在她面前的是一望无际的沙漠，金色的沙子铺陈在脚下，无尽的金黄色中，那点儿生嫩的碧色格外醒目。采集者像个少女，声音脆嫩地念出这药的名字和特性，就连适合做什么丹药、与之相克的药材也一一列了出来。

俞幼悠眼前一亮。不得不说，这样的方式远比外门那本《灵药大全》要来得印象深刻。

末世很荒凉，处处都是废墟，要么就是奇形怪状奔涌过来的丧尸，各种药材都是在培养皿和温室仓中长大的。来到这个世界后，到现在为止，她也没走出过桐花郡，就更别说看看外面的世界了。

这些玉珏带她看到了更大的世界，里面记载的各种珍稀药材也完美符合她的需求，能让她多几分苟活的希望。

虽然她靠着药浴修补身体，但是血脉反噬也一次比一次厉害了。如今她的身体就像是一艘有了破洞的船，一旦往外舀水的速度慢下来，就会沉底溺亡。

俞幼悠又开始整日都坐在藏书阁中，恢复了先前在外门的拼命状态。垫肚子的东西倒是从馒头变成了辟谷丹，好在先前炼得多，这个月每天吃的口味儿都不带重复的。

她热情地邀请另外两人品尝新出的水果味儿，结果苏意致看到这玩意儿脸色就青了，启南风也没好到哪儿去，拼命摇头："你上次弄的什么榴莲味儿我到现在都忘不掉，不要！"

俞幼悠很遗憾，只能往自己嘴里丢粒草莓味儿的，继续刷题。

眼看着她翻看玉珏的速度越来越快，苏意致语气有点儿酸："如果我没数错的话，她今天上午已经看完二百五十枚玉珏了，照这速度，她差不多快把藏书阁的玉珏看完一遍了。"

可恶，他最高纪录也才一上午刷两百！难道真就要一辈子被压着做老二了吗？

启南风纳闷："你怎么知道得这么清楚？"

苏意致气得磨牙："我盯着她数了一上午了！"

启南风："……我觉得但凡你不是盯着她而是盯着玉珏的话，你也快刷完了。"

就在苏意致以为俞幼悠要继续刷第二遍的时候，她突然起身了。

"你要去哪儿？"

俞幼悠回头看了眼他们："该去学点儿别的了。"

身后的两人马上翻身而起："我们也要学！"

的确，他们要背的除了药材还有各种丹方，甚至得熟练地炼制不同的疗伤丹药。

苏老二的圆脸上全是坚定："我这次不会再输给你了！"

俞幼悠笑了笑，逆光中眉目模糊，语气懒懒：“我去学杀人的技术。”

边上两人只当她在开玩笑，继续嬉皮笑脸地跟在后面：“行啊，我们救人你杀人，你杀不过了就跑回来，我俩给你疗伤。”

谁信呢？就她这个虚弱的样子，还杀人呢？

万万没想到，俞幼悠真的去找了负责传授战斗技巧的马长老，据说这位长老曾为了采集一株六品灵药，跟元婴期的异兽打过一架。比他能打的没他会炼丹，比他会炼丹的都被他揍过。

说战斗技巧其实不确切，丹修们都管这叫自保技巧，毕竟他们一般不主动找架打。

相较于藏书阁和炼丹房那边的座无虚席，马长老这边空无一人。毕竟丹修们更爱安静和跟丹炉打交道，平时出门都恨不得走传送阵，普遍不爱运动，更别说打打杀杀了。

三人组过来的时候，马长老正独自喝着酒，烤着烧烤。

启南风对于美食最敏感，他眼睛一亮道：“这是烤仙鹤吗？可师姐说，这是御兽宗送的灵禽，代表了两宗情谊，绝对不能伤它们一根毛的啊！”

“咯。”马长老被戗了一下，老脸沉下，“什么仙鹤，胡说八道！这是我刚猎到的野鸡。”

俞幼悠假装没看到他身后那堆没处理干净的仙鹤毛。

马长老一边飞快地啃烤鹤，一边斜着眼听俞幼悠讲明来意。他听完后马上就拒绝了：“不干，不想教了。去年教了个姓朱的，结果那小子天赋异禀，把同门干趴下几十个，现在老子都还被其他几个老家伙骂呢！”

听到这里，俞幼悠更来劲了。好家伙，原来那个一人干翻几十个同门的朱师兄就是您调教出来的！

然而任凭俞幼悠如何说，马长老就是不答应。

启南风轻咳一声，知道该他上场表演了。他露出欠打的二世祖脸，说出来之前被交代的台词：“算了，你学那些花里胡哨的招式没用，丹修嘛好好炼丹就行了，躲在剑修后面求保护不也挺好吗？”

苏意致没收灵石，所以态度很敷衍：“就是。”

俞幼悠抑扬顿挫：“不，我们丹修的战斗技巧怎么可能那么没用？而且我命由我不由天，怎么能将性命交托于他人手上！”

听到这里，马长老一脸嫌弃地丢了块鹤骨头过来："你们少看点儿话本，什么我命由我不由天，老掉牙的土味口号还在念呢！我听着都替你们羞！"

俞幼悠："……这句话很土吗？"那为什么原文中渣爹每次念出来都会让各方大佬"浑身一震""顿时意识到此子不凡"？

马长老："是啊，不灭剑神每次大战都要喊上这么一句，导致这百年间人人都跟着喊，就连山脚下挑大粪的挑不动了也这样喊，你说能不土吗？"

俞幼悠：失策了。

马长老不肯松口，俞幼悠只好黯然告退。只是她转身时不知为何脚步踉跄了一下，紧接着就躺倒在地。她语气毫无起伏，念出早就准备好的台词："啊，我这么柔弱的小姑娘，不学点儿战斗技巧可怎么在四境大会活下去啊。"

话是说得很惨，如果她躺倒的时候没有抓住那把鹤毛，脸上也没有写满了明显的"你再不教我就去告发你偷吃仙鹤"，马长老就真的信她是个柔弱小姑娘了。

事实证明脸皮厚是有用的，马长老被烦得没办法，最后只好应承下来。

涉及自己的专长领域，马长老身上的气势似乎也有了变化，轻描淡写地将眼前的那一大堆鹤骨头弹开，懒抬眼皮："既然想学，那我就教。"

顿了顿，他鬼鬼祟祟地补上一句："你要真的杀了人，可别说是我教的，不然我要被宗门扣月俸的，上个月朱师侄那事儿就连累我被扣了三年的月俸！"

最后那句他说得痛心疾首。直到俞幼悠指天发誓后，马长老才放下心来。

"其实说来不难。"马长老随手摸出一粒丹药在手上掂着，"这粒小小的五品丹药是由上百种灵药炼制而成的，把这么多药材一一炼化又融合在一起，中途但凡有丁点儿失误都会失败。这样精细的灵力操纵能力，除了丹修，任何修士都做不到。"

他轻描淡写地点过俞幼悠手中的鹤毛，洁白的鹤羽瞬间化成一捧灰烬：呵，区区小丫头还真以为能威胁他了？有趣。

"炼化、重组、融合，每一步都精密到极致。"马长老不紧不慢道，"若是丹修灵力操纵的对象从灵药，变成敌人的法宝，甚至是他本人呢？"

马长老抬手，漫不经心地放出一道灵力。那道灵力极其不显眼，微弱得仿佛要随风而逝，然而下一刻——

“嘭！”对面的那座浮空山在沉寂片刻后猛地发出一声巨响，之后，伴随着惊天动地的闷沉声响，整座山石落沙纷飞，竟在几人眼前慢慢坍塌了！

三人组被镇住了。

马长老云淡风轻道：“世人都言，丹修的灵力是拿来炼丹的，那很简单——高山也好，敌人也罢，都把他们当成丹来炼就行了，以天地为丹炉，以灵力为烈火，把他们一一分解、炼化。”

然而这样的高深氛围破灭得很快，几乎只过了一盏茶的工夫，一群穿着丹鼎宗内务堂服饰的弟子就找上门来了。

他们客客气气开口道：“马长老，方才藏丹山被袭，经内务堂勘查是您所为。弟子去核算了损失，共计三十八万枚上品灵石，您准备如何赔付呢？”

马长老脸色一僵，用求助的眼神看向了俞幼悠，仿佛在说：你不是想学战斗技巧吗？交学费的时候来了，表现的机会来了！

俞幼悠在他殷切的注视下摸出了自己的钱袋，打开抖了抖，空空如也。

马长老面色铁青，然而更惨的还在后面。

某个内务堂弟子看到了没啃完的鹤爪，在沉默片刻后，他没再找马长老核对，只低头在本就长长的账单上又加了一笔，马长老面如死灰。

匆匆约定明日再来后，贫穷的俞幼悠告别了更贫穷的马长老。

一路上她都低着头，疯狂琢磨着该怎么把龙傲天当成一粒丹给炼化了。三人便这样回了各自的小院，但琢磨的事儿各不相同。

启南风：抓一只仙鹤烤了居然只需赔一百枚上等灵石？有点儿想尝尝。

苏意致：一座小浮空山都价值连城，那我睡的这座大山得多贵啊！

只有俞幼悠还在回忆着那一掌的威势。

正如马长老所说，丹修对于灵力的操控力精妙绝伦，尽管俞幼悠才到炼气期，但是在炼了这么久的丹后，也能轻松地将灵力凝成各种形状。

她睡不着，躺在床上操纵着那缕细细的灵力，在头顶正上空时而凝成一个杀字，时而凝成个吊字。

俞幼悠眯了眯眼，突然盯着头顶的那片黛瓦看。然后，她按照马长老所说的用灵力将其覆盖，像是炼丹似的将其分解、炼化。那片瓦破碎速度快得超乎俞幼悠的想象，眨眼间便变成了碎块落到她头上。

俞幼悠随意地揉了揉脑袋上被砸出的红肿，抬头一看，只见头顶已空出一个大洞，漫天的星光从这缺口倾泻而下。

马长老说得不错！丹修若是愿意，日日反复练习灵力操纵的他们本就能成为最强的法修！

炼掉一块瓦的俞幼悠精神大振，继续炼化第二块瓦。马长老炼化小物件的时候可是直接把它们弄成灰了！只是碎片可不够。

俞幼悠练习到能瞬间把瓦片炼成灰的时候，已经是半夜了。她仰着脖子往头顶看，终于后知后觉地发现卧房的瓦已经被炼完了，现在头顶就是袒露的星空，无数只蚊子、飞虫自由进出，在她耳边嗡嗡作响。

好像炼过头了？俞幼悠挠了挠头，打算去隔壁的房间将就一晚。然而出卧房时，她瞧着那根又大又圆的柱子，不由得疯狂心动。

这么漂亮的柱子，要是操纵着灵力在上面雕点儿花，好像也挺好？俞幼悠伸出手摸向柱子。

片刻之后，一声轰隆巨响在丹鼎宗内门弟子峰上响起，先是根承重柱化作灰烬，之后牵一发动全身，那所小小的院子竟就这样化作一堆废墟！

俞幼悠自废墟灰尘中爬出，脸上没有惊吓，只有掩饰不住的恍然。

“我知道了。”她低头喃喃自语。

隔壁听到动静的启南风和苏意致扒在各自墙头朝这边看，都吓了一跳：“天哪！小鱼，你的院子呢？”

俞幼悠猛地抬头：“我知道了，原来他之所以能把那座浮空山摧毁，并不是用灵力把整座山炼化了，而是用灵力寻找到它的最弱处，将其炼化了！”

就像是方才她的院子，她绝对没有能力用灵力把整座院子覆盖的，但是一旦承重柱垮掉，那整座院子就跟着倒了。

启南风不明所以，只见到俞幼悠满脸喜色地从废墟中爬出，背着从碎砖断木里挖出来的几个药匣，迈着轻快的步伐朝他走来。

“今天晚上借宿一晚。”话音刚落，她便飞身从墙上翻了过去。

另一边的苏意致大喊：“你大半夜的去他院里做什么啊！”

“睡觉啊！”

至于为什么去启南风那边，因为他那边布置的各类家具皆是上品，不说花里胡哨的卧房，便是用于休憩的软塌上铺着的都是柔软的云锦。不像苏意致那边，压根儿就是俞幼悠的翻版，院子里空得跟来了贼似的。

不远处，听到院子坍塌动静赶过来的曲清妙和一众师兄师姐目光复杂。

“他们…… 好像不对劲？”

曲清妙沉默片刻，还想挣扎一下：“不要妄测，他们只是孩子。”

就在这时，目睹俞幼悠翻墙的苏意致也站不住了：“你们一起睡觉为何不叫我！我也来了！”

苏意致连翻两堵墙，飞快地跟了上去。他可不放心让那两人独处，若是又偷偷交流炼丹技巧，他就会被甩得更远，那岂不是要从苏老二变成苏老三了？

远处，师兄师姐们的目光更复杂了。

“大师姐，他们仨好像真的不对劲？”

曲清妙：“…… 嗯。”

俞幼悠躺在卧房外面的软榻上，跷着腿，跟两人分享自己悟出的心得。

另两人在软榻下方席地而坐，一边吃着黄鹤楼李大厨出品的精美点心，一边满头雾水地听着俞幼悠讲述她是如何把一座院子炼没的。

不过战斗技巧这种东西，还得真正上手才行。她兴致勃勃地提议：“来，我们来实战一番？”

来自苏意致晋升入炼气巅峰境后的鄙视：“我怕我动手会把你打哭。”

来自启南风身形最高挑健硕的优越：“算了，我一只手就能把你撂翻。”

他俩是真不愿意跟俞幼悠动手，倒不是不打女修之类的原因，毕竟修真界中比男人还猛的女修比比皆是，互殴是再正常不过的事了。真正的原因还是在于她看起来着实太纤弱了。

这半年以来，俞幼悠的气色已好转太多，瘦得脱相的脸颊上长出些许肉后，那双灵动澄澈的眸子便越发动人。她仰着头望过来时，常让人生出被一只幼猫或幼犬懵懂天真地注视着的错觉。原本看着可怕的病态变成了令人怜惜的病弱感，但…… 果然还是一拳就能打飞的弱鸡样。

两个兄弟不肯跟她切磋，俞幼悠重新躺回了软榻上。她抬头，发现启南风这里的瓦都换成了昂贵的琉璃瓦，更别提屋里那些看起来就赔不起的各种摆件了。

算了，不能在这儿练。她想了想，突然开口：“我打算去黑市找人切磋。”

“你确定不会被打死？”地上的两个人扭过头看她。

“黑市有规矩，不能打死人。”而且，她确定那群赌鬼也不会打死她。

俞幼悠行动力惊人，在下定决心后，便立刻背上从废墟里抢救出来的小包裹飞奔出山门。最后还是三人组一起去了黑市。

苏意致本来以为俞幼悠会先去摆摊的，还特意带上了自己准备卖的新炼丹药，不想她领着他们直奔那座血腥味儿浓重的擂台赛高楼。

断胳膊断腿乱飞，桌上都有陈年的血渍，个个身形过八尺的彪形大汉将他们三人衬得像幼童，还有那些怪笑声和嘶吼声更不曾断过。

两个没见识的少年刚踏入此地，便在突然投过来的诸多冰冷目光的注视下紧张得肌肉紧绷。更可怕的是，竟然有数人提着刀剑杀意凛然地朝他们走来。

就在两人头皮发麻之际，俞幼悠皱着眉上前一步，把大汉们手握的染血大刀推开：“别量了，是我。”

真是够了，擂台赛这群赌鬼现在每次看到个儿长得矮的，都想拿武器去量身高，推测到底是不是她！

熟悉的声音一出，赌鬼们瞬间态度大转，嘿嘿笑着收了兵器。

“您越发英武了，我们刚才差点儿以为那个矮子才是您呢！”

被指到的苏意致不知为何，他的膝盖又久违地开始痛了。

黑市散修们很热情，招待着他们坐到了最好的位置，还端上了最好的酒菜。

在黑市低价接好十多条断肢，又治好了各种砍伤后，俞幼悠俨然成了擂台赛这边的贵客。

散修们其实很难寻到医修帮着疗伤，他们无门派、无根底，而医修们多是出身世家，身份高贵，多数不愿同这些粗鄙的散修打交道，所以他们只能在市面上购买那些昂贵的丹药，多数时候都是硬撑着等自愈。这也是为何先前那个申繇大师叫价如此之高，依然被黑市散修们追捧的原因。

听说大师来了，原本还在血战的赌鬼们纷纷挤上来，又是塞各种题字红布，又是询问是否有新鲜灵丹出售。尤其以霸刀的手下们最为热情，不过他们这次想要的不是止痛丹，而是辟谷丹！

“大师，上次的辟谷丹还有吗？除了香菜味儿的，我都想要。”

“大师，来一盒子辟谷丹，只要香菜味儿的！”

“我想来个那什么红酒味儿的！对了大师，红酒到底是啥酒，拿血染红的酒吗？”

…………

修士们都吃得了苦，但是不代表他们就喜欢吃蟑螂味儿的辟谷丹。而辟谷丹这东西又都是低阶修士们吃的，高阶修士用不上，所以居然离谱到这么多年都懒得有人改良下它的配方。

在乱糟糟的声音中，俞幼悠背出来的辟谷丹被飞快地抢光。

边上的启南风和苏意致目睹这可怕的一幕：“……”

俞幼悠转过头：“真的很不错，你们确定不来一粒？”

两人对望一眼，最后试探着各拿了一粒丹丢入嘴里。然后——

“哕！”

“哕！”

“啊抱歉。”俞幼悠挠挠头，低头瞅了一眼匣子底端的字，“我忘了，这盒是没人要的肥肠刺身味儿。”

…………

待赌鬼们将丹药瓜分完毕后，俞幼悠将包裹轻飘飘往后一抛，说道：“好了，接下来该做正事了。”

她慢慢挽起黑袍的袖口，又紧了紧腰上绑着尾巴的银绳，动作轻快地跃上空无一人的擂台。

瘦弱的小孩儿俯视着这群黑市散修。她的声音依然懒散淡然，平静地宣布：“来个人跟我打吧。”

香甜酥软的糕点正送入口，两个离擂台最近的少年险些被噎到。

“俞——”苏意致刚想开口就意识到在这儿不能喊真名，想了想，决定用两人第一次在黑市遇到使用的名号。

“秃院之主，你赶紧下来！”

跟这群大汉打，不是找死吗！底下的黑市散修们受到的震惊不比他俩小。

散修们虽然粗野，对于医修却格外敬重，更莫提这儿不少人都受过俞幼悠的恩惠，谁敢对她动手啊？

霸刀提着大刀在底下恍然："原来大师姓秃啊，秃大师，失敬失敬！"

俞幼悠默默看向这个难听外号的发起者苏意致："……"

底下的大汉们，尤其是被俞幼悠接过手脚的喊得最大声："秃大师！您看不惯哪个王八犊子告诉我们，何必亲自动手？给我两粒灵丹，我帮你卸了那小子的两条腿！"

"秃大师，没有灵丹给俺灵石也成，一百枚灵石一只手，我能帮你砍一百只！"

俞幼悠倒也不嫌他们聒噪，只耐心地再说一遍："我真的要打擂，哪位兄弟来切磋一下？别把我脸打肿就行。"

"呵！"霸刀拔出大刀砍在桌沿上，气势骇人地环视周围一圈，"秃大师对老子有再生之恩，你们哪个鳖孙敢对秃大师下手，老子的刀定不客气！"

霸刀的小弟们亦是齐齐举刀，怒喊："不客气！"

俞幼悠默然，最后她摸出一匣子丹药，亮于众人面前："这是我出的赌注，一匣子止痛丹。"

"天！"

"我的妈！"

擂台周围气氛顿时沸腾，只见一个壮硕身影抢在最前面飞上擂台。刚才还怒护大师的霸刀将大刀扛在肩上，对着俞幼悠喜不自胜喊："那我就献丑了！"

啧，你们黑市的人都这么爱打自己脸的吗？

霸刀将刀一丢，空手抱拳："我已是筑基巅峰，秃大师头一次上擂台，我便不用刀，且自封修为到炼气期！"

虽然他看不透俞幼悠的修为，但任谁看来都知晓她是个菜鸟。

俞幼悠没有跟他客气，她现在也不过刚到炼气中期而已，的确打不过筑基期的霸刀。

随着台下清脆的酒碗碎裂声，霸刀动了。他仿若化身一只壮硕的黑虎，化掌为拳，带着骇人的猎猎拳风朝着俞幼悠面门击去。

散修们都擅长近战缠斗，一楼的擂台是筑基期和炼气期修士们的竞技场。霸刀是这儿的常客，更是少有的拿过十连胜的人，从他那一大圈小弟就能看出此人实力非凡。

果不其然，哪怕自封了修为，霸刀这一拳都分外骇人，一个拳头竟比俞幼悠的脸还大。

看样子他是铁了心要拿那盒止痛丹了！俞幼悠全身心都沉浸在战斗中，她调运起灵力往后飞掠避开，同巨拳擦脸而过。

“啊！”都说了不要打脸了！俞幼悠趁机就地一滚，避开霸刀的又一拳突袭，同时抱住他的腿，扫腿狠击的同时用力一摔。“砰！”

猝不及防之下，身高八尺的霸刀竟被撂倒在地。

等等，撂倒了？

底下众人震惊地看着俞幼悠这熟练的一套连招，启南风二人更是僵在人群中，失去了语言能力。

俞幼悠不敢松懈，她的招式是被末世的丧尸追杀几十年练出来的，但是眼前拥有灵力加持的霸刀可不比丧尸好对付，更重要的是他有脑子！

果不其然，从偷袭中回过神的霸刀一把抓住俞幼悠的脚踝，依靠着纯粹的力量压制，重重地将她砸在地上。

离得近的修士们甚至都能听到她肩膀同地面碰撞的沉闷声音，只见她的右手不正常地扭曲着，很明显，骨头错位了。

然而俞幼悠的动作不见半点儿停顿，反脚一蹬霸刀，挣脱后熟练地用左手一扭，竟然强行把自己的骨头扳正了！

“嘶！”丹修对自己都这么狠的吗？

俞幼悠一边闪躲着霸刀的攻势，一边寻找着机会。此刻，霸刀在她眼中就是一粒巨型丑丹，而她要做的，就是找出弱点将他炼化！

找到了！俞幼悠对准霸刀那条新接的右腿，将微薄的火系灵力凝成一股线，精准地捆住他的小腿。

“啊！啥玩意儿？”一股灼热的气息倏然从霸刀腿上传来，他仿佛闻到了一股焦煳的肉味儿。

还没等霸刀低头看，俞幼悠猛地爆发出所有灵力，拉着那根灵力凝成的线，重重地将霸刀丢出擂台之外！

灵力抽空的瞬间，俞幼悠瘫软地趴在了台上，颤抖的手把那盒止痛丹往霸刀怀里抛："谢了，陪练费。"

霸刀是个真男人，到最后都把灵力压制在炼气期，没有为了丹药毁诺。

台下的霸刀还没回过神，抱着药匣茫然地仰头看着头顶的灯笼，他麻木地摸出一粒止痛丹吃了，被炼得半焦的腿顿时不痛了，然而心可太痛了。

台上的俞幼悠正想爬起来给自己疗伤时，人群外围突然传来声音——

"你们说的那个大师在哪儿呢？"

说话的是个身材伟岸、古铜肤色的男人，他没戴面具，上身赤裸，胸膛上遍布的新旧伤疤将隆起的肌肉衬得越发英武不凡。

他挤进人群，没看到传说中的医修，只看到趴在台上像只死鱼的俞幼悠，不由得皱眉："小鬼就别来这种地方了，看看，都被揍得爬不起来了。"

周围的人突然沉默，在地上躺着的霸刀默默地拖着煳腿往角落缩。

见没人说话，男人又好奇地打听："不是说那位医修大师来了吗？敢问他在何处？"

俞幼悠如咸鱼般躺着，有气无力地开口："大师不敢当，小鬼罢了，我就在这儿。"

吃了苏意致塞来的凝神丹后，逐渐恢复灵力的俞幼悠总算爬了起来，她面无表情地看着眼前这个男人。

对方盘腿坐在她对面，很窘迫地挠了挠头，手上胡乱比画着什么，最后才像鼓足了勇气般开口道："想来大师不知我们的身份……"

"你是天盾门的吧？"边上沉默的苏意致突然开口。

"嗯，"男人大惊，惊喜发问，"莫非道友认识我们？"

东境有三大宗门，云华剑派、丹鼎宗，最后一个便是天盾门了。

"因为只有天盾门的人会在正常走路的时候突然做个持盾防御的姿势，尽管你手上没有盾，周围也没人要偷袭你。"苏意致冷静戳破。

他没说的是，也只有天盾门的人会拥有如此健硕可怕的肌肉和遍体的伤痕，因为天盾门的修炼方式就是不断磨炼肉体。这种修炼方式说得直白些，就是不断挨打练就一身逆天糙皮。

天盾门的兄弟表情一蒙，手开始疯狂抖动，似乎在按捺着想要做持盾动作的冲动。最后他只能叹气："既然被看出来了，那我便不隐瞒了，我们的确是天盾门的弟子。"

俞幼悠准确捕捉到一个字："们？"

对方点头，为了表示自己的诚恳，也为了争取同情："嗯，我们共有十人出来历练，他们九个都被打断腿，现在正躺在后厨洗碗还债，我这才不得已来拜托大师帮忙。"

"等等？"俞幼悠越听越不对劲。天盾门可是东境三大宗，为什么弟子会这么惨，被打断腿还扣在黑市刷碗还债啊？而且看这样子，眼前这兄弟都是筑基期了，怎么还无法反抗呢？

随后，俞幼悠就见识到了什么叫天外有天，傻子外还有傻子。

"在下狂浪生，我们在几个月前听说桐花郡出现了诸多异兽，所以特意赶过来，想要同异兽大战，磨炼一番。"

苏意致凑到俞幼悠耳边帮着翻译："就是想挨异兽的毒打。"

"万万没想到被云华剑派的人赶在了前面，我们刚到桐花郡，就听闻异兽已经被杀了。"说到这里，狂浪生气得往自己胸口狠狠打了一拳。

那力道让俞幼悠眼皮子都颤了颤，随后，他健硕的胸肌上瞬间出现了一块瘀青。

狂浪生继续道："来都来了，我们师兄弟想着不能白跑一趟，于是索性来了传说中的黑市，想要在擂台上挣点儿钱回去。"

"万万没想到，黑市擂台竟然恐怖如斯！"

那是狂浪生最惨痛的记忆，他们一行人仗着自己皮糙肉厚，觉得炼气筑基期的散修们打不动自己，于是他们去了楼上的金丹期擂台，想要挨更狠的打。

"我们头一次来黑市，没想到散修们居然这么强。"狂浪生英俊的脸上露出些许窘迫，"我们先是把灵石输了大半，之后又被打断了腿，因为这种事着实丢人，我们那时候不好意思让丹鼎宗的丹修们知道，所以就想着来黑市找医修接腿……"

俞幼悠三人交换了一下微妙的眼神，不好意思，现在坐在你面前的就是丹鼎宗的丹修。

浑然不知内情的狂浪生继续讲述悲惨遭遇："我们在黑市某位高人的指点

下去找了那位申穌大师。”说到这里，狂浪生沉默片刻，俊朗的脸上浮出一丝阴影。

听到这个熟悉的名字，俞幼悠懂了：“灵石被骗光了？”

狂浪生面上表情逐渐麻木：“嗯，而且芥子囊也被偷走了，只留下我九个断了腿的师弟。为了赚药钱，我只好再来打擂台，不承想散修们不讲武德，挨个儿挑我上台，最后我们把盾输没了，还倒欠了两千枚灵石，连通知师门长辈来赎的机会都没有，也无法出去找丹鼎宗救援，只能在这儿卖身还债。”

“后来在此打听了半月，才知晓那申穌是个骗子，真正的好医修是大师你！”

俞幼悠对于马屁内心毫无波澜：“那你为何不直说你们是天盾门的，让他们带着你们去拿赎金？”

狂浪生：“说了，你们是第一个信我是天盾门弟子的。”

也是，三大宗门在散修想象中都是俊美潇洒、仙气凛然、高不可攀……很明显，眼前的狂浪生除了长得还行，跟其他的形容词可以说是毫无干系。

狂浪生认真道：“不瞒大师，我们几个月后还有要紧的大事要做，还请您出手替我们疗伤！待伤好后，我定会将药费和谢礼送上！”

俞幼悠突然想到了什么，古怪地看向狂浪生：“你们是要去参加四境大会吗？”

“果然是大师，神机妙算！”狂浪生对俞幼悠很是钦佩。

俞幼悠彻底悟了。难怪，她一直好奇原剧情中为什么东境除了云华剑派以外，另外两个宗门派出的弟子都是菜鸟。别人都是全员筑基，就这两宗全员炼气。

原来，他们丹鼎宗原定的人选被朱师兄干翻了，而天盾门的人都被扣在了桐花郡的黑市，下落不明。

“我们都是受害者。”俞幼悠拍了拍狂浪生的肩膀，叹出一口气。

为了配合龙傲天的儿女进化成小龙傲天，这些无辜的炮灰在背后竟然经历了这么离谱且凄惨的事。

她起身，对狂浪生道：“走，我们先去给你的师弟们接腿吧。”

狂浪生感激不已，抱拳深深一揖：“多谢秃大师！”

听到这个称呼，俞幼悠眼皮子一跳，刚才生出的那点儿同病相怜瞬间消失：“来，打欠条，治一个人一千枚灵石。”

狂浪生倒也不啰唆，耿直地蹲在地上开始写欠条，之后郑重将其送上。他似是松了口气，笑道：“我们伤好后得赶去云华剑派，届时会通知师门给大师送灵石。”

俞幼悠接欠条的手顿住了，她的声音很镇定，只是略微有些冷：“云华剑派？”

“是啊。”因不是什么秘事，所以狂浪生并无隐瞒之意。

“此次四境大会在西境，路途遥远，东境仅云华剑派有巨型传送阵。我派弟子和丹鼎宗弟子都会先前往云华剑派。”

俞幼悠没想到他们还得先去云华剑派，也就是说，她即将直面龙傲天的霸气？

她倒不担心俞不灭会认出自己，因为按照剧情发展，渣爹现在正跟新登场的某位少女谈恋爱，重拾少年心，早就忘记自己还有一个女儿了。拥有庞大后宫的龙傲天就是这么忙碌。

更可笑的是，就算俞幼悠这名字在耳边提及，他估计也想不起来。因为这名字是原身的母亲起的，而在俞不灭和其他人口中，这孩子一直没有名字。

就连花婶叫的“俞丫头”，也是偶然听张婆子抱怨时提了一嘴，知道这孩子本该姓俞，才这样叫的。在那之前，所有人都管她叫——“小杂种”。

在天亮之前，三人组摸黑偷溜回了宗门，只是不巧，刚回到浮空山上，就见到一群正欲外出的师兄师姐。俞幼悠站定，乖巧地冲他们行礼问候。

为首的曲清妙回了礼，只是隐约地欲言又止，最后淡淡道：“兴许是年生久远，你的院子塌了。我给你寻了处新院落，就在我住处隔壁。”

俞幼悠没想到师姐居然没让她赔钱，先前房子塌了才想起马长老欠债的下场，她跟着后悔了好久。

她有点儿感动：“多谢师姐，不用这么麻烦，我在启南风那儿挤挤就行了。”反正自己平时都在藏书阁那边刷玉珏，困了就在地上打个盹儿，基本不回去睡觉。

启南风亦是展现出了同门之情，不住点头：“是啊师姐，小鱼在我那儿睡也挺好的。”反正自己那儿房间不少，家具也都摆齐了。更重要的是俞幼悠特招蚊子喜欢，有她在的地方，蚊子顶着驱蚊药都要冲她去，多好的室友啊！

就连苏意致也跟着点头：“是啊师姐，我们仨住一起也没关系，省两个院子就是省了好多灵石。”

然而这番体贴的话出口，一众内门弟子的表情变得越发一言难尽。最后，他们齐齐用谴责的目光盯着两个少年。

启南风觉得浑身不对劲，悄悄碰了碰苏意致的胳膊：“我怎么感觉师姐和师兄的眼神不对劲？”

“兴许被我们的同门之情打动了吧。”苏意致略有得意之色，深觉自己又在师姐面前表现了一番。

送别师姐后，俞幼悠三人也各自分别。

苏意致钟爱炼丹，直奔炼丹房。启南风对藏书阁里的玉珏很感兴趣，又去研究万古之森的各种特产灵药了。

俞幼悠则依照昨日约定，去找马长老了。刚行至山门前，不等开口，一只仙鹤便在她眼前直直地坠落，同时身上的毛也在不断消失，等真正砸到地上时，已经是只无毛鹤了。

“丫头片子，给老子捡过来。”

山门内，马长老早已生好火，备好一排调料，显然就等着那只鹤开烤了。

俞幼悠提着鹤走上前，抠搜的本性让她忍不住提醒：“长老，一只鹤起码要一百枚灵石，品相好的更贵。”

马长老斜睨她一眼：“呵，格局小了。”

他接过鹤，熟练地处理干净后开始刷烧烤酱：“反正老子已经背了上百万的债，还差这一百？谁要不服就来找我理论，宗门里打得过我的也就掌门，他又在闭关，谁能奈我何？”

他的语气过于理直气壮，让自觉脸皮已经够厚的俞幼悠顿觉不如。

“所以，您的大格局就是虱多不痒、债多不愁吗？”

“啐，要不是为了给你们仨演示，我用得着背那三十多万的债？所以你得给我还了。”马长老说得自然而然，压根儿没想起昨天自己是为了炫技才弄垮的浮空山。

俞幼悠再次摸出空荡荡的钱袋抖了抖。

马长老眼皮子一抽，才想起眼前这丫头跟自己一样是个穷光蛋，他恨铁不成钢："当丹修都能穷成你这样，真丢人！"

俞幼悠提醒："长老，我没有欠外债。"

马长老心窝子被捅了一刀。他不再同俞幼悠争辩谁更穷，飞快啃完烤鹤后，把烤鹤骨头往后者脚边一丢，耷拉着眼皮看着她。

俞幼悠了然，这是马长老在考她呢。于是，她将灵力覆盖在鹤骨上开始炼化，少顷，大堆鹤骨化作小小一抔黑灰。

马长老的眼皮一抖，略有惊讶："这么快就悟了？"

丹修中没人会这样用炼丹术，他们都觉得这是不务正业，丹修就该好好炼丹，没事炼其他的做什么？

马长老从来都是个异类，尤其是教出了殴打同门数十人的朱师兄后，他的手段便越发被其他长老痛斥。结果俞幼悠不但主动要学，在听了提点后竟然自己领悟了！

马长老顿时来了兴趣，将地上的黑灰吹散，指着不远处一块拳头大的石头："炼它。"

俞幼悠依言照做，花了稍长的时间将它炼化。

马长老不做评价，指向更大的石头。

这样一一炼化过去，最后俞幼悠停在了约莫一人高的巨石前。她现在的修为太低，只能勉强让这块石头碎裂，却不能彻底炼化。

马长老对此倒是很满意，他痛快地拍了拍俞幼悠的肩膀："不错，不错！你比那个姓朱的还要强！"

俞幼悠不露声色地往边上挪了挪，避开了马长老吃完烤鹤后油腻的手。

她又问："马长老，要是跟剑修打起来，怕是来不及炼化吧？"

"跟你一样是炼气期的剑修连御剑术都使得歪歪扭扭，等他们境界高了，你炼化的速度当然也快了，你怕啥？"

马长老开始一本正经地传授自己的打架技巧："而且剑修都把剑当老婆宝贝着，你逮着机会把他的剑炼了，就算只炼坏一丁点儿，他都能当场抱着剑痛哭起来，哪儿还有心思同你打？"

“灵剑不是普通的铁——”

“呸，我们丹修可是要以异兽骨来炼丹的，那东西不比法宝好对付。再者，寻常的炼气期剑修能有什么好剑？”马长老谆谆教导，“要是他们真有把好剑，你就炼化他们的衣服，剑修都爱装，不敢裸奔跟你打。”

俞幼悠顿时好奇了：“我也不敢，难道长老您敢吗？”

马长老沉默片刻，最后脾气火暴地开始骂人：“滚滚滚，炼你的石头去，别烦老子！”

俞幼悠怀疑自己说中了真相。

接下来的这个月堪称折磨。

符合年龄的弟子本来就那几个，还都是从外门新晋的，基础薄弱。所以除去闭关的长老以外，内门长老几乎全部出动，亲自揪着这些弟子教授功课。

每天，内门各峰间都回荡着他们为了把弟子抓去自己那边而爆发出的争吵。一群弟子站在通往各处的浮空廊桥上，不知该往哪儿走，因为来自各座浮空山上的嗓门一个比一个大。

平日和气的牛长老挽起袖子，在山门口怒骂：“不把药材识完，不把丹方背全，怎么炼丹？都给我留在藏书阁背！”

负责教授炼丹的杨长老阴阳怪气：“哟，您老还知道他们要炼丹啊？敢情背着书那丹就自己出来了？你们都跟我去炼丹房，一个也不能少！”

姬长老咳嗽一声，打断他们的争论：“我们要去的可是危机四伏的万古之森，那儿异兽颇多，还是来我这边先了解异兽种类吧。”

争执声越来越激烈，站在浮空廊桥上的弟子们一步也不敢动。

“去哪边？”启南风转过头看两个好友。

苏意致想了想，最后指着杨长老：“我打算去炼丹房，你们呢？”

启南风看向对他招手的牛长老，飞快扭头假装没看到，他很快做了决定：“玉珏我都刷完了，我还是去研究下异兽吧。”

苏意致蒙了，他还有一半没背下来：“你都背下来了？”

“是啊，怎么了？”启南风点点头，脸上写满了“不就是几万种药材吗？有什么难背的”的潜台词。

苏意致默了一下，马上找出原因："也对，你是顶级木系灵脉，对药草熟悉也难怪。"

启南风临走前突然回头，不忘给他补上一刀："也不是吧？小鱼好像也背下来了。"

苏意致捂着膝盖，满脸绝望地往炼丹房的方向走去。

众弟子很快决定好了要去的浮空山，最后只剩下蹲在桥上打瞌睡的俞幼悠。她最近晚上都没睡，困了就吃一粒提神的丹药，估计吃多了，现在药效不太行了。她打了个哈欠，站起来。

藏书阁的牛长老笑眯眯地冲她招了招手："俞丫头，你有一个月没来了，怕是要把玉珏上的内容都忘了吧？"

俞幼悠耿直回答："牛长老，我记性还成，没忘。"

牛长老："……"

还没等另外两位长老开口，一道大嗓门骂骂咧咧从远处响起："再磨蹭老子就不分你鹤……鸡腿了！"

这声音响起的瞬间，几位长老同时哑声，只能眼睁睁看着俞幼悠行礼告退，又慢悠悠地朝着最远处的马长老那边走。

"唉，"牛长老长长叹息，怀念起数月前在藏书阁一坐就是数日的好孩子，"真是可惜了这么个好苗子，竟然被那厮带歪了。"

姬长老倒是很淡定："还好吧，她每晚都会来找我请教异兽的事儿，倒也懂事。"

杨长老只是看了看，没多说什么。

牛长老好奇："你刚嚷得最大声，现在怎么不争了？我没记错的话，那丫头可是一次都没来过你的炼丹房。"最后那句又是恨铁不成钢，又带着看笑话的意味。

杨长老懒抬眼皮："人都被马老头叫走了，还争什么？你打得过马老头？"

牛长老：打不过。

有一件事，杨长老却没说。其实俞幼悠来过炼丹房几次，当时他以为这小姑娘懒散，所以不常来炼丹，特意刁难了一番，让她炼制一粒二品灵丹。

二品灵丹要用的药材数量极多，极难炼化，一般都是由经验丰富的筑基期弟子来炼制的。未承想那丫头在失败两次后，还真炼出了一粒，虽然丑得惊人，但药效也强得惊人。更重要的是，她每次只要成功一次，炼制那种丹药便再也不会失败了。

牛长老叹气，话语中难掩落寞："这次的弟子里成器的不多，原以为俞幼悠不错，可惜终究走了歧途。这次咱们丹鼎宗…… 怕是又要同三年前一样，沦为各宗笑柄了。"

经过宗门的一番考量，努力在一群菜鸟当中寻找没那么菜的，最后被选去参加四境大会的竟然真是俞幼悠三人。

俞幼悠和苏意致不必说，两人的炼丹天赋极佳，虽然还是炼气期，但是都能炼制二品灵丹了。启南风虽然炼丹技术蹩脚，但是他对药材有着近乎可怕的辨认能力，哪怕是闭着眼都能根据气味辨别出两株药材的成熟度，堪称人形《灵药大全》。

三人接受魔鬼训练的结果惊艳，就连对这次四境大会不抱希望的长老们都生出了些许期待。

临行前夜，三人排成排，横躺在启南风那张巨大的软榻上聊天。

启南风热情邀请："我等会儿要回家一趟，同家中亲友辞行，你们要来我家做客吗？"

苏意致欣然接受了，俞幼悠却没应下来，她打算去另一个地方。

俞幼悠悄无声息地回了她最初住的那条小巷。

此刻夜色未深，有老人坐在藤椅上歇凉，同膝下环绕的孙儿们讲着故事，远处花婶在收衣服，还大声招呼着她家的那群孩子把鸡撵回鸡窝。

俞幼悠路过小巷的时候没人认出她来，即便是从小看她长大的花婶也只是好奇地打量了一眼这个漂亮的小姑娘，之后便自顾自地忙活去了。

她现在变化极大，跟一年前的自己俨然是两个人了。

原本张婆子和她住的那个小院门紧锁着，门前被清扫得干干净净，像是时常有人来打理。

俞幼悠正打算走的时候，发现门前的那个破花盆后面放了东西。

以前张婆子总苛待原身，邻居花婶便时不时偷送些吃食过来，怕被张婆子发现，每次都藏在这个只有原身知道的隐蔽角落。

只是今日放在那儿的不是食物，而是一瓦罐清澈的水。瓦罐底压了张粗制的黄纸，上面歪歪扭扭写了幼稚的字体，俞幼悠一眼便认出这是花婶那个刚上蒙学的小儿子写的字——

俞姐姐，俺娘说这井水是灵水，喝了肚子就不痛了，她怕井水以后不灵了，让俺先装了一罐给你留着。你要是回家了记得喝完。

俞幼悠蹲在地上笑了笑。每次从丹鼎宗出来时，她都会来这巷子一趟。有时往井里丢点儿养气的灵丹，有时候又丢株安神的灵药，看样子没白丢。她收下那张黄纸，托着陶罐底，仰头大口把水喝完。

不远处，狗蛋摇着尾巴向她跑来，一边嗅着味道，一边在她脚边蹭。

“喏，答应给你的肉饼，不过外门现在只有馒头了。这个是内门的，我没尝过，也不知道好不好吃。”

狗蛋埋头大口大口啃着肉饼，看这样子，内门的肉饼也不比外门的差。

俞幼悠摸了摸狗脑袋，又朝不远处的古井中抛进一粒灵丹，这才起身，轻快地步入夜色中。

正在院子里忙碌的花婶似乎察觉到什么，擦了擦手，探出头看了一眼。可是没有人。

她只隐约地看到一片青白相间的裙角被风掀起，一小团柔软绒毛在月光下飘忽着飞散，像朵远游的蒲公英。

“真是怪了…… 我怎么感觉那个漂亮姑娘有点儿眼熟呢？”

完成先前同狗蛋的约定后，俞幼悠踩着点儿准时跑回丹鼎宗。

第六章

四境大会试炼

云华剑派离桐花郡很远，两派之间也无大型传送阵，所以他们三人和带队的曲清妙及众长老都会乘坐云舟前往。

果不其然，一艘巨大的云舟就悬在山门前，几位长老跟曲清妙及几个内门师兄正站在云舟下方。

启南风远远地就看到了俞幼悠，不知为何这次他没有大嗓门喊，而是远远地冲着她挤眉弄眼。

俞幼悠走上前后，才发现原因。

一群英挺俊朗的盾修正齐站在长老们面前，肩膀背脊挺直，似一堵巨墙。晨光映在金属质地的盾牌上，泛出耀眼的光辉，同少年郎们漂亮的古铜肤色映衬在一起，让人移不开眼。为首的正是狂浪生。

狂浪生客气地向长老们行礼："因听闻桐花郡曾出现异兽，我与师弟们担忧贵宗道友的安危，特意前来护送诸位前往云华剑派，怕是要在云舟上叨扰诸位一阵了。"

听到这里，俞幼悠脚步一个踉跄，神情莫测地望了他一眼。对面的苏意致和启南风已经快憋不住笑出声了。

苏意致悄声道："没猜错的话，他们是赎回芥子囊和法宝后，没钱坐云舟了。"

不明真相的丹鼎宗长老们颇为感动，果然邀请他们坐上了云舟。只不过多出十人后，云舟上就显得略挤了。

俞幼悠他们几人跟狂浪生一行人面对面坐着。她盯着对面盾修们的腿看，对自己的技术颇为满意。看样子他们没落下暗伤，很好，这可都是她一条一条亲手治回来的好腿啊。

盾修们被盯得有点儿浑身不自在。其中一个悄悄地问狂浪生："大师兄，他们三个为何不讲话？丹修都如此高冷的吗？"

狂浪生思忖片刻，为缓和这尴尬的气氛，主动抱拳问候："四境大会上还要劳烦诸位出手相助，还未请教三位道友尊名？"

启南风和苏意致报了名字，狂浪生觉得这俩人的声音略耳熟，却回想不起来。直到俞幼悠开口，他的神情越发古怪。

"道友，我们是不是在哪儿见过？"

为了防止盾修们被戳破谎言后尴尬得直接跳下云舟，俞幼悠善良地选择否认："没有，我从未出过山门。"

然而她越说话，狂浪生越觉得耳熟，他凑近一些，坚定道："不，我们一定在哪儿见过。"

听到这里，曲清妙皱起眉头，边上其他几个师兄也在嘀咕："这个盾修怎么还在用这么老土的搭讪方式？"

"就是，而且我们小俞师妹才十三，他长得跟三十似的，也好意思下手。"

曲清妙将俞幼悠唤到自己身边，把她护在身后，隔绝了那边盾修们的骚扰。她低声叮嘱："外宗修士不比自家师兄弟靠谱，你切记要留些心眼，不要那么单纯好骗。"

俞幼悠在大师姐面前向来坦诚，她实话实说："师姐，一般都是我骗别人，你别担心。"

曲清妙眼底的担忧更浓了，叹息："你果然还是太单纯了。"

俞幼悠：总觉得师姐对我有点儿误会。

云舟平缓地往前驶去，在离开桐花郡后，飞至珍宝郡上空。

曲清妙带着俞幼悠他们下了云舟："宗门先前根据你们的灵力属性，在珍宝阁定制了便携的丹炉，现在正好去取。"

万古之森中有股神秘的力量，正是那股力量使得原本的灵兽变成了狂暴无理智的异兽。寻常的丹药被带进去后很快便会被污染，唯独万古之森里生长的药材不受影响。它们能医治被异兽所伤的修士，但被带出森林后又会失效。

尽管医修们脆弱得连炼气期的异兽都打不过，但是每年的四境大会都少不了他们。

俞幼悠他们也一样，要在异兽环伺的万古之森里现场表演炼丹，自然不能少了丹炉。

珍宝郡是炼器宝地，这儿不见凡人，几乎只有修士来往，整座城都是各种法宝店铺。

曲清妙带着他们直奔最奢华的那栋珍宝阁。在看到掌柜亲自拿出那三个丹炉后，三人组对望一眼，只剩下相同的念头：丹鼎宗真有钱。

曲清妙似乎看出他们在想什么，淡声道："我们丹鼎宗近年虽略有没落，倒也不至于缺灵石。"

毕竟是能发中等灵石给外门弟子炼丹的豪气大宗，卖一瓶丹药怒挣十倍差价。

俞幼悠突然想起一件事："可是，师姐先前不是说宗门资金困难，所以把外门膳堂的主食都换成馒头了吗？"

曲清妙：该怎么告诉你，我的师妹，之所以现在外门弟子只能啃馒头，原因都在你身上。

掌柜的激情昂扬地介绍："这是我珍宝阁近年来最得意的作品之一，三尊丹炉都是高级法宝，可以用灵力驱动缩放大小，不用时可以缩放成核桃大小，拿在手里盘着玩也不错。要用的时候最大可以容纳两人在其中，遇到危险能躲进里面避难，其防御性能堪比高级防御法宝。"

俞幼悠实在想不出什么人会把丹炉当核桃盘，也猜不透什么傻子会躲到丹炉里，结果一转头——启南风正满面红光地盘着最小化的丹炉，苏意致正努力往最大化的丹炉里爬。

俞幼悠：对不起，是我想象力不够丰富。

曲清妙和长老们跟着掌柜的去付款了。俞幼悠他们几人在珍宝阁里瞎逛，她的确只是看看，因为这儿的东西贵得离谱，着实不忍心下手。

盾修们突然都齐齐止步，痴痴地看着灵阵中摆放的一枚晶石。

有眼力见儿的珍宝阁侍女适时上前，笑着介绍："这是寒晶石，镶嵌在武器上能形成一层寒冰护盾，倒是极适合诸位呢。"

狂浪生低头看了一眼自己的巨盾，上面的确还有几个镶嵌槽是空的，顿时心动不已。

侍女微微一笑，仿佛化身为魔鬼，声音呢喃："看诸位都是盾修，莫不是天盾门的道友？这寒晶石若是嵌在盾上，不但能附加一层寒冰护盾，还能增强巨盾的抗火性！而且现在这枚寒晶石有优惠，原价一万枚灵石，现在只需要九千。"

价格一出，狂浪生的心也变得寒冷了，几位盾修齐齐沉默。他们腿被秃大师接好后就跑去黑市打擂台，好歹是赢回了自己的巨盾。但是被申鲧骗走的灵石却回不来了。

出来以后，他们不敢把这种丢脸事告知师门，最后千辛万苦传讯给交好的同门，好不容易凑齐了九千枚灵石，总算把欠秃大师的医药费凑出来了，却至今没钱履行当初说好的谢礼。

好在秃大师不愧是大善人，倒也没有计较这件事。只是他们现在身上连一枚灵石都摸不出来，就更别提再摸出九千枚灵石了。

狂浪生盯着那枚寒晶石，艰难地咽了一口唾液，最后只能不舍地强迫自己移开视线。

就在这时，在边上沉默观察了许久的俞幼悠突然开口："这玩意儿很好？"

狂浪生盯着寒晶石点头："是啊，能够增加两成的防御力，要是在四境大会上能有这东西，估计胜算能高半分。"

俞幼悠点点头，上前一步，从手上的那枚空间戒指里开始往外拿灵石。这些灵石还是热乎的，是前两天刚去黑市拿回来的欠款。

"结账，这寒晶石我们要了。"

俞幼悠是抠门，但现在天盾门的人是未来的队友，也是日后在万古之森里负责保护他们三个丹修的人，盾修的能力强上一分，他们仨活下去的概率也会跟着高一分。

拿钱买命是很划算的，更重要的是，俞幼悠微微偏过头，再次叮嘱狂浪生："记得写张欠条。"

她又没说是免费，但盾修们大为感动。只是狂浪生一听到这话心里就咯噔一下，这句话为什么这么耳熟呢！

珍宝阁有帮着镶嵌晶石的服务，再次写完第二张价值九千枚灵石的欠条后，狂浪生拿着盾一边往前走，一边偷偷回头看俞幼悠。

他忍不住问旁边的师弟："你们有没有觉得…… 那位俞师妹跟秃大师的声音很像？你们说，她俩会不会是同一个人？"

"绝不可能！" 师弟坚决地给了否定的答案。

"为何？"

"声音相似的人太多了，而且秃大师最擅长的是接断肢，听擂台的人说她还会打架，这路子很野，一看就是散修，你见过哪个大门派的丹修是这样的？"

说得也是，狂浪生认同地点点头。

"更重要的是……" 师弟顿了顿，有点儿脸红地看着正在掏灵石的俞幼悠，她做这个动作时真是迷人得要命，"秃大师经验老到，虽然声音听着年轻，但是她一出手就能看出是位年长的前辈了，听名字估计都已经秃顶了，你再看俞师妹，她秀发浓密，哪儿秃了呢？"

这番推论逻辑缜密，狂浪生被彻底说服了，再无半点儿疑心。

取完丹炉后，众人便不做停留，操纵云舟径直飞向云华剑派。

三日后，两宗修士抵达云华郡。

"此时天色已晚，不便上门叨扰云华剑派的道友，我们且先休息一夜，待明日再前去。"

云华郡跟桐花郡差别很大，这里山重水险，整座郡城皆在千里崇山之间。最高处的那座峰，便是云华剑派所在。

俞幼悠抬头望向那边，只能借着明亮如水的月色，瞥见那些厚重的云雾笼罩下的山峰，一片孤高与傲寒。

原身也曾在这儿待过几个月的。当初俞不灭用还是婴儿的她作为人质逃出妖族，带着女主崔能儿成功回到云华剑派。待回到宗门后，这孩子的存在就成了俞不灭的麻烦，他因此被宗门中某个看他不顺眼的反派长老针对，说他勾结妖族，孽种的存在便是证据。

兴许是妖族的天赋，原身竟然还记得婴儿时期的事情。那时候尚是婴儿的她被丢在云华剑派的一处荒芜小院中，每日只有个哑奴前去喂她牛乳，哭也好、笑也罢，都没人搭理她。

后来俞不灭同女主崔能儿结成道侣，又生出双生子，在后者家族的支持下，再无人敢找俞不灭的麻烦。

随着原身被送去桐花郡，俞不灭的修为又逐渐逆天，现在的云华剑派弟子都不知晓当年旧事，即便是知情者，怕也是选择性地遗忘了。

“小鱼！”

那边的喊声让俞幼悠收回目光，她眯眼望过去，就看到启南风和苏意致一人拿了个糖人朝她跑来。

“云华郡真有意思，到处都是贩剑的，连糖人都是剑人状的。”

启南风兴致极好，分了把糖剑给俞幼悠，然后探着头看了看远处的曲清妙几人。

确定没人听到后，他悄悄道：“我同你讲，这儿居然也有黑市，而且入口就在附近，我刚亲眼看到一个修士直接钻进墙里了。”

苏意致补充了一句：“而且我刚刚在附近的灵丹药铺看了看，兴许因为云华郡没有医修宗门，再加上剑修们没事就爱打架，所以各种疗伤的丹药贼贵。”他比了个数字，痛心疾首，“居然是桐花郡的三倍价！”

听了这一句，俞幼悠马上来了兴致，三人鬼鬼祟祟地望了望，确定长老和师姐都没发现，悄悄地拐入一条暗巷中。

云华郡的黑市布置几乎与桐花郡一模一样，兴许是云华郡的物种歧视比桐花郡严重，所以里面行走的妖族数量比桐花郡少许多。每有妖族现身，边上的人族修士便会沉默着聚拢在一起，大有防备之意。好在这里黑市的规矩也一样，所以并没有人大打出手。

这里卖药的摊位数量只有桐花郡的零头那么多，但是聚在这儿买药的修士多得吓人，每个摊位前都围满了人。大部分人都提着剑，身上还在流血，显然是刚被砍的剑修。

本着了解当地特产的原则，在摆摊之前，三人组先去看了看其他药摊卖的东西。

几乎没人卖灵药，因为压根儿没几个会炼丹的，多数都是成品。最离谱的是——

桐花郡丹鼎宗正品止血丹，五十枚灵石一粒。

丹鼎宗内门弟子亲炼解毒丹，一百枚灵石一粒。

…………

一眼望过去，全打的丹鼎宗的招牌！

“骗人的，都是假货。”苏意致看了一眼就辨出真伪，“这些劣丹，连药材的药效都没被全部炼化，居然还好意思打着我们丹鼎宗的名头卖这么贵。”

“就是，我们的名声都被这些人搞臭了。”启南风很是忿忿。

三人继续往前走。

在热闹的那个摊位前，他们看到了一块招牌——

转卖桐花郡黑市秃大师灵丹，止痛丹两百枚灵石一粒，怪味儿辟谷丹五十枚灵石一粒！

好家伙！唯一一个卖真品的，居然还没打丹鼎宗的招牌？

这次轮到俞幼悠愤愤了：“太过分了，我卖他们一百一粒，他们居然转手就超级加倍了！而且怪味儿辟谷丹又是什么玩意儿？我那叫美味辟谷丹！”

都不用看，卖丹的肯定是桐花郡黑市的哪个赌鬼，俞幼悠只恨自己没有早点儿知道。她要早知道了，抠搜如她，还会给别人挣灵石的机会？当然是自己卖了！

被山寨货伤害的三人决定亲自摆摊，刚铺好油布，都还没把各种丹药摆出来，附近原本热闹非凡的人群忽然传出些许骚动，之后倏然安静下来。

买药的剑修们竟然齐齐往黑暗处退后几步，大为忌惮且敬畏的模样。

俞幼悠吸了吸鼻子，她闻到了一股极其强烈的血腥味儿，而且……这腥甜的味道有点儿熟悉，整座喧闹的黑市都陷入了沉寂。

俞幼悠蹲在地上，远处一个戴着面具的黑袍人慢悠悠地往黑市最高的那座楼走去。他身后的黑市众散修齐齐低头，人族也好、妖族也罢，都退让出一条道。

他走得不紧不慢，步履间带了些懒散的意味。在杂乱阴暗的黑市中，这个高挑清瘦的身形在阑珊的灯火映照下，投出一条长长的影子。

上方，一头银白的发丝披散在腰间，发丝随着行走的动作轻扬，像极了冬夜空中飞散的霰雪。在他身后，那条巨大的纯白尾巴优雅而高贵，柔顺且蓬松，上面泛着漂亮的光泽。很美，然而无人敢正视，更没人敢上手摸。

就算刚来的三人组都看得出来，这人肯定是此地某位极强的大妖。角落的俞幼悠仗着自己个子矮没人能发现，肆无忌惮地盯着别人的大毛茸尾巴看。

“唑，好羡慕。”她由衷地感慨。

她的尾巴在经历了盛夏的疯狂掉毛后已经秃得差不多了，虽然随着天气转凉逐渐丰盈，但还是有好几块斑秃。

悄悄地捏了捏自己盘在腰上的尾巴，俞幼悠更加遗憾：啧，果然，还差得远呢。

待那个神秘妖修步入高楼后，沉寂的黑市顿时又热闹起来。

启南风本来还想八卦一下那人是谁，结果刚问一句，边上的修士就飞快地离开，一副“你想作死别带上我”的惊恐模样。

“估计是那种杀人不眨眼的大魔头，不能提及名字的存在。”俞幼悠推测。她想起那条绝美的毛茸尾巴，有点儿心痒。在回去之前，她咬牙在隔壁的珍宝巷里买了一瓶妖修专用的美毛膏。

苏意致看着俞幼悠那一头秀发，很是羡慕：“你就是用这玩意儿所以头发茂密的？”

俞幼悠不好说这玩意儿是妖修们专门拿来抹尾巴的，只好含糊地点头。苏意致摸了摸自己枯黄的头发，咬咬牙也买了一瓶。

俞幼悠：“……”

因为是偷跑出来的，明日还得去云华剑派，所以三人卖完库存的丹药后不敢多逛，便匆匆溜回去了。

饶是如此，也赚了不少灵石。

不过这次俞幼悠没买药材，一来出门在外不方便药浴；二来据说丹药带去万古之森都会被侵蚀，失去药效，炼成丹带进去只是浪费。

第二天一早，丹鼎宗与天盾门众修士在休整后，共赴云华剑派。

毕竟同为三大宗门，即便云华剑派这百年间隐约压了两宗一头，依然极郑重地礼待了两宗修士，特派出两位元婴期长老和数名内门弟子前来接引。两宗修士被安排在专门用于待客的青云峰上。

俞幼悠觉得有点儿奇怪，自进入云华剑派的山门后，原本一直话很多的马长老一直噤声，甚至刻意躲在人高马大的盾修身后走。

很快地，俞幼悠就知道了真相。因为把明面上的礼节流程走完后，云华剑派的债主就堵上门了。

马长老被抓了个正着，逮住他的正是方才还一脸亲和的云华剑派徐长老。

“你可算是肯出山了，方才在天盾门面前我给你留了面子，你现在给我出来说清楚，两百年前你欠我的灵剑拿什么还？！”徐长老眼睛有点儿红，“就因为你把我的灵剑炼断了，害得我在那年的四境大会上被迫退出！”

马长老死猪不怕开水烫：“关我什么事？当年是你自己不信我能炼剑，非要跟我打赌！你都把剑塞我手里了，我肯定要炼给你看啊。”

“我那是让你炼吗？”徐长老声声都像在泣血痛诉，“我那是让你练剑，练习的练！老子以为你在吹牛说自己会剑术！”

俞幼悠几人躲在门后，听得津津有味。

过了好一会儿，马长老骂骂咧咧地回来了。俞幼悠看得仔细，他腰上挂着的芥子囊没了。看样子总算有个债主争气站出来了，她竟然有点儿欣慰。

丹鼎宗所在的客院并未安宁太久，约莫一盏茶工夫，众人刚将行李放好，院外便有一名年轻的少女到访。她打扮得格外秀丽，看穿着不像是剑修，倒像是哪个大世家出身的婢女。

少女微微屈膝行礼，客气道：“诸位长老，不灭峰俞夫人有请。”

启南风嘴快，憋不住问题：“俞夫人是谁？”他狐疑地往马长老那边望了一眼，大有怀疑又是对方债主的意味在里面。

马长老扔了只鞋过来：“别看我，老子也不认识！”

婢女微微皱眉，姿态中隐约带着傲意：“整个修真界能被唤一声‘俞夫人’的，也只有崔家嫡女、不灭剑神的道侣了。”

俞幼悠心想：你可能不知道不灭剑神在外面给你家夫人头顶种了片草原，能唤俞夫人的没有一百个也有五十个了。

马长老刚被抢了芥子囊不愿意去，只好换成好脾气的牛长老去了。

直到天色向晚，牛长老才迟迟归来。

等候多时的曲清妙站起来，略担忧道：“牛长老，不知那位请您有何事？”

牛长老往对面看了眼，就看到那三人组仰着头拿着甜瓜，满脸期待地看着自己，完全没有要乖巧退下的意思。

“哪儿来的甜瓜？”

“昨晚在城里买的。”

牛长老沉着脸也拿了块瓜吃，甜瓜用井水沁过，凉丝丝的，口感颇好。

他的心情也转好了些，这才缓缓道来：“还是为了她女儿，也就是俞念柔的事儿。”

众人听完以后，才知道发生了什么事。

原来俞念柔脸上那道疤并非寻常的伤，而是被某只异兽抓伤，兴许是那只异兽过于弱小，所以当初无论是丹鼎宗还是云华剑派竟然都没人看出异状，而她身上的异兽毒在各种丹药和法宝的压制下也使她不曾像朱师兄那样失去理智。但是她的那道伤疤蔓延得越来越大，以至于现在半张脸都快腐烂了。

在这样的情况下，俞念柔仍未打消去参加四境大会的念头，她娘便特意请了丹鼎宗的长老为其看病。

“被哪种异兽抓伤，便要用那种异兽的血来炼制解药。她自己都没看清那异兽的模样，我又如何帮得上忙？”牛长老的眉紧皱在一起。

数月前，内门姓朱的那个弟子无意间也被异兽伤到，好在其他弟子记得当初出现了哪些异兽，为此马长老特意去了趟万古之森，把那几种异兽全抓了出来，挨个儿尝试才救回他的命。

但是俞念柔压根儿说不出伤她的异兽是什么样，难不成要一群丹修帮她去把万古之森所有的异兽都抓出来？就是她爹也做不到啊！

想到这里，曲清妙凝眉不解：“为何不灭剑神一直没消息……”

“不知，我去不灭峰上时，也不曾看到剑神踪影，约莫是在闭关吧。”

也只有这个理由能解释了，毕竟修士闭关少则三五月，多则上百年都不奇怪。

俞幼悠没说话，大口吃瓜。看过原文的她可是知道的，现在的俞不灭正在某处秘境，跟某位女配在交流人生。

只不过原文中虽然也提过一句俞念柔脸上受了伤，但是很快便痊愈了，并没有这么严重。后来俞念柔还在四境大会上艳惊四座，无数大佬争着要跟俞不灭当亲家。很明显，现在某些情节已经开始偏离原文了。

一早，天盾门的修士来了。自从那天俞幼悠借了灵石后，天盾门众修看他们的眼神就格外亲切，就差拉着丹修们拜把子了。

狂浪生手里举着一面巨盾，上面凝着一层薄薄的冰晶，寒气萦绕在上面，格外漂亮。看样子，这枚寒晶石让他很满意。

狂浪生举着盾热情邀请道："我们打算去同剑修们切磋一番，你们要去看吗？"

反正无事，俞幼悠三人便跟着去了。

云华剑派的剑修们此刻正在试剑峰上练剑，远远望去，各种剑光迸射，格外刺激。

俞不灭的徒弟姜渊亦在其中，他身后跟了十余名剑修，其中过半都已到筑基期，看样子都是参加四境大会的，俞长安亦在其中。

狂浪生同姜渊认识，两人客气地打了招呼。随后，姜渊便把目光落到了三个丹修身上。

狂浪生挺热心地介绍："这几位是与我们同来的丹鼎宗道友，这位是苏……"

"不必介绍了。"姜渊的脸色不太好看。

他可还记得坑了他一半定金的苏意致，至于边上笑嘻嘻的启南风更是忘不掉，回了宗门后他才知道，原来那日启南风说的"宝批龙"不是什么好话。唯独最边上那个纤柔的貌美少女，他未曾见过。只不过她在姜渊眼中跟那两人毫无差别，因为这仨都是整齐的炼气期，就差在脸上写着"菜鸟"两个字了。

因俞念柔受伤的事儿，他私下被师娘狠狠训斥了一顿，甚至被罚给师妹下跪道歉，所以他对这三人自然没有好脸色。

"丹鼎宗派来参加四境大会的，莫不就是你们三个人？"姜渊都有点儿不敢信。

启南风骄傲地拍了拍胸膛："是啊，就是我们。"

这下，不只是姜渊，连他身后的其他几个剑修都惊愕了。

“胡闹！”姜渊怒斥，“你们丹鼎宗把我们东境的脸面当成什么了？竟派这么几个炼气期的弟子来！”

姜渊向来在众剑修中颇有声望，马上有人开始附和——

“是啊，丹鼎宗既然对四境大会这么不上心，不如把名额让给我们云华剑派，我们还有不少师兄想去都去不成呢。”

“反正丹修们又不能斩杀异兽，带着也是累赘。”

有几个剑修觉得此言不妥想要制止，只是碍于姜渊的身份，只好摇头不语。

俞幼悠他们的脸色都不太好看。各境会派出二十五名年轻修士参加四境大会，其他三境都是派出五名医修，剩下二十个名额分给其他宗门。唯独东境例外，丹鼎宗只有三个名额。

因为从俞不灭在四境大会上惊艳亮相开始，云华剑派便以此为由强硬地多占了两个名额，也多占了那两个名额的资源。

原文中让主角显得爽快的短短一段话，却让丹鼎宗承受了百年的憋屈。现在听他们的意思，居然是不想让丹修们参加四境大会了！

俞幼悠抬了抬眼皮，声音挺冷：“四境大会是云华剑派宗内的大会吗？还是说你们什么时候加入了我们丹鼎宗，还混成了我们的长老，开始决定我们的弟子要不要参加四境大会了？”

刚才说话的那几人想要辩驳却无从出口，因为俞幼悠说的不错，他们的确无权置喙丹鼎宗让哪个弟子来参加。

俞幼悠懒洋洋地看着姜渊，转身走之前很不负责地丢下最后一句话——

“真这么能耐，就好好劝你师娘，不要半夜来找我们宗门的长老啊。”

这句话落下的瞬间，现场死寂了片刻。

“呦！”

“啧！”

这句话可太让人浮想联翩了啊！

姜渊的师娘是谁？不灭剑神的道侣啊！传说中的修真界第一大美人，崔家嫡女！据说不灭剑神已经闭关两年了，难道闭关的时候没注意，让头上长草了？现场的剑修眼睛顿亮，仿佛成了瓜田里的猹，兴奋难耐。

姜渊和俞长安的脸色变得铁青。偏偏罪魁祸首只留下这句暧昧不明的话就跑了，真要论起来，她半句假话都没说！

昨天半夜，师娘真的让婢女去请丹鼎宗的长老了，只是俞念柔闹着不许他们把她脸上受伤的事说出去，至今宗门内其他弟子都不知晓她毁容的事儿，所以他们此刻也不好说明真相。

而且看周围这些同门满脸“我懂”“我们不会说出去”的眼神……估计任凭他们怎么解释，也没人会信了。

俞幼悠心情颇好地跑去云华剑派的膳堂吃了顿饭，可惜剑修们的伙食远不如丹修，味道寡淡得很，还不如辟谷丹好吃。

俞幼悠丢了粒辟谷丹进嘴里，当零食吃。

边上的苏意致和启南风露出嫌弃的嘴脸，倒是狂浪生挺好奇：“这是什么丹？看你吃得挺香的。”

俞幼悠挺大方地分出一粒：“尝尝？”

狂浪生现在很信任大好人俞幼悠，接过后直接丢嘴里，嚼了两口，眼神顿亮：“好吃！”居然是草莓味儿的。

启南风和苏意致听了想吵。

吃了草莓味儿的辟谷丹后，狂浪生对丹修的好感再加了一分，他安慰方才被剑修们鄙视了的三人：“你们也不必把那群剑修的话放心上，他们都没参加过四境大会，不知万古之森的可怕，也不知道医修的能耐有多大。”

狂浪生似乎想起了什么，看向遥远的桐花郡的方向，眼中隐约有火热的光亮闪现：“我也是经过一番磨难才知晓，判断医修的能耐不能仅看修为。先前遇到了一名医修，虽然灵力低微，然而医术和人品都称得上是大师！”

大师本人又摸了粒荔枝味儿的辟谷丹吃，因为被吹嘘得高兴，顺手分了粒给狂浪生。

吃了糖的狂浪生兴致更高，不吝赞言：“若没有那位大师，我们师兄弟十人的命运怕是惨淡得很。自那时起我便坚信，学医可以拯救修真界！”

俞幼悠脸都快被吹红了。

狂浪生话锋一转，兴致勃勃道：“且不说那位大师的事儿了，先说说你们的事吧，想不想证明给云华剑派看看？我方才听我宗长老说，为了提前适应万古之森的环境，三日后我们会被带去东境万古之森的最外围进行试炼。”

“到时候我便用精妙绝伦的演技假装受了重伤，你们便可趁机展示自己的绝妙医术，好让那些诟病你们的剑修闭嘴。”

三人组：“……”

就连启南风都忍不住嘀咕：“怎么感觉盾修不太聪明的样子？”

真当随行的那些前辈都是瞎子，看不出他们是装伤吗？

俞幼悠不好扫狂浪生的兴，她也很好奇狂浪生到底想干吗，于是配合着点头：“然后呢？我们需要怎么回报你精彩绝伦的演技呢？”

“咯。”狂浪生捂嘴轻咳了一声，压低声音向俞幼悠恳求着商量，“欠条上的九千枚灵石，能改成八千吗？”

辟谷丹可以分，灵石一枚也不能少。尽管前几天在黑市赚了一笔，俞幼悠还是果断拒绝了。

狂浪生脸上的笑容一滞，他马上以更大的热情推销自己：“俞师妹，你别拒绝得这么快啊？我同你讲，我的演技真的不错，若是不信你且先等着，待找到合适的机会我就装死，如果没有被看穿，你再来配合演一次，这样可好？”

俞幼悠当然不会答应，要她付出一千枚灵石的代价，就为了让云华剑派的人闭嘴？那绝对不行。

因为她不用付灵石也能把那群剑修撑得闭嘴，如果剑修们愿意每天付一千枚灵石，俞幼悠甚至可以亲自出马教他们如何嘲讽才具备杀伤力。

什么“小废物”“菜鸟”之类的骂词，都太俗、太单调了。黑市赌鬼们简单的一句“秃大师”就厉害多了，看似尊敬实则直戳痛处，俞幼悠每听一次尾巴就疼一次。

三日后，三宗修士齐聚于云华剑派山门前，乘坐巨型云舟奔赴万古之森东外围，以便提前适应数日后的四境大会。

因为要去的地方着实危险，所以丹鼎宗的两位长老都随行了。

马长老坐在俞幼悠身侧，与之面对面坐着的那排，是数名陌生的云华剑派剑修。

他们倒不似姜渊那样出言不逊，只是不知道为什么，自马长老坐上来以后，他们的眼神就死死地锁定在这小老头身上了。

俞幼悠甚至能看到他们微妙的眼神交流，以及强烈掩饰激动下的互碰胳膊。她读懂了那些眼神的内容——

“这便是那位丹鼎宗的长老？”

“啧，这就是俞夫人半夜去找的长老？”

“噫——”

马长老被看得浑身不自在，他倒没离谱到猜测那些剑修是仰慕自己。

俞幼悠听到他在小声嘀咕，自言自语：“老子难不成欠过他们灵石？不对啊，我都一百多年没来过云华剑派了，难不成欠了他们师父的灵石？”

俞幼悠决定还是不要告诉他真相了。

云舟从云华剑派往西飞行了半日，在太阳缓缓升起时，不知是谁先惊呼了一声：“看到了！”

俞幼悠好奇地跟着起身，走到云舟的边缘朝外望去。

地平线上，出现了一线苍翠的绿，随着云舟的靠近，那绿色的面积越来越广袤，最后众人终于看清了这片森林的真貌。

曲清妙不知何时站到了俞幼悠的身侧，她轻声道：“这便是万古之森。千年前人族曾有个地方叫中州，位于四境正中，富饶繁华，受四境供奉。后来受战火所累，中州覆灭，时日渐久便成了一片荒凉的森林。不知从何时起，那片森林中开始出现一些变异的灵兽，四境子民为了躲避这些灵兽的袭击一退再退，森林便随之不断扩张，最后形成了这样大的一片无人领域。”

俞幼悠抬手遮住阳光，眯着眼，在万古之森的边缘隐约地看到了一些人影。等到云舟落地后，那些人影便飞掠上前。

启南风惊讶地看过去：“居然还有我们丹鼎宗的师兄？”

“什么师兄，得喊师叔了。”苏意致提醒他，“没看到跟马长老的袍子是一样的吗？”

果然，曲清妙上前一步，行礼问候道：“苟师叔、陆师叔。”

俞幼悠他们才知道，为了防止异兽流窜出来伤人，三大宗门一直都会派出许多长老和弟子来万古之森的东侧入口驻守。

剑修的白色、丹修的青色、盾修的金色，三种颜色交错着镇守在万古之森外围。所有修士皆是神情肃然，就连方才丹鼎宗的两位长老也只是简单地勉励两句后便又御空而起，沿着望不到尽头的万古之森巡查去了。

这些修士无一不是三大宗内的精英，居然全都是金丹期的修为，其中更不乏元婴期的存在，这让初来边境的少男少女都有些费解。

要知道元婴期在修真界中已算是受人尊崇的存在了，绝大多数中型宗门的掌门甚至都只有元婴期修为。可是在此处，好像大白菜似的随处可见，更无人侍奉左右，同下辖的金丹期弟子无甚差别。

“东境三大宗门既享了最丰厚的资源，自然也要担起最重的责任。”曲清妙英气的秀眉微微一扬，望着前方镇守的同门道，“待我晋升至金丹期，亦需来此地镇守十年。”

听到这里，启南风马上转身看向俞幼悠，语重心长道：“你要抓紧了。”

俞幼悠：“什么意思？”

启南风拍了拍自己的胸膛：“我已经快要炼气期高阶了，你才中阶，到时候我都金丹了你才筑基，咱们就没法儿一起来镇守了啊！”

俞幼悠：炼气期的你已经在规划金丹期的未来了吗？

在验明身份后，这群前来试炼的少年便被带去了万古之森的入口，不过在进入前，三派弟子被要求上交芥子囊中的所有法宝。

“除了芥子囊外，剑修只允许带剑，盾修只允许带盾，丹修只允许带炼丹炉。”

启南风有点儿纳闷：“为什么不能带？前几天我特意买了几张符篆准备在四境大会上用呢。”

“因为上一届四境大会便出现了跟你想法一样的人。”曲清妙露出一言难尽的表情，“你们想来也曾听闻南境修士身家最丰厚吧？”

“三年前，南境修士们人手数件高级法宝、百张符篆，进入万古之森后直接用这些攻击符篆砸异兽，其余三境修士尚在密林中小心摸索，他们已经生生地把自己所在的那片区域夷为平地了。”

不用说，那一年的头名肯定是有钱的南境修士了，所以后面四境大会的规矩也跟着变严了。

“真是太可耻了！”启南风愤慨道，“四境大会是磨炼我们这些年轻修士的机会，这些人却想要走捷径！”关键是走捷径还嫌路窄，走完以后把路给炸了！

“你竟有此觉悟，甚好。”曲清妙颇为惊讶地看着启南风，夸赞了一句。

在看到启南风从芥子囊掏出来的那些东西后，她沉默了：整整一箱符篆，看着至少有数千张，你管这叫几张？

更离谱的是，他甚至准备了各种三人份的软塌、被褥和各种精致点心，就连蚊帐都有。

“咦，你什么时候买的这个？”俞幼悠看着那蚊帐，上面还带了驱蚊的灵阵，居然是件低阶法宝！

“昨天特意去买的，本来是给你准备的，我想着密林里蚊子肯定多。”启南风挺遗憾的，白买了。

俞幼悠也挺遗憾地拍了拍好兄弟的肩膀，指了指自己从空间戒指里拿出来的东西：“其实我也买了三床灵阵蚊帐。”在驱蚊这件事上，她难得没有抠门。

俞幼悠的空间戒指能装的东西并不多，药材都用完了，所以拿出来的也就三两样。

曲清妙拿起那瓶妖族专用的尾巴美毛膏，表情略显不解：“你买这东西做什么？”

边上的剑修长老亦是看了过来，有见识的已经先开口：“这不是妖族用的吗？”

在人族修士的芥子囊里出现了只有妖族会用的东西，怎么看都很奇怪。俞幼悠还没来得及回答，边上的苏意致已经从自己的芥子囊里摸出一瓶一模一样的。

苏意致言之凿凿：“这东西拿来抹头发好用，昨晚我洗完头后抹了一层，今天感觉头发特别顺滑，而且她头发之所以长这么好，就是因为用了这个！”

虽然尾巴很秃但是头发真的很茂密的俞幼悠：“嗯。”

“是吗？”那位头发稀少的剑修没再多盘问，不过多看了那瓶身上的字两眼。

俞幼悠有足够的理由怀疑他是在记美毛膏的名字。

在被没收了法宝后，三派修士起身前往万古之森外围。

尽管这片区域只是近年来才扩张出的森林地界，但是不知为何，那些树木生长得尤为繁茂，密狭的叶片层层叠翠，将烈烈的阳光遮得也只剩三分，显得幽暗而僻静，好似寻常的密林。但是所有人都知道，这里是危机四伏的万古之森。

东境的三大宗门分工明确，天盾门的修士手持巨盾走在最前方，剑修们分散在中间持剑以待，而丹修跟负责压阵的狂浪生走在最后面。

俞幼悠走着走着，肩上突然多出了一把大锄头，比她人还要高。

狂浪生吓了一跳："你怎么把这个东西带进来的？不是说丹修只能带丹炉这一件法宝吗？"

"因为这不是法宝，甚至不是灵材做的。"俞幼悠淡定地扛着锄头，"这就是一把平平无奇的药锄而已。总不能让我们丹修徒手挖灵药吧？"

一般来说都是剑修帮着丹修去采集灵药的，但是看姜渊他们一进入万古之森后就不搭理人的高冷态度，帮忙采药根本不可能，不说风凉话就算好的了。

才刚这么想，前方的姜渊便回过头来看了一眼，他也是在云舟上听到丹鼎宗的人叫"俞师妹"，才意识到这个小姑娘便是先前那个为难他们的小乞丐。

丹鼎宗里最让他厌烦的三人居然齐聚，姜渊跟吃了原味儿辟谷丹一样难受。他冷哼一声："此次试炼只有我东境修士便也罢了，真到了四境大会上，你这般行事便是在丢我东境的脸！"

俞幼悠慢悠悠地劝诫，完全没有要把锄头放下去的意思："没事，丢啊丢的，你就会丢习惯了。"

边上的狂浪生非但没有觉得丢脸的意思，反而一脸羡慕地表示，到时候自己也得去弄把凡人用的大刀备上。

姜渊：今年的四境大会来的都是些什么奇葩队友？

身边的那些吵闹和兴奋的议论，都未曾飘入俞长安的耳中。今天来的剑修只有十一人，少了一人，那个人是俞念柔。

昨夜俞长安本想让姐姐一起前来参加试炼，毕竟她一直都不曾放弃参加四境大会的念头。俞长安说出今日试炼的事儿后，俞念柔害怕自己脸上的伤口被人看到，更怕自己又被异兽弄伤，竟怎么说也不肯去了。

俞长安心想，若不来提前体验万古之森的环境，真到了四境大会恐怕会有大麻烦，便提议让俞念柔继续以面纱覆面前来。

只这一句，兴许是戳到了俞念柔的痛处，她哭着喊着又闹了一整夜。骂没治好她伤口的丹鼎宗，骂没有发现她是被哪种异兽所伤的云华剑派长老，骂当时没有保护好她的姜渊，到最后连俞长安这个弟弟也跟着被骂，说他竟逼着她出去丢脸。

最后是母亲叱令他向姐姐道歉，又哄着说父亲马上就会归来替她寻药，这才算好。

这样的事情在不灭峰上并不算稀奇，自俞念柔受伤后已持续将近半年了。

少年的脑海里仿佛还被昨夜的闹剧纠缠着，眉眼间尽是郁郁，脚步也变缓了，最后落到了其他剑修身后。

就在这时，一道破空声从他身后响起。与此同时，一把还沾着泥土的锄头竟然斜斜地朝着他的头劈过来！

“你想干什么！”修为最高的姜渊注意到这儿的动静，反身怒叱就要制止。然而他距离尚远，那把锄头已经挖下来了。

那一瞬间，俞长安的脑中竟有片刻的空白，自幼便在山门内修炼，从未真正与人交手的他竟然忘了拔剑！

可是，没有预想中的疼痛，只有零星一点儿黄泥溅到了他的脸上。他下意识地摸着自己的脸颊，愣愣地看着前方那个瘦弱的少女。

她双手握着锄头，还保留着屈膝发力的姿势。而锄头下方，是一只被打落在地，又被利落斩成两截的巨型蜘蛛。那只蜘蛛身上萦绕着极淡的黑气，尽管不明显，但很显然不是寻常的蜘蛛。

“是异兽！”狂浪生惊呼出声。

“你傻不傻，这哪是兽？这叫异蛛，确切说来是变异的白额高脚蛛。”启南风啧了一声，精确地报出这只异兽的名字。

飞奔过来的姜渊脚步一顿，眼神略复杂地看了俞幼悠一眼，没说话。

俞幼悠已经站直身子，拿起锄头嫌弃地看了一眼，拿着它开始仔细地在边上的杂草上蹭上面沾染的黑绿色汁液。她喊了一声：“苏老二，剩下的交给你了。”

被叫到的那个白净少年果真听话上前，麻利地挽了袖子，从芥子囊中取出一个白瓷小瓶，开始收集蜘蛛流出的黏液。

苏意致生得格外秀气，像个小姑娘似的精致，而且听说年纪也是所有人中最小的，偏偏一点儿也不娇气，丝毫不嫌弃这恶心的东西，还一副捡到宝的模样，甚至不忘向其他人解释：“如果后面有人被这种蜘蛛咬了，就可以直接拿这只蜘蛛的黏液炼药解毒了。”

俞长安终于缓缓地回过神来。他抬头看向救了自己的那个少女，欲言又止。

俞幼悠又把弄干净的锄头扛回肩头了，虽然嘴里在嫌弃苏意致的手脏，却还是笑眯眯地摸了摸后者的脑袋。

从头到尾，她不曾看他一眼。

待苏意致将异兽的黏液全部采集完毕后，众人继续往前。

“正式的四境大会中，我们需要在万古之森中度过一个月的时间，并且要尽量深入密林，以便斩杀更多异兽。这次我们只需要在万古之森外围安全地度过三天三夜，大家都是第一次来此地，先找个有水源的开阔地势驻扎休息吧。”姜渊年纪最长，修为也最高，自然担起了指挥的重任。

其实狂浪生挺想指挥着队伍往万古之森深处冲锋，主动去找异兽挨打，美其名曰反正长老们都盯着，肯定不会有事。奈何现场的剑修比盾修多一个人，权重更高，他的提议自然被否决了。就连丹修也反对他的意见，毕竟俞幼悠他们又不傻，不会为了跟剑修抬杠而拿自己的生命开玩笑，狂浪生挺失落的。

这片密林中未曾有人族的足迹，荆棘藤蔓肆意生成一道道天然的屏障，为了预防有异兽突袭，众修士都节约着灵力，只用盾牌和剑开道。

这样下来，行进的步伐变慢了许多，更重要的是大家开始迷失方向，不知去往何处寻找水源。

“我御剑飞上去查看方向吧。”

姜渊正准备上天，底下突然传来一道声音。

“往左边走。”说话的是启南风，他这会儿正蹲在草丛里，仔细地观察着各种藤蔓。他对各种植物研究得很透，先前在藏书阁时还学到了各种药材生长地的知识，这种藤蔓是喜阴湿的，左边长势略比右侧的好。

俞幼悠吸了吸鼻子，又淡淡地替他补充了一句：“确切说来，是往左后方走。”她闻到了一股湿润微腥的水汽味儿，那是山中溪流特有的味道。

姜渊皱眉，并没有听他们二人的建议，而是径直御剑上空观察。可惜他比较倒霉，因为密林当中的藤蔓太多，上去倒是顺利，下来的时候他的剑柄被缠住了，人都险些从剑上滚下来。

“扑哧！”姜渊冷着脸落地，他听到那声没忍住的笑声了。原本以为又是那几个丹修在找事，结果原地只剩下云华剑派的剑修们了。不远处，丹修们跟盾修们闹哄哄地朝左后方走了。

姜渊：“……”

剑修们发现姜渊脸色不好，连忙噤声低头。最后还是俞长安上前问：“姜师兄，不知我们该往何处走？”

谁知这句话过后，姜渊的脸色更青了，他手握着剑，一言不发地朝左后方走了。

俞长安和剑修们：大师兄，你脸疼吗？

众修士行至那条溪流前时，头顶纵横交错的叶隙间落下的阳光逐渐降了热度，变得柔和而散漫。

自头顶那一小片天空望去，夕阳绮丽烂漫如画，可惜很快就开始黯淡下来。在密林里穿梭了一天，众修捧了溪水饮下后，便分散着沿溪流坐下休息了。

云华剑派的剑修们端正地盘腿而坐，看样子没打算休息，就依着这样的姿势开始修炼了，不得不说，这架势还是很酷很潇洒的。

俞幼悠又看了眼不远处的盾修们，他们个个都拿巨盾当枕头，歪七扭八地躺在草地上，准备睡觉了。脸是不比剑修差，可惜这姿势着实不美观。

丹修们的身体比不得另外两宗修士强健，不只是俞幼悠受不了，就是修为最高的苏意致都开始犯困了。

苏意致捂嘴打了个哈欠，提议道：“要不咱们把丹炉拿出来弄到最大，钻进去睡一觉吧？又能遮风挡雨，还能防蚊虫叮咬，多好。”

俞幼悠跃跃欲试，但是看到天边那几位长老隐约的身影，她怀疑三人真这么干了，回去得被马长老打死。她说道：“算了，我们好歹还是弄个住所出来吧，毕竟要在这儿过三天呢。”

启南风马上拿过锄头，积极提议：“我可以挖个地洞，这样咱们钻进洞里睡就行了。我挖坑的技术你们在外门时就见识过了，保证在天黑前挖出来。”

俞幼悠看了他一眼，目光略显复杂：“没记错的话，你挖坑的技术是你挖坟坑练出来的？”

苏意致打了个哆嗦：“算了算了，我可不睡你挖的坑。”

启南风顿感遗憾，三人嘀咕了一阵，最后决定去摘刚才路过的某种阔叶树的树叶铺着睡。

俞长安听到他们的动静后，侧身看了眼闭着眼毫无反应的姜渊，犹豫片刻后，便拿了剑悄悄起身跟了上去。

在四境大会中，剑修和盾修是有必要跟随丹修，保护他们安全的。况且…… 他又想起那少女利落挥动锄头的模样，心想自己还欠她的人情呢。

阔叶树林离溪流不远，可惜长得有点儿高。俞幼悠三个不会飞的在树下站着，看样子是拿不到。

俞长安持剑上前，不知该如何开口，索性直接御剑而起，准备飞上树替他们摘叶子。只可惜这边他刚上树，还没来得及动手，就听到下面一阵吆喝——

“那我上了！”启南风手拿锄头一咬牙，狠狠地朝着隔壁的那株大树挖去！

不得不说这小子的力道还真不错，兴许是有灵力加持，挖了两锄头，还真就让他把树挖倒了。

“咔嚓”一声巨响后，底下的三人组高高兴兴地一人抱了一堆叶子走了。

直接飞过来所以压根儿没被发现的俞长安：树顶的风，好冷啊。

俞长安默默地回了溪边，他抬头望过去，就看到那三个丹修拿阔叶铺了厚厚的一层当床，三人并排躺在一起，身上还盖了几片大叶挡风。

明明都是修士，偏要干这种蠢事，看起来有些可笑。不知道为何，俞长安却看得有点儿出神。

就在这时，姜渊的声音传至他耳边：“师弟。”

俞长安回过神来，迎上姜渊的注视：“姜师兄？”

“师弟，你先前从未出过宗门，又被师父和师娘教养得纯良心善，自然不知人心复杂。”姜渊的眉头微微皱起，语气略有些严厉，“你应该知道是谁害得师妹不能来参加这次试炼的。”

“…… 是姐姐自己不愿来参加的。”俞长安想起昨夜的事还略有不愉，竟没忍住反驳了一句。

“若是没有那道疤，师妹定会来参加的。”姜渊自然不可能把错归咎在自家师妹身上，严肃道，“当日若是苏意致按照约定取来银痕草，又或者是曲清妙抓紧时间替师妹医治，再或者是那个丫头交出银痕草，师妹的伤都不至于被拖得这么严重。”

这番说辞跟俞念柔哭诉的一模一样，俞长安总觉得不对，然而最后忍了忍，没有再开口反驳，而是轻轻颔首：“我明白了，师兄。”

别人睡得怎么样，俞幼悠不知道，昨晚她睡得挺遭罪的。不是叶子床不够软，也不是蚊子太凶残，而是边上的那些盾修个个都打鼾！而且那些此起彼伏的鼾声一个比一个响！

这会儿天色依然朦胧，尚未大明。盾修们的鼾声逐渐消停了，隔壁剑修们已经起身，开始趁着清晨这大好的时间练剑了。

俞幼悠跟边上的两个队友绝望地对视一眼，都看清了对方眼底的难过。

就在这时，不知从哪儿飘来一阵肉香。这下三个宗门的人都醒了，金丹期以下的修士都需要进食，且饭量普遍比凡人要大。他们从昨天开始就一直饿着肚子，这香味儿传过来勾得人难受，略有些过分了。

万古之森上方的天空中，一艘云舟上坐着三宗的长老。他们是前来保护这群嫩崽子的，但是保护之余…… 也并不影响马长老吃烤肉。他不知从哪儿摸出全套的烧烤工具，竟然就这样大摇大摆地在云舟上烤起鱼来。

云华剑派的徐长老看得眼皮子一抖，很是嫌弃：“都两百多岁的人了，竟还是这般不像样！”

马长老耷拉着脸，阴阳怪气：“要不是某些人穷得把老子的芥子囊都抢了，我肯定吃上好的灵食，还用得着烤肉？”

“你都元婴期了，还需要吃饭？”徐长老气得胡子都开始哆嗦了，“而且我那不是穷，亦不是抢，是你欠我的！”

马长老瘪了瘪嘴没理他，大方地分了串烤鱼给边上的天盾门长老：“来，狂长老吃肉。”

“哈哈，那俺就不客气啦！”

被孤立的徐长老："……"

不过，剑修有傲骨，他是不会羡慕的，只是斜眼看了会儿，他还是觉得哪儿不对劲。

最后徐长老拔剑而起："姓马的，你是不是把我们云华剑派的灵鲤给抓来烤了？！"

云舟上头的争斗，在下面万古之森中的弟子们是不知道的。只不过那股隐约的烤鱼香让所有人都坐不住了。

原本还在练剑的剑修们已经改变了方向，试图在溪水里叉鱼。不得不说剑修们的剑法精绝，几乎个个的剑尖上都多了一条鱼。只是那鱼血顺着剑身滴落回那清澈见底的溪水中，却并非红色，而是如同墨一般黑。

姜渊心中微沉，语气凝重："这也是异兽。"

边上的启南风热心地为他指正说法："不对，这叫异鱼。"

姜渊：你们丹鼎宗的人嘴巴怎么都这么讨厌？

很明显，万古之森里面的动物也好、灵兽也罢，都成了异兽，不能当作食物来源了，而这一路过来也未曾看到什么果实。难不成这三天要挨饿挺过去？

这时，俞幼悠站起身来看向姜渊："走吧，跟我们去采集药材。"

姜渊没有好气道："无人受伤，何须采药？"

俞幼悠啧了声，又用那种一言难尽的热情语气说话："敢问道友，你听过一种丹药叫辟谷丹吗？对了，我素闻剑修们风骨清傲，侠肝义胆，肯定是做不出等在溪边吃白食的事儿！"

能带上保镖出行，凭什么要他们三个丹修去冒险？在这种事上，俞幼悠一向是个大聪明。

边上的苏意致也用那种奇怪的口吻说："我对剑修充满了信心，尤其是对姜师兄充满了信心！我觉得他不是那种冷血的人！"

启南风马上接腔："我相信，就算遇到一只金丹期的异兽，姜师兄也会奋不顾身护在我们身前的，因为这就是令人钦佩的剑宗大师兄啊！"

姜渊："……"

乍一听都像是夸他的话，但是为什么越听越不对劲？

人群中的俞长安往前走了两步："姜师兄，不如我随他们……"

"不必。"姜渊抬手将他拦住，冷冷道，"你初入筑基期，修为尚未稳固，若遇上厉害的异兽不好应付，还是我随他们去为好。"

姜渊持剑，一言不发地跟在三人组身后。

另一边的盾修们就热情多了，纷纷拍着胸膛表示："我们也跟着去！"

最后，姜渊和狂浪生这两个筑基巅峰期的最强战力担任了保镖工作。

第七章

狂浪蚁

辟谷丹作为修真界最常见，也是低阶修士需求量最大的丹药，需要采集的药材不多，而且极其常见。

在过来的路上，俞幼悠三人看似都慢吞吞地掉在队伍最末，其实早就沿途采集不少药材了。只是这次的队友太多，辟谷丹的需求也大，自然得再采集一点儿。

启南风早已催动着自己的木系灵力，开始查探附近的野草丛和藤蔓底下是否有灵药的存在，俞幼悠也仔细地嗅着药材的味道，苏意致指挥着剑修和盾修在荆棘丛中采药。

就在俞幼悠准备喊收工回去的时候，异状突生。方才还笑嘻嘻的狂浪生发出一声闷哼，随后人和巨盾一起重重倒地。

“狂浪生！”姜渊飞快地上前将他扶住。

狂浪生目眦欲裂，张着嘴剧烈喘息，却一个字也说不出来，手臂上的青筋都因为太用力而爆开了。更可怕的是，他的脸色刹那间变红，下一瞬又转为橙色，整个人像是筛糠似的剧烈抖动起来，身上的灵力也变得紊乱起来。最终狂浪生的脸变成了紫色，他的脑袋一歪，陷入了昏睡。

姜渊脸色大变，死死掐住狂浪生的人中想要将他唤醒，然而掐出血了都没成功。

另一边——

“太强了，狂浪生真的没有说谎，他这个演技就一个字——”苏意致吸了一口凉气，暗暗地竖起了大拇指，“绝！”

启南风也不由得为他鼓掌，眼底全是钦佩：“我以为他吹牛，没想到真的是个实力派。但是小鱼那么抠，肯定不会给他灵石的，我们还是去劝劝他别装了。”

俞幼悠面无表情地看了自己的两个小伙伴一眼，最后抚额长叹了一口气：“你们可千万别告诉我刚才不是在阴阳怪气，而是在认真地夸他演得好。他没装，是真的被异兽咬了。”

两个小伙伴：“……”

片刻的沉寂后，两位小伙伴反驳得极快。

苏意致瞬间恢复成面无表情的样子，虽然耳根不知为何被晕出些许红色，话语却是字字坚定：“我自然是看出来了，他脸色连续变幻了七种颜色，显然是被某种极厉害的异兽攻击了，这是作为丹修一眼便能看出的常识。”

俞幼悠：“那你怎么还竖着拇指？”

启南风将头发一撩，云淡风轻地呵笑了一声：“这种谁都能看出的事，我以为无须我多言，故而特地出来活跃下紧张的气氛。”

俞幼悠：你俩理由还挺充足。

眼看狂浪生抽搐得越来越鬼畜，俞幼悠只得上前：“劳烦让一下。”

边上的姜渊挪开位置：“速速救治他，也不知是何种异兽，竟能在我面前悄无声息地袭击狂浪生这个筑基巅峰期修士！”

俞幼悠扫了一眼，狂浪生这会儿正赤裸着上身，漂亮的古铜肤色上不见半点儿伤痕：“把他翻过身。”她搬不动这一大坨肌肉。

姜渊虽然很不爽，却还是照做了。

“背后也没有伤口。”姜渊面色越发凝重，“莫非这异兽能直接攻击他的神识？”

“在这儿。”俞幼悠指着狂浪生耳垂背面，那儿是盾修淬体漏掉的地方，上面有个小红点，“伤口。”

“乍一看还以为这是他打了个耳洞呢……”启南风嘀咕道。

俞幼悠幽幽地回头看了他一眼，这要是被咬在某些不可明说的位置上，他怕不是要怀疑狂浪生有更变态的爱好？

启南风轻咳一声，跟着蹲下来，凑近了去看那个小红点。

“大概是某种异蚁，或者是类似的小虫咬的。”俞幼悠很快便判断出来，却没找到那只蚂蚁的踪影。

“啧，蚂蚁居然也能放倒一个筑基巅峰期修士吗？”苏意致挺意外的。

“从狂浪生的反应看来，这只蚂蚁要比昨日的蜘蛛强上百倍，怕是要有筑基期了。”

“就连一只蚂蚁的修为都比我高吗？”苏意致捂着膝盖，大受打击。

浮在他们上头的三位长老见到下面的情景，亦是忍不住微微一笑。

“来过万古之森他们才会知道，必须得时刻以灵力护体才能安然无恙，这样能大大提高他们对灵力的运用能力。”徐长老微颔首讲解道，此等强度可比寻常历练困难百倍，这也是每次四境大会都有不少弟子境界得到突破的原因。举办四境大会的真正目的，不是为了让天骄们扬名，也不是为了寻觅天材地宝，而是为了锻炼出更多能够镇守万古之森、守护我人族之后辈啊！”

听着徐长老的这一长串感慨，马长老很嫌弃：“他们都不在，这些事咱们也都知道，你在这儿啰里吧唆讲解个啥玩意儿呢！”

徐长老脸色有点儿青。

“这些嫩瓜秧子在宗门里总以为自己很厉害，没事儿就爱去作死，还寻由头说是淬体！现在可算让他们吃到苦头了。”天盾门的狂长老甚至笑出了声，半点儿没有因为自己亲儿子昏迷而紧张的意思。

“此言不假，他们都是宗门年轻一代中的天骄，故而心气过高，遇事不够谨慎。”徐长老选择不跟马长老对话了。

马长老马上打断：“别，我们这回带出来的可不是什么天骄，都是拿来凑数的，比他们厉害的，我丹鼎宗里还有七八十个。”

不过，那七八十个现在都被他亲手教出来的徒弟打趴了而已。

徐长老懒得和他争辩，道：“万古之森的可怕不只在于那些体形庞大的异兽，更在于那些难以察觉的微小异兽，小小一只蚂蚁就能要了一个筑基期修士的命。且看他们如何处理吧，若是一炷香后还未解决，马长老，你便将狂浪生带上云舟救治。”

马长老伸出油腻腻的手：“救人也成，价格你懂的，一万枚灵石。”

“这是为四境大会做准备的试炼！三大宗门休戚与共！”徐长老咬牙提醒。

“忘了，受伤的是盾修不是剑修。”马长老恍然想起，在狂长老感动的眼神中又补上一句，“那就不用灵石了。”

徐长老：你就可劲儿针对我们剑修吧！

三位长老都在耐心等着，盾修们皮糙肉厚，加上此处有三位元婴长老盯着，倒也不必担心狂浪生暴毙或者发疯伤人。他们都做好了待会儿让狂浪生强行退出的准备。毕竟狂浪生是被异蚁咬伤，想要在杂草遍布、林木茂密的万古之森中寻找到那种蚂蚁，无异于大海捞针。

就在这时，徐长老突然皱眉："这是在做什么？"

只见姜渊御剑远去，之后那一群剑修和盾修齐齐跑来，然后都蹲在地上翻草丛，看着竟像是在抓蚂蚁！边上指挥着这一切的，赫然是丹鼎宗那三人。

徐长老大有看笑话的意思："你们丹鼎宗的弟子，现在都用这种蠢办法救人了吗？"

马长老斜眼瞥过去："都说了他们仨是凑数的，你怎么就不信呢？"自己难得说了次大实话，对方还不信！

底下的俞幼悠并不知晓他们在吵什么，这边她跟启南风在飞快地对话——

"万古之森东侧外围，有哪些虫子能咬出类似的伤口？"

启南风飞快地报出十来个名字。

"食物来源？"

启南风没有停顿，又报了几种植物的名字。

听到这里，苏意致比了个手势，不多停留便同启南风一道去寻找那几种虫子的食物了。

那边，姜渊语气不好道："如你所言，我们将附近都用灵力封锁了，不会有一只虫子跑出去。"

俞幼悠嗯了一声，然后摸出丹炉，将其催化到最大。她这次不是要炼丹，而是要炼制诱食剂，将附近所有的虫子都引过来。那边，苏意致跟启南风动作极快，很快便采集了大堆植物回来。

诱食剂算不上是灵丹，这些植物也不是灵药，所以炼制起来极快，不多时，一股甜腻夹杂着植物清新的味道从丹炉里飘出来。

俞幼悠拿出一坨丑得惊人的绿色大药丸来。

剑修和盾修：之前不是听说丹鼎宗把炼丹弄成了一门艺术，怎么，现在你们丹鼎宗炼的丹都这么难看吗？

俞幼悠没有察觉到他们异样的眼神，约莫是这种眼神太多，她都习惯了。

她将这坨绿东西往正前方的那片空地上一丢，然后便席地而坐，安安静静地等了起来。

那股甜腻的香味儿一直往外飘，闻着居然比启南风被没收的那些黄鹤楼糕点还香。饿了快两天的苏意致盯着它看，咽了咽口水。

“想吃吗？”俞幼悠突然问他。

苏意致点头：“有点儿。”

俞幼悠于是抠了一小坨给他：“尝尝？”

苏意致想起俞幼悠以前喂给自己的那些东西，略有迟疑。但是这味道…… 好像跟平时不太一样。他选择最后信任俞幼悠一次。片刻之后，苏意致狂奔离开现场，远远地传来阵阵哕声。

丹修之间的信任真是太脆弱了。

等苏意致生无可恋、红着眼尾回来的时候，俞幼悠方才拿出来的那坨诱食丸上已经爬了不少虫子了。

这次都不用俞幼悠开口，苏意致就用灵力裹了只虫子，炼化出黏液后，凶残地掰开狂浪生的嘴滴进去。

异兽的血液被灵力炼化后可解毒，直接服用下去也无毒，就是那味道恶心得要死，普通人根本咽不下去。

据说，百年前北境悬壶派就出现了一个生猛的医修，在四境大会上一粒辟谷丹没吃，硬是喝了一个月的异兽血液。正常修士能吃下辟谷丹，却绝对咽不下异兽血肉。

数滴黏液下肚，狂浪生的脸依然紫得像茄子。于是苏意致换了下一只，依然不对，启南风也跟着兴致勃勃地上了手。

方才狂浪生被咬是因为没有防备，这些小虫子虽毒，但是他们现在用灵力护体与其接触，不用担心再被咬。

等到狂浪生都快把这片区域的虫子黏液尝了个遍后，总算找到了那只虫。被喂下黏液的狂浪生脸色逐渐恢复正常。

“还真是蚂蚁。”启南风惊讶极了。

那只蚂蚁居然是透明的，若不是吃了俞幼悠炼出来的玩意儿变绿了，恐怕他们一辈子也抓不到。

“没见过，好像是新异兽。”俞幼悠说着便接过这只干瘪的蚂蚁，准备用丹鼎宗的留影石把它的模样记录下来。

“这明明是异蚁！”边上持剑冷漠注视着这一幕的姜渊在心中反驳了一句。

留影石是特殊法宝，所以也可以随身带着。

“第一次发现的新异兽可以由发现者起名。”俞幼悠转过身，同两个好友对视，“叫什么？”

“被咬的人是狂浪生，这玩意儿很小却很狂，还敢咬筑基期修士，不如就叫狂蚁吧？”

“浪蚁也成，虽然听起来不太正经，但是比狂蚁好听。”苏意致补了一句。

两人就这样你一句我一句地争辩起来，最后俞幼悠很随便地拿着留影石围着异蚁转了好大一圈，毫不负责地综合了那两人的意见，为它取了新名字——

“经过三大宗门的商议，为了纪念狂浪生道友本次做出的巨大牺牲，我们决定将这只全新异蚁命名为狂浪蚁。”

剑修和盾修：你们丹修什么时候跟我们商议了？

这时，狂浪生终于从昏睡中醒来。他艰难地支起身，下一刻又趴了回去，掐着自己脖子拼命干呕着。

边上围上来看的盾修们大惊失色：“俞师妹，我们大师兄是不是还没好？”

“放心，”俞幼悠安抚他们，“你们吃了几十只虫子，也会吐的。”

刚坐直，打算问自己嘴里为什么一股怪味儿的狂浪生：“哕！”

一直等到回了溪边，又漱了十多次口后，狂浪生才恢复正常。

眼下所有修士都提高了警惕，就连先前对俞幼悠很是不屑的姜渊，竟然也跟着盾修一道在附近巡护值守，防着有异兽突袭。而三个丹修这会儿正蹲在层层保卫中间，炼制辟谷丹。

狂浪生才刚好，倒也没有人让他跟着去巡护，于是他也蹲在丹炉前面。

“咯。”狂浪生轻咳了一声，神秘兮兮地抬头望了眼周围。

确定剑修和盾修们都忙着巡逻，听不到自己的声音后，他往俞幼悠身边凑了凑。

“俞师妹。”狂浪生压低了声音。

“什么事？”俞幼悠正全身心操纵着灵力炼化丹炉里的药材，头也不抬。

“你觉得我刚刚演得怎么样？”狂浪生拍了拍自己的胸膛，古铜色的面上微有红晕，也不知道是兴奋还是心虚。

俞幼悠沉默了，没回话。

狂浪生便继续道：“你看，那个眼高于顶的姜道友，现在也都听了你的建议在附近巡查了，很明显，他被你们丹修的实力给说服了。”

“这都是因为我先前的演技惊人，演出了被异兽袭击后半死不活的状态，这才骗过了他们，也蒙过了那几位正在观望的长老啊！”他偷偷地伸手往天上的那艘云舟指了指。

见俞幼悠仍不说话，狂浪生只好忐忑地主动问道：“所以，能减一千的欠款吗？”

“原来刚才都是狂道友在表演你的精湛演技啊。”俞幼悠终于开口了，她不紧不慢道，“那我就放心了，方才我还一直在担忧，狂道友这余毒还没解完，正打算给你炼制一粒解毒丹呢。既然你是装的，那我就不用炼了。”

狂浪生的脸唰地变白了。

俞幼悠不看他，继续炼丹：“你还是老实说吧，到底怎么回事？”

狂浪生只好老实交代：“我本来是打算演的，所以在看到了一只同你锄死的蜘蛛一模一样的蜘蛛后，就撤掉了护体的灵力，故意蹲在草丛里，等着让它咬我一口。”

狂浪生的计划堪称完美，当然，这都是他自己认为的。作为拥有丰富作死经验的他，当然不会忘记在万古之森用灵力来护体。

他那时候是故意把灵力给收回来的，就等着被咬，昨天苏意致是采集了蜘蛛黏液的，所以他被咬了也能很快被救回来，既无生命危险，又能帮着丹修们证明他们有先见之明，而且医术高超！

此乃万全之计！这波配合打下来，他不信俞幼悠不会给自己便宜那一千枚灵石。万万没想到，白额高脚蛛没咬他，倒来了只狂浪蚁！

交代完这一切后，他就听到俞幼悠叹了口气，然后把丹炉里的丹药取出来，给了他一粒："吃吧。"

狂浪生一怔，这就是那粒解毒丹了？没想到自己刚才企图赖掉那一千枚灵石，俞师妹居然还愿意帮自己炼丹。丹修果然都是些大善人！

狂浪生感动不已，飞快吞下。不过他吃了一口后，就觉得这熟悉的味道怎么都像辟谷丹。

他迟疑道："我怎么觉得这不像是解毒丹？"

"嗯，这是辟谷丹。"俞幼悠表情淡定。

狂浪生愣了："那我的解毒丹呢？你不是说我余毒未解……"

"骗你的。"大善人残忍地回答。

在狂浪生欲哭无泪的表情中，俞幼悠又摸出那张熟悉的欠条。然后，在他错愕的眼神中，将"九千"那个数字划掉了。

目睹这一幕的狂浪生呼吸一滞，脑海中只剩下一个念头——

俞师妹是仙女！她知道真相，依然原谅他的谎话，也体贴他的一番苦心，更心疼他背负巨债的辛苦。她要把欠款改成八千了！不，她这么善良，说不定会改成七千！

狂浪生胸膛猛地涌出一股热流，他先前曾听师弟说过，俞师妹掏灵石付钱的样子迷人得要命，当时他没理解什么意思，现在看到她改欠条的样子，他终于能体会到那种该死的心动感了！

"俞师妹……不，幼悠师妹……"狂浪生无比亲热地喊了一句。

俞幼悠用看变态的眼神看了他一眼，然后把改好的欠条递过去："改好了，重新按个手印吧。"

狂浪生颇愉悦地"哎"了一声，接了欠条就欲按手印。

下一刻，他的动作止住了。他愣愣地看着上面的数字，艰难地咽了咽唾液，不知为何声音都跟着沙哑了："幼悠师妹……不对，俞道友，为什么变成欠一万枚灵石了？"

"因为刚刚救了你一命，丹鼎宗治疗被异兽咬伤的人一般都收一万枚灵石，但此次试炼是为了四境大会做准备，我们也算半个队友，所以就只收你个零头，一千枚灵石就够了。

"当然，被异兽咬伤了难免身体虚弱，如果还需要健体的丹药，过两天回去了我给你炼，也给你友情价，一千枚灵石大全套。"

俞幼悠的声音毫无起伏，听在狂浪生的耳中仿佛恶魔呢喃。

“若狂道友需要，我现在就把欠条再加一千。”

狂浪生眼含热泪，飞快地按下手印：“够了够了，我吃不起了，吃不起了！”

有了狂浪生的惨痛例子在前，在后面两天的试炼中，所有修士都万般小心地用灵力护体，而且随时分出一小队修士在周边巡视。

俞幼悠他们三人在炼制辟谷丹之余，也顺手炼制了一些驱逐异虫的药物。这让原本开口就是嘲讽的那几个剑修都无话可说。毕竟吃人嘴短，他们居然开始有意地护卫起了几个丹修，后者采药时，往往身后都会跟着三四个剑修。

这样的警戒虽然耗费灵力，但是后面再没有人受伤了。三天过后，这群年轻修士沿着原路返回，总算从万古之森中出来了。

长老们早已等在外面，看到这群年轻人一身狼狈的模样，彼此对视的眼底都带了点儿幸灾乐祸的意味。

毕竟当年他们也是这样熬过来的。哪个参加四境大会的不是整个宗门的天才人物！哪个第一次进万古之森的没有被狠狠地教育过！

盾修们刚刚出来，狂长老就狠狠地瞪了自己儿子一眼，骂骂咧咧：“丢人！”

狂浪生没法儿解释自己为什么会被一只小蚂蚁放倒，只能努力辩解：“这是有原因的，爹，我回去再同您解释……”

狂长老指着阳光下这群不穿上衣的盾修，劈头盖脸地骂过去：“什么原因？还不是因为你们老以为自己身材好想显摆一下，不肯好好穿衣服！要是穿好了衣服，能被虫子咬吗？！”

“我被咬的是耳朵……”

“那你不知道戴个耳套啊！”狂长老指着边上的数位女剑修还有俞幼悠，“你看看，这儿还有女娃呢！你们羞不羞！你们以为这是咱们天盾门，一个女娃都没有吗！”

被点到的俞幼悠抱着胳膊大方地欣赏着盾修们的腹肌，显然没有羞。几名剑修师妹虽然没这么直白，但是也没有害羞的样子。

“…… 不是，爹你自己都说不穿衣服可以更好地淬炼肉体吗？”

狂长老没理他，最后盾修们是被迫双手捂着胸口，眼含热泪坐上回程的云舟的。

徐长老收回视线，他在弟子面前都很亲和，带着笑容看向云华剑派的弟子，不紧不慢地宽慰道：“你们都是第一次进入万古之森，虽说仍有不足，但是想来吸取教训后，在四境大会上不会再犯了。”

姜渊低头拱了拱手，没说话。他本想斩杀一只异兽为师父争脸的，奈何三天时间太短，他们所在地又是万古之森的最外围，为了护着师弟师妹们，他也不敢贸然深入密林。

历届四境大会中，盾修跟丹修都是负责辅助剑修们的。因为最后的名次主要按照斩杀的灵兽计算，于杀戮之道最强的剑修自然是其中的主力军，也是当之无愧的主角。

然而这次，剑修们仅仅跟在丹修身后保卫他们采药，又或者是同盾修一起巡视，竟然连最弱的灵兽都不曾斩杀一只。丹修们倒是收获了不少异兽。哦不对，那叫不少异虫。

想到这里，边上传来丹鼎宗那位马长老的大嗓门——

“哈哈！不错不错，虽然你们是我们丹鼎宗拿出来凑数的吊车尾[①]，宗门里比你们强的也有几百个，但是就这次试炼看来，最靠谱的居然是你们三个小崽子！”

马长老本想拍俞幼悠的肩膀，但是她不动声色地避开了。于是启南风和苏意致的肩上被印了两个油手印。

马长老声音又提高了几分——

“哎呀，虽然你们才炼气期，比其余两宗的道友修为弱了整整一大截，跟那些有大本事的剑修比起来更是手无缚鸡之力，但这样居然也能杀掉几只异兽，长能耐了啊！”

剑修们：“……”

虽然嘲讽剑修的话对方一句都没说，但是剑修们的心口好像被插了很多刀。

① 吊车尾，此处指最后一名、拖后腿的人。

第八章

云华剑派

众人被各家长老领回云华剑派，待休息整顿后，明日一大早便要通过传送阵前往西境。

告别众人后，俞长安在山外的郡城中停留片刻，这才独自一人回了不灭峰。

在云华剑派，每位化神期的剑修都拥有一座独立的峰头，而俞不灭在晋入化神期后，便执剑在峰头上龙飞凤舞地刻下“不灭峰”三字。

以自己的名字来命名剑峰，俞长安其实暗自觉得这样太过狂肆张扬了。但是母亲和姐姐并不觉得，而且常说他性子过于内敛，没有父亲的半点儿傲气和霸气。也正因如此，性格更像父亲、修炼天赋也更好的俞念柔比他受宠得多。

一想到峰上情绪糟糕的姐姐，俞长安临到了山门外，反而踟蹰起来。犹豫良久，他才拾阶而上，慢慢地往峰上走。不承想，早有人在峰上等着他了。

俞念柔飞快奔上前握住弟弟的手，声音带了些许急促：“长安，我听人说你在万古之森中险些被异兽伤到，是吗？”

她匆匆打量着俞长安，确认他身上是否有伤。这还是俞念柔受伤后头一次这么关心他，俞长安微有错愕，愣了愣才摇头：“我没有受伤，一切皆好。”

俞念柔松了口气，微微皱眉道：“虽然无事却也受了惊，你放心，四境大会上我定会好好保护着你，定不会让你跟我一样……被异兽给伤了。”

听到这里，俞长安心中涌出一股暖流，这阵子生出的不满也逐渐消散。他清隽的面上露出柔和的笑容：“多谢姐姐。”

姐弟俩一边说着话一边往家里走，俞念柔犹豫了一会儿，还是含混道：

“长安，前几日我不该冲你发脾气的，毕竟害得我脸受伤的又不是你。”

“姐姐，你我姐弟何须这般，无事的。”

还没等俞长安心神放松，就听得俞念柔话锋一转——

“要怪就怪丹鼎宗的那几人，尤其是那可恨的小乞丐！待我伤好后，定要把她绑回云华剑派给我当剑奴！”

俞长安心下一紧，剑奴是很久以前才有的说法。一些入魔的剑修拿活人当靶子来练剑法，让这些剑奴逃跑，自己则御剑追逐，用来演练御剑术。这种把戏早就为修真界不齿，都快算得上是魔修的手段了，所以云华剑派从未出现过剑奴，就连俞长安也是从古籍中窥得的。

“姐姐，你是从哪儿知道剑奴的？！”俞长安声音有些严厉地叱问。

“你喊什么？你忘了，爹爹曾说过，正邪只在己心，何须他人评断？”俞念柔声音轻快，眉间眼底尽是不以为然，见到俞长安面色不愉，便含混地将此事盖过，“好了，我不说便是。不过是一个小乞丐罢了，想来这辈子只能在丹鼎宗种种药田，为奴为婢而已。”

俞长安默然，心道她可没在丹鼎宗种田，反而正在云华剑派做贵客。又暗自忧心，要是四境大会上被姐姐看到了她在，还不知道又要闹成什么样呢。

就在这时，俞念柔似突然想起某事，笑着看向俞长安：“对了，方才珍宝阁把东西送来了，你倒是很有心，知道我喜欢那件带了高级防御阵法的云裳裙，特意买了它来哄我高兴，居然也不嫌它贵。”

俞长安一怔，脸色有些局促。他是让珍宝阁送去青云峰的，哪知道对方居然误送来不灭峰了！难怪俞念柔今天脾气这么好，还主动言和。

少年清秀的眉头紧蹙，眉眼中全是歉意：“姐姐，兴许是珍宝阁没有说清楚，那是我准备留作谢礼，馈赠救我的那位道友的。”他匆匆地再补上一句，“若是姐姐喜欢这样的，我现在就去珍宝阁再定制一件更好的。”

然而，少女眼中的笑容已经一点一点地淡去。

她从芥子囊中拿出那件淡青色的云裳裙，裙子是云线织就的，拿在手中轻软得仿若无物，在阳光下映射着深深浅浅的蝶，随着阵法仿佛会自行翩飞，一看就是珍宝阁陈列在最顶层的珍宝，又有哪个女修会不喜欢呢？

只是现在看，俞念柔才发现这裙子似乎短小了一些，并不合她的身。果然不是送她的。

“不用了。”俞念柔的声音瞬间冷下去，她把裙子重重揉成一团往前方抛去，“我也不稀罕。”

俞长安连忙飞身一接，这才没让裙子落在地上。

他想追上去解释这是欠了人情后的谢礼，只是俞念柔早已走远，哪儿还会听他解释呢？

少年在树下低着头，慢慢地把裙子的褶皱一点一点抚平，只是眉间的忧郁越发深了些，最后也只能长长地叹了口气，小心地捧着裙子往青云峰御剑飞去。

还没到丹鼎宗修士所在的客院，俞长安就听到了一阵阵的热闹声音。他微愣，一眼望去，发现院中居然围坐着十多个人，丹修、盾修都在这儿，另外几个赫然是本派的剑修师兄师姐，甚至徐长老跟狂长老都在。

马长老坐在正中位置，笑嘻嘻地大声说着什么，手里还忙活着烤着肉。边上的狂长老跟三宗弟子们都在吃烤肉，就连一脸不乐意的徐长老也接了串儿，说了几句话。

俞长安过来的时候，众人微怔，场面有些冷下来。原本还在笑着拿烤肉的几个剑修也立刻放下肉串，一脸尴尬。少年抿了抿唇，感觉自己像是来得不是时候。因为父亲的存在，所以不灭峰的人历来跟宗门其他弟子不同，不用为了铸一把好剑外出做任务赚灵石，也不用为了修习好剑法在宗门大比中拼命。

普通剑修们口中那个艰难且随时会殒命的修真界，其实俞家姐弟从未体验过，平日跟同门们也只是泛泛之交，只是知晓名姓师门的程度。

最后居然是热情的盾修们冲他招手：“傻站着干什么？来啊，没看见肉都熟了吗？马长老的手艺特别好！”

这一下，尴尬的气氛总算被打破了。

几个剑修面色一缓，不好意思地解释道：“俞师弟，我们并非刻意隐瞒，而是方才你提前下了云舟，所以没能喊上你。”

另一个女剑修坦然地解释：“是的，方才到了山门时，丹鼎宗的马长老提议说前来此处一聚，以便三位长老一起为我们传授些当年在万古之森的经验。方才我们也邀请了姜师兄，他说要回去练剑，拒绝了。”

确切说来，是先前在万古之森中针对过丹修的那几个剑修都没来，估计也是不好意思。

俞长安眉目舒展，温和客气地笑着：“我知道的，师兄师姐。”

这位俞师弟的性子要比不灭峰其他人好相处许多，于是方才那位女剑修好奇之下便多问了一句：“俞师弟，不知你方才中途下云舟所为何事？”

俞长安不好在众人面前拿出云裳裙，于是抬头一扫，果然在人群中发现了熟悉的三人组。

俞幼悠正被夹在苏意致和启南风中间，三人动作利落且飞速地争抢着肉串，眼中俨然全无外物。

他微微抬高了声音：“小鱼师妹。”

俞长安并不知道俞幼悠的年纪和名字，只偶然听到启南风和曲清妙他们都在叫“小鱼”，所以便以为这就是她的名字。

正在吃肉的俞幼悠差点儿被这一声给呛到。先不说师妹吧，毕竟她长得的确矮了些，而俞长安又高了些，看着的确他还要略大两三岁，而三大宗门弟子之间也的确常常互称师兄妹以表亲近。

但是小鱼？噫，恶心，恶心。

启南风和苏意致先跳了出来：“你叫这么亲热干吗！”

第一反应居然不是怀疑俞长安又要来帮她姐姐欺负俞幼悠，而是嫌弃他也跟着叫这个名字。

俞长安拱了拱手，虽然被这么多人注视着，倒也坦然：“先前得师妹所救，特来道谢。”

少年面露恳切：“还请师妹借一步说话。”

俞幼悠嘴里还包着烤肉所以没说话，只是拿着串烤肉摆了摆手。

边上的苏意致跟反派手下的小弟似的帮着翻译：“我们小鱼师姐说没空，不去！”

边上的盾修跟剑修们都一脸八卦，眼神飞快地在两位主角之间飞瞥。就连三位长老都不由得嘀咕，这两人之间到底发生了什么不可告人的事情。

“不是。”俞幼悠咽完嘴里的烤肉，终于开口。

她转头看着俞长安，吹了吹那串刚烤好的肉：“你等等，我这串肉还没吃完呢。”

盾修：“……”

剑修：“……”

还没等众人回过神来，俞幼悠又丢下一句：“正好，我也有件事要同你说。”

长老：“！！！”

俞长安和俞幼悠朝着院外的竹林走去。

虽然时值深秋，然而峰上的灵竹不见半分萧瑟之意，仍旧层层翠翠，风掠过叶隙间，时不时惊起些许簌簌的声音，依然分外幽僻。

俞长安面对那个矮了半个头的少女，深深地拱手一揖：“先前是在下愚钝，竟忘了向师妹亲自致谢。”

他直起身，取出那件云裳裙。裙上的褶皱已被抚平，竹叶的碎影落在淡青色的裙上，仿佛要跟那些蝶一同飞去。

“还请师妹收下谢礼。”

“嗞——”不远处的一片竹子后面，苏意致轻轻地吸了口气，发出一句由衷的感叹，“真有钱。”

启南风不明所以：“不就是一条裙子吗？我家店里也有卖差不多的，只要一两银子。”

暴发户果然还是比不过世家子，见识更广的苏意致踩了启南风一脚，嫌弃道：“你家那是寿衣，这可是珍宝阁这几年新出的云裳裙，一条就得上万枚灵石，而且上面还有个高级防御阵法，用灵力激发后可以抵御元婴修士的全力一击。”

“嗞——”听到最后一句，不知何时跟着挤过来的狂浪生也开始羡慕了，“我也想拥有。”

启南风忧心忡忡：“小鱼那么抠门爱灵石，该不会看到这裙子就原谅这个小白脸，跟他当兄弟，不跟咱们玩儿了吧？”

“那肯定不会。”苏意致飞快摇头，“她比我大几天，算是姐姐。目前为止，没有哪位姐姐不喜欢跟我玩的，她们都夸我长得好。”然后斜眼看向启南风，“但是你就说不定了。”

启南风毫不客气地打击他：“曲师姐就不爱跟你玩。”

“她也不爱跟你玩呢。”

这边叽叽喳喳的议论声很快便传到了俞幼悠的耳中。她回头，对着那边的几个人瞪了一眼，瞬间安静。

“裙子就不用了，谢也不用道。”俞幼悠声音慢条斯理的，在俞长安错愕的眼神中补上一句，“但灵石还是要还的。”

捧着裙子的俞长安傻眼了，半晌没能说出一句话。

于是俞幼悠便摸出早就准备好的一张欠条，面无表情：“本来想过两天上门要账的，既然你自己来了，那就抓紧签个字吧。”

俞长安低头，只见上面写着：“本人云华剑派弟子俞长安，于修历二千零二十一年十月十日，亏欠丹鼎宗弟子俞幼悠灵石一万枚……”随即问道：“原来你也姓俞？”

俞幼悠懒得跟他说话，她姓俞不错，但那是俞幼悠的俞，并不是俞不灭的俞，别弄得好像两个人是一家人似的。

“快签字。”她催了句。

“为何是一万枚灵石？”俞长安抬头，有点儿费解。

俞幼悠一身正气：“丹修治病不为赚灵石，只为悬壶济世救天下。我们从不勒索人，市面上替被灵兽咬的人治病要价就是一万，一分都没多写。”

“可是，”俞长安皱眉，“先前我听你给狂道友治病，只要了一千枚灵石。”

他当时也在试炼中，也该算是队友，为什么待遇比狂浪生差这么多？

俞幼悠完全没有要更改欠条的意思，无情地回答：“因为咱俩不熟。”

所以……跟狂浪生很熟？在场的所有人都莫名地想这样问一句。

竹林后的狂浪生听到这句已经热泪盈眶。没有对比就没有优越感，跟俞长安那一万枚灵石比起来，他那张欠条上多出来的一千堪称福利。俞师妹果然是好人哪！真是值得生死托付的伙伴啊！她以赤诚之心待他，自己却一直在琢磨怎么赖账，真是惭愧啊！

“不熟”二字一出，俞长安果然再无话可说。不过他没接过欠条，而是从芥子囊中拿出一袋灵石递上去：“这里有一万枚灵石。”

先前还买了一条昂贵的云裳裙，现在一万枚灵石说给就给。家境富裕的启南风也好，出自顶级世家的苏意致也罢，都做不到这样的阔绰，就连有个元婴期长老当爹的狂浪生，都还欠着一万的外债。

一年前的俞幼悠，为了二两银子的药钱把家都卖空了，只为了活命。原身忍饥挨饿十多年，至死都没有吃过一天饱饭。而俞长安一脸的淡然，仿佛这灵石对他而言只是一堆微不足道的石子罢了。俞幼悠垂着眸，接过那袋灵石。

她的声音分明带着些戏谑，却莫名让人觉得疏远而冷："好，下次被异兽咬了再来找我，老价钱。"

不打欠条的客户难得，她愿意祝俞长安每天都被异兽咬一口。

俞长安接着道："裙子你拿着吧，就当是我为姐姐先前在丹鼎宗的所作所为赔礼……"

"赔礼？"一声冷傲的反问自竹林上方响起。

碧色之间，一抹绯红格外亮眼，尽管少女脸上笼着层面纱，眉眼间的倨傲和愤然却掩盖不住。

俞长安错愕："姐姐……"

"你竟然还知道我是你姐姐？"俞念柔手执灵剑飞身落下，看了眼俞长安手中的裙子，一道凌厉的剑气掠过，便只剩下残破的碎布散落在众人眼前。

狂浪生的心口一痛："啊，我那价值上万枚灵石的裙子！"

没人理狂浪生，所有人的视线都被俞念柔吸引了。那一道狠厉的剑气，甚至把院中还在吃烤肉的人都吸引到了这边。

看到曲清妙和马长老一行人赶过来，俞念柔呵笑："原来丹鼎宗已经破落成这样了，连些炼气期的废物也能来参加四境大会了。"

"俞师侄，"徐长老负剑上前，脸色很不好看，"不可放肆！"

即便云华剑派是第一大宗，俞不灭也是化神期大能，但是丹鼎宗毕竟同为三大宗门，更是关系密切的友宗！

俞念柔并没有要道歉的意思，她脾气跟俞不灭像了十成十，最不屑的便是低头，更何况她跟俞不灭年轻那会儿相比起来又有了更多的依仗，行事自然狂傲得多。

此刻她非但没有低头，反而拿剑遥遥一指："我东境岂能有这等无用之人，她不配去参加四境大会！"继而微微扬起头，看向在场的三派长老："若她去了，我便不去！"

俞念柔这般放肆自然是有依仗的。她的修行天赋比俞长安还高，现在已经到了筑基中期，加上自小便有俞不灭指点剑法，所以真要论起来，恐怕比在场的其他剑修实力都强一些。

炼气期和筑基期，俞念柔觉得有点儿脑子的人都能做出正确的抉择。

启南风和苏意致两个在边上鼓掌：“哇，跟那位姜道友的台词一模一样哎！牛哇！”

剑修和盾修：你们丹修指定有点儿大病。

徐长老面露愧色地对着马长老拱拱手，极难堪地低声道：“抱歉，我会好生劝抚……”

然而后者冷哼了一声，又熟练地翻了个白眼：“劝抚？”

马长老索性劈断一根灵竹，以手做枕，大剌剌地平躺在上面，斜眼瞥了眼徐长老：“巧了，老子今儿心情也不好，也想要人来劝抚。”

他一边抖腿一边冷嘲道：“都说了这三人是来凑数的，宗门里没别的人了。要这矮丫头走，成啊，那我们丹鼎宗就当是来云华剑派串门，现在串完门也该回去了。”

“马长老，你这话是……”

“没什么意思，意思就是咱们丹鼎宗就这三名弟子，爱要不要！一起来的，要回肯定得一起回，反正你们剑修能耐得很，用不着咱们这些臭炼丹的，被异兽咬了是死是活也不关咱们事儿，那咱们还不得麻溜地收拾东西滚啊？”

这针锋相对的口吻，马长老护短护得不要太明显。

盾修们这时候自然是挺帮了大忙的俞幼悠的，狂浪生站出来坚定道：“要我幼悠师妹离开那可不成，大伙儿试炼时都看到了，这次多亏了她，咱们才能顺利出来。”

就连剑修也有看不过眼的，说道：“俞师妹，另外这位俞师妹虽然修为低了些，但是她的确颇为不凡，医修同我们剑修不一样，不能全凭修为评判的。”

吃人嘴短，何况加上烧烤还吃了人家两顿。

云华剑派现在的大师姐张浣月也站了出来，温和地劝道：“是啊，四境大会吾等东境修士皆为伙伴，岂能在这时起内讧呢？”

边上的苏意致马上点头：“对，我们都选她留下，你赶紧走吧。”

启南风啧了一声开始阴阳怪气："哎呀，有些人肯定是不需要吃辟谷丹的，被异兽咬了也不用咱们帮着找药的，一身剑气就可以直接斩杀整个万古之森的异兽了。"

苏意致默契地飞快接腔："还有狂浪生，你们还站着干吗呢？那边的几位剑修师兄你们也别愣着啊，都各回各家，有这么强的高手出马，还用得着你们去吗？"

虽然知道现在气氛凝重不应该笑，但是依然有盾修跟剑修忍不住肩膀颤抖，强憋着笑。

俞念柔本是心性极高的人，活脱脱第二个敢冲天道竖中指、怒喊"我命由我不由天"的小龙傲天。

但她面对的不是天道，而是一群"阴阳师"。她气得牙痒，偏生自己说一句，那边的丹鼎宗众人就酸溜溜地损回十句。

更让她气愤的是那边的俞幼悠。明明她是冲着这小乞丐来的，然而她从头到尾连正眼都没看过来一次。你猜她在干吗？

她偷偷躲在人群后面，清点俞长安给她的灵石！真是小家子气，难不成还能少了她一枚不成！最后，俞念柔气得银牙一咬，拿着剑拂袖而去。

当日，马长老便携了三人组，又带着自己亲手烤的烧烤串和丹鼎宗的特色疗伤丹药，挨个儿拜访了云华剑派的各位长老。

老头一改先前的无赖，凡到峰上就先送礼，送完便叹气。

"我这一把年纪了，好不容易教出个像样的弟子，可惜因年岁太小修为不高，竟然被逼着放弃四境大会……唉！可怜这孩子从小是个孤儿，好不容易争得的机会要被别人夺了……"

孤儿俞幼悠这时就被推出来了。她的长相的确很符合马长老口中的人设，苍白幼嫩的脸颊清瘦，眼角微微下垂，眸子像晨时升起的孤星，亮得澄澈且干净。再加上，她勉强一笑，极坚强地说一句："马长老切勿再说了……"

多惹人怜爱的可怜孩子啊。

俞幼悠是真的想要马长老别再说这段台词了，这都拜访了第八个峰头了，还不会飞的她真的走得很累很喘，没看见脸都惨白了吗？

云华剑派各峰之间对外自然一致，内部却也一直隐有竞争，因此看不灭峰笑话的人不少。

待到晚上姜渊得知此事的时候，这段话已经从青云峰流传到了云华剑派的每个角落了。

所有人提及丹鼎宗那个小姑娘的时候必先叹口气，然后便是啧一声，悄声议论不灭峰行事霸道。

是的，肯定不能说剑修行事霸道，要精准打击，就只有不灭峰的人才这么做事！

姜渊沉默了许久，最后还是没有再去试着劝俞念柔。

他也曾劝过，然后便是被一通叱责，师娘也跟着训诫，好歹也是剑修，纵使敬慕师尊，愿意以命维护他的骨肉，但姜渊自己也是有傲骨的。

第二日。

俞念柔梳洗装扮完了以后，便拿了剑不紧不慢地在院中练着。

紫云峰的张师姐、星辰峰的赵师兄，还有天盾门的那群糙汉子，这群人昨日都帮着那小乞丐说话了，她可记得清楚。

为此，虽然长老先前就告知了卯时便集结出发，启动传送阵去往西境，但是她一直拖到卯时快过了才起。为的就是让意识到少一位筑基期高手的他们心慌后悔，赶紧来求着她去。

剑练着练着，俞念柔有些心不在焉起来。

她的美眸好似不经意地微转，凝向最远处的山门。那儿有山门大阵，也有一个巨型传送阵，那儿尚未有动静，说明还没启动。算着时间，那些人也该来寻自己了。俞念柔心中稍安，不再心急，转而安心地在不灭峰上等着。

只可惜这一等，便等到午时。不灭峰上除了他们自己的人，旁的连个人影都没多出来。

俞念柔牙一咬，飞身奔往山门。只见山门口刚被洒扫得干干净净，大阵早已封闭，唯有一个外门弟子在边上拾捡着散落的枝叶。

“他们人呢？”俞念柔落地，对那外门弟子质问道。

那孩子虽说年纪极小，却还是聪颖，从俞念柔的打扮和那一把剑就看出她身份不一般。

他乖顺地躬着身回话："回师姐，您要找谁？"

"那些去四境大会的人呢，不是说卯时就要出发的吗？这都午时了，怎么还没来呢？"

那弟子眼睛亮晶晶的，天真而疑惑地回话："他们已经走了呀。"

俞念柔被这回答弄得一滞，高声："怎么可能！"

他们还没来求我原谅呢！

外门弟子确凿地说："真的已经走了，今日我负责洒扫山门，所以天没亮就在这儿。卯时不到，那群前辈就启动阵法走了，听那位丹鼎宗的长老说，好像是西境有家酒楼的蟹黄面甚是美味，得早些去排队。"

俞念柔："……"

她艰难道："未曾清点人数吗？"

那弟子摇摇头："我宗徐长老清点过人数，说是人齐了，那传送阵还是他启动的呢。"

深秋的风吹过，满天都是落叶飘零，她往前走了两步，最后呆呆站在了原地。

第九章

西境极西城

与此同时，远隔万里的俞幼悠等人已经吃完了热腾腾的蟹黄面，又在另一家酒楼排队等着吃当地的特产烤驼峰了。

他们传送抵达的地方，是西境最为繁华的极西城。和多山脉河流的东境相比，西境多荒原和沙丘，这儿来往的人也更多。城中的各色小吃，从普通凡人叫卖的馄饨面到修士们才吃得起的灵食都有。

距离四境大会尚有些时日，东境众人自然没事，于是开始三五成群地在极西城中瞎逛。带头的正是来过此地的马长老，此人美其名曰熟悉环境，为四境大会提前做准备。

在嘴皮子利索的丹修和热情过分的盾修的招呼下，原本很是清傲古板的剑修们为了合群，也不得不加入这支观光队中。

俞幼悠三人掉在末尾。不是因为这仨腿最短，而是因为苏意致这张人畜无害、神似白兔成精的小白脸。

这一路过来，已有无数个风姿曼妙的西境当地女修把他拦下，亲昵而又怜爱地掐着他的嫩脸蛋，又吐气如兰地道出名字，让他记得长大后来找她们。说完以后，还都同他贴贴脸颊以示亲近。苏意致的脸颊都红透了。

俞幼悠斜眼瞥着他，语气不无羡慕地问："受漂亮姐姐欢迎不是好事吗？你脸红个什么劲儿？"

苏意致面无表情："我这次没脸红，这是被掐红的。"

启南风倒是没羡慕，他只是好奇："为什么这么多女修？"

"因为合欢宗就在极西城外。"无所不知的苏意致揉着自己的脸，声音中透露着害怕，"这也是为什么极西城是整个人族最热闹的地方。"

西境的三大宗门，正是灵药谷、天音禅寺，还有合欢宗。

俞幼悠是昨天才知道的，她有点儿想不通，为什么天音禅寺跟合欢宗会在同一个境？两大宗门在四境会上还要共同度过一个月，难不成天音禅寺的佛修们要对着合欢宗的女修们念一个月的佛经吗？

三人一边嘀咕一边乱逛，离大部队越来越远。

最后还是曲清妙忧心三人，回来把他们逮住了。她最先看的又是俞幼悠，虽然谈不上语气温柔，却也算得上平和："西境修士太多，近来为了四境大会的事儿又人员冗杂，你须得当心才是，坏人很多。"然后才看向两个少年，语气瞬间冷厉了些，"莫要带着小鱼乱走了。"

苏意致捂着被掐肿的脸眼泪汪汪，现在最该被关爱的人不是他吗？

不过曲清妙的到来也解放了苏意致，发现这漂亮男孩儿是有人管的后，路过的那些合欢宗女修现在都只是面带遗憾地看他一眼，并不上手了。

"四境大会尚未开始，马长老他们现在去同西境的修士们接洽了。你们可有什么想吃的？吃饱了再回去吧。"

三人商量了下，最后决定再回去排队吃一次蟹黄面。

卖蟹黄面的那家酒楼生意极好，这会儿排着等吃饭的队伍都从酒楼蜿蜒到数百米外的巨型传送阵了。

传送阵只有其余三境能过来，所以自东境修士们过来以后，便一直沉寂着无动静。

俞幼悠他们排在末尾等着。然而就在这时，传送阵突然迸出一道灼目的光华，之后在那磅礴的灵力之中，数十道人影从中出现。

曲清妙早在传送阵启动的瞬间便将三人拉开避到一边了。来的人定是其他大宗之人，她正欲上去招呼时，脚步却骤然顿住。

俞幼悠疑惑地抬头望去，从她的角度只能瞥见曲清妙小半张侧脸，如今，那张脸不知为何变得一片惨白，唇亦是死死地咬着。

就连先前轻握着她的手，也变得越来越紧。

"大师姐？"她试探着喊了一句。

曲清妙却没有回答。

启南风也很纳闷，正想问身边的苏意致来的是哪个门派时，发现苏意致的脸色也不太好，甚至低了头，往他身后避了两步。

"是北境，悬壶派的人。"苏意致似乎知道他们要问，所以提前闷声回答了。

"那是你家的人了？"启南风纳闷了，悬壶派的掌权者全是苏家人，苏意致怎么还躲着呢？

苏意致却飞快地摇摇头，不愿意多提的样子。

"走吧，"曲清妙淡淡开口，"长老们在等着我们。"

只不过还没等他们转身，那边先传来懒懒的一声——

"这不是丹鼎宗的曲师姐吗？看师姐的模样，想来三年前的伤势已经大好了。"

人群正中站的是个十五六岁的少年修士，身着一身墨绿的长袍，眉眼狭长，唇边挟着不冷不热的假笑。不只悬壶派的弟子，就连另外一个宗门的修士隐约中也以他为首。

曲清妙面无表情，只吐出一句："与你何干？滚！"

这还是俞幼悠他们头一次听到大师姐对外人骂脏话。

然而对方并没有生气，依然带着假笑："看到曲师姐安然无恙我便放心了，只是可惜，三年前师姐就快突破金丹期，怎么如今却还是筑基巅峰呢？还有，怎么不见另外那两位师兄？难不成还没清醒过来吗？"

他拿纸扇一挥，掩了半张脸，无声地笑了笑："啊，抱歉，提及曲师姐的伤心事了。"

曲清妙眼中毫无波澜，背脊依然挺得笔直。

边上的苏意致轻轻地扯了扯她的衣袖，低声道："抱歉，师姐……"

"不关你的事。"曲清妙淡淡地拍了拍他的肩，"不用听他吠叫，走吧。"

然而这时对方像是发现了什么宝贝似的，笑着看向苏意致，冲他点点头："原来是你，长高了不少，我险些没认出来。"

苏意致语气毫无起伏："我一直都挺高的。"

少年却轻叹了一声："没想到你真的去了丹鼎宗，可惜了，不知道你现在买得起丹炉吗？若依然买不起，我倒是可以送你一个。"

说着，他便摸出一个丹炉把玩着。那丹炉精致小巧，不过巴掌大，然而周围萦绕着火系与木系的灵力，看着像是有这两系的高级阵法加持。这显然比丹鼎宗为他们三人在珍宝阁定制的还要昂贵。

对方把玩了一会儿，又笑道："忘了，这东西贵重，不适合给你用。"

苏意致垂眸不语，转身跟着曲清妙走了。在他身后传来低低的嗤笑声。

回到住处的曲清妙一脸淡然镇定，全然看不出真实的情绪，并无要跟俞幼悠和启南风说明的打算，最后还是被启南风问出来了。

"今天那个人是谁？"

苏意致皱眉说了个名字："苏飞白，苏家嫡系二公子。"

启南风纳闷地挠了挠头："同为医修不是该一见如故吗？我怎么感觉他阴阳怪气的。"

苏意致一脸难以置信："你不知道悬壶派跟我们丹鼎宗有仇吗？"

俞幼悠和启南风一起摇头，顺便追问道："既然如此你为什么来丹鼎宗？悬壶派不是最厉害的医修门派吗？"你总不可能真的是来当卧底的吧？

苏意致表情不太好看："我只是姓苏，但是作为旁支的旁支，跟掌权的那一脉早就没来往了，而且我父亲得罪了嫡系的人，所以我在悬壶派待了几年什么都没学会，丹炉都不肯给我用，光让我在药田里采药。"

"难怪你采药的技术这么好。"启南风由衷地夸了一句。

"那肯定。"虽然听着感觉不对味儿，但是苏意致依然挺爱听别人夸自己。

俞幼悠还挂念着曲清妙："那悬壶派跟丹鼎宗又是怎么回事？为什么师姐那么生气的样子？"

苏意致低声道："这是三年前那场四境大会的事儿了……"

上一次四境大会，丹鼎宗派出的人便是曲清妙，以及周师兄和吴师兄。而带领北境前来的，是苏家嫡系大公子，苏留白。

在即将结束的时候，东境和北境斩杀的灵兽数量相当，两境都决定往万古之森深处迈进。结果就这样碰上了，还同时发现了一株五品灵药。

不过曲清妙抵达得更快些，成功将灵药拿到手。当时悬壶派的人也并未做什么，毕竟虽然四境大会允许动手，但是同为正道修士，自然不会自相残杀。

"结果……"苏意致有些难以启齿，却还是继续说了，"苏留白，也就是我的大堂兄，在半夜的时候用丹药引得一群异兽发狂，突袭了东境的营地。丹鼎宗的周师兄跟吴师兄两人……灵脉被异兽咬碎，成了废人。曲师姐亦身受重伤。听说她也是闭关了两年才恢复的，若不是那次伤，以师姐的天资早就到金丹期了。”

讲到这里，三人都沉默下来。

最后俞幼悠先抬起头，她搓了搓手：“你跟你那两个堂哥不算亲近，算有仇，对吧？”

苏意致点了点头。

俞幼悠又问：“我们丹鼎宗跟悬壶派更是大仇，对吧？”

苏意致再点头，不过他叹口气：“但是你看他们那个丹炉应该就知道了，悬壶派有钱且有势。大公子苏留白鲜少露面，而刚才那个苏飞白也是筑基期的高手，我们想报复都找不到机会。”

俞幼悠扯了扯嘴角不置可否，她摸出从俞长安那儿赚来的那袋灵石，懒洋洋地拿在手里掂着。

“灵石？我现在也有了。”那双低垂惹人怜的眼睛微微眯着，露出无声的狠劲儿，“走吧，到极西城的黑市买凶去。”

极西城的黑市有点儿难找，毕竟不是每次都那么好运，在街上随便就能看见有人往墙上撞。

苏意致怂恿启南风：“去，像以前那样拿灵石把人嘴撬开。”

启南风深深地叹了口气：“我爹传信说我这些日子花销不知节制，打算扣我的生活费了，说是要让我重新体会小时候的疾苦。”

俞幼悠投去同情的眼神，她几乎马上想象到启南风跟自己刚穿越来时，衣不蔽体、食不果腹，为了生活艰难奔波的样子了。

不过她很讲义气，当初吃了启南风的点心，现在也该回报了：“没事儿，等会儿买凶估计能剩个几十枚灵石，我分你一半。”

苏意致也跟着点头：“我这一年也攒了不少，前几天给我爹娘寄回去后还剩了二十枚灵石，我分你两枚灵石吃饭。”

启南风双手环抱在胸前靠在墙边，挺感动，然而还是拒绝了：“那倒不用，他多少还是要给我点的，毕竟是亲生的嘛，哪能真的看我饿死呢？”

“就是每个月只有先前的零头，估摸只有一千枚灵石吧。”

听到这个数字，另外两人沉默片刻，最后一人踹了他一脚。

“滚吧！”

最后还是苏意致争气，跑去街上问了两个当地的合欢宗女修，在左右脸各被贴了两下后，带着黑市的消息顺利归来了。

进去之前，苏意致眨着无辜的眼睛问俞幼悠，顺便不忘提建议：“你打算怎么收拾苏飞白？是买人把他偷偷做了，还是买人当众把他弄死？下毒可能不太行，悬壶派最擅长的就是各种毒丹。”

启南风也兴致勃勃地规划：“等他死了，我就让我家在北境的分店去推销那口最上等的灵石打造的棺材，那玩意儿弄出来都三年了，就因为一直没有什么大人物死，所以卖不出去。”

俞幼悠默然，她原本还以为自己打算买凶报仇的事儿会把这两个十多岁的少年吓到，没想到他俩比她还来劲。

不愧是修真界的人，不讲善良美德，只讲究有仇不报非修士。她觉得剑修们先前说得不错，这届的丹修多少有点儿大病。

为了合群，她也提了个离谱的说法：“苏飞白背景有点儿强，万一被查到是我们下的手就麻烦了，我们得先找个背黑锅的。”

是的，他们仨的身高在遍地都是成年壮汉的黑市太有辨识度了，但凡拿把刀出来比画一下，俞幼悠和苏意致就会被拎出来。

“你俩等等。”说完，俞幼悠拐进隔壁的空巷子

她把那条银绳子解开了，久违地放出了自己的尾巴。可能是被盘了太久，尾巴上的毛都被压塌了，干干巴巴地贴在肉上，挺可怜的样子。俞幼悠胡乱揉了两下让它变得蓬松，然后走出巷子。

黑色的长袍下，一个不起眼的灰色尾巴尖晃晃悠悠。

启南风眼睛顿亮，然后就变成了一脸的嫌弃：“就这？”

他先前在黑市看到别人的尾巴都挺漂亮的，尤其是见过云华郡黑市的绝美大妖尾巴后，对俞幼悠的尾巴也充满了期待。

结果出现在面前的这玩意儿，毛色普通，毫无光泽，像条狗尾巴，完全没有让人想摸的念头。

启南风很快生出一点儿疑惑，他犹豫了一下，还是凑过去问：“你是不是那个……狗妖啊？”

俞幼悠：“不瞒你说，我也这么怀疑过。”

她的嗅觉实在是太强了，而且花婶家的那条叫狗蛋的大黄狗对她也非常亲近。

因为只是炮灰的缘故，所以俞幼悠的娘在书中都没被提及种族，就只说是妖族的公主，而她除了多条尾巴，跟人族毫无差别，也看不出什么种族。总不能到黑市抓着其他妖修，把尾巴凑上去挨个儿问："你看看我这是不是狗尾巴啊？"

她跟启南风在那儿低头叽咕着嫌弃这条尾巴，边上的苏意致已经一脸震惊了。

俞幼悠才想起来自己还没告诉他真相，正在思索要不要说实话时，苏意致猛地一拍掌，之后便对着俞幼悠竖起了大拇指。

"高，实在是高！"

"啊？"

"不愧是你，反正大伙儿都戴着阻隔神识的面具，穿着黑袍，也分不出人族、妖族，那直接甩锅给妖族就行了啊！这招绝了！"

"苏老二，其实——"

"什么都别说了，你等等我！"

苏意致飞快地跑远了。过了好一会儿，他才奔回来，然后摸出两条尾巴。

"来，去隔壁茅房里把这玩意儿系上，我俩也能假扮成妖族了。"

他递了一条白色的狐狸尾巴给启南风，自己手里则留了根黑色的猫尾巴。苏意致私心作祟，留的那条猫尾巴比较精致，上面还拴了个小巧的铃铛，比狐狸尾巴贵一些。

启南风皱着眉挑剔道："尾巴倒是好，就这个顶上的把手有点儿硌肉。"

苏意致利落地把上面那一截木头给弄断丢开，只留下那一截毛茸茸的尾巴："这样就好了，走，赶紧去绑上。"

俞幼悠越看这玩意儿越觉得不对劲，正常的地方怎么会有这种假尾巴卖啊？

"苏老二，你这东西哪儿买的？"

"就那儿啊，咱们刚才路过的，有很多粉色纱幔的店。"苏意致一脸"我可是太聪明了"的表情。

"我就在路边问了个合欢宗的道友哪儿可以买假尾巴，她就很热情地把我带去了，那里面除了各种尾巴，还卖从未见过的奇怪丹药和武器的，想来是西境的特产店，我们忙完了可以再去探探。"

俞幼悠：真要算起来，这的确算是西境合欢宗的特产店。

启南风听得心生向往，连忙赞成："特产店好，到时候我给我爹买点儿特产寄回去，看他高兴了能不能多给我点儿零花钱。"

俞幼悠：你爹可能会把那口最好的棺材留给你，还会给你烧花不完的纸钱。

内壳是个成年人的俞幼悠已经无奈了，没有力气再解释了。算了，这种羞耻等他们长大后慢慢回想，再痛苦地用脚趾抠出一座极西城吧。

等那两个纯情少年把尾巴系上，又套上黑袍、戴上面具，装备齐全的三人鬼鬼祟祟地进入极西城的黑市。

果然，极西城的黑市又是熟悉的布置。兴许此地是人族最热闹的大城，所以这里的黑市也大得惊人，里面行走的妖族数量也多了不少。

人族跟妖族互相搞物种歧视，人族总瞧不起妖族身上保留的那些兽类特征，妖族却以这类特征为傲，往往会特意露出那部分。所以这些妖族或是摇曳着尾巴，或是竖着毛茸茸的尾巴，又或者是挥动着翅膀，在黑袍的映衬下极其拉风。

启南风和苏意致也招摇地露着小半截尾巴在黑市里面走。这尾巴做得过于逼真，加上黑袍阵法的掩护，居然跟妖族一模一样！

三人一起在那堵贴满了各种告示的巨墙前站定。苏意致亲自动手，想把早先准备好的买凶公告贴上去。然而他太矮了，只能贴在不起眼的最下层，于是启南风接手，努力踮脚把它贴到了最醒目的地方。

此处的告示天天都在贴，也天天都有人蹲守在附近，等着接合适的任务。

散修们的日子比大门派弟子艰苦得多，他们没有师承，功法和法宝都得自己拿命来挣。能说会道些的去凡俗当大仙儿被人供奉着，只会打杀的只能在刀尖上搏命，为了一件低级法宝行凶的大有人在。

当这张告示贴出后，很快便吸引了那些收钱替人干事儿的散修。然而同时传出的，还有各种骂骂咧咧的声音。

"一万枚灵石，取悬壶派苏飞白狗命……嗞！哪个鳖孙胆儿这么肥，连北境苏家都敢动手！"

"谁不知道苏家有个化神期的老祖宗，这要是杀了苏飞白，怕是灵石都拿不到就已经暴毙了吧？"

"那可是一万枚灵石，别是这些世家的二世祖互殴，拿咱们当工具吧？"

"虽然苏飞白只有筑基期，但是听说他们苏家的嫡系身上都带有高级的防御法宝，元婴期以下的伤不到他分毫，这任务老子不配接。"

…………

在角落蹲守的苏意致忧心忡忡，为自家亲戚不能顺利死掉而担忧起来："怎么办？没人敢弄他。"

启南风悄声道："是不是价钱不够？我这儿还有几千枚灵石，全都加上？"

唯独俞幼悠老神在在地蹲着，并无半点儿担忧和失落的模样。她其实早就预料到这样的场景。毕竟她当初去桐花郡黑市的第一天，就仔细地把这些雇凶的价格摸清楚了。

那时候，俞幼悠还没有凝出灵脉，兴许一辈子都没法儿修炼，自然不可能打得过俞不灭。所以她也暗自计算过，是否能雇凶杀爹。

结果观望了半年，最大胆的也就有人想杀元婴期的散修，而且那任务还没人接，至今仍挂在桐花郡黑市的墙上。

这些世家大派的修士人头的价格还跟散修不一样，一个金丹期散修的命，兴许几万枚灵石就能买到。但若换成世家大派的人，一百万枚灵石也不一定有人敢动手。毕竟这些真正大世家的继承人自身便有各种法宝保命，有无数暗卫护着，而且一旦牵扯进去，无论成功与否都要面临被无数人追杀的风险。

大家修到这个层次都不容易，越是修为高越谨慎。

"啧，果然这世上不是所有人都是龙傲天，胆大得敢冲着天道骂，见到个世家天骄都敢乱杀啊。"俞幼悠抱着手感慨了一句。

"你在说什么？"苏意致挪过来，显然在为买不到人干掉自己堂兄而着急，"没人接任务怎么办？"

"不急。"俞幼悠又等了好一会儿，又拿出另一张告示递给启南风，"趁着人都围在那边，找个不起眼的地方，把这张贴上去吧。”

启南风低头看了眼：“五千枚灵石，取悬壶派苏飞白的芥子囊。咦，不是要杀他吗？”说完，做了个抹脖子的动作。

俞幼悠挺有耐心地解释：“不是，刚开始我就知道没有人会为了那一万枚灵石去杀苏飞白。”

兴许一百万可以让人胆大包天动手，可惜，她没有一百万。

“我本来就是冲着那个芥子囊去的，确切地说，是冲着那个丹炉去的。”

苏意致有点儿迷惑：“那为什么不一开始就让人去偷他的芥子囊？”

“北境苏家自带威慑力，散修们看到这个名字就会犹豫要不要出手。先发布一个不可能完成的任务，两相对比，第二个任务看起来就没那么难了，敢接的人也会更多，而且能省下一半的灵石。”

这也是俞幼悠在同末世那些亡命徒打交道时，摸索出的人性规律。

散修当中，可能没几人能不知不觉杀掉有高级防御法宝的苏飞白，但是能够不知不觉偷走他的芥子囊的那可就多了。

先前天盾门那群人不就全被偷走芥子囊了吗？精于此道的散修大多修为不高，普遍只在金丹期以下，但是专业技术绝对过关。

看苏意致还没听明白的样子，启南风猛地拍了一下他的脑袋：“给你一百枚灵石，让你吃她炼的肥肠刺身味儿辟谷丹你肯定不吃，对吧？这时候又改口，给你五十枚灵石让你去吃原味儿的，是不是马上就觉得很划算？”

苏意致嘀咕：“那给我两百枚灵石，两个我全都吃了！”

启南风：忘了，我这兄弟有灵石什么都能干。

俞幼悠在告示上把碰头的地方定在黑市某角落，不多时，便有人找上门来了。

“居然是妖族？”那人惊讶地看了眼俞幼悠的尾巴，不过没多在意，显然是对这个问题不在意，他只是低声问，“那芥子囊里有你们要的东西？”

启南风有点儿担心这人偷了芥子囊不给他们，于是故作熟练，用奇怪的弹舌音凶狠道：“别问那么多，把芥子囊取来，那五千枚灵石绝不少你的。”

那人了然一笑，似乎看透了他的想法：“苏家那位二少爷用的芥子囊肯定是顶级货，有高级神识烙印，需要元婴期的高手才可抹掉打开，我拿来也没用。”

盾修们用的芥子囊就是普通货色，所以会被那个骗子医修偷走。

“三日后来这儿碰头，一手交芥子囊，一手交灵石。”

临走前，那个散修突然开口：“对了，我诨名申稣，你们下次还看中了谁的芥子囊，就去隔壁的花酒巷里报这个名字找我。”

俞幼悠：原来大佬你的业务从桐花郡发展到极西城了啊。

三人回去的时候已经是半夜了。好在大伙儿都是闲不下来的年轻人，跑出去玩儿的人大有人在，牛长老和曲清妙也就没说什么，也没法儿说，因为马长老跑出去玩儿都还没回来呢。

接下来的几天，极西城中越来越热闹。东道主西境三宗且不提，北境两大宗门的悬壶派和万法门也抵达极西城了。最有钱的南境修士们不是通过传送阵，而是乘着一艘超豪华的巨型云舟飞过来的。

那艘云舟大得像座岛屿，上面有亭台楼阁，仿佛是个华美的宫殿群，修士们中途吃喝也不必下来，各种灵食灵酒由西境的店家亲自端上去。

其中就有东境众人排了一个时辰才吃上的蟹黄面，足足端了百碗上去！这让东境众人羡慕不已。

尤其是负债累累的盾修：“这云舟得花多少灵石啊？我们连租一个都没钱，吃蟹黄面都只能跟着丹修和剑修蹭。”

剑修们也满眼羡慕。剑修想要长进只能不断地战斗，所以剑经常损坏，人也时常受伤，铸剑买药时，灵石跟流水似的就没了。

趁着众人都在围观南境的云舟，俞幼悠三人又悄悄地跑去黑市了。当然，苏意致和启南风这次也不忘戴上假尾巴。

申稣已经在上次约定好的地方等着了，他看到三条尾巴便认出三人，鬼鬼祟祟地招招手：“三位速来。”

借着黑市照明阵的幽光，俞幼悠看到了他拿在手中的那个芥子囊，精致小巧，上面篆刻着数个阵法，果然与上次苏飞白挂在腰间的一模一样。

俞幼悠也不啰唆，利落地拿出五千枚灵石丢给他。为了不被认出，她特意去买了个市面上烂大街的低级芥子囊，只是可惜了那两百枚灵石。

申稣拿到灵石后也不清点，只拱了拱手，嘿嘿一笑：“跟爽快人合作就是舒服，那在下先行告辞，有缘再会！”

这人跑得比狗还快，消失在黑市的阴影中。俞幼悠他们也并未久留，拿到芥子囊后便回了住处。

回到住处后，就见东境一众修士正在院中嗑着瓜子聊得起劲，就连剑修们也面色潮红说着什么，似乎兴致很大。

看到三人组归来，曲清妙皱了皱眉："你们去何处了？"

"刚刚想吃蟹黄面，去排队了。"

曲清妙没有再继续追问，点点头示意知晓了，之后又叮嘱："你们这些天莫要乱跑，四境大会在即，极西城中来了很多身份不明的修士。方才我们才听说，悬壶派的苏飞白竟然被偷了芥子囊。"

马长老一听悬壶派倒了霉，很高兴："也不知道那芥子囊中是有多少灵石，现在悬壶派的人气得要死，据说在满城寻找那个贼修呢。要我说那贼修还真厉害，想来是空空门的高手，居然能偷到悬壶派那群狗贼的头上。"

他转过头来看着俞幼悠："你前阵子赚了一万枚灵石，对吧？来，本长老帮你保管，省得被那贼修给偷了。"

听到这里，在角落一直没说话的俞长安又想起这茬事，默默地看了俞幼悠一眼。他还记得俞幼悠收自己一万、收狂浪生一千的双标行为。

俞幼悠残忍拒绝了马长老："灵石给您跟被偷没有区别，不给。"

边上的盾修们倒是很安心，他们不怕，他们负债累累，身上无灵石。

姜渊抱着胳膊皱眉道："听说苏飞白这次把三年前苏留白用的那座双生炉都带来了，闹这么大，莫不是这东西丢了？"

启南风坐不住了，他知道又该他上场表演了。

"双生炉是什么东西？我怎么从没听过？"启南风满脸皆是好奇与不解，一看就是很无辜，什么都不知道的样子。

"那是悬壶派的伪仙级法宝，虽不如仙级法宝，但是也远胜寻常高级法宝了。"曲清妙继续替众人解释，"更重要的是，它不受修为限制，哪怕是筑基期的修士也能使用，素来都由苏家嫡系持有。先前都在苏留白手中，想来苏飞白也是因为要参加四境大会，所以才拿到了它。"

俞幼悠三人对视一眼。他们只知道那个丹炉很厉害，没想到居然这么厉害，这次赚大发了啊！

这场贼修风波在极西城闹得沸沸扬扬，等到东境的修士们去吃晚饭的时候，这件事就连城中的凡人都听说了。

俞幼悠等人吃着烤全羊，边上的声音不停地往耳朵里钻。

“听说下午的时候极西城各处都贴出了告示，谁能寻回芥子囊就赏十万枚灵石，提供线索者也给一万枚灵石！”

苏意致听得很心动，悄悄往俞幼悠那边偏过去：“我都听心动了，想把我们自己给卖了。”

可惜这个生意没能做成，因为等吃完最后一块羊肉后，就传来最新的消息——有人提供了线索，说是三个妖修在黑市谋划着偷苏飞白的芥子囊。而且那三个妖修甚是猖狂，还要雇凶杀苏家这个二少爷！

悬壶派算得上是物种歧视最严重的门派，几百年前人族和妖族又起过摩擦，他们曾经遣人往妖族的水源投毒，毒死了一个妖族大部落所有的妖修，有妖族想暗杀苏飞白不稀奇。

苏飞白听到这消息后，连芥子囊都没心思找了，自此就老老实实地窝在住处，饭也不吃，只吃自己亲手现炼的辟谷丹，怕自己也跟当年的那些妖族一样中毒了。

他们都在猜测是谁跑去提供线索，又是谁偷了芥子囊，唯独俞幼悠很淡定。毫无疑问，是申鲧这个人才去提供的线索，这边拿了钱又去拿那边的，不愧是在桐花郡臭名昭著的大骗子。

这位人才怕是也没想到，这所谓三个妖族里，只有半只妖。论起算计，俞幼悠还是要高出他半分的。

待夜深后，俞幼悠和另外两兄弟敲响了马长老的门。

“你们仨鬼鬼祟祟不睡觉来找我干什么？”马长老斜着眼瞥三人。

俞幼悠不多说话，只摸出那个芥子囊递上去。

马长老看到东西先乐了：“小丫头还真怕灵石被偷让我来保管了？先说好，这拿出来了就没有拿回去的理儿……”

说着说着，他的声音戛然而止，反复地观察着这个芥子囊，语气变得严肃起来：“这个芥子囊你哪儿来的？”

俞幼悠睁眼说瞎话：“去吃蟹黄面的路上捡来的。”

马长老只扫了几眼，脸色就变得精彩纷呈：“好你个鬼丫头，还跟老子扯谎，这玩意儿不是一般人买得起的，而且你真当这芥子囊上绣着的那个‘苏’字是摆设吗！”

还没来得及仔细观察过芥子囊的三人：失策了。

不过马长老也没空盘问，他现在眼睛都快盯直了，摩挲着这个芥子囊，又有些不敢信："难不成这就是苏飞白那个？"

俞幼悠点头，又丢下重磅消息："嗯，不出意外的话，先前你们说的那个双生炉也在里面。"

素来无赖的马长老被彻底震住了，一个字也说不出来。

俞幼悠沉吟片刻，一改平日的懒散，神情郑重道："马长老，得由您出手来开启这芥子囊了。里面那个双生炉，若是可以的话，我想请您转交曲师姐。听说，她三年前寻到的那株五品灵药被悬壶派抢了，那就把双生炉赔给她吧。"

她连忙又补上一句："不过里面的灵石我得要。"

她可是出了五千枚灵石的本钱呢！

还没等马长老回答，曲清妙跟牛长老便从屋内出来了。他们手上还拿着些许药材，显然是原本就在马长老的屋内讨论着什么，只是三人没有发现而已。

三人组顿时紧张，不知道为什么，花钱买贼这种事被马长老知道了没什么，被另外两个知道了，总感觉会被教训。

所以当初商量怎么破解芥子囊时，三人齐齐想到了马长老。可能因为马长老一看就不是什么正经人。果不其然，正直的牛长老板着脸，浑身颤抖地走来，高举着手，这是要揍人了！

然而预想中的巴掌没有落下，反而是三人都被重重地拍了拍肩膀。

"干得漂亮！"牛长老激动得手都在抖，老眼放着光彩，语气哽咽，"三个好孩子！"

好孩子们："……"

牛长老严肃道："悬壶派使阴招，害得我宗两位最优秀的弟子断绝修行路，让清妙重伤，还夺走我宗先取到的五品灵药，我们以其人之道还治其人之身，干得漂亮！"

一边站着的曲清妙直直地看着俞幼悠，许久没说话。后者有点儿心虚，寻思着曲师姐平时很是清正严肃，会不会不高兴？

曲清妙随后说道："干得漂亮！"

她居然也夸了一句！

曲清妙摸了摸俞幼悠的脑袋，声音中满是欣慰和感动："你的好意师姐心领了，不过丹鼎宗的规矩是谁凭本事拿来的东西归谁，想来你取得双生炉也不容易，此物你自己拿着便是。"

俞幼悠轻咳一声："其实还挺容易就得到的，而且我已经有你送的那个丹炉了，挺好用的。"

曲清妙并没有顺着她意，话锋一转继续道："我得先把它带走，双生炉太有名，也太显眼，被人发现会给你引来大祸。待回去后我再找师尊出手，把这丹炉重新炼制一番，至少不能让别人再认出来。"

曲清妙的师尊，自然就是丹鼎宗的掌门了，也是丹鼎宗的化神期大能。

好家伙，原来整个宗门都是一个德行。

马长老在边上一边凝神用灵力抹除芥子囊上的烙印，一边问话："他们不是说是三个妖修窃了芥子囊吗？你们到底从哪儿弄来的？"

俞幼悠不太想把黑市的事儿抖出来，毕竟她以后还得去那儿挣钱呢。于是含混地说："花了点儿灵石，伪装成妖修雇了个贼修去干的。"

马长老皱眉："妖修？你们何时结识妖族的？"

还没等俞幼悠回答，边上的启南风和苏意致已经得意扬扬地扯出了那两条假尾巴。

"我们拿这玩意儿伪装成妖修了！"苏意致还为他们演示自己新发现的功能，"这上面还有个机关，打开后会自行晃动，模拟尾巴摇曳！"

牛长老和曲清妙面露不解，似乎不认识这东西的真正用途。他们甚至把那条正在震动的猫尾巴拿在手中观察了一番，不住地点头赞许。

"此物甚是精妙，机关灵巧，仿若真品，上面居然还另刻录有一个灵阵模拟妖气，难怪那人会被迷惑。"

不，现在感到迷惑的人是我。俞幼悠绝望地看着那条不断扭动的猫尾巴。为了不要显得太不合群，她也只好装着不认识。

然而刚放下芥子囊，目睹这一幕的马长老惊呼出声："好家伙，这不是——"

俞幼悠猛地盯过去：马长老，你不对劲！

尽管曲清妙第一时间把猫尾巴丢到牛长老怀里，飞速捂住俞幼悠的耳朵。牛长老也把猫尾巴丢还给目瞪口呆的苏意致，脸僵成了青色。两个少年一人抓着条毛茸茸的尾巴，丢也不是，拿也不是。马长老也立刻装作若无其事的样子，抖腿研究那个拿出来的双生炉。

除了俞幼悠，以上五人在那一瞬间都经历了痛苦而煎熬的折磨，短短这一霎，他们成长了。

俞幼悠没有愧对她收到的“大善人”称号，为了拯救另外四个人于水火中，她决定牺牲马长老一个人。

单纯无知的小姑娘仰起无辜的小脸，眼中全是懵懂——

“马长老，这是什么啊？”

剩下四人立刻反应过来。一时间众人或是迷惑，或是不解，就连曲清妙都跟着露出茫然的神情。

“马长老，这是什么啊？”

马长老：“……你们都给老子滚吧！”

被撵出来的三人组互相对视了一眼，最后默契地决定跳过那个话题。

经过这场闹剧，三人也没有心思再睡觉了。去喝酒是不可能的，吃夜宵也要花钱，于是三人组合计了一下，又套上黑袍往黑市去了。

这次，那两个纯情少年死也不愿意再戴假尾巴了，苏意致觉得这俩东西有点儿贵，没舍得丢，好好地放在自己的芥子囊里了。

黑市的夜远比外面还要热闹，这里的散修们也不讲究，在花酒巷中有搂着美女美男喝酒聊天的人，席地而坐拿着酒坛子往嘴里灌的也不少。

无论哪个角落，议论的都是同一件事——

“悬壶派还在追寻那个芥子囊，说谁能帮忙寻回，便奖十万枚灵石。”

“提供线索也可得一万赏金，说来我先前也见过那三个张贴告示的妖修，可惜迟了一步，有人先去说了这件事，领走那一万赏金了。”

现在，黑市上的妖修们都要被仔细地打量一番，碍着黑市的规矩倒是无人动手。

不过以前也差不多，大部分人族修士看到了妖修都喜欢盯着别人的尾巴或者毛耳朵瞧，妖修们对这个不在意，他们就爱炫耀这些妖族特征。

俞幼悠也跟着去那群人中间凑热闹：“悬壶派现在在抓妖修？”

“哪儿能呢？”有人喝着酒摆摆手，“咱们这些没根没底的散修跟妖修们干架倒没什么事，那些世家和大门派的人一旦跟妖族动手，问题可就大了，指不定就有挑起第二次人妖大战的嫌疑了。”

“悬壶派自然也不是省油的灯。”又有个人接过话茬儿，“听说他们又来了不少长老，这两日都在极西城的各个角落搜寻，但凡见到妖修，就明着暗着盘问搜查一番。”

俞幼悠听得很起劲，更让她起劲的是另一件事——

“我听说，空空门的高手们知道有同行敢偷悬壶派，明面上发了澄清告示，说这事非空空门弟子所为，却跟那人攀比上了，也准备朝大派动手。”

空空门是修真界的一股泥石流，门派弟子如其名，全是些专修妙手空空的高手。没想到，现在他们居然在偷上比起来了。

边上的兄弟了解得很多：“据说空空门的高手们现在齐赴极西城，目标全放在来参加四境大会的大门派身上了。”

吃瓜吃到了自己身上，俞幼悠有点儿紧张：“四境那么多个宗门都被盯上了吗？”

“那倒不是，南境那群人虽然有钱，但是他们就没从那艘云舟上下来过，而空空门的规矩是不偷地头蛇，所以西境的三大门派也安全了，看来看去，也就只有北境和东境好下手了。”

三人组对视一眼，决定回去就叮嘱长老他们看好芥子囊。当然，灵石还是不能给马长老保管，不然肯定肉包子打狗了。

黑市的散修们谈天说地，最后话题又扯回了最开始的那个。

珍宝巷那个专做赝品的老板居然也提了壶酒，加入这边的八卦群：“要是我知道那个芥子囊长什么样就好了，仿个一模一样的交上去领十万枚灵石，岂不是美极？”

俞幼悠眯了眯眼，她刚才离开马长老住处的时候，可没忘记把那个被摸空的芥子囊捎上。

马长老做起坏事很熟练，腾空了里面的东西后还像模像样地弄了道假烙印，把芥子囊封回去了，一般人还真不知道里面少了东西。估计就连苏飞白自己捡到这个芥子囊，都得高兴疯了。

俞幼悠退到人群后面，轻声同另外两人商量：“我打算再去找一次申鲧。”

苏意致马上皱眉："他昨天还把咱们的消息给卖了，找他做什么？"

"找他发财。"俞幼悠叮嘱，"现在我们三个人太显眼，你俩去摆摊帮我卖药挣点儿灵石，我去找他。"

语罢，她匆匆地把这几天炼制的丹药塞给两人，自己则利落地一甩尾巴，将银绳往手腕上一戴，便跑了。

苏意致惊恐地看着她黑袍下突然露出来的那截尾巴尖，手指在颤抖："小鱼居然一直都戴着那玩意儿！"

启南风："……她没你想得那么变态。"

另一边，俞幼悠已经走到了花酒巷。各种类型的美人美妖太过热情，恨不能把她搂到怀里疼爱了。

俞幼悠很谨慎，她担心摸一下就要付钱，所以手脚规规矩矩地放着，只低声问了句："申鲦在哪儿？"

果真如申鲦所说那般，俞幼悠报出这个名字后，花酒巷的那个蝶妖少年便抖了抖身后华美的大翅膀，低飞着引她去了一处幽静的小楼。

申鲦很会享受，小楼处处布置得精巧雅致，熏的是灵香，池子里流淌的都是灵酒，院中时不时传来娇笑声。

俞幼悠瞬间悟了，原来这人骗来的灵石都用在这上面了。啧，真是奢靡。

申鲦见到俞幼悠那条灰色尾巴便眼睛一亮，笑嘻嘻地迎上来，弯腰，却是阴恻恻的一句："你居然真来了，就不怕我把你绑了交给悬壶派？"

俞幼悠翻了个白眼："行啊，到时候我就说你是我同伙，要死一起死呗。"

她说得轻描淡写，但是话语里透出的狠劲儿即便是申鲦也有些发虚。这矮子听着年纪不大，怎么说话行事都跟混了几十年黑市的人一样油滑？

他屏退那些美人，在水池里舀了杯灵酒递上去："先来一杯，再说正事吧。"

俞幼悠没喝，她现在还是个孩子，想长得更高就得保持健康的饮食习惯。

她懒洋洋地把玩着酒杯，之后丢出那个芥子囊，语气有点儿烦躁："这东西还真弄不开，你有没有法子？"

申鲦哈哈一笑。他早就猜到是这个结局了，这三个妖修看着实力平平，而且从其妖族特征来看也是些不入流的小妖怪，估计是靠运气弄到了那一万枚灵石，又盯上了苏家少爷的芥子囊，想赚笔大的。却不仔细想想，元婴期的高手，还得是敢得罪悬壶派的元婴期高手，能那么好找吗！

俞幼悠：挺好找的，我昨晚就找到了两个。

“元婴期的前辈岂是那么容易就能出手的？”一般元婴期都是中型门派的掌门了，谁会这么不要脸，跟三个小妖合伙偷悬壶派的芥子囊？

俞幼悠听到这样的答复后，身后的尾巴不耐烦地晃得更快了，像是心情极糟的样子：“那我花了五千枚灵石什么都没得到？”

申鲧拿着那个芥子囊，打量了一下，果然发现了一道和先前几乎无差的强大烙印。这不是三个小妖能弄出来的，看样子芥子囊还真的没有被动过。

他把芥子囊拿在手中掂量着，俞幼悠很快就把它夺回手中，似乎很不高兴，还重重地揉了揉这东西。

申鲧斜眼瞥着那条不安分的尾巴，微微一笑：“那倒也不是，我有个法子，能让我们都再挣一笔。”

“什么？你说。”俞幼悠坐直身体，一副急不可耐想知晓的样子。

果然，年轻妖修们的心思真是太好拿捏了。申鲧暗自笑了笑，语气真诚道：“既然大家都合作过，也是一条绳上的蚂蚱，那就算是伙伴了。既然是伙伴，那我可能不忍心看你平白无故损了那五千枚灵石。不如你把这芥子囊卖给我，我先存着，日后再看看有没有机会寻到高手把它打开吧。”

俞幼悠的语气有点儿犹豫不决：“这芥子囊里的东西怕是价值连城……”

“再价值连城，拿不到的东西便是无用。”申鲧循序渐进地劝说，“不如拿它换三万枚灵石。”

“三万？”俞幼悠马上摇头，“那不行，太少了，至少要五万！”

申鲧笑了笑，倒也没有再计较，而是表现得无比洒脱道：“五万就五万，就当我交你这个朋友了！”

俞幼悠拿着那五万枚灵石走了。

临走前，她回头看了眼申鲧，悠悠地夸了句：“兄弟，你真是个大善人。”

申鲧被夸得有点儿不好意思，他还是头一次遇到这么好骗的，被骗了还要夸他。

转过身步入黑暗中的俞幼悠唇角向上轻扬，她也还是头一次遇到这么好骗的骗子呢。

第二天，三宗修士又集合在一起去吃饭的时候，剑修和盾修都察觉到了丹修的异常。

“你们昨夜都没睡好吗？脸色怎么这么苍白？”

丹修不好说他们是为了防贼所以整宿没睡，而且所有人都窝到了一间客房里。后半夜的时候，空空门的人真的来了，是马长老发现的，不过连他都没抓住那个贼。

只有俞幼悠睡得挺香，脸色比往日要红润些。

剑修们没被光顾，兴许是他们压根儿就不睡觉，晚上都是盘腿在那儿修炼，而且兴致来了还会突然飞出去练会儿剑，空空门的贼修寻不到下手的机会。

盾修们倒是个个都睡得很香，提及最近闹贼的事儿，他们哈哈一笑：“没啊，我们非但没有少灵石，还一人多出一枚来呢！”

这时候，走在边上的俞幼悠发现了不对劲。她上前两步，从狂浪生举着的巨盾下面扯下一张粘着的字条，上面洋洋洒洒几行草书——

唉，你们天盾门未免太穷了，害老子白在床底趴了一整夜听你们打呼，这十枚灵石是可怜你们的！

剑修和丹修对天盾门投去同情的眼神，太惨了，居然被贼修给鄙视了。

盾修们倒是看得很开，甚至高兴起来，豪气地一挥大手：“先前吃了你们这么多顿，现在兄弟有钱了，这顿我们请了！”

“呵，”姜渊面无表情地哼了一声提醒道，“西境物价奇高，一碗灵米粥都要两枚灵石。”

盾修们闭嘴了。

最后还是阔气的俞长安表示要招待大家吃一顿。

虽然说的是大家商议去哪儿吃，但是俞长安的目光落到了俞幼悠的脸上，犹豫片刻后，还是问出：“不知俞师妹可有想吃的去处？”

俞幼悠没打算回答，但是她边上的苏意致已经趁机插话了。

这小白脸把手朝边上那座最大最豪阔的酒楼一指，斩钉截铁："她昨天还说，临死前有个心愿就是上那家酒楼撮一顿！"

众修："……"

既然都这么说了，那就是到那儿吃了。

缘分来了挡都挡不住，俞幼悠他们刚在酒楼大堂内入座，身后便又进来一群人。北境只来了两大宗门，悬壶派和万法门。

万法门的那些法修看起来倒还好，依然身着纯白的长袍跟在医修身后。但是悬壶派那群人上至长老下至弟子，脸色全都是铁青的，吃个饭比上坟的气氛还凝重。

而且这次悬壶派看到东境诸修，竟然连话都没说一句，就头也不回地往楼上走去。

"他们怎么这么不对劲？"启南风有点儿纳闷。

马长老微抬眼皮看了眼俞幼悠，这才慢悠悠道："让你们只知道吃不知道听，刚才过来的路上都传遍了，悬壶派这次可是成老赖了啊！"

他特意提高了声音："听说有人拿着他们丢的芥子囊，想去换告示上许诺的那十万枚灵石，结果他们不但不给灵石，还把人给抓起来拷问了，非说别人把里面的东西偷走了！"

楼梯上的悬壶派众人脚步一顿，脸色阴沉地望了过来。

论起阴阳怪气，三人组从来都没输过。他们马上开始配合起马长老。

俞幼悠一脸严肃地反驳自家长老："别这么说，悬壶派那可是人族第一大派，别人卖毒丹挣一万，卖解药还能再挣九万，区区十万枚灵石不过是炼粒丹的事儿，怎么可能舍不得那丁点儿灵石呢。谣传，一定是谣传！"

启南风冲他们竖了个大拇指："悬壶派天下第一，哪怕空空门的道友倾巢而出，也搬不完人家宝库里的一个零头！"

就连苏意致也大胆地往自家人心口捅刀："悬壶派就是牛啊！"

悬壶派：你们丹鼎宗这届丹修真像是有那个大病！

在边上坐着的姜渊抱着剑沉默，悬壶派现在的绝望他先前也经历过。不过他也没想到，当丹鼎宗这群人阴阳怪气的对象不是他而是别人时，说实话还挺爽的。

悬壶派众修的脸色已经难看到不行了，最后他们连饭也没吃，直接拂袖转身下楼。

临出门时，马长老还不忘关怀地问候：“怎么就不吃了？医修自己都不按时吃饭可不行，得注意养生啊！”

在丹鼎宗的“阴阳大师们”继续开口前，悬壶派几人逃一般地飞快离开了现场。

接下来的几天，悬壶派变得低调了许多。先是撤掉了那些告示，之后那群元婴长老也不再成日在极西城中盯妖修了。据说为了宗门脸面，平息坊间散修们的议论纷纷，他们还是给了那个送芥子囊来的修士十万枚灵石。

“我听说空空门的在西境盘了个酒楼，雇人排队营造很受欢迎的假象，成功引起了南境那些人的注意。”从外面归来的启南风兴致勃勃地伸手往天上指了指那艘奢华的云舟。

“南境的修士果然上当了，让他们送吃食上去，结果上去十个所谓的小二，全部都是空空门的高手！他们昨晚都快把那艘云舟给搬空了！”

俞幼悠：“……就挺离谱的。”

至于北境悬壶派，却是没有空空门的人敢光顾了，因为苏家的那位化神期老祖宗来了。

“咦，为了抓贼闹这么大的动静了吗？”俞幼悠有点儿诧异。

边上正在嗑瓜子的苏意致一言难尽地看了她一眼，实在想不通她为什么对修真界这么没常识。

不远处站着的姜渊剑眉一皱，露出些许轻蔑：“你居然不知道每境都要派出一位化神期长老庇护吾等年轻修士吗？”

因为万古之森太过神秘，若是遇到化神期的异兽，进去的这群天骄就一个也出不来了。

至于三年前那次，北境引的是几只金丹期的异兽，而且也并未违反大会的规定，所以化神期的大能也不好贸然插手。

俞幼悠坦诚道：“我是不知道。”

她才修行一年呢，而且平时要么忙着挣灵石，要么忙着学炼丹，能苟活下来都很不容易了，哪有时间去关心其他的？

姜渊被她这厚脸皮弄得眉头紧锁：“竟还拿无知当骄傲了！”

俞幼悠懒得理他，自顾自地摸了本书出来看。

启南风眼看俞幼悠被凶，马上站起来维护：“小鱼她是孤儿，从小无依无靠，没人管也没人教。哪像你有个化神期的师父给资源，手把手教修行，还传授修真界各种事啊！”

俞长安在边上听得亦是抿了抿唇，别开了脸。他只要一想到俞幼悠出身如此可怜，自家姐姐还三番五次欺辱她，就难免为之羞愧得不敢同她对视。

方才还傲慢的姜渊也是一怔，目光复杂地看着俞幼悠，沉默半晌后对着她拱了拱手。

“抱歉。”他低下头，轻声地道歉。

然而，俞幼悠没有回答。

姜渊抬起头，才看到俞幼悠压根儿没看自己也没听自己说话，而是在专注地嗑着瓜子，看着那本《万古之森异兽大全》。

姜渊：为什么别人说你是孤儿，你没有触景生情落泪，反而很高兴的样子？

俞幼悠：我就是孤儿，父母双亡，说得好说得妙，说得你师父明天就死翘翘。

在她咔咔嗑瓜子的声音中，刚才那丝悲伤的气氛顿时烟消云散。

众人开始关心起了化神期前辈的事儿。

“北境来的是悬壶派的苏真人，西境兴许是天音禅寺的无尘佛子，南境是回春门的顾真人，东境的话……”说话的姜渊恭恭敬敬地朝着东境的方向拱了拱手，这才继续道，“若不出意外，是吾师不灭剑神。”

俞幼悠嗑瓜子的动作停住。她突然看着姜渊开口：“赌吗？”

“赌什么？”

俞幼悠把最后那粒瓜子仁丢进嘴里，干脆道：“赌来的人不是你师父，输的人在四境大会中要听从对方指挥。”

姜渊皱眉，不明白对方为什么突然要同他打赌，毕竟他去年就知晓宗门安排的人是俞不灭。他盯着懒散坐在椅子上的那个少女片刻，还是面无表情地点了点头：“好，那我便同你赌这一回。”

因为他已经知道这群丹修都是什么德行了，若四境大会上他们真愿意听话，想来到时候麻烦也会少一些。

巧了，俞幼悠也是这样想的。剑修们倔得像驴，肯定要在四境大会上给她找不痛快。而且她也是有十足把握的，因为原文中压根儿就没提及俞不灭来了这次的四境大会。

若是俞幼悠没记错，现在俞不灭又结识了第十九位红颜知己，正假扮成凡间的私塾先生在玩贵女养成游戏呢。

不久，贵女家族被奸臣陷害，昏君要把她全家流放，前来押送的无耻士兵企图对她动手动脚。就在这时，那个看似手无缚鸡之力的书生拔剑而起，一道剑气怒护红颜，吓得奸臣和昏君都跪地磕头叫“仙长”。原本看不起他的贵女爹娘也涕泗横流，直言是他们先前瞎了眼。

而贵女一脸难以置信和仰慕，依偎在龙傲天怀中，面颊娇羞，到了夜里就穿上红嫁衣进入洞房，发生了一段小说都不能描写的情节……

看了十八遍后宫戏份的俞幼悠都能背出这个套路来了。不过因为原作的视角在主角身上，所以就连俞幼悠也不知道来四境大会的人究竟是谁。

第十章

四境大会

时间过得很快，七日后，四境年轻弟子齐赴极西城外，那儿是万古之森的西境入口，也是这次四境大会的地点。

想着进了万古之森指不定就要饿肚子，所以东境众人在马长老的建议下，个个吃得肚腹浑圆才出发。

虽然剑修觉得这样有损他们的形象，一开始还不愿意去，但是想起辟谷丹的味道，真到了酒楼后吃得比丹修还多。

等东境抵达的时候，另外三境的修士已经到了很久了。

北境的自然是看到他们便冷哼，带队的马长老热情地送上关心："北境的道友们怎么老是哼哼唧唧的，莫不是得了猪瘟？要我们丹修帮你们看看病吗？"

南境和西境的修士都客气地同他们点了点头。

不多时，作为今年主办方的西境三派长老上前，与诸位修士颔首示意后，翩然地飞到最前方。

其中，一位生得极美的女修望着众人，带笑道："我是合欢宗梅长老，你们绝大多数人都是头一次参加四境大会，所以在此将规则讲一次——

"众修进入万古之森后，将会被阵法随机分配到外围的不同区域。你们可选择原地驻扎待够三十天，也可选择向深处挺进，要切记量力而行，毕竟诸位化神期前辈只会在出现元婴期以上的异兽时才出手。

"名次将依据斩杀的异兽数量和实力评定，发现新的异兽者，可获得额外奖励，在万古之森中获得的各种资源都由你们内部自行分配。"

梅长老环视众人，笑吟吟地继续道："另外按照四境大会的规矩，除去灵石和资源奖励外，另由前辈赐予表现最优者法宝。不妨向你们提前透露，此次乃东境不灭剑神赐下的一对伪仙器灵剑，乃昔年不灭剑神游历妖界时所获法宝。”

果不其然，底下的年轻修士们眼神瞬间变得炽热起来，即便是并不用剑的修士亦是如此。

修真界中并不会出现真正的仙器，但是有极强的存在，称之为伪仙器，也可算作仙品范畴，而这对剑便是如此。

俞幼悠面无表情地看着这一幕，双手互揣在袖中，交握得极紧。她边上的启南风又想起当时的事，悄悄地碰了碰俞幼悠的肩膀，企图用聊天转移她的注意力。

“你看，那三境的化神期前辈都在他们头顶悬着了，我们头顶怎么还没人呢？”

俞幼悠果然被他这话吸引了注意力，眯着眼抬头看了下。

的确，虽然化神期的大能未曾现身，但是其他三境的上空都隐约出现了让人心生膜拜的可怕威压，甚至有些许灵力的霞光在云层间闪现。

唯独东境上边空荡荡的，天空干净得连云都见不到一朵。

苏意致很怕死，于是担忧地问前边儿的姜渊：“你不是说你师父要来吗？他难道记错时间了吗？”

姜渊没有转身，也没有说话。

苏意致才觉得这人今天不对劲，往日他老爱指手画脚教丹修做事，今天居然从头到尾一句话都没说过，甚至刻意躲避着丹修的视线。

边上的俞长安见状，低声解释道：“父亲尚未出关，所以我宗另派了一位化神期前辈前来。”

“是谁？”

“是百里小师叔。”

俞幼悠觉得这称呼有点儿耳熟，她皱眉看过去，问：“百里小师叔？”

“就是那次在我们山门前揍了他姐姐的那个剑修啊！”启南风马上就想起来了，还不忘向俞幼悠普及知识，“当时长老还说他是疯子，不能提呢！”

“启道友慎言！”俞长安飞快地打断启南风，低声道，“百里小师叔只是性格略…… 孤傲了些，外人对其多有误解，切勿诋毁师叔。”

俞幼悠越听越不对劲，上次她在丹鼎宗山门口累趴下了，没注意听长老说，现在乍一听到“百里”这个特殊的姓氏，心中大感不妙。

“你说的那个百里小师叔……叫什么？”

俞长安见是她在问，于是放轻了声音悄悄回答：“姓百里，讳空山，和家父同为云华剑派掌剑真人的亲传弟子。”

百里空山。这名字可真是太熟悉了，为什么？因为她怀疑这位百里空山就是俞不灭的第二十位红颜知己！

原文当中，百里空山是个被妖族追杀险些惨死的金丹期散修，恰好被掌剑真人遇见，看他可怜却天资卓绝，心生怜悯，便将其收入门下，成了俞不灭的小师弟。

结果这个小师弟不但天赋变态，入门十年便从金丹期蹿到了化神期，而且事事都和俞不灭作对。

更重要的是，俞不灭在原文中曾遭遇了数次暗杀，其中总有这个小师弟参与的痕迹，似乎这位就是全书的大Boss[①]。当然，龙傲天不会轻易死亡，所以至今小师弟未能得逞。

到底是不是，俞幼悠并不知道。因为末世丧尸横行，一不小心脑袋就要被咬半截。俞幼悠的脑袋是保住了，但是龙傲天小说的最后两册在一次逃亡中被丧尸给咬烂了。故事就停在俞不灭怀疑小师弟是妖族来的卧底，准备深夜前去暗杀他的那一页……

末世的娱乐方式太少了，所以这种小说俞幼悠都来回看了二十遍，其中俞不灭跟十九位红颜谈恋爱的桥段更是背得滚瓜烂熟。所以俞幼悠大胆猜测，其实这位百里空山不是反派！

为什么？因为书中描写百里空山的长相时，是这样写的——

尽管俞不灭曾见惯了妖族公主的美艳，也见到过崔能儿那般的温婉动人，更领略过梅长老那样的风情万种，但论起容颜，这些出尘绝艳的女子竟然都比不过眼前这位小师弟。

反派能长得好看吗？她那个反派娘，在整部小说中只有一些低俗的身材描写，脸也不过“美艳”二字便略过。

能比正宫还好看的，那只有可能是另一个正宫。以俞幼悠看小说的丰富

① Boss，指影视或文学作品中最厉害的反派角色，一般是主角最后遇到的强大敌人。

经验，马上就断定这所谓的小师弟其实是女扮男装的小师妹，马上就要跟俞不灭上演一场相爱相杀的戏码。

小说里都是这样的，女主误会男主是自己的杀父仇人，于是潜伏到男主身边企图复仇。其间不乏女扮男装的刺激和各种狗血虐心的误会，不过到最后都会发现那是自己的真爱！

虽然现在两人明面上是敌人，但马上就要开始“她逃，他追，她插翅难飞”的情节，上演一段凄美的旷世绝恋！

所以破案了，这个百里空山其实是真正的女主！她就是俞不灭的第二十个红颜！

俞幼悠在暗自猜测剧本，而东境众弟子悄悄望了半天，也没寻到百里空山的身影。丹修和盾修都很担心，别的宗门都有化神期大能护着，唯独他们像是没人管的孤儿。

剑修们倒是个个都微松了一口气，他们像是对那位百里小师叔充满了畏惧感，就连姜渊抱着剑的手臂都放松了些许。当俞幼悠笑眯眯地凑上来时，他又把脸板得更死了，一句话也不说，整个人恍若自闭。

俞不灭啊俞不灭，为了美色放鸽子，看看打赌输了对你的倒霉徒弟打击有多大啊。

虽然百里空山没露面，但是其他修士来得可不少。四境大会是整个人族的盛会，且不说西境本地的修士了，特意从其他三境赶过来的修士们也不少。各大家族和各个门派的掌事人为了看看顶级宗门的天骄是何样，还特意把自家徒弟或子女带来了。

结果一对比就很绝望。修士跟修士是有差距的，别人的十岁出头已经在参加四境大会，准备进入万古之森斩杀异兽，为将来守卫人族做演练了。结果来观赛的不少“修二代”还在吵着今天的日头太晒，想回极西城里买特产吃小吃，现场一片熊孩子的闹哄哄声。

无数位修士逮着自家不成器的孩子，指着前方最矮的那个身影恨铁不成钢道：“你看看人家，怕是还不到十岁，现在都已经敢去杀异兽了，你呢？”

爹娘们教训孩子的动静太大，前边儿的人都听到了。

被指中的苏意致膝盖久违地发疼：“我都快十四了。”

俞幼悠不由得庆幸自己过去一年吃得多，身高逐渐追上来并超过苏意致了，不然今天被羞辱的就是她了。

除了这些带孩子的，还有很多人拿着传讯符，一动不动地蹲在后方的树上。

俞幼悠看了眼，不太明白他们在干吗。

“四境大会上会出现各种异兽和对付它们的手段，普通宗门想要获取这些消息，就会特意派弟子前来，拿着传讯符全程转述比赛过程。

“另外，还有黑市在开赌盘，赌今年的四境名次，还有更细的，赌第一只异兽是哪个宗门杀的，哪个修士杀的异兽最多，哪个修士第一个出局，等等。”

苏意致又指了指那边的空地，低声同她解释道：“到时候我们每境都会拿到一块投影石，会把我们在万古之森里面行动的画面投影到这片区域，那些赌局的大庄家基本都会来这儿看着。”

俞幼悠一脸可惜：“你怎么不早点儿说？要早知道，我昨晚就去押注了。”

苏意致轻声道：“你要现在去赌都来得及，看后边儿。”

俞幼悠顺着他指着的方向看了眼，果然，后边儿的人群中有人在现场坐庄开赌盘，不少来看热闹的观众都跟着押注了。

她踮脚望了望，最前方的梅长老还在介绍每个宗门在历届四境大会中取得的成绩，估计离真正开始还有段时间。于是，俞幼悠悄无声息地从队伍中离开了。当然，悄无声息是她自己认为的。

实际上，无论是正前方的长老们也好，还是后边的围观修士们也好，都清楚地看到丹鼎宗有个丹修跑出来了，而且直奔那张最大的赌桌！正介绍到丹鼎宗的梅长老声音卡了一下。

俞幼悠不知道，她还在专心研究赔率。

押北境的人最多，其次是南境，百年内垫底次数最多的东境几乎没人押，所以赔率高得吓人。

从申鲧那儿黑吃黑弄来五万枚灵石后，俞幼悠已经是个富婆了，所以她直接摸了三万出来。

“押东境。”她为了低调，特别小声，“三万枚灵石。”

对于寻常修士来说，这是一大笔灵石了，所以庄家略显迟疑，跟着低声询问：“真的要押这么大吗？今年北境可是又有苏家嫡系……”

俞幼悠确定地点点头，她觉得苏飞白不太聪明的样子，而且她对俞长安身上的小龙傲天光环充满了信心，当然，对自己更是向来自信心爆棚。

“东境今年绝对吊打北境。”

前方众长老：“……”

俞幼悠的声音是很小，但是在场的各位大佬修为都很高，所以把这声音听得一清二楚。

梅长老掩唇一笑，眼睛往北境的队伍瞥，意味深长道：“看样子今年东境是有备而来呢。”

其他三境亦是警惕地看往东境方向。

寻常弟子哪里可能拿得出这么大一笔灵石，显然，这要么是丹鼎宗交给那小姑娘的，要么就是东境三宗一起凑出来的。之所以在众人面前下注，也是为了当面给他们下马威。

东境今年绝对有杀招！

东境众人：有个鬼的杀招啊！今年堪称质量最差的一届，好吗？

俞幼悠归了队，盾修们给她竖了个大拇指，刚才其实他们也想拿那枚贼修送的灵石去赌的，但是怕被狂长老骂就没去。

被众人注视的俞幼悠还觉得自己依然低调，在队伍里仔细地研究刚才押注的凭据。

很快就到了为四境分发投影石的时候了，每境都会派出其领队人物领来保管，以便记录该队伍的所有画面。

姜渊本来自然而然地想上手去接，他猛地想起自己打赌输给了俞幼悠，接下来的四境大会得听她指挥。于是他僵着身子没动，面无表情地对俞幼悠说：“上去拿。”

俞幼悠打量着那块闪闪发光的石头，直觉告诉她这东西不便宜，于是偏身问苏意致：“这玩意儿很贵吧？”

“无价。”苏意致表情很凝重，“整个四境就那么几块，只有在四境大会的时候才会拿出来。”

她懂了。

于是，她突然面向自己一直没搭理过的俞长安，语气平和地对他说：“俞长安，投影石就交给你保管，怎么样？”

俞长安微怔，他以为俞幼悠会自己上去拿，或者是让她的两个好友或者狂浪生去拿，万万没想到，最后她居然叫了自己的名字。

一种说不出来的被认同感浮上心头。少年眼睛亮亮的，带着些许微笑，健步如飞地奔去前面领投影石了。

姜渊心中才诧异俞幼悠现在居然开始识相，学着退让低头的时候……

俞幼悠一脸郑重地告诫自己的好友："切记到时候离那块投影石远一点儿，要是一不小心弄丢了或者弄坏了，咱们再炼一百年的丹都赔不起！"

启南风和苏意致齐齐点头。

姜渊："……"

旁边刚拿着投影石回来的悬壶派苏飞白：怎么突然觉得这玩意儿很烫手？

分发完投影石后，便要按照去年的名次进入万古之森了，南境第一、北境第二、西境第三、东境最末。

不过在这之前，年轻的修士们还得把自己身上带着的各种法宝给交出来。

站在最前方的南境修士是御兽宗的少宗主御雅逸，他身穿素净优雅的白色外袍，身上亦只有发间那根简单的碧玉簪子做装饰，瞧着很是温文儒雅，跟传说中富得流油的人设完全不沾边。

"这条规矩我们早就知晓了，所以特意只带了各自的灵兽和芥子囊前来。"御雅逸微微一笑，神情自然地同检查的诸位长老解释道。

他张开手掌，里面果然只有一个空空的芥子囊，还有御兽宗弟子用来封存其本命灵兽的召唤石。

他身后的其他御兽宗弟子也一样。同行的回春门弟子不同于其他医修宗门，他们更擅针法，所以每人的芥子囊里都带了几十斤大大小小的针，看得俞幼悠大长见识。

跟去年每个人带着上百张攻击符篆的画面截然不同。

"可。"几位元婴期长老点点头，便要让他们通过随机传送阵进入万古之森。然而就在这时，笼在北境上方的云层被破开，一道苍老的声音冷冷地响起："站住。"

那是北境的化神期强者苏真人，他怎么突然叫住南境修士了？

苏真人并未理会众人的惊诧，他不言不语，径直点向御雅逸，一道灵力瞬间将后者裹挟至半空，以可怕的手段飞快扒下了他的外袍。只见那件看似普通的外袍迎风见长，上面闪耀着只有高级法宝才有的耀眼光芒。

马长老看得啧了一声，给没见识的弟子们解释："高级法宝天罗衣，全力催动下，困住一只元婴期的异兽都不是问题，有钱！"

紧接着，御雅逸的那双靴子也被脱下来了。苏真人随手将它们一抛，远处的空地顿时发生可怕的灵力爆炸，霎时间地动山摇，待灰尘散去后，那片空地已经成了一个巨型大坑。

马长老眼里全是羡慕："高级法宝雷爆靴，砸出去相当于元婴期修士的全力一击，真有钱！"

再下一刻，这位御兽宗少宗主的腰带、袜子、玉簪全被扒拉下来了。无一例外都是高级攻击法宝，都是随便拿出一样就能在万古之森里创造出一片荒漠的可怕存在。

马长老总结："太有钱了！"

御雅逸苦着脸回到南境队伍中，身上只留了套底衫，再不复方才的俊逸优雅。他飞快地站回人群最中央，逃一般地跑到传送阵中，进入万古之森，逃离这个可怕的世界了。

动完手的苏真人则是哼了一声："顾真人，你们南境的老毛病怎么又犯了？"

南境的顾真人沉默着没说话。

到了北境上交法宝入场的时候，顾真人突然开口，是一道略显敦厚的中年男子声音："且慢。"

苏真人慢悠悠笑道："我北境可不如南境道友阔绰，是掏不出那么多高级法宝的，更不会走那些捷径。"

果然，走在前方的悬壶派一行人都没私藏法宝，只一人带着个丹炉。

顾真人嘿然一笑："倒也不一定。"

他掌风一扇，走在悬壶派医修后面的那群万法门的法修瞬间脸色大变，飞快地想要按下自己的袍角。

然而化神期大能掀起的风岂是他们能阻挡的？法修们的长袍被烈风撕得粉碎，藏在衣服夹层里面的无数张符篆也同雪花一般散落出来。

苏真人：“……”

只顾着看自己弟子，忘记看队友了，原来去年南境的氪金战术让万法门也学坏了。

这次轮到顾真人笑了：“看样子有些人不但想走捷径，还想沿着我们南境走过的老路再来一遍啊？”

还没开赛就这么火热刺激，后边的其他修士看得直呼“好家伙”，你们大宗门是真的会玩。

南境跟北境的弟子们都是飞快冲入传送阵的，背影狼狈得像是落荒而逃。

后面的西境就正常多了。灵药谷带的是药鼎，天音禅寺带的是木鱼或禅杖，合欢宗那群貌美的女修带的是……

俞幼悠睁大了双眼，想要把那里面的东西看清楚，奈何人太矮视线被挡住了。于是，她推了推个子最高的姜渊：“姜道友，你给我说说合欢宗都使的什么武器呗，知己知彼方能百战百胜嘛。”

姜渊本来不想跟她说话，但是听到后半句又觉得有道理，于是冷着脸看了一眼：“鞭子、铃铛、绸带、蜡烛。”

“嗯？”听到这里，俞幼悠跟马长老的神情都略显微妙。

姜渊停下，看了他们一眼：“有何不妥吗？”

俞幼悠的表情瞬间变得天真且懵懂：“没有，就觉得她们用的武器种类好多、好厉害呢。”

马长老想起那夜的折磨，决定不要轻易接俞幼悠的话了。

待西境众修也进入后，很快便轮到东境了。

排在最前面的盾修们穷得叮当响，除了芥子囊和手上的大盾别无他物，坦坦荡荡就过去了。剑修们除了剑也都没带什么。

俞幼悠跟启南风低声嘀咕：“我本来想带点儿什么凡俗的剑弩、火油桶啥的，反正不算法宝，结果曲师姐不让，说要顾及宗门颜面。”

启南风也跟着叹息：“我原本也想带几张床和被褥来的，结果师姐不让。”

两人一边聊着一边往前，结果正在前方上交法宝的苏意致僵住不动了。

别人一般都是多带了一个空芥子囊准备拿进去用，但是他抠门，所以没有单独买多的，这就导致他需要把芥子囊中所有的法宝取出来。然而里面能算得上法宝的…… 只有那两条苏意致嫌贵没舍得丢的、刻录了仿妖气阵法的假尾巴。

当那两条尾巴出现在众人眼前时，丹鼎宗几人的脸都变青了。俞幼悠和启南风默契地往后退了一步，四处看风景，装作不认识这个人。

外地来的修士们都不知道那是什么东西，然而在此处最多的是西境本地修士。所以一时间现场观众脸上都浮出了一种迷之微笑，就连正前方的梅长老亦是美眸微眯，带着神秘的笑容看向了苏意致。

梅长老微微弯腰看着眼前这个秀美的少年，摸了摸他的头顶，吐气如兰："这位丹鼎宗的小友，你倒是很有意思呢。"

苏意致脑袋全是空白，他也想起了那个可怕的夜晚，当时是怎么获救的来着？

他猛地转头看向马长老，后者立马察觉到大事不妙，然而还未等他反应过来，苏意致已经挂上了俞幼悠同款无辜脸冲他跑去。

"马长老，您让我去买的这个小玩意儿，我忘记给您啦！"

见此情状，方才还笑颜娇媚的合欢宗梅长老收敛了笑容，用一种难以形容的复杂眼神瞥了眼马长老，然后毫不留情地转身走开了。

马长老：天道无眼，丹鼎宗今年都收的是些什么孽徒啊！

俞幼悠走在最后面，前面的人已经准备进传送阵了。

"等等，还有个。"北境的那位长老点了点她的手腕，"这也是法宝吧？"

俞幼悠低头一看，才想起自己前几天换了布条绑尾巴，那根银绳子被她拴在手腕上了。

她不敢把东西交由马长老保管，于是转身走向不远处的牛长老，一边解绳子一边说："牛长老，帮我保管一下这……"

最后的几个音节刹那间就被淹没在一阵刺耳的嘶吼声中。一股浓郁到令人作呕的血腥味儿扑面而来，与之伴随的是无数高大的古木断裂的脆响，以及漫天蔽目的沙石飞尘。

天光黯淡得好似陷入长夜，身后的散修们早已发出乱糟糟的呼喊——

"蛇！有蛇啊！"

俞幼悠猛然回头，就看到一条大张着血口的黑色巨蟒冲破了万古之森的防线，似一阵黑色风暴一般，朝着外面的人群狂卷而来。

黑蟒的那双竖瞳暗红如血，不带丝毫温度，尖牙上泛着黑色的光，上面还挂着半条腿，是方才守卫在防线外的某个修士的断肢，此时鲜血沾染在黑牙上，越发恐怖。

真是应了龙傲天，第一次直面真正的异兽，就遇到了这么变态的一条！

马长老和牛长老护住自家三个崽，在感受到这股可怕的威压后立刻脸色大变："是化神期的异兽暴动了！"

万古之森时不时会有异兽暴动，但是化神期的异兽多栖息在森林深处，唯二的两次暴动都在今年。

一次在桐花郡，另一次就是现在！丹鼎宗众人只想骂人。

此时，天穹上方，一道金光洒落，西境的化神期大能无尘佛子拊掌按下。霎时间，一层泛着金色佛光的巨型大盾在方圆百里内展开，瞬间将下方的修士们庇护在其中。

无尘佛子低叹道："两位道友，贫僧不擅杀伐之道，还请两位擒住此兽。"

苏真人一边驱使着灵力试图抵挡发了疯的巨蟒，一边又向巨蟒丢去一粒毒丹，然而后者似乎开了灵智，竟然猛地甩尾将它击飞了。他只能咬牙切齿地提醒两人："我苏家世世辈辈都是医修！"

来自南境回春门的顾真人怒骂："老子也是啊！"说罢，他排出数列银针朝着底下的异蟒飞射去，这些是灌注了化神期灵力的银针，它们穿透了异蟒坚硬的鳞甲直入血肉，却无法诛杀异蟒，反激得它越发狂躁，眼看就要冲破无尘佛子的佛光巨盾了。

化神期的异兽远比化神期的修士要难缠，更何况眼下这三人都不擅杀戮之道，若遇上元婴期的异兽自然可以凭着修为强行镇压，但是遇上这化神期的，竟然只能勉力支撑。

三个辅助只想骂人，俞不灭你人呢？你们东境派来的人是去逛街买特产了吗！

就在这时，遥远的天边传来一声悠扬的剑鸣及一闪而逝的剑光。漫天的剑光笼在天穹上，而那被席卷起的尘沙落叶中，那道身着玄色衣衫的影子似浓墨点就的一笔笔草书，同那雪白的剑光纵横在巨蟒的周身。

巨蟒在地上疯狂挣扎着，大张着嘴凶厉地朝他咬下，他未退半分，反而迎着蛇口持剑飞掠而去。

烈风中，俞幼悠只看得清他身后高束的墨发似飞瀑一般散落开来。巨蟒大嘴重重闭合，那一瞬间，似有无数暗红的血水从中溅落。

众人心中一紧，云华剑派的剑修们惊呼："百里师叔！"

他们竟没有一人犹豫，都握紧了剑就要飞上去相救！然而还没等他们反应过来，一道剑光自巨蟒头顶穿透，巨蟒嘶吼着却无力回天，最后重重倒在地上，激起的气浪将方圆数里的草木连根掀起。巨蟒却再也起不来了，只有越来越多的血似洪流一般涌向周围地面，把黄泥也染成暗色。

原本高悬在顶的三境大能们也终于落下现身。

苏真人跟顾真人都目光复杂地盯着眼前这人，甚是忌讳的模样。无尘佛子行了个合十礼，客气问候道："百里道友。"另外两人便也生疏却也客气地跟着问候。

苏真人其实并不太想跟这个喜怒无常的疯子打交道，云华剑派的剑修们把剑法练到极致后脑子都不太正常。俞不灭是一言不合就屠仇人满门，百里空山更是变态，他是把所有人都当仇人。

蛇首上，那修挺的剑修持剑站着。那柄白得如霜似雪的惊鸿剑被染成了红色，持着剑柄的手亦全是血。那修长的手指骨节分明，深色的液体沿着他的手背一直滑落到指尖，同剑身的血一起滴落到泥土中。

风吹过，百里空山身上浓重的血腥味儿却未曾消减半分。他似是懒懒地抬了抬眼皮，之后垂眸看了眼被弄脏的剑，眼神笼着不愉的阴郁。

三人对视了一眼。

顾长老勉强无视他身上的血腥味儿，商量着开口："百里道友，不知这具蟒尸……"化神期异兽的身躯可是至宝，且不说其他，光是这层鳞甲便能制作数件高级防御法宝出来，他们现在想来商量该怎么分这具蟒身。

然而他还未说完，百里空山已利落地跳下蛇首，不紧不慢地朝着蛇尾走去，然后，他单手提起蛇尾重重地一甩。

蟒血像瓢泼大雨般洒落，淋了三位毫无防备的化神期高手一身。三人岂受过此等大辱，正要发作，然而一想到方才他斩杀异蟒时的狠厉，又都只能忍回去了。

果然是脑子有病的疯子，自己被血弄脏了也要把别人弄脏！

百里空山拖着那条巨蟒的尾，一直走到了东境众修面前，然后把它砸在地上。

云华剑派众剑修又是兴奋又是敬畏，皆持剑行礼："百里小师叔！"

可惜百里空山根本没有理他们，只是淡漠地吐出两个字："放好。"之后，他微侧身，看向站在角落的俞幼悠。

俞幼悠也终于看见这位正宫的面容，果真是个绝色的美人。

他脸上还沾染着血迹，而未曾染上的皮肤白得似雪，有滴血从他濡湿的睫毛上抖落，在侧脸上划出细细的红痕，一直蜿蜒到锁骨处，同贴在此处的那缕墨色长发融在一起。

那双眼尾微扬的浅眸便跟着微微低垂下去。分明是极风流的动作，却显得杀意凛然。他的眼神太疏冷，也太淡漠，轻飘飘瞥过来的时候，像是在看死物。

此刻，他注视的对象正是俞幼悠。那双浅色的眼眸中似乎闪过了更重的杀意，就连他手上的惊鸿剑都开始颤抖起来，而他的手也似乎往上抬起。

糟糕，师叔又想杀人了！俞长安心中一紧，连忙上前一步："百里小师叔，这是丹鼎宗的俞师妹，是同我们一起参加四境大会的伙伴。"

他以为俞幼悠被吓傻了，都不知道示好，低声提醒道："俞师妹，百里小师叔他……"

然而百里空山打断他，视线落在俞幼悠的手上。他问："绳子从哪儿来的？"

俞幼悠才反应过来，原来百里空山一直在看自己握在手里的银绳。他方才好像并不是想提剑，而是想伸手拿这条绳子，不知为何又把那只血淋淋的手放下去了。

看百里空山这眼神和动作，她有理由怀疑这玩意儿其实是他给俞不灭的某个法宝，结果被对方不在意地送给女儿当玩具，现在发现了，所以怒火中烧。俞幼悠不客气地卖了俞念柔，她指了指俞长安："从他姐姐那儿捡来的。"说着，她便张开手掌，给对方看得更清楚。

那根银绳被俞幼悠缩成了手链的模样，链身在阳光下泛着柔和的银光，上面还绑了个雪白的毛团，瞧着像月光下的雪球，躺在少女小小的掌心里，甚是可爱。

那是俞幼悠在丹鼎宗捡到的那团疑似狗毛的东西，她很羡慕这毛的美貌，丢了觉得可惜，所以索性搓成毛团挂在手链上了。别说还挺好看，谁见了都要夸一句。

百里空山沉默了片刻，他不知为何闭了闭眸，像是在强行忍耐着什么。最后他没有说话，只是指了指那团毛。

面对这样的美人，还是可能要暗杀俞不灭的美人，俞幼悠自然很是配合。她从善如流地回答："这啊？这是我捡到的狗毛。"俞幼悠的回答过于肯定。

今日的风极大，兴许是被风沙迷了眼，百里空山的眼也微微眯着，情绪难测的模样。他居然反问了一句："狗毛？"

为什么百里空山对这团狗毛的兴趣这么大？俞幼悠琢磨着，难不成这位剑修其实还有热爱毛茸茸的隐藏属性？也对，一般小说设定中，这种外表冷漠的人其实都有颗柔软的内心。

既然是同好，俞幼悠瞬间就觉得亲近起来："是狗毛，我在丹鼎宗山门附近捡到的，估计我们宗门里面有条漂亮的野狗。前辈若是也喜欢，四境大会结束后，我找个机会拿骨头把它引出来，抱着给您摸摸？"

她说得很严谨，送是不可能送的，要真的找到了那条野狗，俞幼悠准备自己养，最多就让百里空山撸两下。

算起来百里空山救了他们两次了，于是启南风也跟着热情补充："前辈若是喜欢，我给您剃了狗毛送来！"

其实一开始正是启南风说那是狗毛的，后来俞幼悠偷偷闻了闻，上面还真的有股类似于犬类的味道。

不过也不臭，而且有种被阳光晒过的棉花的暖融融的味道，睡觉的时候握在掌心揉一揉，嗅着这味道会睡得很香，感觉像是边上躺了只香香的大白狗。见多了光秃秃且发臭的丧尸犬后，俞幼悠太喜欢这些毛茸茸的东西了。

百里空山的眼神有种说不出的复杂，他在修真界见识多了讨好自己的人、畏惧自己的人，甚至还有想杀自己的人，唯独还没见识过丹鼎宗特产的傻子。

百里空山最后选择无视掉这个神奇的物种。下一刻，他强势的灵力猛地绽开，将身上那些蛇血都蒸发得干干净净。方才那股浓重的血腥味儿顿时消散，惊鸿剑又恢复成了冰雪雕成般的美丽，就连他身上黑袍的褶皱也都变得平整了。

虽然百里空山仍是穿着那一身浓重的黑，但是那头柔顺的长发披散在肩头，衬得肌肤越发白，在阳光下，他是个仿若透明般的干净清冷美人，再不复方才的血腥。饶是见惯了这张脸的剑修们都悄悄吸了口气。

果然原文诚不欺我，这样比起来黑市那些勾人的妖族少年算什么，刚才合欢宗的梅长老也逊色了。当初忍过了妖族少年的俞幼悠这次没忍住，微挑眉，暗暗啧了一声。

百里空山倒没计较，或许他压根儿不觉得有人敢调戏自己。他抬手，一道灵力卷携着俞幼悠掌心中的毛团手链飞起，最后落到了他的掌心。

百里空山转身，把蟒尸往俞幼悠的方向踢了一脚："给你了。"拿一具化神期的异兽尸体换她的链子，也不算欺负小孩了。然后他一手持剑，另一只手握着手链，转身朝来时的方向离去。

俞幼悠愣了愣，然后回头看了一眼自己这群人。包括几位长老在内，大家身上都被刚才的异蟒突袭弄得狼狈不堪，个个都被黄泥和杂草弄了满身，脏兮兮的不像样。

若是没有记错，刚才那团狗毛都被她的脏手弄了点儿泥上去了，就这样把手链给牛长老，等会儿那团白毛铁定要成黄毛。

俞幼悠瞬间反应过来。她悟了，心想：百里前辈可真是面冷心热，知道她不能把手链带进万古之森，特意把手弄干净了才来帮忙拿手链！就说嘛，喜欢毛茸茸的人不可能是坏人。

至于那条蟒尸，俞幼悠没觉得那句话是对她说的，她还以为是百里空山要给身旁的俞长安。毕竟人家是小龙傲天，化神大能觉得"此子不凡"然后赐予宝物是再正常不过的桥段了，而且不凡到连父辈的敌人都愿意示好，这样果然也很爽很小傲天。

于是在众修复杂的眼神中，俞幼悠无比真诚地对着百里空山的背影道谢："那就劳烦百里前辈帮我保管了，待四境大会后我再来拿，谢谢您嘞！"

同样不知晓百里空山到底是什么人的启南风悄声地问："听说剑修都很穷的，你就不怕他不还你法宝吗？"

俞幼悠信心满满："怎么可能？除了咱们的马长老，哪个前辈这么不要脸，会贪掉晚辈的一件法宝和一团狗毛？你看人家，连这条化神期蟒尸都不稀罕，像是缺法宝的人吗？”

百里空山脚步不明显地一顿，没回头，继续往前走。

马长老不敢说话：俞幼悠，你知道你差点儿死了吗？

剑修们也不敢开腔：我们百里师叔原来是这么乐于助人的人吗？

刚才一直沉默的狂浪生回头看了眼，发现已经看不到百里空山的背影后，他才松了口气。他对着俞幼悠竖了个拇指，发自内心地赞叹：“俞师妹，你是真的勇士。”

张浣月也按了按心口，低声道：“我还是第一次看到有人敢跟百里小师叔说这么多话呢，你居然不怕他。”

其他剑修亦是赞同地点头，就连姜渊看向她的目光都离谱地多了一丝钦佩。

俞幼悠很纳闷，原文前面部分百里空山的戏份不多，等他的戏份开始展开后，那部分书册又被丧尸咬烂了。她只知道这人身份神秘，而且跟俞不灭屡次作对，还是个冷美人。

虽然不知道后面百里空山会不会被俞不灭收服，但是就现在看来，他还是俞不灭的对手。敌人的敌人，那就是朋友，还是大善人啊！

她问剑修们：“他不是挺热心的吗？是不是因为平日对弟子太过严厉，所以你们都怕他？”就跟上学时候的学生都害怕班主任一样？

剑修们像看异兽一样盯着她：“热心？你从哪儿看出来的！”

俞幼悠为剑宗这群不懂事的晚辈们叹气，她看向姜渊，问道：“原本商定的是你师父来，结果他没来，只好让百里前辈来救场，对吧？”

姜渊抱着剑，脸色不太好地点头，却还是为自己师父辩白：“师尊他定修炼到了要紧的关头……”

“管他有没有要事，已经商定好的事没来就是失约了。你看百里前辈临危受命匆匆赶来西境，都没歇一口气就要跟异兽做生死搏杀，若不是他，刚才我们都要被异兽吞了。同为化神期前辈，总不可能就你师父要修炼，别人都很空闲吧？可是他说过一句委屈吗？没有啊！”俞幼悠一脸谴责，“刚刚甚至没人向他道声谢！”

姜渊：“……”

其他剑修也一脸怔怔，不知道该说什么。

姜渊很难忍受有人不尊重自己师父，尤其是听到俞幼悠这样明吹百里空山，暗里在贬自己师父，他心里更加不快，于是冷声道：“竟把他同我师尊相提并论，你怕是从未听过百里小师叔做过的那些事吧？”

这次，沉默了好久的苏意致都低声开口对俞幼悠解释：“听说百里前辈行事略…… 古怪。”

边上的盾修们亦是点头，显然是听闻过此人的凶名。

姜渊面无表情道：“岂止是古怪？是滥杀，修士也好、凡人也罢，死在其剑下之人不计其数。他疯起来甚至连同门弟子都能残杀。

“三年前，紫云峰有位金师兄很是仰慕百里师叔，他和同峰的赵师姐即将结成道侣，大婚前曾特意去拜访百里师叔，想托他做自己的主婚人。

“百里师叔当天果然来了，然而他一道剑气将大婚现场劈成两半，非但搅了这桩婚事，还手段残忍地将金师兄当场斩首分尸。若非掌剑真人出面庇佑，只罚了他去了牢山崖畔思过，否则他定要被废去修为，逐出山门！

“可怜赵师姐失了一段好姻缘，可怜那敦厚善良的金师兄，竟于大喜之日惨死在那疯子的剑下！”

这事儿显然在修真界传遍了，毕竟残杀同门后辈这种事堪称魔修行径，就连盾修们也跟着点头表示听闻过。

听到这里，有个女剑修皱了皱眉，似乎想起了什么：“姜师兄不提那位金师兄，我竟忘了一件事—— 数月前，正好轮到我在山门外值守，有个凡人妇人带着个少年前来，说是寻她拜入仙门的夫君。她说她那夫君带走了家中所有财物，只留下刚出生的幼子便离家修行了，说是安顿好了便要接他们一家团聚。结果她苦等了十年也不见夫君归，就上山来找了。我见她可怜，就问了那位负心人的名字，帮着去查了弟子名录却寻不到此人，她便带着孩子哭着离开了。”

女剑修面露犹豫：“你一提我才想起来，那负心汉好像…… 跟那位金师兄同名。”

众剑修诧然，显然没料到还有这个反转。只是他们印象中的百里空山就是个阴郁的疯子，杀人一般都不需要理由，所以一时间不敢信。不过他们也不敢随便开口便是。

姜渊板着脸，咬定了先前的说法：“斯人已逝，怎可玷污逝者清白！”

刚吃完了大瓜的俞幼悠漫不经心："那活人的清白就能随便玷污了？"

眼瞅着这两人又要杠上，最后还是合欢宗的梅长老过来缓和了气氛。她先谨慎地看了一眼，确定百里空山又不见踪影后，才放松地笑道："方才出了点儿意外，随机传送阵法现在已恢复，你们抓紧时间进去吧。"

其他三境都快进去半个时辰了，落后的东境也不好再耽搁。于是东境的年轻修士们朝着随机传送阵走去，原本还乱糟糟的东境队伍一离开，现场只剩下那条巨大的蟒尸和几位元婴期的长老。

眼下百里空山已走，方才噤声的其余三境长老的目光都投了过来。甚至连已经重归天顶的三位化神期大能，亦是目光隐晦地看向了那具蟒尸。

悬壶派的那位元婴期长老有些难耐，悬壶派主攻毒术，而那条巨蟒的尖牙上显然带有剧毒，若是能将其收为己有…… 他向前走了两步，又想起百里空山那一剑的威势，于是犹豫着止步看向天顶。

苏真人正守在上面，他当然也知晓此物对宗门有多大好处，更重要的是他已经感觉不到百里空山的气息了，那疯子素来不按常理行事，想来也不会安心等在四境大会保护一群小孩子，定是已经离去了。所以苏真人未曾制止，而是朝着下方的后辈微微颔首，示意他大胆去取。

得了许可的悬壶派长老心中稍定，他心想仅取两颗毒牙而已，百里空山总不可能不给同为化神期修士的苏真人和悬壶派面子吧？

他走到东境众位长老面前，敷衍地拱了拱手说："眼下异兽已伏诛，也是时候商议该如何划分这条蟒尸了。"

东境的实力是垫底的，往日里北境是瞧不上他们的，更莫提主动搭话了，眼下说是商量，其实更像是居高临下的告知而已。悬壶派长老并未等东境众长老回答是或否，已经朝着蟒尸走去，又自顾自开口道："我悬壶派只要那对毒牙，其余的便留给你们——"

在悬壶派长老走到蟒尸正前方，刚伸出手的那一瞬间，他的声音戛然而止。

一把还散发着寒气的剑自天边飞来，它快得像一阵飞掠的霜雪，幻影般自悬壶派长老的肩膀穿透而过，凌厉的剑气将后者伸出去的整只手削下来。淋漓的鲜血在众人眼前绽开，同时，一条胳膊也掉落在地。

"啊！"悬壶派长老疼得嘶喊出声，一句话都说不出来，另一只手捂着断臂处不断发抖。他跪倒在地，狼狈地催动着灵力去治愈伤口，但上面残余的剑气太过凌厉，他的灵气刚覆上去便被搅碎了。

悬壶派长老疼得几欲昏厥，他艰难往后爬，向苏真人求救："老祖救我！"

苏真人脸上变幻莫测，他盯着那把悬在空中的剑，一股死亡威胁从中浮出，同为化神期，他竟然也被这股威压震慑了。剑修主杀戮，果真不假。

底下的悬壶派长老仍在呼喊，苏真人刚要施救，灵力运起的瞬间，那把剑便改了方向，剑尖直指向他。苏真人内心想骂娘。

最后是西境的无尘佛子一声长叹，对着远方某处道："我佛慈悲，贫僧不可见死不救。"一道金色佛光将底下的伤者护住，带着他朝空中飞去。

这次惊鸿剑倒是没有指着他，无尘佛子双手合十行礼："多谢百里道友成全。"

只是悬壶派长老被那道剑气伤得极惨，看样子那条胳膊是彻底保不住了。

后面打算跟着过来分蟒尸的其余几宗长老见到这一幕后顿时后背发凉，他们惊恐地看着那把剑，寸步也不敢动。而那剑并未再朝他们而来，而是插回了巨蟒头顶的那个血洞，与先前位置分毫不差。

它静静地直立在此，在阳光下也泛着冰冷的寒光，同它的主人一般，令人不敢正视。它似乎在冷笑着告诉在场的所有修士，那个人一直都在注视着他们。从头到尾，他都没有离开。

第十一章

雷爆刺球

俞幼悠他们并不知晓外面发生了什么，她更不知道自己对百里空山的离谱评价也都被对方听到了。

此时，东境修士已经通过随机传送阵进入了万古之森。

进入密林的瞬间，以狂浪生为首的盾修们便开启了灵力护体。他们裸露在外的肌肉上都泛出了一层古铜色的光泽，而十面巨盾亦是展开，开启防御模式。剑修们则是呈翼状分散在盾修身侧，持剑谨慎以对。

上次在万古之森最外围都吃了那么大的亏，现在到了更深处，自然知道谨慎行事了。只不过这次一落地，众修就察觉到了异样。

狂浪生最先龇牙咧嘴起来，他蹲下，掰起自己的一只脚吹了吹，嗞了声提醒："下面有东西。"

众修连忙低头查看，果然发现了不对劲。看似寻常的地上除了杂草和枯枝落叶，还有一些松果大小的小球，不过它们长着的可不是松子，而是密集的尖刺。这些颜色和枯叶极其相似的刺球遍布周围，目之所及竟然全都有。

俞幼悠认出了这东西，脸色不太好看："是刺球丛。"

"刺球丛，生长在万古之森西侧的灵植，无药物作用，有毒。"启南风立马接过俞幼悠的话说了下去，"极其隐蔽且坚硬，能轻易穿透低级防御法宝，一旦扎入人体，便会在血肉中生长。"

狂浪生听得头皮发麻，因为有灵力护体的原因，所以刚刚那颗刺球并未扎破他的靴子，而是把他硌得疼。但是这玩意儿遍山都是，再多踩几次，待他的灵力支撑不住了，这些玩意儿就会穿破他那双便宜的中级法靴。本来身为狂长老的亲儿子，他是有一身高级防御法宝的，但是被申鲧偷了……

俞幼悠同姜渊商量："姜道友，你能御剑上去看看这片刺球丛有多大吗？”

姜渊虽然跟俞幼悠不对付，却也知道现在是队友，于是不多言便御剑飞上去了。过了一会儿他回来了，脸色却不太好：“方圆近十里都遍布此物，我们正在中间。”

十里的距离对剑修们来说很快，御剑飞过去就好了，但是剑修们想要带飞体格过于壮硕的盾修太过困难。他们被困在这片可怕的刺球丛里了。

投影石将这一幕映到了场外，原本还在津津有味地看御兽宗少宗主御雅逸召唤黑虎的众修士顿时把目光转了过来——

“东境怎么每年的运气都这么背？其他三境今年都落到了有灵药、有食物的好地方，就他们又被随机传送到了一个奇葩地方。”

“难道要让剑修们挨个儿带着他们飞去吗？这样的话，剑修肯定会耗尽灵力，要是出去就遇到其他三境或异兽就麻烦了。”

围观的修士们一边议论，一边摇头。

原本还想押注东境，琢磨着说不定他们能成为黑马的人瞬间打消了主意，一时间东境的赔率又开始飞涨，都到了押一赔十五的可怕数值了。

此刻四宗的长老们都隔得老远各自坐着，经历了方才悬壶派长老的惨案后，再没人觊觎那条蟒尸了。

看到东境吃瘪，北境的长老暗自冷笑：“呵，即便有那个疯子，你们今年的四境大会照样是垫底。”

东境这边，牛长老的脸色不太好看。

“刺球丛林不好通过，俞丫头他们恐怕要在这儿浪费许多时间了。”

“目前看来只能让姜师侄和俞师侄慢慢带着他们飞过去了。”

徐长老看了眼旁边的画面，语气凝重：“不行，南境的人跟他们距离很近，若是剑修灵力耗尽，那肯定打不过了。”

几位长老忧心忡忡地看着自家的后辈，一想到东境今年可能又要垫底，就忍不住叹息。

马长老眼睛眨也不眨，皱眉道：“俞丫头他们在捡刺球。”

“难不成是想一边捡一边向前行进？十里的距离，这也太浪费时间了！”

不过很快，俞幼悠他们便没有捡了。她像是又说了什么，投影只能将画面映出来，没有声音。

众人只见到盾修们挠了挠头，然后便把巨盾全都平放在了地上，人站到了盾上，然后三个丹修也跟着站了上去。

剑修们齐齐御剑升空，朝着巨盾斩出剑气，刺球丛正好位于一个缓坡上，这猛烈的冲击瞬间推动着巨盾往下滑去，而且随着惯性越来越快！每当有哪面盾滑慢了，剑修就简单地拿剑气一推。嘿，它又开始自由翱翔了！

现场的修士们的注意力已经完全被东境这边吸引过来了。在众人的注视下，这群东境修士半点儿没有被投放到困境中的紧张和绝望，反而一脸欢快。

尤其是盾修们，一边往下滑还一边招呼着天上飞的俞长安把投影石对准自己，用谜之姿势展示着自己的肌肉。

十里的距离，原本预计要缓慢通行，结果东境全员用御剑的速度成功飞渡！盾修们太快乐了，他们的巨盾又大又厚，刺球根本扎不破。

从刺球丛坡上滑下来后，狂浪生还有点儿遗憾，咂了一下嘴："我还想再来一次。"

把盾修们当狗撵的剑修们也有点儿想回味刚才的快乐。

在边上晕得脸色发白的俞幼悠蹲在地上，不想跟他们说话。她的身体跟这群人比起来还是太弱了，居然还会"晕盾"。

休整片刻后，众人没有贸然行进，在万古之森里没有地图，朝哪个地方走需要一定的考量。

剑修们看向姜渊，他本来想说自己飞上去看看，却又想起上次的教训。经过刚才的事情，他对俞幼悠的指挥能力稍微有了点儿认可，不过想起先前她对俞不灭的不敬，语气依然不太好："该往何处走？"

俞幼悠这时候已经蹲在了地上。她观察着地面上的植被，脑子里已经开始飞快地将它们与丹鼎宗藏书阁里的玉珏画面对应。很可惜，这片区域很陌生，显然丹鼎宗的前辈们也没被分到这里过。启南风和苏意致也得出了相同的结论。

不过确定大致前进的方向还是没问题的，后面的那片区域太过荒芜，不管是异兽还是植被都没见着踪迹，只有一片枯萎的野草和树木。四境大会是靠斩杀异兽来获得积分的，所以必须去寻找异兽更多的地方。

俞幼悠闭着眼嗅着空气里的味道，很快便闻到了一股异兽特有的腥臭味儿。没有那条异蟒浓，应该能对付，她低声道："东北方向有只异兽。"

姜渊皱眉看了看，并未察觉到有异兽活动的痕迹，不过他还是吩咐一个师弟："李师弟，你先去查探异兽的确切位置。"

李师弟点点头，御剑飞去。片刻后他归来，欣喜道："前方确有一只异兽，约莫是筑基期。"

筑基期的异兽他们可以应付，而且斩杀后获取的积分是炼气期的十倍，是他们队伍的最佳选择。

姜渊看了眼俞幼悠，破天荒地夸了句："还不错。"

俞幼悠挑了挑眉："是很不错。"

姜渊："……"

东境众修重新排好阵列，朝着异兽的方向前进。

那是一只辨不出种类的异兽，浑身漆黑，身上的毛秃了大半，还有些残余的挂在半腐的皮肤上，越是靠近，它身上那股腐烂的腥臭味儿就越是明显。

俞幼悠的嗅觉太灵敏了，那股味道重得像是把她按在异兽身上吸，而且这东西的模样让她想起了丧尸。她觉得很不舒服，屏住了呼吸。

盾修们已经有一半冲了上去，开始吸引异兽的注意力了，另一半人则在两侧分护着剑修和丹修。他们虽然平日里脑子不太聪明，但好歹是东境三大宗门之一，尽管都是些半大少年，战斗起来亦是稳重可靠。

剑修在姜渊的指挥下齐齐斩向异兽的颈部，十多道剑光下，那只异兽还没来得及反击便躺倒在地。

俞幼悠和两个伙伴上前，开始熟练地收集这只异兽的血液，以防后面有人被这种异兽所伤。

至于肉，异兽的肉都跟腐肉似的，没有人能入口。

首战告捷，少年们脸上都露出了喜色。

就在这时，从远处隐约地传来了数十只野兽的吼声。东境众人立刻收敛了笑容，握剑持盾重就布好阵列。

狂浪生听着越来越近的乱糟糟的吼声，吸了口凉气："是异兽群吗？"

他们刚战斗完，还没来得及休整一会儿，要是现在就撞上十来只异兽，恐怕不太妙。炼气期的倒还好，若是筑基期的异兽群，说不定第一天就要折损队员。

俞幼悠脸色有点儿凝重，身边这只异兽太臭了，她闻不到那边的味道了。

“两条腿是逃不过四条腿的，管他来的是人是兽，我们先埋伏一波！”她梦回当年跟丧尸大军的战斗，熟练地下达指令，“所有人趴在草丛里，准备往敌人方向丢雷！”

“雷？”众修呆了呆，下意识地朝天上看去，这也没有雷啊。

来不及解释了！俞幼悠从芥子囊中抖出一堆刺球：“这就是雷！”

万古之森外。

蹲在树上的各宗修士们眼观四方，飞快地通过传讯符将四境大会的实时状况传播到修真界的每个角落——

“现在北境的苏飞白已经成功毒杀两只异兽了，他好像打算带领北境修士继续包围那只落单的异兽…… 漂亮！万法门的唤雷术真是恐怖如斯！

“我们再来看看西境的动静，他们现在已经寻找到了水源，开始准备驻扎营地。天音禅寺的佛修们开启了佛光护盾防止被偷袭，灵药谷似乎成功采集到了某种灵药…… 这是块资源宝地啊！

“至于南境这边，少宗主御雅逸一开始就召唤出了他的本命灵兽踏雪黑虎，看到那黑虎的爪子没，那是白色的，所以叫踏雪，他们似乎发现了异兽的动静，开始朝着那个方向…… 咦？”

现场所有修士都注意到一件事，东境跟南境画面上的景物开始逐渐重合。没想到，第一天就有两境碰到了一起！

围观的修士们一下子都开始关注到这边，当然，主要看的还是南境的画面，因为南境实在是太有钱了！

南境沿海，拥有大量的水下资源和各种矿产，灵材物产更是丰富，而且和万古之森接壤的范围也最小，不必像其他三境那边时常为异兽的事情担忧，所以大小宗门皆是富得流油。

尤其是堪称修真界交际花，把自家各种灵兽推销到了每个门派的御兽宗，就连丹鼎宗内都养着从他们那儿送来的灵鹤，不过，估计被马长老偷得不剩多少只了。

而御兽宗自家人召唤出来的本命灵兽更是不同，进入万古之森后不会变成异兽，而且同主人心神相通，等于来了双倍的战力。即便是没有上届那样的符篆攻势，南境的实力也并不比北境差多少。

眼下实力最弱的东境一来就撞上了上一次的头名，看样子要出大事了！

蹲在树上的解说员情绪激昂：“不知道东境是选择正面迎战，还是要趁着南境修士尚未到达，开始逃跑呢？让我们看看东境那边的画面，他们现在是——”

“哦嚄？他们趴下了！这是直接躺平认输了吗！”他喊得太大声了，前面的长老们都听到了。

南境的御兽宗长老笑呵呵地冲着东境众长老拱了拱手，客气中带了些许幸灾乐祸：“诸位东境道友，不承想今年这般不凑巧，待小友们出来后，还请让我招待他们上天宫云舟玩耍两日，以表歉意啊。”

天宫云舟便是那艘被贼修们光顾过的豪华云舟，因为南境修士们富得流油，十多个贼修一起动手都没把那艘云舟搬空。

马长老原本是挺想去蹭吃蹭喝的，但是听到这种话后也只是皮笑肉不笑地呵呵两声，懒得搭理，心道：凭什么笃定我们东境今天就要全员出局？我可以说我们宗门的小崽子们不行，但你们这样阴阳怪气就是不行！

徐长老不由得轻叹，低声道：“若方才孩子们听到动静后第一时间选择撤退，留下一小部分人断后，还是能保全大部队的。”

这也是所有观赛人的心声。他们有点儿看不懂东境的战术指挥，怎么遇到人的第一时间反而是趴草丛里了？就算来的是异兽，不是人，你趴在草里也不管用啊！到底是谁在胡来？

其他人刚才没仔细看，所以不清楚，但是东境几位长老盯得紧，自然知晓是谁在指挥。

狂长老有点儿纳闷：“不是姜渊在指挥吗？他怎么一直不开口，反而让小鱼丫头在胡闹呢？”

徐长老不知道打赌的事情，也说不出缘由，他只能紧握着剑，手背上的青筋都因太过用力而爆出来了。若这次离谱到第一天就全员出局，那东境以后真的不用再来参加四境大会了。

那边的北境修士终于逮到了机会，开始阴一句阳一句地嘲讽回来。因为他们还顾及未走的百里空山，所以声音不大，却足以让隔壁的东境长老们听清了。

徐长老跟狂长老都面色不好看地开始挽袖子，大有现场就跟对方干起来的冲动。

马长老眼见情势变得如此剑拔弩张，为求安抚军心，只得张口就来："其实你们不用担心。"看到他们都看了过来，他便继续胡诌，"其实我们宗真的有杀招，继续看下去吧。"

万古之森里，气氛远比外面还要肃杀。

一只通体黝黑的灵虎慢悠悠地自密林后方踏出，巨大的白色虎爪将底下那丛灌木踩得稀碎，它濡湿的鼻头动了动，之后发出一声沉闷的咆哮。

"止步。"骑着黑虎的御雅逸抬起手，示意身后的人停止前进，"踏雪嗅到了一股血腥味儿，前方似乎发生过战斗。"

这说明前方肯定有人或者异兽，丛林里十多只灵兽齐齐止步，坐在它们身上的御兽宗和回春门两宗修士都从芥子囊中拿出了法宝换上。

有钱人怎么可能就一套装备？虽然先前在外面被没收了一套攻击装备，他们当然设想过这样的情形，所以芥子囊中还留有一套纯防御的法宝！

外衫是高级法宝，裤子和靴子也是，腰带居然都是！不断闪过的高级法宝光泽太过耀眼，让趴在草丛里的东境穷鬼们眼睛都看直了，差点儿灵力不稳，隐藏失败。

狂浪生有点儿酸又有点儿担忧，他无声地朝着俞幼悠张嘴："怎么办？他们过来了！"

换好装备的南境众人已经操纵着灵兽朝他们这边走了，距离越来越近，俞幼悠都能嗅到灵兽身上的味道了。

就是现在！她举起手指往前一比画，下令："丢雷！"

天降正义！无数个刺球像是密密麻麻的深灰色冰雹一般，被灵力裹挟着袭向野草丛另一边的南境修士们！

御雅逸刚想提醒身后的队友小心，结果头顶就传来一阵剧痛，差点儿让他从踏雪的背上滚下去。他想伸手去拿下那玩意儿，然而刺球接触到血肉的瞬间便开始在他头顶寄生，活活扯掉了一把带血的头发才把那东西给弄下来。

南境所有修士只想骂人，他们换上高级防御法宝后，便想着可以节省灵力，不用灵力护体了，谁承想头顶会突然砸下这种怪东西！

他们可没人戴了防御的帽子，几乎所有人的头顶都被刺球扎了，更有倒霉的在听到动静后第一时间抬头看，现在脸上钉满了刺球。

比他们更惨的是身下的灵兽。灵兽们可没有穿上防御法宝，所以刚才那些刺球落下后，大部分都扎在了灵兽的身上。它们吃痛之下开始挣扎想逃窜，结果肉爪又踩到了地上的雷。一阵接一阵的灵兽嘶吼和惨叫声响起，隐约间竟然有失控的危险。

御雅逸眼看情况不妙，连忙拍了拍座下黑虎的脑门儿："踏雪！"

踏雪身上也扎了刺球，但是它仿佛不觉得痛，回首冲着众兽昂首怒吼了一声，原本还躁动的兽群顿时重归有序。

一阵风自大半个人高的荒草丛上方掠过，掀得阵阵窸窣的碎响。

御雅逸低头看着满地的刺球，冷冷地注视着前方看似平静的草丛，低声道："里面有人埋伏，回春门诸位可以出手了。"

回春门最擅针术，在此情况下最适合他们出手。被护在最中间的五位医修上前，每人的指间都有银光在闪烁。灵力催动之下，这些银针比方才的刺球还要密集，迅速地朝着前方的草丛飞刺而去！

然而想象中的痛呼声没有传出，转而是无数金属相碰撞的清脆声响。数面巨盾同时展开，铸成了一道坚不可摧的防御墙！

看见这些金色巨盾的瞬间，御雅逸也认出了对方的来历。他脸上全是错愕，难以置信："东境？"

御雅逸原本以为是北境或者西境的人来埋伏自己，万万没想到是常年吊车尾的东境！眼前的状况，让他不得不正视这个从未关注过的东境了。

回春门被有准备的盾修们完克，而御兽宗的主要战力是灵兽，此时草丛里不知隐藏了多少个刺球，灵兽们根本不敢再往前走了。

御雅逸难以想象，第一天他们就被逼到了这种地步。眼下两方人马僵持不下，他长长地呼出一口气，死死盯住对面。

"东境道友好手段，不愧是不灭剑神的亲传弟子和儿子。"御雅逸朗声对着那边的盾墙赞了一句，他只以为对方的指挥是修为最高的姜渊或者身份最高的俞长安，“不知究竟是哪一位在指挥？可愿出来谈谈？放心，我们南境绝对不会做偷袭这种事。”

风吹过，没有人站出来。御雅逸一眼望去，还是只有那面盾墙。他不由得皱眉，心生不快道：“莫非东境的道友竟这般胆小如鼠吗？”

俞幼悠心道：“不…… 我已经站起来了。只是盾修的盾也太大了吧！为什么我都悄悄踮起脚了，还是没有这些盾高啊！”

东境这边没有人站出来，现场的气氛有点儿尴尬。

御雅逸脸上的笑容逐渐淡去，他看向那边由巨盾组成的矮墙，笑容略有轻蔑：“原来传说中最具傲骨，敢言‘我命由我不由天’的剑修，竟也是胆小如鼠之辈吗？”

听到这句熟悉的中二台词，俞幼悠就想起先前马长老的评价，不由得替剑修们双脚抠地感到尴尬。

剑修们好似被激起了什么情绪，一个个都变得呼吸急促、双目微红，眼看就要拔剑飞出去了，以被师父带得脑子不清醒的姜渊最甚。

俞幼悠踹了他一脚：“急什么呢？我去！”

她站起来没盾高，最后只能被迫大大方方地走出盾墙。说是大方，其实后方的剑修们早已酝酿好了剑气准备为她护体，真正的丹修从不玩命。

御雅逸看到草丛攒动了一下，却没瞧见人，正觉得不耐烦的时候，看到有个脑袋露了出来。

是的，先前为了隐藏身形，他们特意选择了草丛中最密最高的这片区域。这直接导致她现在只能露出一个脑袋，脖子及以下全部都被草挡住了。

俞幼悠生无可恋地抬高声音：“出来了，不知御道友想怎么谈？”

御雅逸皱眉看着荒草丛前矮小身躯上的那张小脸蛋，柔弱得像朵小白花似的，眼神无辜且怯生生的，看着年纪极小。

东境这群人未免太不像话了，竟然胆𡱁如斯，推了这样一个炼气期的小女孩出来谈判！

不过回春门修士们指间的银针并没有收回去，在四境大会中只有对手，容不得半点儿心软。只要对方露出丁点儿破绽，这些银针就会飞向这个小姑娘的面门！

不只是南境修士们没想到，场外更是一片哗然。这番对决的反转未免太快了，刚刚他们看到东境使出刺球攻击的震撼场面时直呼“好家伙”。

大部分人都不知晓刺球是什么，还是牛长老出面解释，众修才明白过来。

解说员们语速飞快地把这个新战术传出去，并将其命名为“东境刺球战术”。

“原以为东境会被碾压，没想到他们能想出这种杀招，两边竟然僵持下来了。”

“不过二者之间的防御法宝差距太大，而且东境剑修们一旦飞出去主动出击，便会被回春门的针雨覆盖，所以他们最好的战术就是在盾修的掩护下慢慢撤退。”

另一棵树上的解说员不认同：“东境也有可能选择乘胜追击，毕竟这是他们这么多年来头一次主动伏击，说不定会趁着那些灵兽受伤，争取利益最大化。”

在万众瞩目之下，东境和南境相互僵持住了。

南境御雅逸出来谈判在众人的预想之中，但是东境最后站出来的人居然是一个看起来完全无害的小姑娘！

“东境怎么回事？让个炼气期的小孩出去谈判，难道这就是传说中的苦肉计吗？”

“也可能是准备投降，派出个无威胁的人以示诚意。”

…………

刚损失了一名长老的北境直接就开始嘲讽上了：“你们云华剑派就这点儿本事，遇到危险就让个手无缚鸡之力的丹修去？”

徐长老也不知道姜渊那群小子到底是怎么回事，就觉得今年的剑修好像不像以往那么瞩目了，戏份都被丹鼎宗那三个人抢走了。

马长老倒是飞快地点了点头：“你说的没错，这个小丫头是我们丹鼎宗内门里修为最低、脑子最单纯好骗的，我们宗门里比她强的起码还有好几百个，她就是过来凑数的。”

这句话可太熟悉了！徐长老瞬间回想起上次三大宗门试炼的惨痛经历，

不知道为什么，马长老这话一出，他方才躁动不安的心瞬间得到了安抚，甚至生出了一种谜之自信。

徐长老也跟着点头：“是啊，这个丫头是我们东境有史以来最弱的四境大会选手，后面那二十三个人都比她强千百倍，所以才让她出来谈判。”

马长老神秘莫测地看了徐长老一眼，他只想劝这位道友：不会吹牛就不要乱学。看看其他宗门看你的鄙视眼神，俨然已经觉得你们云华剑派的剑修在欺负弱小无助的丹修少女了！

看看那可怜的小姑娘啊，柔弱却勇敢，竟然冒着生命危险站到了最前面！

合欢宗的梅长老眼中闪过光：“心性这么坚毅的小姑娘，生得又如此让人怜爱，没来我合欢宗真是可惜了。”

就连天顶上的无尘佛子也念了句佛偈，欣赏地赞许道：“此女乃大无畏之纯善者。”

万古之森里的俞幼悠不知道自己被无数道疼爱怜惜的目光盯上了，她还在努力地同荒草作斗争。

御雅逸收敛了情绪，拱了拱手：“敢问道友是？”

俞幼悠踮着脚回答：“丹鼎宗，俞幼悠。”

“原来是丹鼎宗的俞师妹……”御雅逸一边客气地说着，一边用手在黑虎的脖子边上拍了拍。

座下黑虎极具灵性，低低地从鼻腔中喷出热气，前身微屈，后半身的躯干和尾巴都隐约地摇晃起来。这是兽类捕猎前的动作，俞幼悠一眼便识别出来。

“御道友，恕我奉劝一句，不要企图让你的黑虎冲过来抓我做人质了。”俞幼悠那张方才看着还让人没有防备的小脸上露出真诚之意，“否则，伤了黑虎我们都心疼。”她悄悄地往后面做抬手的动作。

做了半天，最后还是只有姜渊看懂了，冷着脸操纵着灵剑把她托举起来。

终于，俞幼悠站起来了！在南境修士的眼中，俞幼悠缓缓升起，直至露出上半身才停住。她面上带着得体的微笑，手中却以灵力托举着一堆刺球。

俞幼悠的视线悄然落到了御雅逸身后的五个医修脸上:“想来诸位回春门的道友已经认出了此物。”

回春门众人:对不起,还真就不认识。

万古之森实在是太大了,每次被随机传送到的地方都不同,里面那些特殊的灵作物更是多如繁星。身为医修的回春门修士们,自然只记住了密林中有用的药材,而刺球这种毫无药用的灵植,并不在他们的必背内容里。

并不是所有宗门都像丹鼎宗那般,世代修士都有收集遇见的所有灵植信息的习惯。也不是所有人都跟俞幼悠和启南风一样,沉迷于那些可能一辈子也见不到的“无用草木”,争取将它们全部览尽。

俞幼悠一看他们脸上一闪而过的僵硬瞬间就明白过来。不懂啊?那就更好办了。她决定给这群南境修士洗脑一下。

“此物名为雷爆刺球,其利刺坚硬无比,能轻易穿透灵兽和人的皮肉,寄生在血肉之中。”说到这里,俞幼悠看向脸色极糟糕的南境众人,微微一笑,“想来这一点大家都已经深有体会了。”

当然有了,他们很多人现在头上都还扎着刺呢。

俞幼悠继续忽悠:“它最厉害的却不是这点,雷爆刺球,顾名思义……它厉害的是雷爆。”

南境众人已经紧皱着眉头,然而任凭他们怎么看,地上这些刺球除了过于扎人外,别无异常。御雅逸抬手,准备用灵力去草里拾取一个刺球拿起来查看。

“住手!不要用灵力触碰!”俞幼悠抿着唇,她的神情变得谨慎起来,甚至往后退了两步,明显有着深深的忌惮,“此物寻常触碰无事,一旦用灵力催化,便会产生威势极猛的雷爆!”

御雅逸的手果然顿住,很明显,他的脸上仍有疑虑。为什么这么厉害的灵植他从来都没听说过?

“不信是吗?”俞幼悠叹口气,从芥子囊中摸出一个刺球,手上灵力开始涌动,“御道友,请你看清楚了!”

在那团火系灵力的炼化之下,刺球的尖刺开始逐渐变软,隐约快要有溃散之感。然后,俞幼悠将这个刺球用力朝着无人的草丛里远远一抛!

同时她一声高呼:“爆炸就是艺术!”

"轰！"那一片草丛火花和电光带闪，生生地被轰成了焦黑色！

躲在那片区域的俞长安按着剑，轻轻呼出一口气。他刚才和另一个剑修被俞幼悠提前吩咐敛息躲到了这儿，还让他听到那句奇怪的口号后，就动手全力释放剑气。

俞长安心想：真是怪了，俞师妹怎么知道自己新学会了一招惊雷剑气？而且跟张师姐的火系剑气碰撞在一起的时候，看着果然跟雷爆一模一样。

俞幼悠当然不会告诉他，原作中的他跟他姐姐就是靠着这一招，携手弄死了一只金丹期异兽。

"嗞！"南境修士齐齐吸气，一个雷爆刺球就这么猛，那他们脚下这上千个要是同时被灵力催动……

他们瞬间联想到了上次四境大会中，南境修士们砸攻击符篆把某片森林夷为平地的场景。雷爆刺球，恐怖如斯！万古之森的物种果然太丰富且可怕了啊！

御雅逸眉头紧锁，没有说话。不愧是见多识广的少宗主，果然没那么好骗，不过他显然也信了几分，很隐蔽地把踏雪身上的那个刺球拔下来，悄悄丢得远远的。

对面，俞幼悠脸上的表情越发苍白，她露出苦笑。

"我们东境运气背了上百年，这次总算转运，一来便采到了这些宝物，没想到刚拿到就碰到了南境诸位道友。"她拱了拱手，表情越发真诚，"我丹鼎宗内还有贵宗所赠的那群仙鹤，想来我们也算是友宗。东境与南境更是素来无冤无仇，末尾的我们只想顺利完成比赛，不求同南境争夺第一。"

少女一字一句说得真切无比："我们丢出此物只是为了表示我们的诚意，此乃示好啊！"

南境修士们：你们躲在草里拿这玩意儿把我们砸得头破血流，还管这叫示好？

"你们想来也清楚，若是真的同时引爆这上千颗雷爆刺球，诸位甚至都来不及捏传送符出去，定会葬身此地！"俞幼悠开始讲道理了。

南境众人：好像是这样？

俞幼悠继续道："可是我们并没有要用灵力引爆此物的意思，因为我们同为人族修士，将来说不定还会成为一起镇守万古之森的战友，我们不会跟北境那群无耻之徒一样残害道友！”

小姑娘已然说得哽咽了，南境修士们顿时想起三年前的惨剧，东境好像是挺可怜的？

御雅逸依然充满了防备：“你们究竟想做什么？”

“我们愿意将这些雷爆刺球赠予你们，且把灵气催动的方法一并告知。”俞幼悠话锋一转，“但是，东境条件艰苦，还请众位支援些高级防御法衣。”

说了半天，原来你们是盯上我们的法宝，特意劫道的！南境众修顿时恍然大悟，心中不免对东境修士产生了鄙夷。这是穷疯了吗？难道他们不知道雷爆刺球的作用远大于这些防御法衣吗？呵，果然是没有体验过拿几百张攻击爆破符篆狂砸异兽的快乐的穷鬼啊。

而御雅逸听到这句话后，彻底没有了怀疑。东境不提要求才有鬼，提了要求，他反而觉得正常。不过他并不是人傻钱多的白痴，也不会任由对方宰：“高级法宝极其贵重，我们也未携带多少，最多只给三件。”

原本就只打算宰三件的俞幼悠：救命，肥羊太懂事了该怎么办！那就再宰狠一点儿！

俞幼悠立刻换上纯善的笑容，开始同肥羊讲道理了：“御道友，你说，我们现在要是一起引爆你们脚下那些雷爆刺球，南境会不会创下一天就被淘汰的四境大会纪录呢？区区十件法宝，能换来一堆杀器，还可换来我们两境的友谊，何乐而不为呢？”

外面的人听不到声音，只能看到俞幼悠跟御雅逸面对面在说着什么。过了许久两边都没打起来，只有俞幼悠时不时比画着数字。

这下，就连天顶上的化神期大能们都看不懂了。

悬壶派的苏真人逐渐皱眉：“这是在做什么？东境素来愚昧，不懂变通，这么近的距离，若是挟持了这个小丫头，后边的那些人定会军心不稳，南境就能轻松将他们拿下。”

回春门的顾长老就更看不懂了：“咦，那不过是些寻常的刺球，踏雪可是有望晋升至化神期的顶级灵兽，虽说现在也只有筑基顶级的修为，但是肉身远远强过寻常修士，并不畏惧刺球啊。其他人也是，直接冲过去便是了，大不了就是被刺球扎痛几下的事。”总不可能南境全员怕痛吧？

南境修士：不是，我们是怕底下这些都会突然爆炸！

眼下，不只是万古之森外面的围观群众在等待着这场大战的开始，整个修真界都在飞快传讯，分享着最新战况。

然后在万众瞩目之下…… 御兽宗有五个人脱下了高级防御法衣，丢给了俞幼悠。

所有人都看傻眼了：御兽宗你们在干吗啊？你们是看这小姑娘太可怜，打算扶贫了吗？

俞幼悠接过那五件法宝往后一抛，然后比了个手势。盾修们立刻站起身持盾，掩护着剑修和丹修们往另一个方向飞快撤退。

只有姜渊御剑载着俞幼悠留在最后面，因为她还得教南境修士如何催动雷爆刺球。

俞幼悠拱了拱手，认真道："南境修士果然讲信用，那我也不能骗各位，我这便把催动雷爆刺球的口诀告知诸位。大家一边用灵力灌输其中，一边背诵口诀便可。"

修真界的确是有不少功法都有口诀的，就是炼丹术其实都有口诀。然后，她现场背诵了一段化学元素周期表，怕对方没记住，她还多背了两遍。

俞幼悠背得太过熟练，这让南境众修最后的一点儿疑虑也被打消了。他们不再阻拦，放心地目送着姜渊御剑带着那个真诚热心的少女飞遁而去。后者同他们挥手道别的时候，他们还跟着挥了挥手。

"这般玄奥生涩的口诀，她连背了三遍都没出错，看样子是真的。"御雅逸不愧是少宗主，竟然还关注到了这个细节。

若是方才俞幼悠背诵出错，那便定然有鬼，他会毫不犹豫令踏雪攻击她。他捡起一颗雷爆刺球拿在手中把玩，眼中逐渐露出笑意，很好，今年我南境又要复刻三年前的辉煌了。

东境百年垫底不是没有理由的，如此逆天的宝贝，竟然为了五件高级法宝说换就换。愚不可及！

御雅逸抬手发号施令："众修听令，今晚就在此地驻扎，所有人都要背会口诀，学会熟练催动雷爆刺球！"

激动的南境修士："是！"

而另一边……

东境的沙雕[①]们跑得比狗还快，盾修们连盾都不举了，扛着三个丹修就往前冲。

俞幼悠在狂浪生的肩上拼命催促——

“快逃啊！”

“被那群傻子发现那是假的，我们就死定了啊！”

现在整个修真界都陷入了一种谜之混乱中。

无数个传讯符中都传来不可思议的惊呼声，那些解说员情绪更是激动，在树上为了争夺更好的围观位置不断往上爬，有好几个都掉下去了。

爬到树顶的，就拿着传讯符看似讲解，实则开始跟隔壁树上持不同解说意见的大声互掐起来——

有搞场外阴谋论的：“若是没有看错，方才那个女丹修跟御兽宗的御雅逸交谈了半盏茶的工夫，其间还比了个十，后来又比了个五……”

这位解说员声音一顿，想必也有点儿费解，但是他很快就领悟过来了：“她是在告诉御雅逸，你今年已经十五岁了，可以考虑寻找合适的道侣了。若是你愿意跟我们东境联姻，那云华剑派那位不灭剑神的女儿跟你正好差不多大，而且门当户对，等个三五年就可以成婚了！”

“对，就是这样，只有这种分量的场外联姻才能让南境心甘情愿地放弃把东境全员淘汰的机会，还主动赠送了五件高级法宝给对方！所以后面他们还友好地挥手告别！”

另一棵树上的解说员偏过头来大骂：“放屁！事情明明是这样的——那个叫俞幼悠的丹修是在威胁御雅逸，你们南境现在敢对我们万古之森里的弟子动手，场外的那个疯……风度翩翩令人敬仰不已的百里前辈就敢对你们的长老们动手，他要直接杀到你们云舟上去！”

持联姻论和持百里空山威胁论的两个解说员差点儿打起来。

底下的元婴期长老们个个都坐得极端正，神情亦是淡然，一派高深的模样。实际上都竖着耳朵听后面传来的各种推测，因为他们也着实想不通，俞

① 沙雕，网络流行词，指欢乐有趣的人。

幼悠到底说了什么神奇的话，竟然让南境主动交出了五件高级法宝。那可不是个小数目！

甚至连西境那位梅长老都微挑着眉，转过身来问：“你们东境和南境难不成真要结亲？”

刚才还在互讽的云华剑派长老和御兽宗长老对视了一眼，迟疑片刻后摇了摇头——

“不太可能。”

“应当不是。”

梅长老笑容浅浅不及眼底，红唇扬出些许试探性的弧度：“所以……你们两境是准备在四境大会联手了？”

南境实力强大，唯一的对手就是北境，而拉拢同北境有血仇的东境一起干翻北境，这是极有可能的。这样子看来，每年都只能勉强胜过东境的西境，今年有垫底的危险了。

东境长老团看了眼南境长老团，后者亦是沉默地回望，琢磨着，里面的弟子应该是真的联手了吧？

既然没打，反而合作了，外面的气氛瞬间变得和谐起来。

马长老嘿笑着拱了拱手：“不知先前说的可还算数？四境大会后，我们便带着那群孩子到贵派的天宫云舟上叨扰几日了。”

御兽宗长老亦是笑眯眯地回礼：“荣幸荣幸，诸位若是不嫌弃，届时来我们南境做客……”

“好说，好说……”

底下的人都这么议论，俨然是认定两境在合作了。

顶上的化神期大能陷入了沉默，苏真人冷笑着看了眼顾真人：“竟跟最无能的东境合作，你们以为这样子今年就能赢过我们北境吗？”

顾真人：“……”

其实顾真人有疑惑说不出，不知道为什么，看着南境众修都停在那片荒草堆里，如获至宝地捡着那些刺球，又个个都手捧着那无用的玩意儿念念有词，他就觉得事情没有那么简单。

他心中浮出一个可怕的猜想，他们回春门的弟子主攻针术，对于草木研究得并不是太深，莫不是没人认出那刺球是什么东西，把它当成宝贝了吧？

“应当没这么傻吧？”顾真人心中暗暗担忧。但是为了南境的脸面，不能把这个怀疑公之于众，他也只能带着故作高深的微笑，默默注视着这一切：只要我装得够好，我们南境就是主动合作，而非被动上当！

万古之森里的东境修士什么都不知道，他们只知道跑路。

月色下，树影婆娑错落，其间有数道身影飞掠，一边往前冲，一边互相催促着加快速度，直到确定后面的南境修士不会追杀上来后，他们才止步，个个都坐在枯枝叶堆里喘气。

俞幼悠被狂浪生丢到了叶堆里。她也累得够呛，这一路为了躲避各种潜在的危险，全程都在嗅着附近的味道，但凡闻到太强烈的异兽腥臭味儿就得提醒队友们转道。她摸了摸发疼的鼻子，越发怀疑自己是个狗妖。

当然，中途遇到了实力不高的灵兽，众人自然是干脆利落地拿下。现在算起来，居然只在一天的时间内就斩杀了一只筑基期的异兽和四只炼气期的异兽。

这是东境好久都没有过的傲人战绩，因为以前东境都是选择稳扎稳打，压根儿不可能一天内狂奔这么远的距离。

被丧尸追多了的俞幼悠习惯性地用马长老教自己的炼化功法，把这些异兽的尸首都弄成了灰，速度竟然比使用火系剑气烧异兽尸体的张浣月师姐还快些。

当然，在场外众人眼中，都是张师姐一道火系剑气劈过去便把这些异兽弄成灰了。

徐长老还略自得地点点头：“没想到张师侄的剑气已经臻至如此境界，不错不错，不枉我也曾指导过她数月。”

看穿一切的马长老想嘚瑟，但是又害怕俞幼悠拿这招杀了人或者把别人的法宝给炼坏了，苦主会找到他这儿来要赔款，于是只能闭嘴。跟炫耀比起来，果然还是灵石最重要。

场内，狂浪生躺在这层厚厚的枯叶堆上不想起来：“今天又是杀异兽又是逃命，我现在灵力都快用完了，可以直接躺这儿睡吗？”

听到这样的话，姜渊头一个站出来反对：“不可，此时已经入夜，林间有大量异兽出没，一不小心便会陷入万劫不复之地！”

这倒是真的，俞幼悠也赞同姜渊的说法。入夜的万古之森要比白日危险十倍，不仅是修士的视野受限，而且许多强大的异兽也出来觅食，更有各类剧毒的爬虫异兽出没。

四境大会中有不少修士就是死在了黑夜中，他们大多数人连撕碎传送符都来不及，就被隐藏在黑暗中的异兽一口吞没。

不过狂浪生也只是说说，有点儿经验的人都不可能在万古之森的晚上呼呼大睡。

俞幼悠站起来活动了一下身体，她抬头看了看附近的林木，转身对众人道："今晚先在树上休息吧，体力尚好的，跟我一起在附近值守警戒，若有异常也好叫醒你们，两个时辰后再轮换着休息。"

启南风和苏意致都主动站起来，剑修们今天最辛苦，姜渊正要站起来的时候，边上的俞长安突然按住了他的手。

少年的声音坚定："师兄已经力竭，我来就好了。"说罢，他便拿着剑站了起来，走到边上。

众修爬上树小憩，而丹修三人组则蹲在树下注意着周围的动向。俞长安看了一眼，没好意思走上去，只是不远不近地持剑站着。

狂浪生刚才还在喊困，真到了树上却又睡不着。他叹气，语气凄凄道："肚子饿了，我进来之前就该再吃一碗蟹黄面的。"

此话一出，所有人都回想起了那一碗铺满了灵蟹蟹黄和蟹肉浇头的面，不由得咽了咽口水。

树下的启南风马上接过话头："我倒是更想念我们桐花郡一家叫黄鹤楼的酒楼里的点心，虽然只是凡俗吃食，但是那味道细腻香软，入口即化。若诸位有机会来桐花郡，我请客！"

对桐花郡有着强烈阴影的盾修们在这种情况下也高高兴兴地应了。

苏意致细嫩的小脸上都是疲倦，他仰着头开始回想："其实我们丹鼎宗的伙食也不差的，内门膳堂拿灵米做的什锦蛋炒饭，还有拿灵虾炖的蛋羹，都是极鲜极美的，关键是不限量供应……"

俞幼悠也跟着回忆起来了："其实外门膳堂的香酥肉饼深得我心。"

盾修们听得无比羡慕，天盾门不似丹鼎宗那般富裕，膳堂最多也就灵米管够，哪儿来的这么多花样啊。

至于剑修们…… 他们崇尚艰苦朴素的生活，加之没事就在外面赶时间做任务赚灵石，所以基本都是一粒辟谷丹就搞定。

听着丹修们在形容他们膳堂里的各色美食，剑修们听得眼睛都快放光了。更有甚者，抱着自己的剑叹了口气，看样子很是后悔这玩意儿不能变成丹炉，让自己马上转职成为一个丹修。

姜渊沉默着听了会儿，最后终于忍不住，出言冷冷地打断众人的美食夜话：“吾辈修士自当以吃苦为福，怎可贪图口腹之欲？咕咕咕——”

姜渊的声音同众修的讨论声一同戛然而止。不是被训斥的，而是所有人都听到了最后的那三声咕咕咕。这当然不是姜渊在学鸽子叫，而是他肚子在叫。

但是傻子不懂，在树下的启南风警觉地抬起头：“我听到了鸽子的叫声！是不是有异鸽来了！”

姜渊的脸色猛地僵住，最后他沉默着纵跃到了远离众人的一棵树上，靠着树干陷入了死一般的沉默。

俞幼悠并没有趁机阴阳怪气地嘲讽他，因为其实现在所有人都一样，大家不仅灵力面临枯竭，就连肚腹也是空空如也。

东境的霉运在这一届还在延续，他们这一路过来甚至连条山溪都没有遇到过，更别提各类能吃的灵食或者灵药了。也不知道是不是因为俞不灭总是对天道不敬，才导致他们东境百年霉运当头。

俞幼悠沉默地守着夜，她其实并没有消耗什么灵力，所以后半夜也没有休息，而是一直警戒地守在树下。

眼下不敢生火，只有炼气期的他们被万古之森的寒气冻得哆嗦，挤在一起取暖。

启南风和苏意致虽然困得要命，但是他们强撑着不睡，而且把俞幼悠拉到了中间，一人往她身上盖了件外袍。到后半夜的时候，那两人便默契地眯了眼，然后分别靠在俞幼悠的两侧肩膀睡过去了。

俞幼悠：“……”

俞长安和俞幼悠对视一眼，他突然轻声问：“你们关系好像极好。”

俞幼悠头也不抬，保持着肩膀挺立的姿势，嗯了一声，并没有要同他聊天的意思。

俞长安沉默了。若是没记错，俞幼悠他们都是年初那会儿才成为丹鼎宗弟子的，也就是说他们三人不过认识了短短一年。即便他从小便在云华剑派出生长大，十多年过去了，却从未和同门这般亲密无间地相处过。

按照常理，与自己同胞出生的姐姐应该是再亲密不过的。然而自丹鼎宗归来后，两人便渐行渐远，但凡见面，俞长安总要打起十足的精神小心哄着俞念柔，生怕惹得姐姐不高兴。就算这样，也没能哄好。

当日在传送大阵前，他也曾想过回去找俞念柔，结果鬼使神差地……跟着众人一起走了。想来回去后，姐姐又要大发雷霆地指着他的鼻子怒骂了。

俞长安抬头看向前方。少女的侧脸被月色映得朦胧，俞长安竟隐约地生出一种古怪的错觉：俞师妹跟自家姐姐长得有两分相似。

只是他很快便想起这二人身份的差距，一人是剑神的掌上明珠，从小百娇千宠；一人是父母双亡的孤儿，吃尽了各种苦楚，好像没可比性。

皎洁的月光下，俞幼悠身上还披着那两个少年的外衫，而她也保持着一动不动的姿势，像是在努力让身边的两人休息得舒服些。

不过……这样的事情，俞念柔怕是一辈子都不会做的。俞长安在心中轻轻叹了口气。他想，若俞幼悠是自己妹妹，他定会好好护着她，并不会比启南风或者苏意致做得差。

随着盾修们的阵阵鼾声和密林深处可怕的异兽嘶吼响起，晨雾开始在森林内蔓延，天光亦是逐渐明朗。剑修们早早地便御剑去附近巡视了，枝叶间偶尔传来剑掠过的声音。

俞幼悠喊醒在树上呼呼大睡的盾修，又利落地踹醒地上的两人：“起来，该出发了。”

这附近的资源太过贫瘠，连半株药材都没见到。他们必须抓紧时间深入密林，一边斩杀异兽一边寻找补给了。

第十二章

水域霸主

休息一晚后，众修的灵力都恢复得差不多了，立刻排好阵列向深处挺进。至于方向嘛，大家没有地图都不知道，只能靠俞幼悠和启南风根据植被分布情况来决定了。

“也不知道其他三境的情况怎么样了。”张师姐有些担忧。

苏意致抬起头，语气凝重地回答：“北境的惯例是一开始就拉大优势，若没猜错，他们会在前几天就主动寻找异兽斩杀。”

姜渊接过话头：“西境的运气一向不错，他们一般都是寻找一处易守难攻的地势扎营，然后分成各个小队往周围分散着猎杀异兽。”

“其他宗门我不知道，不过南境嘛……”俞幼悠语气轻快，“没猜错的话，他们还在背那段催动雷爆刺球的口诀吧。”

想起南境众修被忽悠得一愣一愣的，众人都忍不住想笑，队伍的气氛都好了不少。

很快，飞在最前面的一个剑修便折返了。

众人连忙止住笑容，姜渊快速上前询问：“赵师弟，可遇到了什么麻烦？”

“不是！”赵星燃语气轻快，指着前方，“俞师妹猜得没错，前方果然有水源，那地方好像还生长着不少灵植，若在附近扎营是再好不过的事了！”

众修马上来了精神，剑修们御剑就起。俞幼悠还没来得及说话，就被身后的狂浪生丢在肩上扛着跑了。

狂浪生还很嫌弃：“你腿太短，跑太慢了！”

俞幼悠：“……”

又往前行了一段距离，草丛里出现了不少灵药，俞幼悠三人一边采集一边跟着队伍走。这里有好几种药材都可以拿来炼制辟谷丹，只要再采集一些，起码能够保证他们七日的消耗了。

当俞幼悠他们翻过一个小山坡后，那片水域也出现在众人的眼底。在幽暗的万古之森中，这片清澈的水域宁静得不带半点儿涟漪，水上更是漂浮着好几种水生灵植，那一大片数量惊人。

启南风眼睛已然大亮，他飞快地报过那些药材的名字，苏意致则马上跟着念出可以拿它们来炼的丹药。

“光这些灵植资源，就够我们撑半个月了！”

“我们东境倒霉一百年了，天道有眼，总算遇到回好事了！”狂浪生开始挽袖子，准备下水摘灵药。

然而俞幼悠面无表情道：“那你就想错了，我们的霉运还在延续。”她指着下面的水域，语气凝重，“按道理，水源附近应该有很多异兽，但是刚刚我们来的路上都没有看到什么异兽，对吧？”

众人瞬间明白了她的意思，这说明附近应该有难缠的异兽占领了水源，这才把其他异兽赶跑了。

“可是……你不是说没有闻到异兽的血腥味儿吗？”

哦，现在大家已经把她的鼻子默认为狗鼻子了吗？

俞幼悠沉默了一下，指着水底：“应该在下面，水把异兽的腥味儿掩盖住了。”

为了验证猜想，俞幼悠从狂浪生的芥子囊倒出了一具异兽的尸体。当初她本着不能浪费所有潜在资源的原则，把这玩意儿捡上了。至于为什么是狂浪生的芥子囊？因为俞幼悠嫌这玩意儿臭，借口她的芥子囊还要放灵药，把这东西塞他那儿了。

低阶芥子囊不能保鲜，被捂了一天一夜的异兽尸体拿出来的那一瞬间，众修都转过头呕了几声。

俞幼悠指挥着姜渊：“姜道友，劳烦你把这玩意儿丢水面上去。”随即补充了一句，“你可以拿剑叉过去，这样手就不会弄脏了。”

姜渊低头，表情凝重地看了眼自己灵光闪烁的剑“老婆”，又低头看了眼那发烂发臭的异兽尸体。最后，他毅然决然地徒手拎着兽尸往前纵跃，飞快地丢到了水潭中！

好家伙！俞幼悠看着归来的他，忍不住赞叹："不愧是云华剑派大师兄，这等爱惜本命宝剑，真乃剑修之典范。"然后往后退了一步，远离他散发着恶臭的手。

启南风也跟着竖拇指："今天开始，姜师兄就是我的榜样！"之后也跟着远离一步。

大家纷纷表示姜渊实乃剑修之楷模、修士之模范，然后瞬间在他周身腾出了一段距离。

就在这边笑嘻嘻的时候，水潭那边异况突生！数道丈高的水花同时掀起，方才平静的水面顿时被打破，无数道黑影攒动着自水底浮出，它们应当是饿惨了，互相争抢着冲向了浮在水面上的兽尸！

"好家伙！都是大鲇鱼啊！"启南风惊呼出声。

还未等众人看清，最前方的那条长了四条腿的巨型鲇鱼便将嘴张得奇大，露出两排尖利的牙齿，以飞快的速度一口将牛犊大小的兽尸吞入口中。之后这群鲇鱼便潜入水底，水面又恢复了平静，再也寻不到这些东西的踪迹。

"难怪没有异兽敢去喝水。"苏意致啧了一声，"就刚才那一波，起码有三十条筑基期的异鱼了，加起来比咱们都还强点儿！"

要是刚刚他们冲过去采集灵药或者喝水，估计全都要暴毙现场了。

"而且这些鱼只冒个头，抢完了肉就潜到水底最深处，极其警惕。"姜渊皱眉，"此物恐怕我们无法应对。"

"可惜了，水里长着这么多的灵药。"狂浪生眼中全是不舍，"而且筑基期异兽群可不好碰到，要是咱们能一口气把这个水塘里的异兽全除掉，那今年肯定不用垫底了。"

"不可能。"苏意致飞快打断，"它们根本不会轻易出来，而且我们一共就那几具兽尸，丢下去还没看清就被吃光了。"

"要是换成悬壶派来了这儿，他们指不定就直接投毒干翻整个水塘的异鱼了。"

"咱们也没毒可以投啊！"

场外的梅长老轻咦了一声，似乎想起了什么，笑着看向南境的长老："若是没记错，您在百年前也曾到过这片水域？”

南境的长老点了点头，苦笑道：“这些异鱼是这片水域的霸主，而且它们不会轻易露头，遇到丁点儿风吹草动便会潜回水底的淤泥中。当时我们也是拿兽尸丢在水面做饵，花了三天的工夫蹲守，也没能想出诛杀的办法。”

“若没猜错的话，这些异鱼许久未进食了，残暴异常，但凡太靠近水面，它们就可能飞跃起来伤人。”梅长老看着画面掩唇笑了笑，“但是，看东境这群孩子的样子，像是不打算离去呢。”

画面中，东境众剑修都御剑飞在水塘的上空，像是不死心地观察着什么。

“年轻人嘛，不受点儿挫折怎么会长记性呢？”北境的长老见状冷笑一声，“估计要在那儿白蹲个十天半个月才会死心吧。”

他略显得意地看了眼北境那边的画面，就东境发呆的这小半天工夫，苏飞白又指挥着北境修士成功斩杀了一窝筑基期的异兽，加起来共七只！

四境大会真正的强者都是抓紧一切时间去搜寻猎物将其斩杀的，像他们那般郊游似的走半天歇半天，才会年年垫底，可笑！

万古之森里的东境修士们都不太想错过这塘鲇鱼，这可能是他们能遇到的最大机会了。

俞幼悠站在张浣月的剑上，观察着整片鱼塘的大小和深浅，想到狂浪生芥子囊里剩下的那几具异兽尸体，生出个大胆的想法。

她环视了一下云华剑派众人的剑，最后带着莫测的笑容看向了姜渊，后者顿时头皮发麻：“你想做什么？”

“姜师兄，你的剑最大也最长。”俞幼悠冲他竖了个拇指，“拿来做鱼竿再合适不过！”

姜渊：“……”

最后，他面无表情地看着俞幼悠把从南境那儿骗来的一件高级法衣的袖子当成绳子系在自己的剑柄上，另一只袖子上面，俞幼悠拴了一大块异兽肉！好歹没直接把这块臭肉挂在他“老婆”上，姜渊心里稍微有点儿安慰。至于这件高级法衣等会儿谁要穿……那他就管不着了。

俞幼悠拍了拍手，开始指挥着姜渊御剑往水潭上方飞去。

“高点儿，别被鲇鱼咬了！”

“矮点儿，等会儿引不上来了。”

姜渊麻木地随着她的指挥调整着飞行高度。他也不知道事情为什么成了这样，自己堂堂剑神亲传弟子、云华派大师兄，竟然被一个丹修指挥着用自己的灵剑去钓鱼！

还没等姜渊从这绝望的情绪中脱离，水下一阵异响，之后便是一群鲇鱼跃出水面想要咬住那块腐肉。其中有一条鲇鱼跳得最高，它大张着利牙直直地跃向姜渊和那块腐肉，大嘴里那股浓重的腥臭味儿让姜渊几乎昏厥过去。

姜渊毕竟是云华剑派大师兄，御剑术使得出神入化，精准地往上一飞，灵剑吊着肉飞快避开。这时，数道剑气精准飞至，协力将那个巨大的鱼头斩下！

“哗！”鱼头和鱼身溅起两道巨大的水花。

“成了。”俞幼悠打了个响指，又吹了个口哨，“钓鱼计划首战告捷！继续，姜道友快飞下去钓鱼！”

万古之森外面的长老们已经看呆了。他们眼睁睁地看着一条接一条饿疯了的异鱼蹦出水面去咬那块腐肉，又被剑修们的剑气集体弄成鱼头剁下。

中途剑修们似乎灵力用得差不多了，盾修们便上场，分列在水潭两边丢盾去砸鱼。大盾的威势居然比剑气还狠，巨大的冲击力带着异鱼一起落到岸边。

当然，其中不乏诸如狂浪生那样的倒霉蛋，没砸中鱼，反而把盾砸入水底了。他现在正失魂落魄地跪在水边抱头痛哭，哪怕听不到声音，都能感受到他的绝望。

树上的解说员们也都拿着传讯符，飞快地汇报着东境修士钓鱼的成果——

“第七条异鱼了！”

“第八条也上来了！”

“东境斩杀的异兽数量已经超越西境，还差三条就有望追上北境了，厉害，又一条鱼被引上来了！”

“第九……不对，好家伙，这是第二面盾掉水里了！”

一个人不可能两次踏入同一条河流。但是同一宗的沙雕……是有可能掉两面盾进鱼塘的。

俞幼悠眼睁睁地看着狂浪生大笑着把自己的盾砸进水里后抱头痛哭，紧接着另一个盾修兄弟便是一阵嘲笑："大师兄，你这准头未免太差了吧？"然后也把盾砸了进去。

那师弟傻眼了，他呆呆地站在岸边，下意识地想往水塘里走去，结果巨大的鲇鱼蹿来就是一口，他吓得往后一跳。

"师兄！"他后知后觉地反应过来，绝望大喊，"我'老婆'没了啊！"

"我'老婆'也没了啊！"狂浪生是真哭了，他抹了一把眼泪，声音都沙哑了，"我这盾是我爹特意找人帮忙炼制的，而且上面刚刚镶嵌了俞师妹馈赠的那枚寒晶石，价值九千枚上等灵石啊！"

边上站着的俞幼悠无动于衷，仿如恶魔般提醒："不是馈赠，是借你的，所以不管盾还在不在，那九千枚灵石都得还我。"

狂浪生哭得更大声了。

俞幼悠看着那两个抱头痛哭的盾修，还有在水边商量着能不能把鲇鱼弄成剁椒鱼头的苏意致和启南风，她感觉到了来自原作的深深恶意。

为了凸显出龙傲天子女的机智和优秀，所以他们东境的人都被设置成了这种终极沙雕吗？

损失了两面大盾之后，盾修们总算吸取教训，不再用盾去砸鱼了。底下的鲇鱼动静也小了不少，看样子被收拾得差不多了。

头顶的日光慢慢攀升，又逐渐沉落。东境众修从黎明钓到了黄昏，而这片水域底下暗藏着的异鱼也终于归于沉寂，就连姜渊御剑把那块发臭的腐肉吊着紧贴水面，也不再有鲇鱼上来了。

启南风一直在数着今日的战果，他报出一个数字："一共钓上来三十四条异鱼！其中十四条是筑基期的、二十条是炼气期的！"

众人面上都浮出欣喜之色。这才过去两天，他们的战果就如此丰硕，往年的东境在这时候往往还一无所获呢。

更高兴的是狂浪生，他这会儿也不嫌弃那异兽尸体臭了，亲手抓着一块肉在水边划拉了几下。确定再没有鲇鱼来咬人后，他索性将外衫一脱，裤腿一挽，就沿着水岸边慢慢地下潜过去。他惦记着自己的巨盾，非要把它捞上来不可。

这片水潭看着清冽，但是越往前走，狂浪生就越觉得脚下使不上劲儿，底下的淤泥越来越深，待水淹到脖子处，淤泥也黏住了他的小腿。狂浪生腿上用劲儿一蹬挣脱了烂泥的束缚，开始屏息潜至深处。

水底的光线极暗，唯有那些灵植粗壮的根茎闪着隐约的幽光。狂浪生依靠着记忆朝着巨盾掉落的方向游去，游出一段距离后，便察觉到水温似乎开始变凉。他来了精神，这是巨盾上镶嵌的寒晶石自带的寒冰之力！果不其然，在前方某块淤泥之下隐约泛着幽蓝光线的物件，正是他那面可怜的巨盾！

狂浪生索性将灵力全力释放，飞快游向巨盾，与此同时伸手一抓，那盾便自淤泥中飞射向他手中。

熟悉的重量感重新归来，狂浪生激动得快要落泪："我就是死也不会再丢掉你了！"

然而还不等他感动完，一股可怕的威压自淤泥底下生出，狂浪生只匆匆一瞥便差点儿滞住呼吸。

一张长满了错落尖牙的巨嘴缓缓地张开，完全不同于方才他们钓上来的那些寻常鲇鱼。这条鲇鱼大得骇人，当它张着巨嘴咬下来的时候，狂浪生有种处于生死边缘的窒息感。

他反应飞快，毫不犹豫地持盾迎上巨嘴，趁着巨盾把鲇鱼大嘴卡住的瞬间，自那缝隙间钻出，不要命地往水面上逃去。

狂浪生刚冒头，岸边的同门就纳闷："大师兄，你的盾呢？"

盾？这时候还要什么盾？不要了！

狂浪生大声呼喊："底下有条异鱼王！"

边上的俞幼悠反应最快，随手抄起还拴着腐肉的高级法衣朝他那边一抛，正砸中狂浪生的脑门儿。

生死存亡之际，也顾不得嫌弃恶臭了。狂浪生抓住衣袖，连带着腐肉一起被俞幼悠拖上岸。然而刚趴到岸上，狂浪生的身体便剧烈地颤抖起来，双眼发着红光，冲着俞幼悠龇牙咧嘴。

俞幼悠眉头一皱，低头就看到他脚上被异鱼的利齿剐伤了一大条血口。她飞快地从手边上的一个异鱼头上采集了半瓶鱼血，用灵力炼制后往狂浪生的嘴里灌。解药一下肚，狂浪生就消停了。

身后的鱼塘闪过一道暗红的光芒，然而那异鱼王并不曾露头，又狡猾地潜回水底。

此刻，外面的修士们都注意到了这一幕。

解说员照例激情澎湃地讲说：“出现了，传说中异兽群都会有一只实力最强的王者，不知道这只是什么实力！”

前边儿的长老们眼界明显要高出后边的观众一大截。

徐长老偏过头看向狂长老，向他道了句贺：“竟然能从一只半结丹的异兽口中逃出，狂师侄的反应速度和气运皆是上佳。”

狂长老看似不在意，但是方才看到狂浪生半截身体都进鱼嘴的瞬间便头冒冷汗了。他拿衣袖擦了擦汗水，骂了句脏话，又问：“这是这次四境大会目前为止出现的最强异兽了吧？”

虽然这条鲇鱼王还未彻底晋升至金丹期，但显然已经半结丹了，远非寻常的筑基期异鱼那般好对付。筑基和金丹，那是质一般的飞跃，斩杀二者的积分更是差了百倍。

牛长老看向东境画面，上面众修士并未离开，而是重新开始布阵，似乎是打算集结所有人，全力对付那条半结丹的异鱼。他欣慰地点点头：“眼下其他异鱼都已诛尽，独剩这鱼王，一起上的话，的确能应付。”

马长老低头开始飞快地默算东境现在的积分，就在这时，从北境长老那边传来一声冷笑：“不过是半结丹的异兽就让你们高兴成这样，我们北境，可是已经快要斩杀掉一只金丹期异兽了！”

众长老看向北境的画面，表情逐渐变得凝重。

北境众修的前方果然有一只金丹期的异兽，它身旁萦绕着一股紫色的烟雾，异兽跌跌撞撞地绕着圈，怒吼着朝北境修士冲去，又很快跌倒在地。

万法门的法修们已经在这只金丹期异兽的身边将其围住了，他们比画着复杂的手势，口中念念有词，各种天雷地火朝着异兽劈去。

居于人群最后方的是悬壶派苏飞白。他身前有一尊巨大的金色丹炉，丹雾已然缭绕在炉身周围，带着氤氲的紫色烟雾。丹炉开启后，苏飞白从中取出数粒紫色丹丸，他身后的另外几名丹修接过这些丹丸捻成粉末，用灵力驱散至这只金丹期异兽的身上。

原本在万法门法修的攻击下逐渐狂暴的异兽身形又变得摇晃，恢复了先前醉酒般的状态。

“悬壶派的毒术名不虚传，竟然连金丹期异兽也能轻易放倒。”西境的梅长老感叹了一句，又看向那尊巨大的金色丹炉，“我听闻悬壶派苏家有伪仙器丹炉，名曰双生炉，莫不就是此物？”

梅长老这话一出，原本还在得意笑着的北境长老陷入了沉默。这是由苏真人带来的另一个丹炉，虽然也是顶级法宝，但是跟伪仙器比起来差了一大截。

双生炉被偷乃悬壶派之大耻，毫无疑问，苏飞白这次若不能带着北境拿下头名，那么弄丢双生炉的他回到悬壶派怕是要遭大难了。

这下子轮到马长老高兴了。

双生炉？嗨，这玩意儿早在前些日子就被曲清妙偷偷带回东境了！

昨晚他传讯问了下，听说在掌门的改造下，这玩意儿内核虽未变，但是外观已经变得大不相同，再过两日就会成为丹鼎宗的大宝贝了！

不论心里怎么高兴，表面上还是要装的。他啧啧称赞，满眼都是羡慕：“不愧是伪仙器啊，我第一次看到这等厉害的丹炉，等四境大会结束后，还得让苏师侄给我摸摸，长长见识才行。像我们丹鼎宗就不行了，这辈子怕是都摸不到伪仙器了。”

悬壶派长老：杀人诛心莫过于此。

北境和东境都在围攻金丹异兽，兴许是因为东境这边的异兽只是半结丹的缘故，所以更早地结束了战斗。

那条鲇鱼王没有了数十条帮手后，被潜入水底的剑修和盾修们生生地磨死了。眼下众修都在岸边躺着休息，而丹修们也潜入水底开始采集那些水生灵药。

“这批灵药资源倒是丰厚，毕竟是生长在万古之森的灵药，又是罕见的水生灵药，能匹配这些药物的丹方寥寥无几，不知道这三个孩子能不能合理利用上。”

牛长老有些担忧，即便丹鼎宗极其重视弟子对于灵药和丹方的认知教育，但他们毕竟欠缺经验，说不定会出现拿到药后都不知道如何炼制的尴尬局面。

尤其是当启南风和苏意致都蹲在俞幼悠周围，三人看似激烈地争吵了一番后，看样子对于该如何炼制这些灵药产生了分歧。

真相是……

俞幼悠蹲在地上问他俩："这些灵药能炼两种改良的辟谷丹，一个类似于鲇鱼汁液的味道，另一个类似鱼腥草的味道，你们选哪个？"

对辟谷丹深恶痛绝的苏意致马上不乐意了："就没有水果味儿的吗？我听狂浪生说，你给过他草莓味儿和荔枝味儿的！为什么每次都给我恶心的味道！"他脸上全都是委屈，就差直接问俞幼悠为什么区别对待了。

俞幼悠只能解释："在里面资源不足，没法儿做那些花里胡哨的口味儿。"

启南风倒是挺高兴的，作为桐花郡本地人士，他热爱凉拌鱼腥草："就鱼腥草挺好的。"

曾在丹鼎宗外门尝过一次凉拌鱼腥草的苏意致骂骂咧咧地走了。

最后由俞幼悠动手炼制起了丹药，另外两个人继续跑到鱼塘淤泥里挖灵药。除了必要的辟谷丹外，她还打算炼制些帮助快速恢复灵力的丹药，先前在泡药浴的时候特意研究过这些，现在派上用场了。

外面的牛长老看着这一幕，眉头紧锁。说实话，他还是更信任修为最高的苏意致一些的，很明显苏意致没吵赢俞幼悠，丢掉了炼丹的机会。

牛长老忧心忡忡地盯着俞幼悠操作。她这炼丹的手法古怪得很，好歹也算是很流利，但是丢下去的那些药，他如何回想都想不出对应的丹方。

"水生杨花、鱼子草……错了错了，怎么又丢了这个……咦？"牛长老念着念着，声音就止住了。

他不可思议地看着俞幼悠丢下去的那些灵药，看似药性毫不相干甚至有所冲突，但是在最后那株药材丢进去后，所有的药性竟然都被中和了！就像沸腾的油锅转眼间被平息了一般，变得和谐起来。

牛长老不知道俞幼悠在炼什么丹，他看得出来，这是她自创的丹方。"嗞——"他悄悄吸了口凉气。自创丹方，许多拥有数十年经验的丹师都没有自信这样做，偏生一个小丫头就敢直接上手了，而且看她炼制的样子，对这丹方极有自信。

边上的其他三个医修宗门的长老也注意到了俞幼悠，他们不知道这是自创丹方，以为这是丹鼎宗的秘方。他们在暗暗地拿俞幼悠和同在炼丹的苏飞白相比较。

苏飞白是炼丹世家出身，炼制丹药的手法极其标准利落，仿佛丹书上的教程一般精确，寻不到丁点儿错处。而俞幼悠则是典型的野路子，她炼制的手法众医修都没见过，偏又像是自成一个体系，行云流水，充满了写意感。

俞幼悠：谢邀[①]，这是我们发展了几千年的医学院制药手法。

当俞幼悠的丹拿出来后，刚才还充满了期待的众医修长老："就这？"

看着那坨好似刚从鱼塘捞出来的玩意儿，再看看自家苏飞白炼出来的那枚圆润光泽的毒丹，北境长老直接笑出声。

"不错不错，不愧是丹鼎宗的弟子，这小丫头的炼丹术完全体现了你们的水平。"

牛长老笑而不语。当初俞幼悠那坨老鼠屎一样的丑丹，可是同种丹药中药效最佳的——呵，我们丹鼎宗的炼丹艺术，你们懂个锤子！

---

① 谢邀，网络流行词，指对别人邀请回答问题的礼貌回应。

第十三章

四品灵药幽蓝花

待俞幼悠三人将灵药采集完毕，又炼制了大半的丹药后，天边的晚霞逐渐被夜幕笼罩了。

她将鱼腥草味儿的辟谷丹分发给了众修，早在第一次历练时就见识过丑丹的东境众人倒是都没有嫌弃，吃得挺香。

剑修们还好，蟑螂味儿的他们都吃惯了，鱼腥草味儿的就更不会挑了。

前阵子刚尝过水果味儿的狂浪生吃了一粒后，就眼巴巴地望过来："有荔枝味儿的吗？没有的话，草莓味儿的也行。"

俞幼悠点点头，好脾气地摸出另一坨："还有几粒鲇鱼黏液味儿的没人要，你要吗？"

狂浪生抱着他那面散发着鲇鱼腥臭味儿的巨盾走开了。

俞幼悠这次还炼制了加快吸收灵力的汲灵丹，能够大大地提高服用者的灵力恢复速度，虽然数量极少，分发下来每人也不过三粒，但是在随时都有可能爆发战斗的万古之森，这玩意儿堪称救命的宝贝了。

一粒辟谷丹入腹，饿了两天的众修顿时恢复了力气。

姜渊拔出灵剑："又要天黑了，这附近全是异鱼的尸体和血腥味儿，恐怕会引来其他厉害的异兽，我们得赶紧撤退。"

众修没有异议，在残存的那点儿余晖映照下，朝着前方继续行进。有了充足的补给品后，东境少年们赶路的速度都有所提升，在林木间无声且迅速地穿梭着。

俞幼悠又被狂浪生扛在肩膀上了，原因是后者嫌弃她腿短走太慢。而且她也太轻了，还不如那面盾的零头重，狂浪生扛着她一点儿也没感觉，并不影响行进速度。

这具身体的身高是俞幼悠的软肋，她很不服气："论腿短的话，明明苏老二更短吧？怎么都没人扛他？"

走在前方紧跟着队伍的苏意致哼了一声，月光下的小脸上写满了骄傲："我？不好意思，我已经晋升到筑基期了，以后请你们尊称我为苏老大，俞老三！"

他脚下驱使着灵力，果然远比前几日的行进速度快得多。

"啧。"俞幼悠啧了一声，看向启南风，"你看，苏老二瞒着我们偷偷成了筑基期，我们炼气组可以孤立他了。"

"喀喀。"启南风尴尬地咳了两声，不好意思道，"兴许是因为万古之森的灵力比外面要强的缘故，所以我好像也快到筑基期了。"

全场唯一的炼气期俞幼悠："哦——"

丹修的聊天过于沙雕，边上听着的盾修和剑修都忍不住笑了。还没等他们也跟着往俞幼悠心口插刀，远处忽然传来一阵剧烈的喘息声和枝叶被踩碎的噼啪声。

众修表情一凛，俞幼悠低声下令："结阵！"盾修瞬间持盾靠拢，姜渊带着几个剑修无声地御剑升空，警戒着前方的动静。

布阵完毕的瞬间，前方的灌木丛中有两个身影冲出，在斜坡上打了个滚，带着一身的伤滚落在众人眼前。

在看到那身粉色的半透明纱裙的瞬间，俞幼悠便认出了对方的来历："合欢宗？"

有一人已经陷入了半昏迷状态，另一人尚有意识。有意识的女修抬起头看向众人，又是庆幸又是警戒地问了句："东境的道友？"

东境跟西境的关系还算不错，在以前的四境大会上少有冲突。因为欧皇[①]跟非酋[②]通常不会被刷到同一个地图出现的，非酋不配。但是眼下碰上了，己方又是受伤的两人，万一东境真的要动手也正常……

有意识的女修拉着同伴往后退了退，手中捏了许久都没舍得弄碎的传送符也暗暗地拿了出来，弃权出局总比被杀要好。

---

① 欧皇，网络流行词，指运气极好的人。

② 非酋，网络流行词，指运气极差的人。

然而还没等她把传送符拿出来，从狂浪生肩膀上爬下来的那个娇小的女修，突然伸出手往前一指："动手。"

话音落下的同时，数道剑光自树梢间闪现而出，带着寒厉的光芒袭向合欢宗的那两人。

剑修杀气最重，当十多道剑气齐齐袭来时更是让人后背发凉，就在有意识的女修即将撕碎传送符遁走时，发现……那剑气不是朝着她们二人来的？

它们自二人的头顶飞掠而过，最后射向灌木丛后的阴暗处。数声凄厉的嘶吼声传来，有意识的女修猛地转过头去看，发现那十多个剑修已经把方才追杀她俩的那三只筑基期异兽斩杀了。

有意识的女修悬着的心一时落了下来，带着复杂的眼神看向东境众修，警惕并没有减少。

四境大会中只有对手，对方虽然突然出手相救，保不准下一刻就会把剑指向她们。尤其是那些气质冷厉的剑修，还有那些熊一般的高大盾修，一看便让人产生了莫名的压迫感。

东境具有威胁性的众修都没动，反而是那个看着年纪最幼的小女修走向这边。有意识的女修很谨慎地盯着她，暗暗地运起了灵力。合欢宗有一门蛊惑的功法，能够迷惑人的心神，骗得对方的信任。

不过她现在身上有伤，恐怕最多只能蛊惑这个修为最低的女孩了，若是抓住对方做筹码，说不定能让他们放过自己和半昏迷的同门……

这功法需要眼神和声音一起施展，她强撑着站起望向那个小姑娘，准备同她搭话："这位小妹……"

然而小姑娘看都没看这边，直奔她们身后的三只异兽。她动作熟练地采集了那三只异兽的血液并将之炼化，然后递了过来，声音轻轻柔柔的："道友，你们是被这三只异兽给咬伤了吗？快抓紧时间服用解药。"

有意识的女修愣住了。

小女修一脸单纯无害地温声安慰："味道可能不太好，道友你且忍忍啊。"

"无事。"有意识的女修眼神略复杂地看着这个天真的小姑娘，摇了摇头示意无事，仰头把炼化的异兽血喝下，又往同伴的嘴里灌了剩下的一半。

看到同伴脸上的黑气开始逐渐消散，她微微松了口气。只是她没有心软，又转头面向身边的女孩，暗中捏好了蛊惑功法……

还没来得及施展，小姑娘就又转身了，这次走向了实力最强的那个剑修！有意识的女修认识那人——不灭剑神的嫡传弟子、云华剑派的大师兄姜渊。

这个剑修一脸的冷厉，小姑娘似乎有点儿怕他，怯生生地问了句：“姜师兄，你看这两位合欢宗的道友受了重伤，好严重的样子，我们护送她们回去吧？”

姜渊面无表情地看着俞幼悠，心想：你的葫芦里到底卖的是什么药？能不能不要用这种恶心的语气跟我说话，求求你恢复先前那种阴阳怪气撑人的语气可以吗？现在需要救的不是那两个合欢宗女修，而是被吓傻的我啊！

有意识的那女修已经恢复了些许灵力，她扶起伙伴，对着东境众修柔声道：“在下合欢宗梅灵儿，多谢诸位东境的道友出手相助，我们二人已无大碍，歇息片刻便可自行归去，怎敢再劳烦诸位？”

她总觉得东境这些人的眼神有点儿古怪，嘴角、眉梢都一抽一抽的，甚是可怕，说不定下一刻就要动手杀人了。

东境众修：不是，我们只是看到俞幼悠在装柔弱，忍不住想笑。

梅灵儿不太想继续跟东境的人扯上关系，更不想暴露西境大部队的位置。然而这时，那个小女修已经走回来挽住她的胳膊了。

“我叫俞幼悠，是丹鼎宗的丹修。”俞幼悠说得情真意切，就差举手发誓了，“我们丹修自入门起便被教育要救人于危难之中，二位道友身负重伤，此时又是深夜，若再遇到异兽怕是会有性命危险，我不能眼看着这样的事情发生。”

启南风懂了，他走上来与俞幼悠打配合，说得字字铿锵、正气凛然：“道友你且放心，同为人族修士，大家以后兴许都会成为镇守万古之森的伙伴，我们绝对不会像北境那般卑鄙无耻地对道友下手的！”

“是啊！”苏意致仰着无害的小白脸，眼中闪烁着关切的光芒，“我不能看着姐姐你们受伤却袖手旁观。”

梅灵儿在听到苏意致这句以后沉默了会儿，思忖着其中的利害关系。诚然，现在若是她们两个伤者行走在万古之森中，大概率会遇到危险。再者说，西境一落地便找到了一处易守难攻的好地方，眼下已经驻扎好了，综合实力最低的东境就算找到了他们的营地，也没法儿动手。

最重要的是……苏意致的这句“姐姐”真的喊得太甜了，他的嫩脸也太乖巧了，颜值即正义的合欢宗修士根本把持不住。

两个负伤的合欢宗女修架不住盾修的热情，像麻袋一样被扛上肩了。

本来想注视着盾修施展蛊惑术的梅灵儿摇摇晃晃，生无可恋地盯着地上的枯叶和盾修的鞋后跟：“……”

俞幼悠三人走在最前面。姜渊冷然地看了她一眼，与她保持了些许距离：“你到底想干吗？西境的气运极佳，而且天音禅寺那些佛修的佛光大盾也很难缠，我们没有能突袭干掉他们的把握。”

俞幼悠瞟了他一眼，懒洋洋地反问一句：“你真觉得西境是运气好，所以才能年年都寻找到最多的资源吗？”

姜渊没有回话，反而微微挑眉：“不装了？”

俞幼悠摸了摸鼻子，自己解释下去：“我先前看过四境大会的历年记录，有点儿怀疑西境的修士是通过某种秘法才寻找到那么多灵药的。”

边上沉默许久的俞长安听到这里，摇头道：“就算有，这也定是极重要的秘法，他们怎会轻易交给我们？”

丹修三人组用看傻子的眼神看着他。

启南风谴责：“我们需要他们交给我们吗？”

苏意致接腔：“我们根本不需要所谓的秘法，我们只需要跟在西境修士后面探明他们要去的方向，再借由你们剑修御剑的速度，抢先一步采走灵药就好了。”

俞幼悠赞许地竖了两个大拇指。不愧是她的好伙伴，已经能够熟练地猜中她的阴谋了。

俞长安：“……”

在梅灵儿的指引下，东境诸修士快速前进，在天亮之前赶到了西境修士驻营地所在。

这是一片隐藏在层层藤蔓中的巨木林，西境修士们竟然已经借着藤蔓在这些巨木间搭建好了藤屋，隐藏在幽绿色的树冠之间。若不是有人指点，果然极难发现。

这边东境众人刚刚露头，那边就传来一声鸟鸣似的哨响。只见一面巨型的佛光大盾将前方那片巨木林笼罩，而数道粉色的身影似花朵一般沿着藤蔓滑落，挥舞着手中的长鞭飞来。

这骇人的反应速度让俞幼悠默默地为对方点了个赞。

被平安护送到了营地，梅灵儿悬了一夜的心总算是彻底放下了。她微微松了一口气，从盾修肩上滑落下来，迎着自己人跑过去："师姐，我和兰师妹回来了！"顿了顿，她指着身后的东境众人介绍，"是东境的道友救了我。"

落在地上的合欢宗女修跟另一个拄着禅杖的佛修都止步，与东境众人对视。

梅灵儿飞快地将昨夜的遭遇说明，事到如今，她终于不再怀疑东境的人了，尤其是那三个丹修。她轻声道："他们似乎真的无恶意。"

话是这么说，但是两境人马齐至，这隐约的压迫力和一触即发的危险感还是让人无法放松。

西境的佛修垂首行了个礼，之后慢条斯理道："多谢东境诸位道友出手，日后若有机会，我西境定将竭力相助。"

小和尚说得挺好听的，但都说了是"日后"，至于现在嘛，连邀请人进去喝杯水的意思都没有，明摆着是在防着东境。

虽然东境排名最末，但是要真的不怕两败俱伤拼起命来，恐怕西境也不会好到哪儿去。就像是两只菜鸡，因为实力相差不远，谁也不敢先下口啄，却也不敢放松警惕。

为了打破这僵局，俞幼悠上前一步，好似全然察觉不到潜在的危险，对着前方的西境修士拱了拱手，有点儿不好意思地开口："说起来，其实我们救人也是另有目的。"

终于来了，西境众修松了口气。就知道四境大会上不可能出现平白无故救人的傻子，就连平日最好心的佛修都知道这个道理。终于要提条件了。

在西境众人"果然如此"的眼神中，俞幼悠真诚开口："我们东境今年运道不错，找到了一些灵药，炼成了辟谷丹，想来问问西境的道友有没有要跟我们交换的？"说着，她掏出了好几坨外形诡异的辟谷丹。

西境众修：你们东境到底是穷成了什么样子，只能吃这玩意儿了？

西境的人很快回过神来，说得倒是客气："抱歉，我们这次运气不好，没有找到合适的灵药，怕是无法跟你们交换了。"

"这样啊……那就算了。"俞幼悠点了点头，又拱拱手，"那我们告辞了，再会。”

在西境众修警觉的眼神中，东境众修士走得利落干脆，他们头也不回，不多时便不见了踪影。

西境众人愣了愣，互相对视了一眼。对方居然没有突然拔剑伤人，也没有借救了人的事情狮子大开口索要物资？

“东境修士……果真如前辈所言，极其古板而正直啊。”西境修士们目光复杂地注视东境众修离去的方向，生出了淡淡的钦佩。可惜这样的傻好人，在四境大会上注定是走不远的。

“傻好人们”正在盾修们的围护中，穿越密林而去。但是西境那两个盯梢的探子并没有发现，被盾修包围的最中间悄无声息地少了六个人——三个御剑术用得最好的剑修和那三个丹修。

俞幼悠被张师姐御剑带着，而启南风和苏意致则分别被姜渊和俞长安带着。他们六人身上披着些许藤蔓，也用灵力收敛了全部的气息。趁着西境众人的注意力还落在盾修身上时，他们已飞快地御剑，悄悄地回到了西境的驻营地。

没有让他们蹲守太久，约莫半盏茶的工夫，西境灵药谷的五个医修便从藤蔓上滑了下来，聚在一起似乎开始使用某种功法。另一边持有投影石的佛修还好似无意般地移开了投影石，显然，接下来的画面他们不想让别人知晓。

莹莹绿光自那五个医修手心冒出，片刻后，其中一人的掌心蔓延出一片翠绿的叶子，叶片飘忽着指向某个方向。

施展完这个秘法之后，那几个医修的脸色都变得有些苍白，不过都神情兴奋地同时朝着叶片指明的方向出发，身后还跟了数个负责保护的合欢宗女修和佛修。

躲在树顶窥视的俞幼悠眉毛一挑，戳了戳张师姐的后背。后者顿时了然，使出全部灵力驱使着灵剑朝着同样的方向飞去。

剑修的速度在同阶修士中是无敌的，哪怕载了一个人，也快得惊人，更莫提灵药谷那几人因灵力受损走得很慢了。

当一股浓烈的灵药清香传来的时候，俞幼悠顿时来了精神：“应该就在下面了！”

这股灵药的味道着实太浓，俞幼悠他们都不用寻找便在树丛下发现了它们。

“居然是一丛幽蓝花！”启南风深深吸了一口气，脸上的表情有点儿控制不住了，“这是四品灵药啊！”而且这里有一整丛，足够炼制好几炉丹药了！乖乖，你们灵药谷还有什么惊喜是我们丹鼎宗不知道的！

苏意致飞快跳下灵剑：“放着我来！”他动作纯熟地采集完这株幽蓝花，连根带土一起挖出来了。

当苏意致想要放入芥子囊的时候，俞幼悠伸出手：“我来保管。”她的空间戒指可以保鲜，拿来存放这种高级灵药最合适不过了。

几人的动作快得惊人，本着装完快跑的原则，拿到东西后不做片刻逗留，转道去追赶大部队了。

片刻后，匆匆赶来的西境众人气氛凝重。还喘着粗气的灵药谷医修盯着自己的手心，那道绿色的叶片影子已经消失不见了。

“不可能！”他环视四周，疯狂地寻找着灵药的踪迹，待看到那个新鲜的土坑，闻到一丝残留的幽蓝花香味儿后，彻底瘫坐到了地上。

“有人……”他声音颤抖，恨得咬牙切齿，“有人抢在我们前面，把灵药采走了！”

同行的梅灵儿愣了愣，她下意识就怀疑起刚才东境那群人：“是东境那伙人？”

“应该不是。”佛修摇摇头，眉头微皱道，“东境的人走的是另一个方向，我方才特意让师弟跟上去看过的。”

地上崩溃的医修恨恨道：“但是现在我们只遇到过东境的人，除了他们还有谁会来这儿……”

“哗啦——”“嗷呜——”不远处传来了枝叶被掀动的声音和数道此起彼伏的低沉兽吼。一只巨大的虎爪踏出，毛茸的脚是雪白色的，在翠绿的灌木树叶中显得尤为醒目。

西境众修死死地盯住那个方向，眼中已经有仿若实质的怒火。跪在地上的灵药谷医修一字一句，双目通红——

“……还有南境！”

场外的画面又恢复了正常。

兴许是为了揭露偷走灵药的那群贼的真面目，西境特意将投影石对准了对面的那群人。

骑着黑虎踏雪自丛林中走出来的御雅逸冷眸微凛，便抬起修长的手向下一按，身后的十多只灵兽瞬间止步，气焰嚣张地同西境众人对上了。

“怎么又撞到南境了！”西境的梅长老以红纱掩面，看似慵懒地打了个哈欠，实则暗暗地骂了一句。

西境每年获得的灵药资源都是最多的，除了上一届曲清妙侥幸寻到了一株五品灵药外，其他时候这类高品阶灵药几乎都是被西境包揽的。因而西境并不怎么热衷于斩杀异兽、争夺名次，更多的时候都是在抓紧时间搜寻万古之森中特有的高品阶灵药！

这都得归功于西境灵药谷，他们只会收木系灵力天赋的弟子，灵药谷极端地培养他们对草木的亲和力，来参加四境大会的每年都是顶级的木系灵力医修，集结在一起再使用宗门秘法，便可寻觅到附近的高级灵药。

其他三境的长老其实心中都有数，知道这秘法的存在，但是除了羡慕也没别的法子，灵药谷是不可能把秘法传出来的。所以当西境的画面中不见灵药，只剩下那个可怜的小土坑后，所有长老都跟着看傻眼了。

“这好像还是头一次看见有人把西境给截和了吧？”北境长老的白眉毛挑了挑，看不出是同情还是幸灾乐祸，“不知道到底是哪境这般厉害，竟然抢在西境前面把药材采走了。”

牛长老皱着眉打量着那个土坑，最后仅凭着土里残留的一片叶子辨认出来：“若是没猜错，西境找到的应当是四品灵药幽蓝花，看那片残叶上的幽蓝色脉络，仅有幽蓝花的叶子长这样。幽蓝花的花瓣和叶子可以一起炼制成四品虚灵丹，此丹能够瞬间恢复满灵力，哪怕是元婴期修士都视之为珍宝。”

马长老跟着感慨了一声：“四品灵药，这玩意儿可不便宜啊，要是带出来，少说也能拍卖十万枚灵石吧？”那他欠宗门的债都能还一小半了。

刚才还在掐架的东北南三境现在似乎找到了幸灾乐祸的对象，又开始团结地讨论起了市面上一株幽蓝花能卖到什么价。

“也不知道是一朵还是一丛，一朵幽蓝花就约莫要十万枚灵石，要是一丛那价值就更不好估算了。”

“还有幽蓝花的根也是宝贝，是四品灵药中对肉身修复效果最强的。”

…………

他们越是把幽蓝花说得厉害，西境众长老的心就越疼。这丛幽蓝花原本是他们的，到底是谁偷的？！

北境现在都还在慢慢地跟那只金丹期异兽互相折磨，整个画面充斥着毒丹的紫色迷雾。

南境的画面更是诡异，先前一直在荒草丛里蹲了两天两夜，拿着刺球念念有词，后来不知道为什么砸了几次刺球后，就突然召唤出灵兽狂奔了过来。

“不对，他们为何突然召唤灵兽狂奔而来？”灵药谷的长老白眉紧锁，喃喃问道。

难不成是某只灵兽嗅到了灵药的味道？不然他们为什么莫名其妙地跑到这里来，谁知道画面外面有没有哪个跑得更快的，冲到前面把灵药给偷走了？西境众长老对视一眼，这样看来，果然是南境的嫌疑最大了。

至于东境……他们的画面中，狂浪生的一张大脸占了一半，而且他不知道为何兴奋得很，先是拿着投影石给自己那两块会动的胸肌特写，之后又表演了几次食指转盾。最后他又不知道发现了什么，跟狒狒似的狂奔到草丛里，对准了一群蚂蚁。

“狂浪蚁！”头一次掌握如何使用投影石的狂浪生激动不已，“这就是以我的名字命名的狂浪蚁！”

为了让场外听不到声音的观众与他共同分享快乐，狂浪生还在蚂蚁窝旁边写了歪歪扭扭的“狂浪蚁”三个字。

看着东境画面中不断爬行的密密麻麻的蚂蚁和那三个丑字，所有的长老都默契地移开了视线，连狂浪生他亲爹都不例外。

就东境这群会拿自己名字给蚂蚁命名的傻子，能有偷走西境灵药的智商？他们宁愿相信那株灵药是被野狗叼走了，也不信东境有干出这种事的能耐。

西境这几人跟南境修士对上了，确切地说，是西境这几人把一整个南境灵兽大军给拦住了。南境似乎急着在找什么，一开始并没有要搭理西境众人的意思。

骑着踏雪的御雅逸皱起眉，看着拦在自己跟前的西境灵药谷修士，他压下不耐烦，仍带着风度客气问："西境道友此番是为何？"

难道是西境打算与南境合作？也是，西境实力不算多强，每年斩杀的异兽数量都不多，想跟南境一起行动也是正常的。

灵药谷修士双眼通红，冷笑着反问："你不知道？"

御雅逸懂了，果然是来寻求合作的："我明白了，但是此刻我们另有要事待解决，等我们回来再详谈吧。"

回来？你们现在都急着逃跑了，还会回来？西境医修恨得快要吐血，南境这群人竟趾高气扬到这般地步，分明偷了他们的灵药，却连心虚的样子都没有！

若是其他灵药，忍忍就算了。那可是四品灵药！纵然是拥有秘法的灵药谷，也是运气极好才能寻到的。

"御雅逸，你们南境不要欺人太甚！"

御雅逸一脸疑问。

还没等他头顶冒出问号，对面已经气昏了头的西境修士手指着他，破口大骂："你们偷了我们西境的灵药还好意思装！原来南境所谓的阔绰都是偷来的，呵，瞧瞧你们身上的这些高级法衣，怕也是偷来的吧？南境贼子！"

南境众修没弄懂到底发生了什么事，但是这通骂听懂了。灵兽上的众修对望一眼，都有种听到天方夜谭的震惊。

"好家伙？居然有人说我们南境偷东西？笑死，我们南境连空空门都洗劫不干净，会瞧得上你们这群穷鬼的灵药？"

御雅逸毕竟是少宗主，即便如此也还是很镇定，他一边安抚着焦躁的踏雪，一边想问清楚："道友，我想我们之间应当是有些误会。我们南境修士最痛恨的便是鸡鸣狗盗之事，况且我们也是刚赶到此处，又怎会偷你们的灵药呢？"

梅灵儿听到这里，勾了勾红唇，笑得极嘲讽："说得也是，这附近并没有异兽，南境道友们却一路风尘仆仆地特意跑到这里，究竟是为了何事呢？"

为什么会特意跑来这里？这个问题让御雅逸瞬间破防了，他脸上的笑僵住了。他们南境是因为追杀东境才寻到这里的。

事情还得从热心的丹修俞幼悠拿着那些雷爆刺球换走五件高级法衣说起——

俞幼悠留下那段深奥的口诀，又交代他们一定要熟读且背诵后，南境众修便原地驻扎，开启了背诵化学元素周期表的任务。

御雅逸自己是水系灵力，试了两遍都没能催动雷爆刺球。他心思缜密，只在脑瓜里一转，便推测出此物应该是需要跟俞幼悠一样的火系灵力才能催动。于是，御雅逸便将所有火系灵力的师弟抓到面前，督促他们背诵口诀。

不得不说那口诀真是拗口，且每个字都毫无关联，若不是御雅逸记忆力惊人，恐怕他都记不住。其他弟子在他的督促下一遍又一遍跟着背书，然而他们背下来了，也没有一人能催动刺球雷爆。

直到一阵狂风刮过，把荒草地吹得极低，还吹来了随风滚来的几个刺球。然后……御雅逸终于发现了草丛后面那一整个山坡上的雷爆刺球！它们密密麻麻、无边无际，冷冷的尖刺胡乱地往他心口扎！

南境众修欢喜地直冲上去，一边捡一边还在句句清晰地背诵口诀——“氢氦锂铍硼……”

那一瞬间，骑着黑虎的少年仰头望天，头一次没忍住落下泪来。他再不反应过来自己被骗就是傻子了！

可是御雅逸没脸跟自己的同伴说自己上当了，把山上随处可见的灵植当成了宝贝，还白送了别人五件高级法衣。他只能借称踏雪嗅到了前方有大宝贝，让踏雪嗅着俞幼悠的味道，率领整个南境去追杀东境那群杀千刀的骗子。

这一追，他们就追到了这里。谁料还没来得及喘口气，就碰到了西境众修。

对面的西境医修劈头盖脸地质问：“敢问御道友为何不正面回答我们的问题，你们究竟为何来此地？”

不等御雅逸开口，他身后另一个听不下去的御兽宗弟子已经受不了这等委屈，直接冷哼一声：“这万古之森难道是你们种的不成？这宝贝就你们能拿，我们就不能？”他以为走在最前面的御雅逸拿到了那个大宝贝，被同样来寻宝的西境修士讹上了！

御雅逸：你们为什么这么积极地往自己头上扣锅？

“很好，你们总算是承认了。”西境修士的脸色都很难看。

泥人尚有三分火气，佛陀也有怒目之时！他们西境素来不掺和另外三宗的纠葛，每年都是安安静静自己采药，闷声发大财，不承想这样的佛性在别人眼中就成好欺负了！

西境几人身后的草丛攒动，不一会儿便有十余人出现，合欢宗的女修们带着娇媚却又冷然的笑容挥舞着手中的鞭子，天音禅寺的佛修双手合十不断默念，周身的佛光盾越来越明显。

原来刚才那个医修看似癫狂不要命的质问，都是为了拖延时间等到西境其他修士前来支援。

踏雪不耐烦地在地上刨着爪子，呜呜地低吼着。御雅逸明白它的意思，它在说俞幼悠的气味越来越远了，再不追上去恐怕就来不及了。

御雅逸不想浪费时间，也顾不上其他了，拱了拱手道：“实不相瞒，东境的人可能在附近，若是我们在此爆发冲突，恐怕要让他们渔翁得利。”

不说还好，一提东境，西境众修就更觉得心里难受了。他们百般防备着真心帮助过自己的东境修士，刚才还怀疑到人家的头上，真是狼心狗肺。没有对比就没有伤害，跟南境这群人比起来，东境修士真的堪称圣人！

“呵，你们也好意思防东境的道友？”梅灵儿甩了甩手上的鞭子，她被东境的人救了命，先前却还想对俞幼悠下手，所以有点儿心虚。此刻她冷笑着嘲讽：“别人行事光风霁月，怎么可能跟你们一样不要脸！”

御雅逸的脸沉下去了。他眼中浮出些许恍然，顿悟到了真相。原来如此，东境跟西境联手了吧，难怪西境在此找借口阻拦他们追杀东境修士。什么被偷的药材，原来都是寻衅的借口！

御雅逸也来了火气，他再怎么爱计较利益得失，终究也不过是个十多岁的热血少年，眼下都被别人骑在头上了，还不得打回去？

“很好，既然如此，那今天便来较量一番吧！”

御雅逸话音刚落，身下的踏雪便昂首怒吼一声，率领着十多只灵兽朝着西境众修咆哮着奔去。

在兽群后面，那几个把灵兽放出去自由战斗的御兽宗弟子打起了精神，摸出一整把刺球。对面的佛光盾太厚了，灵兽们一时间无法冲破，他们琢磨着，要是拿雷爆刺球炸一下可能会有奇效。

于是在兽吼声中，夹杂着磕磕巴巴的背书声——

“氢氦锂铍硼…… 炭蛋养父母……”

“是炭蛋养父奶（碳氮氧氟氖），笨蛋！”

“哦哦！”

御雅逸气得差点儿从踏雪身上滚下来。

西境跟南境打起来了！

场外的每棵树顶都站满了解说员，他们激情昂扬地解说着此次大战的精彩画面——

“这是本届四境大会的头一场混战，一方是来自拥有最强装备、全员高级防御法衣的南境…… 不对，有五个人没有穿高级法衣！另一方是被天道眷顾，落地就拥有无数补给灵药的西境！”

“我们可以看到南境回春门已经开始下针雨，奈何对方的佛光盾难以突破，而合欢宗的女修们兔起鹘落，拿着鞭子开始驯兽了！”

“哎呀，合欢宗大师姐的这招回首掏厉害了，皮鞭一挥似女杀神下凡！”

“哇，厉害！踏雪一虎当先，冲破了佛光大盾。是的，你可以永远相信踏雪！”

…………

梅长老揉着眉心，烦躁极了。以前一般都是另外三境打架，他们西境看热闹，这次倒好，比赛才开始没几天，西境就跟人打起来了。她眸光冷冷地往南境方向一瞥，看样子跟里面的参赛弟子一样，记恨上了后者。

南境长老现在才最气，他从一开始就没看懂自家这些弟子在做些什么！

南境自进入万古之森后没有斩杀一只异兽，也没有采到一株灵药，除了捡到那堆没太大用的刺球外，一无所获。哦，不对，还白送给东境五件高级防御法衣！

“这群小子该不会是饿疯了，打算打劫物资最富饶的西境吧？”南境长老越想越觉得可能，不由得以头望天，唏嘘不已。

里面的战况愈演愈烈。两边人马都很委屈，心中只觉得对方是故意针对自己，想着再不打就被人骑到头上了，为了西境和南境的脸面，彼此都下了狠手。

这一番乱战打得极其精彩，不愧是各大宗门的天骄，尽管都是筑基期，生生地弄出了元婴大战的动静。

没有让大家等多久，入口处便亮起数道传送符的亮光，那是被迫退出比赛的负伤弟子们被传送出来了。

最先出来的是个御兽宗的弟子，他跟他的灵猪都被合欢宗的鞭子抽得爬不起来，出来就趴地上了。

还没等御兽宗的人上去接应，又一道传送符的亮光闪过，这次出来的正好是那个灵药谷的大弟子。

他费尽千辛万苦寻找到的灵药被偷了，深觉对不起西境同伴的他在干架时最卖力，全然忘记了自己只是一个弱鸡医修，冲到了最前面。然后就被踏雪的肉垫踩着脸踏了过去，现在脸颊上还有个巨大的梅花瘀血印子。

被传送符带出来后，灵药谷大弟子马上反应过来，他飞快地从芥子囊中摸出一粒回灵丹吞了，然后毫不犹豫地扑向旁边的南境弟子和他的灵猪："小偷！"

后面传送出来的两境弟子也都打红了眼，刚出来就又爬起来加入新的战局。现场顿时响起了骂声和猪叫声，尘土飞扬，乱作一团。最后是两境的元婴长老出面呵斥，才将这两境人拉住。

"这样的场景我好像见过。"徐长老抱着剑，耷拉着脸看向懒散坐着的马长老。

"弯弯绕绕说些什么呢？不就是三年前那回嘛，我们那会儿打得可比这次厉害多了。"马长老啐了一口，看热闹似的盯着那边的南境和西境弟子。

四境大会中打架是再正常不过的事了，大家你争我抢、你坑我骗，都各凭本事抢夺资源。大多都跟今天一样，但凡对手无力还击时都不会下杀手，而是给对方传送出来弃权的机会。唯独三年前在北境举办的那次四境大会例外。

东境被抢走了一株五品灵药，三个医修两个濒死、一个重伤，剑修跟盾修也都有人毁在了那场人为引发的异兽暴乱中。若不是当时盾修们齐齐持盾抵御，争取到了启动传送符的时间，恐怕东境三大宗门的天骄弟子全都会死在那群异兽口中。

三年前正好也是马长老带队。马长老在看到东境画面中出现那群发狂的异兽后，就猜到了事情跟先前遇到的北境苏留白等人有关，再看到那些异兽身上残存的毒雾后，还有什么不明白的？

四境修士为什么要举办四境大会？为的不是求那些虚名，也不是为了争夺里面的资源，而是为了锻炼出新一批能够镇守万古之森，在异兽的凶残下守护人族的修士！

结果同为四境修士，他们北境的人却刻意去引异兽屠戮同族！在一众长老们的惊呼和化神期大能们的注视下，马老头拎着丹炉，红着眼就朝悬壶派众长老头上猛砸。

同为医修，马长老的战斗力堪称可怕。东境的弟子们奄奄一息地出来的时候，北境的元婴期长老也奄奄一息地被带走了。

跟那时候的大阵仗比起来，这次南境和西境就像是小孩子玩耍似的，每年都会看到好几次，堪称四境大会的另一道风景，所以这次长老们连惩罚他们的意思都没有。

“瞧瞧，还吵上了。”马长老笑嘻嘻地指着那边被按着不能动手只能张嘴怒骂的两境弟子。

灵药谷的大师兄似乎还不能接受那株四品灵药被偷的事实，被架下去疗伤的路上还回头骂骂咧咧——

“南境贼修可耻！还说什么被空空门偷了东西，我看空空门就开在你们山门里！悬壶派的双生炉都是你们偷的！”

这一句出来，南境长老和北境长老的脸都黑了，可惜他们碍于面子，不好意思自己亲自骂回去。

只能寄希望于南境那个修士骂了！南境长老给自家弟子一个鼓励的眼神。然而南境那个重伤修士抱着自己的灵猪，没有看长老也没有回骂，而是双眼放光地盯着东境的画面。

画面上出现的是俞幼悠，她手里正掂着一个雷爆刺球。只见她嘴巴张了几下，一边念着什么，一边把雷爆刺球往前方一抛——“轰隆！”一声惊骇的爆破声响起，雷爆刺球落地的区域被炸出了一大个土坑！

“啊，东境的俞道友果然没骗人，她又使出了雷爆刺球！”南境修士激动地拍了拍自己的灵猪，他想起了自己芥子囊中还剩下的那几个雷爆刺球。

先前大家没成功催动的原因也找到了：一定是因为少宗主背错了口诀，

所以教给大家的口诀都是错的！他决定了，待四境大会结束后，一定要亲自前去拜访东境道友，向他们询问催动雷爆刺球的正确口诀！

万古之森里，俞幼悠站在远处，指了指前面："就那儿，你们的剑气朝那儿劈就行了。"

见张师姐跟俞长安没听明白，于是她随手从空间戒指中摸出一个没用的刺球，往目标点一抛："照着刺球落点劈就完事了。"

不远处的两个剑修点了点头，催动剑气轰出了那个土坑。

俞幼悠轻轻一跃跳到土坑里，同众修招呼着："好，我们可以开始挖这几天的防御工事了！"

"什么叫防御工事？"狂浪生挠挠头，不能理解这个新奇的词汇。

启南风跟着跳下土坑，肩上扛着剑修帮他削的木锄头，一边熟练地挖土一边解释："顾名思义，就是防御用的嘛，这附近有很多异兽出没，我们既然商定好了要在此地停留数日，斩杀异兽，总得找个好地方扎营嘛。"

在逃命速度方面，东境无人能敌。在西境跟南境混战的时候，俞幼悠几人悄然归队，东境一行人穿越密林，继续深入万古之森。

行了一日路后，他们就找到这块好地方，附近有条山溪，因此有不少异兽出没，还生长着各种灵药。正如西境拥有那片建在古木之间的藤蔓防御营地一般，东境也打算在这个地方扎营停留数日。

一开始他们也想学着西境的人在树上搭树屋，架不住盾修们体格着实太壮，而这片区域的树木生得也不如西境那些古木茁壮，根本承受不住，盾修们一连踩断了好几根树枝。众人最后只得商议着打地洞，反正都是为了隐藏和防止异兽突袭，天上地下都一样。这才有了最开始剑气劈坑的那一幕。

论挖坑启南风是内行，他扛着木锄一边挖一边指挥："那边得留个通风口，还有另外那端的两个备用出口要挖成斜坡再盖上草，可以增加隐蔽性，别被人发现了瓮中捉鳖……"

俞幼悠看得啧啧称奇："你什么时候还学了这一手？你不是只会挖坟坑吗？"

启南风挺得意的："坟坑也分等级的，最高级的坟坑你知道叫什么吗？叫地宫！能容纳成千上万口棺材和陪葬品，这算什么啊。"

东境修士：照你的话说，我们是在给自己挖坟？算了，不吉利就不吉利吧，反正洞里躺着舒服就行了。

在启南风的指挥下，剑修们负责刨洞，盾修们拿巨盾运土，只花了大半天的工夫便建成了一个地下堡垒。

姜渊带着几人出去探查异兽的动向了，俞幼悠他们蹲在地洞里继续炼制丹药。

辟谷丹是必需的，还有其他诸如止血丹和回灵丹等基础的丹药也得备上，不然物资不足会影响剑修和盾修斩杀异兽的速度。

“路上的时候采到了一些止血草，可以拿来炼止血丹。”启南风低着头飞快地把止血草处理好递给俞幼悠。后者嗯了一声，全神贯注地操纵着灵力进入炼丹炉，慢慢地将里面的药草一点点炼化成丹。

启南风的炼丹技术不太行，但是在寻找和处理药材上一流，他又给对面的苏意致递去另一种药：“你要的宁神花和天南星叶，拿去。”

晋升到筑基期后，苏意致炼制灵丹的速度提高了许多，先前炼制两炉就会耗尽灵力，现在连着炼了五炉还觉得灵力尚足。想到这个，他纳闷地看向俞幼悠：“你不是才炼气中期吗？怎么连着炼了五炉还能继续？”

俞幼悠头也不抬地纠正他的说法：“是炼气巅峰境界了。”

万古之森的灵力远远超过外面，如果说先前俞幼悠在丹鼎宗内门的时候每次吸收灵力都像是饱餐一顿，那换成在万古之森里面，就是被人逮着往嘴里塞饭了，而且越是深入密林，嘴里就被塞得越满。

筑基期到金丹期所需要的灵力积累很多，还需要一定的感悟，但是炼气期到筑基期就不存在修炼壁垒了，只要灵力吸收够了就行。俞幼悠也觉得奇怪，自己那条纤弱的灵脉看着很废，但是吸收起灵力来凶猛得很。

苏意致挠了挠头，很快就接受了俞幼悠修为提升的事实，但是依然想不通：“南风也是炼气巅峰境界，但是他炼两炉丹就不行了。”

“因为我炼丹的时候没有浪费一丝灵力。”俞幼悠懒散地盘腿坐着，十根纤细的手指飞快地操纵着灵力分解丹炉内的灵药，等到药效达到完美的瞬间便撤出灵力。开炉，她取出那坨勉强称得上成形的丹药：“先前就跟你说过，丹是拿来吃的，不是拿来看的。”

苏意致看了看自己炼的丹，他又下意识地在炼完丹后用灵力仔细地把丹药修饰得浑圆光亮了。“…… 原来如此。” 苏意致服气了。

其实有一点俞幼悠还没直说，她怕打击到苏意致。这段日子，她一直没有落下马长老传授的方法，不管是销毁异兽尸体时，还是平日赶路或者守夜时，她都在有意识地用灵力去炼化身边的各种东西。这就导致她对灵力的操纵能力远超过了苏意致，所以在炼制药材的过程中，都选择直击药材的薄弱处，使其自行分解，不浪费一丝灵力。

本来也跟那两人说过此法，可惜他们俩在这方面都没多少天赋，试了多少次也找不出俞幼悠说的那个 “薄弱” 处，只能算了。

“辟谷丹还够吃六天，回灵丹每人只有一粒，止血丹总共有六粒。” 苏意致脸上有点儿自责，“我炼制失败了一炉，本来能有九粒的。”

他想按照俞幼悠说的那样，在灵丹药效催化出来的瞬间就撤销灵力，结果灵力收得太早了，平白浪费了这几株灵药。

“没关系，这方圆百里内的木系灵力很活跃，应该有很多灵药。” 启南风放出灵力感应了一下，“如果运气好的话，我们在这附近不但能斩杀很多异兽，还可以采集到至少够用半个月的资源。”

三人收好炼好的丹，利落地钻出地洞。

刚一出来，姜渊便御剑飞快落地，脸上的表情有点儿复杂。与他同时归来的狂浪生倒是高兴极了，还不等俞幼悠他们发问便主动开口：“我们发现了一只金丹期的异兽！”

俞幼悠：在附近发现了这么危险的东西，你为什么还这么高兴？

“先前的鲇鱼王只是半结丹，我们拿到的积分并不算太多，要是斩杀掉这只金丹期的异兽，那我们就等同于斩杀了一百只筑基期异兽了！” 狂浪生这次脑子倒是转得飞快。

姜渊哼了一声，给他泼冷水：“先前尚且只是一条半结丹异鱼，我们二十多个人就足足磨了大半日。这只金丹期的，你觉得我们有办法磨死它？”

狂浪生不甘心道：“可是北境年年都靠着毒丹磨死好几只金丹期异兽，南境去年一口气炸死了三只，我们好歹也该斩一只才是。”

姜渊面无表情地提醒：“我们没有毒，也没有南境的符篆。”

另一边。北境耗时两天两夜，悬壶派炼制了不知多少枚紫色的毒丹后，终于配合着万法门的法修们磨死了那只金丹期异兽。巨大的异兽轰然倒地，砸断了后面的好几棵树。

苏飞白站起身来，狭长的眼中流露出些许自傲的笑意。他慢条斯理地擦拭着手上的污渍，对着投影石的位置伸了个食指，比了个“一”。

“哈哈哈哈！”北境长老笑得尤其痛快，他掀起袍角环视四周，抬高了声音道，“不愧是我北境天骄，这么快便斩杀了第一只金丹期异兽。”

其他三境的长老都面无表情，眼底的一些隐忧却无法藏住，他们的弟子都还没有斩杀金丹期的异兽。

北境长老继续笑道：“苏飞白比的这个一，不仅是说此乃第一只被斩杀的金丹期异兽，也是在向其他三境宣告，他接下来还要去斩杀第二只、第三只！”

马长老不知何时找了张躺椅躺着，他翻了个身，选择背对着聒噪不止的北境长老。

北境长老见状，心中越发舒坦。他特意走到马长老的耳边蹲下，指了指东境的画面：“你们呢？刚才不是发现了一只金丹期异兽吗？现在是打算钻进洞里学耗子躲着呢，还是打算连夜逃跑呢？”

马长老不理他，又翻了个身，背对此人。

先前被马长老的阴阳怪气伤害到的北境长老不愿罢休，又跟着挪过去，非要去看马长老垮下去的脸心里才舒服。

“呵，先前不过侥幸解决掉了一只半结丹的异兽就如此嚣张，怎么，现在对上真正的金丹期异兽就露出你们废物的真面目了？”

马长老啐了一口：“老子的真面目就是你爹！”

第十四章

灵力牵引

万古之森里的东境众人围坐在一起，现在因为那只金丹期异兽的事情，大家难得地出现了意见分歧。

“我们盾修用灵力护体扛在最前面，剑修御剑速度快，可以飞在天上轮番攻击那只异兽，再配合丹修们炼制的回灵丹，打个两三天总能拿下它的。”狂浪生无愧于自己的名字，他又狂又浪，“大不了在灵兽咬下来之前传送出去就行了。”

“不愧是从鲇鱼王的牙缝里钻出来的男人。”启南风赞了句，意味深长，难以分辨是真心夸赞还是在阴阳怪气。

然而狂浪生惯来只想修行的事，旁事少有费心，他对这句话很是受用，面露得意之色。

姜渊抱着剑站在围坐的人群外，他考虑问题远比狂浪生来得周到，冷眸一凛便不客气地驳回：“不可。”

“你怎么是个杠精呢？”狂浪生把从俞幼悠那儿学来的词用上了。

姜渊感觉这不是好话，好在他听不懂，所以只是瞥了眼狂浪生，便继续道：“最现实的事就是，你们的灵力护体能扛到我们杀死异兽吗？”

狂浪生挠挠头，他跟师弟们不过筑基巅峰期，全力防护的状态最多能持续两个时辰，但是想磨死异兽没有两天办不到。

“俞师妹他们仨炼了回灵丹……”

“回灵丹只能提高灵力恢复的速度，并不是瞬间恢复满。在你们没有灵力护体的那段时间里，谁来牵制异兽？”

狂浪生抱着盾，彻底熄火了。

得出结论后，众修或是各自躺平恢复灵力，或是结成小队外出清缴异兽，驻营地只剩下三个丹修面对面坐着。

“幽蓝花的花瓣和叶子可以炼成四品虚灵丹，能瞬间恢复满元婴期的灵力，要是有此物，说不定狂浪生提的办法能行。”

启南风将藏书阁的丹方背得滚瓜烂熟，马上报出丹名。

“那是四品灵丹，我们没人能炼制。”苏意致抬起手指晃了晃，提醒两个好友，“我不过筑基期，你们才炼气巅峰期，现在就想碰金丹期丹修都觉得棘手的虚灵丹，无异于痴人说梦。”

俞幼悠盘腿坐着，手上捏着根异兽的腿骨炼化着，对自己空间戒指中的那丛幽蓝花念念不忘：“不能炼，那我们不是白采了？”

苏意致解释道：“万古之森中的灵力浓郁得难以想象，还萦绕着一股神奇的力量，所以生长着许多外界难寻的高品阶灵药，但是这些灵药拿出去后就会因为得不到如此充沛灵力的滋养而马上溃散。

“所以一旦找到高级灵药，要么在万古之森里就炼化成丹，要么就一直保存到四境大会结束，等宗门元婴期以上的长老们用强大的灵力将其包裹着带出去炼化。”

俞幼悠手上动作微顿，一撮暗灰色的异兽骨灰从她指间散落，她闷声问：“所以曲师姐的那株五品灵药……”

“嗯，当时他们也是无法炼制，只能保存着等四境大会结束，结果遇到了异兽暴动，那株灵药也被北境的长老们带出去了。”苏意致脸上表情有点儿窘迫，他本就是苏家人，知晓得也更多，“再后来就被炼制成了一粒五品破壁丹，直接帮我大伯……就是苏留白他爹，从金丹期晋升到了元婴期。”

破壁丹能够大大提升修士晋升的机会，乃最珍稀的灵丹之一。

“据说每次四境大会的最后几天，四个境都会暂停诛杀异兽，转而开始互相打劫。”苏意致比画了一个数字，“大约有三成的概率被抢走。”

俞幼悠拍拍手，将手上的灰吹干净：“既然如此，那我们就把幽蓝花炼了吧。”她语气轻松，态度却很坚定，“与其保存在身上等着别人来抢，不如炼成丹增加实力后去抢别人的！”

“说到底，我们没法儿炼制四品丹药是因为修为限制，灵力无法支撑到彻底炼化四品药材的那一刻，对吧？”俞幼悠思路很清晰，“那我们为什么不集三人的灵力一起炼化呢？”

俞幼悠说得很明晰，她也并不觉得这是个大问题。只有修真界才会在炼丹的时候仅凭自己的力量，在末世时，俞幼悠通常都是带着一大群人来制作药物的。每个人负责不同的部分，由她负责整体把控和最后的配比，效果可比一个人来得好且快。

她怕另外两人不懂，又解释了一下："我们同时把灵力投入丹炉中，南风先把这片叶子炼化了，灵力耗尽后换苏老二上，然后再换我来，中间还能互相牵引着，过程出错了有另外两个人帮着盯着。"

苏意致和启南风像看疯子一样看着她。

尤其是对修真界了解更深的苏意致，他磕磕巴巴地质问："你的意思是，我们三个人的灵力毫无保留地相互牵引？"

俞幼悠没听过这个名词，一脸茫然。

苏意致吸了口气，警告她："你知不知道，跟别人灵力牵引很危险？但凡其中一人起了坏心眼攻击你，反噬的灵力就能把你灵脉击碎！"

俞幼悠更茫然了，她和启南风像看傻子一样看着苏意致："你的意思是要趁机攻击我俩？"

苏意致被这句反问弄得瞬间跳脚，他马上大声反驳："我才不是那种人！"

"那不就得了。"俞幼悠又懒洋洋地瘫坐回去了。

启南风从来都是不怕死的，他无限乐观："我要趁机攻击你们！"

俞幼悠很配合："哦，我好怕啊。"

苏意致瞪了他一眼，踌躇了好久才小心翼翼地问："我修为最高，威胁性也最强，你们就不怕我是北境派来丹鼎宗的卧底？等会儿就要把你们干掉，为苏家的辉煌铺路？"

对面的少女懒散地抬了抬眼皮，呵呵笑了一声："不瞒你们，其实我是妖族派来人族的内应，等会儿就把你们都杀了，扬我妖族威风。"

这段对话让启南风心里"咯噔"一下：救命，为什么自己觉得这两人说得好像都是真的啊！

为了合群，启南风挺了挺胸膛，艰难开口："那我其实是棺材铺派来的卧底，想害死你们，让我家多卖两口棺材。"

三人对视一眼，最后都笑得歪歪扭扭瘫倒在地，毫不客气地互相嘲笑。

"忍不住了，哈哈哈哈，你们是傻子吧！"

"我看你俩才是真的蠢。"

"滚，说他就行，别带我。"

万古之森外。

除了北境长老时不时传出笑声外，其他三境长老的脸色都不太好看。

南境跟西境的战斗以南境的险胜告终。御雅逸的踏雪一只能打五个，跟异兽一样猛。当然南境也没好到哪儿去，最后两边都出局了五个弟子，为了保留实力才不得不停手。

只是西境有三个医修出局，他们都是被踏雪的肉垫糊脸踹出局的，也不知这只黑虎为何这般专门针对医修，兴许是感应到自家主人对俞幼悠的怨气，所以迁怒了。

两方人马在对峙了大半个时辰后，分别朝着两个方向离去，约莫都是怕对方又折返偷袭，跑得飞快。

西境和南境的画面都变成了单调的赶路，而刚磨死了那只金丹期异兽的北境众修也还在原地休息。所以，场中所有人都看向了东境那边。

北境长老说得难听归难听，但是大家也真的想知道，东境修士有无勇气对上那只金丹期异兽。

这一看就发现了不对劲。东境的三个丹修围坐在同一个丹炉前，他们手心的灵力闪着柔和的光芒，似丝线般相互缠绕牵引着，一起进入那个丹炉中。

合欢宗的梅长老美眸微眯，露出些许迷茫："他们三人……是在做什么？难道丹鼎宗只发了一尊丹炉给他们吗？"

当然不可能。外行看不懂，但是四境所有的医修都看得懂。下至树上看热闹的，上至最顶端的化神期大能，见到这一幕后，眼中或是震惊或是戏谑，心思各不同。

马长老和牛长老已经站起来了，短促地对话——

牛长老隐含怒气："你教的？"

"我还想问你呢！"

两人齐齐陷入沉默，忧心忡忡地看着画面中的那三人。

不是没有丹修试着一起炼过丹，但是要求太高了。炼丹本就需要最精密的灵力操作，自己炼制倒可以保持专注，但是多出一个人后，但凡一丁点儿的分心都会导致灵力紊乱，牵连着另外一人也失败。甚至连炼丹失败都算是好的了，其中一方若是突然起了歹念，另一个难保命都要没。

灵力牵引本就是将性命交托到了对方手中，要全然毫无防备且不生一丝杂念，即便是道侣或者兄弟都做不到。修为越高就越是惜命，担忧也就随之增多，修士是人，此乃人之常情。

“竟然想要灵力牵引协力炼丹？”北境长老笑着拍了拍掌，语气里说不出的嘲讽，“少年气盛，不知天高地厚啊！”

马长老和牛长老没空搭理他了，此刻他们的全部心神都落在了画面中的三人身上。

一刹那后，两人的脸色齐齐变得青白，丹炉中飘出一缕黑烟。他们失败了，有人心中起了杂念，导致灵力牵引崩溃了！从丹炉中跌出的那几枚失败的辟谷丹，仿佛也在沉默地嘲笑着那三人。

云端上，苏真人和顾真人垂眸注视着这一幕，眼中没有任何波动。

“意料之中。”苏真人冷淡地评价。

饶是悬壶派天骄全出自苏家，弟子几乎全是兄弟姊妹，也未曾有人做过这样的尝试。灵丹的好坏易辨，人心自古难测。

“苏老二，你灵力突然往后一缩干吗？”启南风恨铁不成钢地踹了苏意致一脚，“就算这炉辟谷丹只是拿来练习灵力牵引的试验品，也不能这样浪费啊！这些灵药是我好不容易找到的！”

“你没看到吗！”苏意致手指颤抖着指向了俞幼悠，“她的那股灵力为什么会这么粗啊！”

好家伙，他可算知道俞幼悠为什么那么放心了，就这绝对碾压的灵力强度，他想动手都没办法。她要真的是妖族内应的话，刚才自己跟启南风两人的灵脉都要被废了！

明明论起修为苏意致还略强一小阶，但是三人的灵力一放出来就看出了差距。同样是火系灵力，俞幼悠那道灵力粗了半圈，苏意致在惊吓之中直接断掉了灵力牵引。

俞幼悠诚实回答："天生的，没办法。"

苏意致想不通了："当初测试灵脉时我才是顶级火系天赋，你弱得跟没有一样，而且修炼心法都是我卖给你的…… 不行，当时便宜你了，得加钱！"

俞幼悠翻了个白眼，提到钱的事情她绝对不会让步："不给，要命可以，要钱没有。"

加价失败的苏意致只能悻悻地挪回原地，继续跟另外两人尝试着灵力牵引。结果又一连失败了两次。

一次是启南风的灵力耗尽时苏意致没有及时接手他炼制了一半的灵药，再一次就是苏意致习惯性地准备进行最后的丹药美化任务时，俞幼悠已经收回灵力准备开炉取丹了。

"还试吗？"苏意致问了句，下意识地又要从芥子囊中摸出药材继续练习。结果一手摸了个空，仅剩的那点儿灵药都炼成药渣儿了。

"不用试了，上一次其实都成功了。苏老二，你记着别再浪费灵力在灵丹外表上就行。"俞幼悠没抬头，她拿了根木棍在地上写着另外两人看不懂的复杂公式。

很好，按照推算，三人轮流炼化是可行的。片刻后，她抬起头，摸出每人仅有一粒的回灵丹："记着，等会儿灵力用完后马上吃这个，我们可能要炼制很久才能把四品药材给炼化。"

苏意致有点儿心疼："这可是四品灵药，要是又炼成渣儿了，不是很可惜？"

启南风拍了拍他的肩膀，企图传播富二代的阔绰的价值观："怕什么？我们可是挖了一整丛，这炉失败了再来下一炉！"

贫穷的苏意致："…… 还是很心疼。"

然而再心疼，他也没产生过放弃的念头。所谓"顺为凡，逆为仙，只在中间颠倒颠"，丹修之道，行的本就是逆天之路，修残补缺，救死还生，一路其实都在同天做斗争，化不可能为可能。

越阶炼丹又怎么样？他们可是三个人呢！苏意致紧抿着唇，挺直了胸膛，与他同样的还有启南风。即便是懒散如俞幼悠这会儿也微微坐直了些，然后，她从空间戒指中取出了那一株幽蓝花……

"哦，糟糕，忘记让狂浪生拿脸挡投影石了。"俞幼悠语气毫无起伏地这样说了一句，听不出半点儿真心后悔。然后，她便毫不犹豫从那丛幽蓝花中扯出一株，利落地处理好后，丢入炼丹炉。

场外早在幽蓝花被拿出来的那一瞬间就炸开了。

最先站起来的是灵药谷的长老，他的声音都在抖："为什么灵药在东境的手上！他们到底是怎么做到的！"

没人能回答他的问题，因为所有人都很迷惑。

马长老暗暗地捏了捏袍角叫声好，之后眼睛贼溜一转，压低声音故作神秘道："其实我们丹鼎宗也有一门特殊的功法，能够用来寻找灵药……"说着他踩了一脚牛长老。

牛长老吸了口气，硬着头皮配合："确实，不然去年为何我们派的曲清妙寻到了五品灵药？"

然而其他长老都来不及思考这句话的真假，便被画面中那三个丹修的动作吓傻了，俞幼悠把幽蓝花丢进了丹炉！

全场医修震怒，连丹鼎宗的两位长老都不例外——

"疯了！花跟叶子都丢进去了，嗞，他们要炼四品虚灵丹！"

"一个筑基期、两个炼气期，不好好去炼他们的二品灵丹，反而妄想炼四品灵丹，他们的脑子都被异兽给吃了吗，暴殄天物啊！"

"刚刚都失败那么多次了，这次居然还敢拿四品灵药练手？拿来让我炼还差不多！"

这里面还数马长老骂得最大声："俞幼悠你这个败家小崽子，你把老子的几十万枚灵石给我捞出来！"

蹲在树梢上的解说员们将这群元婴长老的怒吼传播到了四境的每个角落，现在整个修真界都知道，丹鼎宗的那三个丹修疯了。

场外那些人现在震惊成什么样，是吵嚷还是怒骂，里面的人都听不到了。

俞幼悠三人连人带丹炉都搬进地洞里闭关了。三股灵力会聚在一起，似丝线般紧紧缠绕着探入丹炉内，里面已经被幽蓝花的灵力充斥满了。

最先开始行动的是启南风，代表他的绿色灵力灵活地侵入其中一片幽蓝叶内，慢慢地开始炼化。在他将叶片炼化到一半、灵力不济的时候，早就等候在边上的苏意致瞬间接手，给他以恢复灵力的时间。第三个是俞幼悠，待她的灵力也开始消退的时候，已经休息完毕的启南风立刻小心翼翼地接手炼化工作。

三人好似老僧入定般坐着，口中都含着那粒仅有的回灵丹。

那尊丹炉中映出的灵力微光，时而浅绿，时而金红，将三张还带着稚气的脸映得明暗交替。

边上来往的东境修士们不知道他们在炼什么丹，但是进出地洞时都放轻了动静。这一炼，便是足足五日。

"啊，下雨了。"刚随着小队猎杀灵兽归来的狂浪生伸手一摸，才发现脸上的湿润是冰凉的雨水，而非这些日子以来变得熟悉的异兽血水。

天幕层层阴云堆叠，将残余的天光一丝丝挤压，直让它丁点儿也漏不出来，白日晌午竟像是入夜的前奏。

数道亮眼的剑光划破这片暗沉，几片不再雪白的衣角飞扬，与雨水同时落在了狂浪生的眼前。

为首的是姜渊，他的胸口沾染了异兽的暗沉血渍，像深深浅浅的红梅，这段时日的频繁杀戮让他的气质越发森冷，开口便是简单的一句："东边斩杀一净。"

方才和狂浪生一同归来的俞长安正擦着剑，闻言便也跟了一句："西边异兽尽数伏诛。"语罢，他稍显迟疑道，"所以这方圆数百里内，只剩下那只金丹期异兽了？"

金丹期的异兽自带威慑力，往往都是自己盘踞着一大片领域，先前东境诸修都避开了它的方向去对付其他异兽，眼下只剩下它了。

说起金丹期异兽，即便是姜渊也很是不甘心。剑修的心需要跟剑一样一往无前、无所畏惧，今日他们明明有斩杀异兽的可能性却选择逃避，日后难免会在剑心上蒙上一层阴影。可是……姜渊隐晦地看了眼俞长安，若是让尊师爱子被异兽伤到，即使师父不迁怒下来，他亦是无颜返回山门。

俞长安跟自家师兄相处这么久，当然明白他心中所想。他很无奈，只是眼下这么多人不好明说，于是便折中提议："不若我们现在表决一番，赞成围杀异兽者向前一步，看看究竟是迎难而上还是知难而退吧。"

万万没想到，东境的人都是野心家。不管是剑修还是盾修，除了姜渊以外，都往前走了一步。狂浪生还夸张地往前走了三大步，就差踏进前方的山溪里了。

姜渊面对那群盾修一副“不是吧，兄弟你怎么尿了”的挑衅表情，也往前走了一步。

狂浪生数了数人数：“一、二、三…… 不对，我们还忘了三个人啊！”

“俞师妹他们还没表决呢！他们丹修都不能打，怕是不愿意去干那只金丹期异兽啊！”

“干，为什么不干？”

一道虚浮的声音从地洞的方向传来，三个枯瘦的身影艰难地爬出来，每个人都是蓬头垢面的状态，脸色更是灰败得同死人一般。

狂浪生吓了一跳，连忙冲过去扶住这三具行尸走肉：“俞师妹，你们这是怎么了？！”

“还好，就是一点儿都没有了。”俞幼悠像条咸鱼一样躺在地上，双目无神地任由雨水浇脸。

姜渊听到这句话，目光略复杂地打量着她跟启南风和苏意致。

还是张浣月先反应过来，冲上来在俞幼悠的脉门上一按，总算松了口气：“灵力耗尽，的确是一点儿都没有了。”边上的启南风和苏意致已经彻底昏睡过去了。

张浣月看得心惊肉跳：“你们这些日子究竟在炼什么丹，为何耗费五日之久？还弄成这副模样……”

俞幼悠的头痛得像是随时要炸掉了。炼化四品灵药耗费的灵力巨大，苏意致和启南风在最后炼化成丹那一步就陷入半昏迷状态了，只有他们两丝灵力还顽强地留存着，竭力推助着俞幼悠最后那点儿灵力去炼化丹药。三人灵力耗尽，最后连丹形都没成。

俞幼悠颤巍巍地摸出药匣，不过她太累了，只叮嘱了一句“拿好”后，便一头栽倒了。三个丹修都在地上躺着，横七竖八睡成一团。

张浣月明白这是三个丹修拼了命炼出来的东西，虽不解是何灵丹，还是小心翼翼地接过来。

想来三个丹修心血之作定当不凡，本着要震撼外人的心理，张浣月特意交代狂浪生把投影石拿来，给了个特写。

药匣被打开了，万众瞩目之下，东境整个画面瞬间被那一坨不成形的黑色不明物体所充斥。

张浣月倒吸了一口凉气，动作飞快地关闭了匣子。糟糕，她是不是让东境丢人了？！

然而场外的人不是瞎子，他们全看到了那坨一闪而过的玩意儿。

即便是梅长老这个外行人也能识别出来，匣中的东西绝对称不上灵丹，她眸中浮出些可惜："果然还是失败了吗？"

灵药谷和回春门的长老看清匣中那物之后，露出果然如此的表情。

前者冷笑了一声："果然是浪费了一株好药材。"

后者则是唏嘘着摇头："因为幽蓝花过于稀有，即便是在下也不曾亲手炼制过。我曾有幸见过虚灵丹的成品，它会显现出若有似无的幽蓝色的光泽，如同暗夜星点，故名虚灵丹。这三个孩子很有勇气，很可惜，此物一看就是失败品。"

北境长老更是冷笑着抬高了声音，好似刻意说给牛、马两位长老听一般："呵，不瞒诸位道友，我悬壶派弟子苏飞白五日前诛杀那只金丹异兽，靠的便是他亲手炼制的三品迷魂丹，以筑基期的实力炼制了三品丹药，仅他一人可办到！"

牛长老和马长老面色凝重，没有一人搭理他。他们现在如临大敌，眉头紧锁，如今只能通过投影石传出的画面看，并不能切身去感受药效，自然也不好判断此丹成败。

"如果是其他人炼制的，长成这样一定是失败了。"牛长老叹口气，如是说道。

马长老了然，他皮笑肉不笑，阴恻恻道："但这是俞幼悠那小崽子炼的。"

"也是……她炼的所有丹都长得像失败品。"

两位长老都沉默了。

俞幼悠自昏睡中醒来，睁眼后只察觉到阵阵寒气朝自己袭来，四下亮着冰蓝色的幽光。

狂浪生举着盾，拿上面的寒晶石当灯用，往俞幼悠的脸上一凑："嘿，俞师妹也醒了！”

俞幼悠现在依然头痛欲裂，这是灵力透支的副作用。她嗯了一声，偏过头看了眼，才发现大家都围在地洞的另一边，兴许是怕吵到她休息，所以都压低了声音在说话。

启南风和苏意致赫然在其列，他俩晕得早，醒得也更早些，现在正在专注地研究着什么。

那边，剑修和盾修还在热烈地讨论着该如何围杀金丹期异兽的事情——

“我觉得我们可以多挖些陷阱，就像我们现在住的这个地洞一样。”赵星燃拿剑比画了一下，兴致勃勃，“然后我们把异兽引诱到陷阱里，就可以在坑里慢慢地磨死它了，这招瓮中捉鳖还不手到擒来？”

钱师兄摇摇头，不赞成：“金丹期异兽的体形和力量都远非你我可想象，它们的利爪能轻易扎进岩石峭壁上攀缘，更何况这样的土坑呢？我看，我们还是得用剑气远程攻击才是。”

“释放剑气所消耗的灵力庞大，等你灵力都枯竭了，异兽怕是还没觉得疼。”孙师兄哼了一声，拍了拍自己的胸膛，“我看还是我们盾修持盾把它给包围了，你们在天上直接来个万箭穿心，秒杀它得了。”

“我要是金丹期，就直接用一百次剑气斩杀它了。”

“我要是元婴期，直接拿灵力把它的脑袋拧下来。”

“我要是化神期……”

以为他们真有什么战术所以在边上认真听了会儿的俞幼悠：“……不是商量战术吗，怎么还做起梦来了？”

张浣月无奈地摇摇头：“说到底都是灵力不足，若是有源源不断的灵力，我们这么多人想要斩杀一只金丹期的异兽其实并不算难事。”

就在这时，俞幼悠纳闷地开口：“我们有啊。”她指了指张浣月手中的药匣，认真解释，“这是四品虚灵丹，吃了可以瞬回灵力的，不信你尝尝？”

张浣月爱怜地摸了摸俞幼悠的脑袋，哄孩子似的语气：“俞师妹，你灵力透支了，脑子不清醒，还是再睡会儿吧。”她觉得但凡还清醒的人，都不可能指着这坨固液混合体称其为虚灵丹。

俞幼悠很无奈，要说虚灵丹的确称不上，因为他们三人灵力不足，还未把药液凝固成丹就撑不住了。虽然没把它弄成丹的模样，但是论药效，它绝对没有问题！

俞幼悠用针挑了一小坨出来，递上去："不信你们尝尝？"

剑修和盾修们表情各异，但是看着这坨丹的眼神，都有点儿怀疑和嫌弃的意味。他们不是不知道俞幼悠炼出来的丹都是丑样，但是先前再怎么样，好歹也是实心的，囫囵算来也是粒丹药，顶多就是不够圆，丹皮也过于粗糙。但是现在这玩意儿像鼻涕似的，她一递过来，众人都默契地往后面退了半步。

张浣月语气温柔地继续哄孩子："没事，俞师妹，这次失败了大不了下次再来，快睡吧。"

俞幼悠：没办法，她只能面无表情地自己吃下挖出来的那坨虚灵丹。

入口刹那间，一股充盈的灵力自舌尖开始向全身涌出，俞幼悠原本还倦怠沉重的身体瞬间变得轻松起来，方才阵阵剧痛的头也清明了许多。

虚灵丹一般是元婴期才舍得用的宝贝丹药，一粒就能让元婴期修士瞬间恢复满灵力状态，她现在还只有炼气期，所以一小点儿药就可以让她恢复。

俞幼悠身上的变化太过明显，盾修和剑修的眼睛有点儿发直，然后眼睛就不由自主地盯上药匣里的虚灵丹了。

真是怪了，刚刚瞧着像是一坨黑色鼻涕，现在看着怎么感觉它在发光发亮呢？

"俞师妹，我突然有点儿想来一坨……"

"我也……"

刚才被嫌弃的俞幼悠冷笑着无情拒绝："不，你们不想。"

众修顿时扼腕不已，但凡刚才苏意致和启南风也吃一坨，早看到药效的他们肯定也跟着吃了啊！还用得着在这儿慢慢地等着灵力恢复满？

启、苏二人：对不起，其实刚刚我俩也不敢下口。

俞幼悠向苏意致要了二十多个白瓷药瓶。苏意致一脸肉痛地交出来，小声强调："这一个瓶子就值一枚灵石呢…… 为什么都是我掏？"

俞幼悠理直气壮地回答："因为我舍不得，所以没买。"

他被堵得没话说，转而质问起启南风："那你呢？"

启南风思忖片刻，从芥子囊里摸出几个晶莹剔透的小药瓶，介绍："都是拿完整的灵石雕成的，一个大概价值一百枚灵石吧。"

苏意致将两种药瓶拿在手里对比了一下，再往那些眼巴巴盯着的剑修和盾修身上一瞥，还是没舍得把这么好的药瓶拿来给这些家伙用。

俞幼悠将那一坨鸟蛋大的虚灵丹切割成小块分别放入药瓶中，又吩咐众修出去兑满水将它稀释成药液。

对于筑基期修士来说，喝这样的药液就足够恢复灵力了，直接吃丹药简直是浪费。

姜渊拿着药瓶，心情略复杂。若放在以前，他是定然不会相信这三个丹修能炼出四品虚灵丹的，但是过去的这段日子经历了那么多后，他竟然没有第一时间把这药瓶丢掉，反而也生出了一丝期待。万一她说的是真的呢？

他收敛了心神，沉声道："好了，不要再耽搁时间了，且喝一口灵液验证药效。若真有用，我们现在就出发去诛杀那只金丹期异兽！"

于是片刻后……

场外的长老们眼睁睁地看着东境众人拿着药瓶去溪边灌水，喝下一口后个个都笑得像傻子似的，揣着那瓶溪水欢快地持盾提剑出发了。看那方向，正是先前未曾踏足过的金丹期异兽所在。

北境长老嗤笑："东境的人是吃了废丹，所以都傻了吗？居然毫无准备就打算跟金丹期异兽动手了？"

灵药谷长老："好像一直都这么傻？"

东境的"傻子们"才不管别人如何想，喝了一口灵液的他们全都恢复了灵力，眼下正飞快地穿行在密林中。

"我先前来看过五次，那只异兽是只狼，平日都在那片密林中，约莫三丈长、一丈高。"狂浪生持盾打头阵走在最前面，顺便汇报着异兽的信息。

不过已经不用他说了，众人都看到了前方趴着的那只巨型异兽。

这是一只狼形异兽，半腐烂的躯体上毛皮已脱落得差不多了，上面萦绕着若有似无的黑气。它似乎察觉到了东境众人的到来，转过身来用青白色的眼睛无情地注视着众人，锋利的尖齿慢慢地龇开，然后大嘴猛地张开，朝众修发出了一声沉闷的咆哮。

狂浪生一边持盾结阵一边拿手扇了扇："啊，这玩意儿有口臭！"他一转头，就发现俞幼悠的表情已经在崩溃边缘了。

俞幼悠也不知为何自己的嗅觉那么好，以至于此刻这异兽的口臭对她造成了百倍伤害。

狂浪生一乐，将俞幼悠往后轻轻一推：“俞师妹，你且在后边儿等着我们表演吧！”

再回头，这位高大少年的表情已然一凛，从吊儿郎当变得杀气腾腾：“众师弟听令，灵力护体，结阵冲锋！”

已分不清到底是哪边先动手的了。加持了灵力护体的盾修们和异狼几乎同时向对方奔去，最后狠狠地碰撞在一起。巨大的冲击力让盾修们结成的盾墙往后退了数米，盾墙却没有半点儿松散。

与此同时，剑修们也御剑飞出，恍若雷电般射向异狼。然而剑劈到异狼身上，他们的脸色便沉了沉。异狼那身皮毛看似腐烂不堪，实则比金石还要坚固，就连剑势最猛的姜渊也不过堪堪刺破一道口子，几个走灵巧路线的剑修更是只削掉它的一撮黑毛。

姜渊立刻下令：“用剑气！”话音落下的同时，剑气齐结，夹杂着五行灵力的剑气毫不留情地落到异狼身上。那只异狼身上瞬间多出了数道狰狞的伤口，暗红色的血液也飞溅而出。

“剑气有效！”可惜还不等剑修们高兴，方才一直针对盾修的异狼似乎察觉到身边飞着的剑修们才是真正的威胁所在，竟然放弃追逐盾修，转而咧开大嘴朝着剑修们咬去。

到后面，它甚至无视主动冲到脚边的盾修，只针对剑修攻击。

“先前的异兽不都是全凭本能攻击吗？为什么这只这么精，还知道先打谁？”

剑修们一边飞快在林间穿梭着躲避异狼的攻击，一边反身用剑气反击，但是金丹期异兽的力量和速度太过可怕，时不时就见到剑修和盾修被拍落在地。

俞幼悠也不敢放松，飞快上前接住负伤的盾修，喂伤药和包扎伤口一气呵成。

“我的腿骨好像断……”还不等那个盾修说完，俞幼悠已经飞快地将他的腿“咔嚓”一拧，把骨头接回去了。

这个盾修总觉得这个手法眼熟得可怕，他隐约想起了某个人：“俞师妹，你们丹鼎宗也会教这么野的手法吗？”

俞幼悠没空理会他，此刻她跟启南风和苏意致不断地奔走在战场的边缘，即便如此，也来不及救援那些被异兽盯上的剑修。

不行，必须让盾修吸引住异兽的火力，不然剑修疲于奔命，压根儿无法专心攻击。她大声提醒：“狂浪生，拉住异兽的仇恨！”

战斗时的狂浪生明显比平时聪明，他几乎瞬间领悟到了这句话的含义。要知道，平时盾修们的战斗中也有“拉仇恨”和“嘲讽”这一战术的，虽然现在对手是异兽不是人，想来也是同样的流程。

只见狂浪生右手紧持巨盾往前冲锋，左手则高高举起，万众瞩目之下，他对着异兽竖起了中指。下一刻，整片密林都回荡着狂浪生雷霆叱咤般的怒骂——

“鳖孙狼崽子来杀你狂爷爷啊！你今天必定趴在老子脚下当狗！”

阵阵不堪入耳的脏话连篇飙出，那只异狼的八辈祖宗都被问候了个遍，然而异狼内心毫无波澜，连看都没多看狂浪生一眼。

一直以为盾修有吸引仇恨的某种功法的俞幼悠：要是对手换成人族，这招好像的确最管用了，可惜对手是异兽。此刻只能替狂浪生庆幸投影石不能录下声音，不然他今天必定要靠骂街技术名扬修真界。

俞幼悠一边偷学狂浪生的骂人技巧，一边大声喊：“把异兽肉拿出来！”

异兽们几乎只凭着本能行事，对它们来说，最具吸引力的不是活生生的修士，而是血腥味儿最为浓郁的其他异兽的血肉，而且越是腐败，它们越是喜欢。

果不其然，待狂浪生从芥子囊中拿出一块腐肉后，原本还在追着姜渊撕咬的异狼瞬间转向，以更迅猛的速度奔向狂浪生。

这下狂浪生也顾不得心疼自己的巨盾了，囫囵地拿腐肉在盾上狠擦两下，待那股腥臭味儿留在盾上后，立马将腐肉抛给下一个盾修。

在那片弥漫着腥臭味儿的巨盾包围中，异狼的攻势总算从剑修身上移开了。

这场战斗的画面太过刺激，不同于北境把异兽毒倒了再慢慢杀，这是真正的正面厮杀。场外的所有人都不敢眨眼，屏息死死地盯着东境的画面。

“你家小子看着憨，炼体炼得倒是很不错，刚刚那一下若不是他拿盾硬扛下来，恐怕阵形就乱了。”马长老难得夸了句。

狂长老听后面露得意之色，但是很快就愁眉不展：“方才是那小子拿灵力护体了才无事，若他们剑修再不把狼杀死，我天盾门弟子灵力枯竭了就没法儿再扛了。”

徐长老也很无奈，替自家弟子辩驳道：“此狼浑身皮肉坚韧无比，唯有剑气能伤，但是他们的灵力并不能支撑他们一直释放剑气啊！”

北境长老优哉游哉地坐到了躺椅上，笑呵呵地注视着画面，冷嘲道：“别等啦，就说你们那个姜渊吧，他怕是马上就要灵力枯竭成为异兽的食物了，再不拿出传送符就……哟，聪明，这不就拿出来了吗？”

画面中的姜渊用剑支撑着身体剧烈地喘着气，方才那数道全力挥出的剑气俨然让他耗尽了灵力。

他的手拍向了芥子囊，从中摸出了一物。并不是众人预想中的传送符，而是那个熟悉的白色小瓷瓶！

他仰头喝下灵药液，下一刻仿若新生，又提起剑飞射而起，照着异狼的脑袋又是一道剑气斩出。

与姜渊相似的画面在整个战场中时不时上演。前一刻还半死不活、灵力枯竭的修士，拿出小白瓶一喝，下一刻就跟诈尸似的突然飞蹿起来，生龙活虎地开始继续打了！

北境长老：“……”

任谁都看得出他们喝的不是普通溪水了，而且就效果看来……怎么看都像是吃了虚灵丹。四境的医修长老们面面相觑，就连丹鼎宗那两个都不例外。

“难道那坨……咳，那些灵丹，真是成品虚灵丹？”回春门长老试探着问了一句。

不敢打包票的马长老只能高深莫测道：“你猜。”

灵药谷的长老呼吸有点儿急促，他磕磕巴巴地问：“难道你们丹鼎宗有某种秘法？还是说……这种匪夷所思的形状的丹药要比圆形的来得好？”

马长老带着神秘的笑容，微颔首。

一坨丹药真的比一粒要好？其他三境的药修陷入了沉思。

天顶上的苏真人和顾真人也陷入了沉默。只是他们关注的并非虚灵丹，而是三人齐炼丹成功这件事。

“一个筑基期、两个炼气期，便可炼出四品灵丹吗？”苏真人低声喃喃，眼中似乎浮出了些许光，“若这样来看，多人协力岂不是有望炼出传说中的七品破壁丹，让吾等多一层晋升渡劫期的把握？”

化神期以上便是渡劫期。渡劫，顾名思义，渡的是飞升劫，渡劫成功便可飞升成仙，失败则灰飞烟灭。

整个四境大陆已有千年不曾有人飞升了，数百年前倒有一位渡劫期前辈在寿元将近时想要最后一搏，但是在引来飞升劫后死在了天雷之下，连骨灰都没剩一抔。

再到现在，渡劫期的前辈仅剩西境的老佛子、北境的苏家老祖和东境的掌剑真人了，三位皆闭了死关，多年未有音讯。

顾真人嗤笑一声：“七品破壁丹？且不说七品灵药难寻，就说这灵力牵引之术……你们悬壶派全是亲族兄弟，但是你敢同那三个小孩一样，毫无防备地同自家兄弟进行灵力牵引吗？”

苏真人面色阴沉，被戳中了痛处。他的确不敢，即便是同胞兄弟，说不定暗中也在咒他死，想要执掌悬壶派的大权。

听了许久的无尘佛子悲悯地垂眸，半是赞半是叹：“少年心性无瑕，至真、至纯、大善。”

东境众修配合得越发默契。盾修顶在最前面将异兽困住，剑修则在异兽周身游走着不断发起攻击。

整整四个时辰过去，剑修将虚灵丹液都喝了大半，那只异兽虽然气息变得逐渐虚弱，依然没有要倒下的意思。两方似乎在比拼耐力，就看谁先倒下了。

俞幼悠此刻正在战圈外围，她死盯着异兽，连眼睛都不敢眨，喃喃自语道：“它是一株巨型药材，要找它的最薄弱处炼化……”

俞幼悠一遍遍地提醒自己，操纵着自己的灵力分化作万千条细线，不断地扩大范围，最后将整只异兽覆盖其中。

她的灵力太过弱小，跟剑修们的剑气比起来也许只能伤到异兽的几根毛，更不要提将它炼化成灰了。不过，她的目的不在于此。

俞幼悠闭上眼，感受着每一丝灵力的反馈，无数道讯息瞬间涌入她的脑海。片刻后，她猛地睁眼，高声喊："腹下三寸！异兽身体的最薄弱处！"

是的，她要做的只是像那次马长老摧毁浮空山时那样，先找出这只异兽的弱点。

姜渊毫不犹豫便听从俞幼悠的指挥开始转向，下一刻他的剑却一顿。那只异狼四爪着地，将腹部保护得极好，腹下三寸的位置根本攻击不到！

它与寻常异兽不同，似乎颇为狡猾，任凭剑修和盾修如何引诱，都不肯露出弱点。

"只能硬杀了。"姜渊咬牙，放弃了攻击腹下的想法，继续朝着异狼的后颈施放剑气。

这无疑是个漫长的过程。其间有修士被异狼挠伤和咬伤，当场脸上黑气萦绕，昏厥过去。

俞幼悠本想让剑修帮着收集异狼的血液用来解毒，然而人减少后压力倍增，此刻剑修们只不过勉强牵制着异狼，无暇顾及这边了。

"等着，我去。"苏意致踮脚望了一眼，不等其他人反应过来，下一刻便似风一般飞掠出去。

他将所有的灵力都灌注在脚下，灵巧地奔走在盾修身后。在异狼巨大的前爪拍下来的瞬间，苏意致灵活地就地一滚，双手则狠狠地抱住兽爪上那片快掉了的毛皮。

异狼抬爪一甩，苏意致也跟着倒飞出去，重重地跌落在地上。俞幼悠飞快上前，往他嘴里塞了粒止血丹。

"咯——"苏意致咳出一摊血，他把怀中那块还带着异兽血液的毛皮往她怀中一塞，声音虚浮，"快。"

俞幼悠咬牙，掌心灵力涌动，开始炼化异兽的血液。启南风则早早地把伤患扛了过来，捏住他们的下巴往嘴里灌解药。

天边的斜阳早已西沉，正值满月，清冷却明亮的月光洒遍山谷。打到现在，所有修士都伤痕累累，就连最后方的三个医修的脸亦是惨淡苍白。

姜渊的手微微颤抖。饶是众人有虚灵丹液补给，但是精力的消耗绝非药物可填补，他力乏得有点儿握不住剑了。

更恐怖的是……

“为什么我觉得这异狼的力气比刚才还要猛了？”下方的狂浪生一把抹去嘴边溢出的鲜血，怒吼了一嗓子。

姜渊也有同感。异狼在他们一整日的围攻下气息本来已开始虚弱起来，但就在刚刚，它像是回光返照一般开始爆发出可怕的力量。

还未等姜渊反应过来，底下那只异狼猛地张开巨口，一声震耳欲聋的怒吼倏然回响在天地间。

这声嗥叫带着金丹期的威压骤然降临，原本还能支撑住的盾修们喷出鲜血倒飞出去，散落着倒了一地，生死不知。剑修们也好不到哪儿去，纷纷自空中跌落在地。

异狼身上的血腥味儿肆虐，它那双青白色的眼睛无感情地注视着前方，每朝众人走一步，地面便跟随着颤抖一下。

更可怕的是那股无形的压力，这绝非金丹期异兽能有的威压。

“糟糕……这只异狼重伤之下爆发潜力，它要晋升了！”姜渊吸了一口气，断裂的肋骨刺得肺腑生疼，一阵又一阵的眩晕感涌上来。

金丹之上的异兽是什么？是在它面前连逃跑都办不到的元婴期异兽！

光是那滔天的煞气就已经束缚了众人的身体，姜渊嘶声想提醒同伴们拿传送符出来，可是大家发现自己连动一下都做不到了，此刻就像是有一座巨大的山压在他们的身上！

“是元婴期异兽才能拥有的天赋之力……”所有人都意识到这件事，这只金丹期的异狼虽然也只剩下一口气，但是它在濒死的边缘领悟天赋之力了！

东境修士在这只异狼的天赋威压下，连挪动一下手指都办不到。他们只能眼睁睁地看着那巨大身躯带着一片恐怖的阴影，慢慢地朝他们头顶笼罩而来。除了一人——俞长安。他发现自己居然能动，那只异兽的天赋威压对他似乎无用。

他狼狈地瘫倒在草丛间，双手呈扭曲的形状软软地垂在身侧，费尽了全身力气，终于抓紧了自己的目标——他的剑，而非传送符。他要去拦住异兽。

俞长安摇摇晃晃地站起，正要提剑飞起的时候，另一道青色的娇小身影以比他更快的速度，自他眼前飞掠而过。

与此同时，俞长安发觉自己手上一轻，他瞳孔微微一缩，震惊地看向自己的手。他那把名曰雷霄的伪仙器灵剑——被夺走了！

雷霄是俞不灭亲手炼制，锻炼过程中加入了俞长安的本命精血，等同于与他血脉同源的另一只手，常人连触碰一下都会被剑所伤。

为什么俞幼悠可以轻易夺走它？！然而此刻已容不得俞长安思考那么多了。

月光下，原本瘦弱的少女矫健轻盈地一跃而起，以不可思议的速度飞奔着迎向那只猛袭而来的异狼。

她的脚重重地跺在一面巨盾的边缘，在它被震起的瞬间单手持住，之后将其向前狠狠一砸。

“俞师妹，你什么时候偷学了我们盾修的招式！”躺在地上的狂浪生震惊不已。

异狼的动作一滞，随即对着俞幼悠又是一声怒嗥——更加可怕的天赋威压降临，这次就连俞长安也是脚下一软，狼狈地跪倒在地。

然而俞幼悠眸子冰冷，没有半点儿被震慑的样子。

皎洁的月光下，那少女仰着头，狠狠地冲着异狼吼了回去：“滚！就你声音大！”

月光下，那个少女仿若化身为狼，带着更加狂肆孤高的气势往前奔袭。她双手高举着雷霄剑，将所有灵力灌输其中，朝着异狼的下腹处奔去——

那把伪仙器撕开了异狼最柔软的那块皮肉，也使得它的天赋威压瞬间失效。本就是强弩之末的异狼，在晋升成功的前一刻，被那一剑斩裂了兽丹，彻底没了反杀的能力。

一股带着浓烈腥臭味儿的血液当头浇下，那抹清冷的月光被染成猩红，异狼的身躯晃荡了两下，最后在俞幼悠的面前轰然倒塌！

“俞师妹！”

“小鱼！”

众人顿时狂喜，连滚带爬地狂奔向这边。

俞幼悠拿剑撑着身体，抬起另一只手，缓缓地擦拭着脸上的血。

启南风一脚将雷霄剑踢开，牢牢地把她扶住。然后他便发现怀中的俞幼悠整个身体都在颤抖，而她身上的血不知为何越来越多，似乎每块皮肤都在破碎，很快便浸透了衣衫，让触碰到的启南风都觉得烫手。

异兽的血是没有温度的，启南风猛地想起这件事。

这是俞幼悠的血！

第十五章

妖族血脉爆发

在异狼倒地的瞬间，场外众人猛地站起，一片哗然。

但凡有点儿境界的人都看得出来，那只异兽刚才快要晋升到元婴期了，就在它晋升的前一刻，竟然被一个丹修捅死了？

投影石只能呈现出单调的画面，所以他们仅能看见众人被异狼击飞后，俞幼悠趁势拿剑刺死异狼的那一幕。

“身为丹修，却有堪比剑修的勇气。”有长老忍不住满意地点头，眼中露出认可。

即便是先前冷言冷语嘲讽的北境长老，这会儿也说不出话来。

然而东境没有一位长老露出笑脸。他们都看到了狼血将俞幼悠染成了血人，但是从那些孩子后续的反应看来，被启南风抱起的俞幼悠恐怕也是身受重伤。跟一只即将晋升元婴期的异兽正面抗击，哪怕是一只负伤的异兽，也绝非常人敢想象的。

“俞丫头现在的情况……恐怕不太妙。”徐长老语气很是沉重。不过他们现在都在万古之森外，就连东境弟子们确切的位置都不知晓，更不要提出手救援了。

马长老没有说话。他的眼光频繁地在传送出口和投影石的画面上来回切换，双手亦是飞快地从芥子囊中翻出了最高级的疗伤灵丹备好，只是等了许久，依然等不到俞幼悠出局。

老头忍不住骂了句脏话，恨恨道：“为什么那小崽子还没传送出来！”她是不想要命了吗！

疼痛到达极致的时候，连晕过去都做不到，往往前一刻还快要痛晕过去，下一刻又因太过剧烈的疼痛惊醒。俞幼悠睁大了眼，却看不清眼前的东西，她感觉自己仿佛被一团黑色的雾气束缚着，风卷着她往前方飘浮，也分不清是在前行还是后退。耳畔只有启南风剧烈的喘息，还有他同样变得模糊的呼喊。

剑修们御剑飞快地带着俞幼悠回到营地，那附近还生长着一些未采的止血药。这一路飞过来，俞幼悠的血都不曾止过。虽然她浑身都被血染透了，但是脖颈间那丁点儿干净皮肤白得发青，像是失血过多的尸体一般。

苏意致也被俞幼悠此刻的凄惨模样吓得脸色发白，他手忙脚乱地在芥子囊中翻找，最后摸出自己没舍得吃的那粒止血丹，手抖着塞进俞幼悠的嘴里。只是药入口后，依然毫无作用。

姜渊蹲下来查看了一眼，立刻判断："七窍流血，她恐怕是被异狼的威压震得五脏肺腑破碎，必须马上传送出去寻你们丹鼎宗的长老救治才行！"

俞幼悠按住他准备摸传送符的手，声音虽然虚弱，态度却坚决："不用。"

俞幼悠蜷缩成小小的一团，她面无表情地睁着眼，连眉都没有皱一下，唯独手里已经被攥得快要碎掉的裙角透露出她此刻的痛楚。

她不是鲁莽的人，所以来参加四境大会之前，她便把藏书阁中与万古之森相关的所有玉珏浏览了一遍，想用这里面常见的药材配出新的止痛药方。然而东境的运道仿佛被天道锁死了，在万古之森待了十天，居然还有两味常见的灵药不曾出现过。更要命的是，血脉反噬也提前十天出现了。

她现在身体里有两股力量在厮杀，明明还有十多天才到血脉反噬的日子，但是今天也不知道怎么的，先前一直被人族血脉压制的妖族血脉兴奋得像发了疯，竟也开始反击了！俞幼悠怀疑是那只异狼太过嚣张，让她体内的妖族血脉不甘被压制，彻底爆发了。现在她只觉得自己的身体成了战场，经脉和血肉都被绞得破碎，整个人都像是泡在了血水里。

启南风蹲在俞幼悠边上将她小心护着，所有人都以为俞幼悠是跟异狼战斗负伤，唯独他知道不是，因为在过去的日子里他见过许多次类似的场景。虽然这个月的日子好像不对，但看俞幼悠的模样，绝对是又犯那个怪病了。

"不能出去。"俞幼悠声音很轻。

启南风了然地点头。他知道她一旦出去求助，届时妖族的身份定然会暴露，说不定真的会被查出来是个妖族卧底！

启南风突然想起一件事，先前俞幼悠在进入万古之森前就曾交代过他和苏意致帮忙留意几种药材，其中还有两种没有找到，若是没猜错，那便是她给自己准备的药！

启南风咬咬牙，一把抓过苏意致："你照顾好她。"顿了顿，又万分郑重地道，"我要去寻药救她，你是这里唯一的医修了，切记，不许让任何人靠近小鱼，任何人都不行！"

苏意致愣了愣，他不懂启南风此话的含义，但是出于对同伴的信任没有多问，径直将俞幼悠搀扶起来，说道："我要去给她疗伤，你们在外面帮忙守着就好。"

姜渊看了一眼，见他们铁了心不愿传送出去，最后只能冷着脸揪起启南风："要去哪儿找药？我御剑带你去。"

张浣月拔剑："药长什么样？我一道去。"

"还有我！"尚有余力的东境修士没有一人退步，就连方才断了腿的盾修张大海也瘸着腿要一同去帮俞幼悠寻药。

直到此刻，他们都还记得方才在那只异狼的恐怖威压之下，那个少女挥剑而出，一往无前地抵挡在最前方的背影。

最后盾修们尽数留在营地负责保护，而剑修们在听完启南风对药材的描述后齐齐御剑而出，朝着不同的方向飞掠而去。

俞幼悠瘫软地坐在地洞的最角落，身下的土逐渐被血浸湿，整间洞室亦被腥甜的血味儿覆盖。她的表情倒是很平静，就好像这样的伤痛对她来说是家常便饭一般。

苏意致的手从来没抖得这么厉害过，大家剩下的虚灵丹液也好、止血丹也好，现在都在他手上，他把这些丹药挨个儿往俞幼悠的嘴里送，却都不见成效。

"早知道…… 早知道如此，我死也不会同意你去杀异狼了。"少年颤抖的声音中带着哽咽。他跟其他人一样，以为俞幼悠是被异狼重创了。

俞幼悠垂下眸子，才发现苏意致还带了些稚气的脸上不知何时挂了泪，双眼通红得像只可怜的兔子。要在往日，俞幼悠肯定就不客气地笑话他了，指不定还要捏捏他的脸颊欺负一下。可惜今天她虚弱得没力气，只能勉强开口："帮我把幽蓝花根取出来。"

她的声音轻得恍若气声，好在地洞里就她跟苏意致两人，后者听得很清楚。

苏意致从她的空间戒指中翻出那一丛幽蓝花，花叶都剩了一半，根更有一大截。他一边抹眼泪一边说："幽蓝花的根可以修补肉体，的确可以炼制很多疗伤的丹药，可是我一个人没法儿炼四品灵药……"

俞幼悠低头，一口叼走他手里的幽蓝花根。她现在躯体被血脉反噬弄得破破烂烂，急需灵药修补，药浴怕是来不及了，干脆直接啃吧。

这举动把苏意致吓了一大跳："未经炼化的灵药药效太过暴烈，经脉承受不住会碎裂，你会被疼死的！"

俞幼悠竟然还牵动着苍白的唇笑了笑，语气挺淡定地说："反正现在都要疼死了，再多一点儿疼估计也没区别。"

苏意致："……"

一股苦涩味儿自舌尖传来，紧接着俞幼悠全身都开始发热发烫。她的经脉没被暴烈的药效弄碎，因为先前就已经碎了，幽蓝花根凶猛的药效直接开始修补她的肉体。

上辈子俞幼悠不是没吃过或者注射过药效非常猛烈的强化肉体的药物，但是灵药的威力，哪怕是未经炼制过的灵药，也远比末世精心研制的药物来得厉害。

她能够察觉到自己身体在进行一场竞赛——这边两族血脉打架把经脉冲击成碎渣儿，后边紧跟着的灵药便强硬地把那些经脉修补完整。痛是真的痛，刺激也是真刺激。

幽蓝花的药效太猛了，俞幼悠觉得浑身发热发烫，有种想要站起来原地打拳的冲动。更要命的是，她的尾巴都在难耐地甩动着，就跟兽类太过兴奋时抑制不住想要摇尾巴似的。

苏意致小心翼翼地端着水过来，口中念念有词："我拿剩下的药渣儿又化了杯虚灵丹液出来，你先喝着看能不能——"

话没说完，一条巨大的尾巴"啪"的一下甩过来，飘了几缕茸毛在水杯中。苏意致端着那杯水僵在原地，嘴唇颤抖着半天没说出话。

此刻，地洞中唯一的光源是狂浪生友情提供的寒晶石巨盾，冰蓝色的寒晶石将整个内室映出带了寒气的光，恍然间让人生出这是铺满了落雪的月夜的错觉。

角落的少女不知何时已经站了起来，她那头浓密的长发披散在腰间，此刻，她的面色苍白，好似为霜雪所覆盖，唯有唇边溢出的殷红鲜血染出了不一样的色泽，带着一种脆弱却妖冶的美。

然而更让人难以忽视的是她身后，不知何时出现了一条巨大的尾巴。银灰色的兽毛蓬松且柔软，在冰蓝色的光线下，毛尖上也泛出了好似月色般的华丽光泽，冷艳而高贵。然而，这份美丽很快便被打破。

俞幼悠身后那条巨大的尾巴一甩，震得地洞的墙壁都抖落了一层沙土，有一堆还从苏意致的头顶滑落到了他张大后久久不能闭合的嘴里。

这动静引来了外面守卫的盾修的注意，狂浪生焦急的声音从外面传来："苏意致！你们里面怎么弄这么大的动静，俞师妹还活着吗？"

她非但活着，还活成了一只妖……

苏意致的上下齿不断哆嗦着碰撞，过了好一会儿才找回自己的声音："没事，我不小心把丹炉炸了，换一个炉就好了。"

他一边说着一边往后退去，走到洞口后，并没有逃走，而是拿出自己的丹炉将其变成最大化，堵死了外面的入口，不让其他人进来。

苏意致终于回过神了，他直接瘫倒在地上，颤巍巍地指着俞幼悠身后："你……你真是妖族卧底啊？"天哪，那天以为大家都在开玩笑，结果俞幼悠她来真的啊！

"妖族是，卧底不是。"

苏意致的脸上明显松了口气，他喃喃："不是卧底就行……"

不对！是妖族也很让人震惊啊！

俞幼悠索性坐下，把不知为何突然变大的尾巴搂在怀里，抱住不让它乱动。她并没有要隐瞒的意思，事实上，她先前就想告诉苏意致真相了，毕竟三人组形影不离，偶尔也有藏不住尾巴的时候。不过苏老二脑回路清奇，哪怕都看到过几次了，也一直没往这方面想过。

苏意致震惊地看着那条毛茸尾巴，想上手摸，又飞快地缩回去了："这是真尾巴啊！"

俞幼悠沉默了片刻，反问："先前在黑市，你不是看到过好几次了吗？"

"我以为那是你有特殊爱好，一直戴着假尾巴。"苏意致艰难地回答。

俞幼悠用看傻子的眼神看他。

苏意致突然想起一件事："南风是不是早就知道了？！你俩合伙瞒我？"他的语气酸溜溜的，就差直接问"你们是不是又搞小团体排挤我"。

俞幼悠叼着幽蓝花的根无声地笑了笑："真要瞒你，现在你就该在外面了，在黑市你也看不到我的尾巴。"

"也是。"苏意致也不知道自己为什么这么快就接受了"俞幼悠居然是妖族"这个事实，现在想起来，才发现真相其实一直就在眼前。

比如俞幼悠明明没有养猫狗，但是身上总是沾着奇怪的动物茸毛，再比如一贯抠门的她居然还会买妖族专用的昂贵美毛膏。而且去黑市的时候，她也常常露着条尾巴，现在看来，她就差直接告诉他"我是妖族"了！

苏意致努力让自己接受这个事实，并且为自己的傻找借口。他关注点清奇地指着那条巨大的银色尾巴辩解："你先前那条灰色的尾巴又细又秃，还干枯掉毛，跟这条完全不同！"其实还有半句没说，他先前一直以为那条半秃的灰尾巴是俞幼悠太过抠门，特意买的滞销产品。

俞幼悠："请你对我的尾巴尊重点儿。"

估计是妖族血脉突然奋起，所以她的尾巴也像模像样地振作起来，不再是先前那样秃秃的可怜模样。不过现在是在万古之森中，为了方便藏好尾巴，俞幼悠还是得狠心将兴奋的尾巴压制回去。

她尝试了许久，开始尝试着压制体内躁动的妖族血脉。这并不是一件简单的事，没有人教过她该如何做，她只能靠着本能行动。值得庆幸的是，本能是最好的老师。

待外面响起喧闹的呼喊声时，俞幼悠那条巨大的尾巴总算恢复成先前细且秃的模样了。它黯淡地垂在她的脚边，跟灰扑扑的裙角混在一起，毫不起眼。

在苏意致震惊的目光中，俞幼悠熟练地把秃尾巴在腰上盘好，还用尾巴尖同腰带打了个结，最后再在外面披上从御雅逸那儿诳来的高级法衣。完美，完全看不出来了。

苏意致：你的尾巴真的不会痛吗？

做完这件事后，俞幼悠似乎极其疲惫，靠在地洞边闭上了眼睛，仿若陷入沉睡。唯独那沾满了血的指尖时不时轻颤，暴露了她仍在忍痛的事实。

苏意致不敢说话吵她，他小心地拿自己的外衫给她盖了，又心情焦灼地回到地洞口守着。

一直等到外边的月光渐渐被晨曦代替时，才听到树林那边传来御剑破空的声音。剑修们跟启南风陆续赶回来了！

各种灵植被摸出来堆在地上，都是他们根据启南风的描述找回来的灵植。

“这不是灵药，这玩意儿一般是给猪吃的。”

“这个吃了要死人的。”

…………

剑修们只知道练剑，哪里懂什么灵药，找回来的都是些乱七八糟的东西。

启南风和苏意致对着那堆长相相似的灵植翻找了半天，眼睛都快看花了，好歹找出了一株能用的，但是另一味关键的药材死活寻不到。就在这时，最后一人归来。

俞长安带着一身的雾气水珠落地，飞快朝这边奔来，将紧握在手中的药材递给启南风：“这个可以吗？”

启南风眼睛大亮，拿过药材就同苏意致往地洞狂奔，赶着去给俞幼悠炼止痛药。

见此，俞长安微微松了口气。其实他先前也对那些复杂的灵药一窍不通，但是俞念柔自受伤后常说伤口疼，他便也跟着关心起了各种止痛的灵药，正好就记住了方才那种灵药。有用便好，他心中暗暗庆幸。

俞长安原本就在对上异狼时受了伤，手还断了一只，方才又飞得太快，这会儿便有些疲倦得睁不开眼了。他没合眼，而是握着剑，眼神复杂地看着地洞那边。

手中的雷霄剑依然与他心意相通，没有半点儿被人抹去烙印的痕迹，仿佛先前并不曾被夺走过。可是…… 若不是他亲手递上，连他的同胞姐姐俞念柔都无法轻易拿走雷霄剑。为什么俞幼悠可以？

地洞内，启南风本来想亲手给俞幼悠炼药，却被苏意致一脚踹开了：“就这点儿药，要再让你糟蹋了，小鱼就可以等死了。”

启南风很不服气，在得知俞幼悠方才现出了大尾巴而自己没能看到后，更是捶胸顿足，懊恼不已。

好在苏意致的炼丹术果然靠谱，只凭着俞幼悠的口述丹方，就成功地将止痛灵丹炼制出来了。他松了口气，擦了擦头上的冷汗：“你快吃。”

咽下止痛丹后，俞幼悠顿觉轻松。她原本都做好了要硬撑过这次血脉反噬的打算，没想到两个好友能帮她找到药。

“多谢。”俞幼悠认真地对二人道谢。

“跟我们还用说谢？”苏意致哼了一声，很不在意的样子，脸却有点儿红。

“而且也不是我们俩的功劳，大家都在帮着一起找药。”见到俞幼悠脸色好转，启南风终于露出久违的笑容。

“他们还在外面等着，你现在要出去看看吗？”

虽然俞幼悠体内的两族血脉还在嚣张地打架，不过因为有幽蓝花根在后面填补，所以她的身体非但没有觉得虚，反而觉得气血旺盛得过头。被修补过后的灵脉甚至变得茁壮许多，让她的修为都跟着攀升到了筑基期！

俞幼悠缓了缓，将脸上干掉的血渍擦拭干净，起身朝着外面走去。

刚出去就撞到了眼巴巴等在洞口、一夜不曾休息的东境众修，尤以双眼通红的狂浪生最为醒目。

看到活生生的俞幼悠出现，狂浪生长长地舒出一口气，他一把将俞幼悠拉过来想要仔细打量。结果先前随手就能扛起跑的俞幼悠，今天他却没能拉动。

狂浪生愣了愣，盯着俞幼悠看了片刻后惊讶不已：“俞师妹，你晋升到筑基期了！”

担心了一整夜的众修士顿时松口气，纷纷上前恭喜。

几个女剑修眼睛肿肿的，显然是偷偷哭过了，这会儿看到俞幼悠活着出来，都无限爱怜地摸着她乱糟糟的头发。

姜渊抱着剑，眼中分明也有喜色，语气却故作冷淡：“修士本就最容易在生死边缘突破，她先前已到炼气巅峰，与异狼一战后有所突破也正常。”

狂浪生哼了一声：“那你也跟异狼打了一架，怎么没见你突破到金丹期？”说罢，他也不理脸色难看的姜渊，喜滋滋地给俞幼悠递上一张纸：“俞师妹，昨夜若不是你突然神勇出手，我们估计都要死在狼嘴下，换句话说，在座的都欠你一条命！”

不等俞幼悠回答，狂浪生已经摸出了一张长长的欠条：“我觉得大伙儿不能忘记这件事，所以让大伙儿一起打了张欠条给你。日后要有哪个狼心狗肺的白眼狼敢对不起你，你就拿这欠条砸他脸上！”

俞幼悠低头一看，上面果然签满了剑修们和盾修们的名字，就连黑着脸的姜渊也不例外。

狂浪生话是对着俞幼悠说的，眼神却不断地往姜渊脸上瞥，就差直接点名道姓说“老子怀疑你就是那个狼心狗肺的白眼狼”了。

姜渊：快按捺不住想要拔剑砍队友的冲动了。

俞幼悠拿着那张长得过分的欠条，忽然笑了笑。她就着还在流血的手指，在最下方写下自己的名字，利落地把欠条抛回给狂浪生。

“我也欠你们一条命，抵消了。”

众修士看着那张欠条，又看看俞幼悠，神情怔怔的。

“俞师妹——”

然而俞幼悠没有要煽情的意思，她的声音又恢复了平日的懒散：“好了，因为我的事都耽误一晚上了，现在也该继续上路了。”话音落下，她便带头钻进密林之中。

狂浪生纳闷地盯着她的背影，不太聪明的脑子补偿给了他野兽般的直觉：“我感觉俞师妹不太对劲。”

在他身边的是俞长安，后者低头看了看自己的雷霄剑，亦是心情复杂地颔首：“你居然也发现了？”

狂浪生回答得理所当然：“那肯定啊，我一眼就看出来了！”

俞长安略惊讶地睁大了眼，就连他的师兄师姐们都没意识到俞幼悠当时拿的是他的雷霄剑，没想到这个看似憨厚的盾修的洞察力竟恐怖如斯？

“你没发现？”狂浪生用鄙视的眼神看着俞长安，然后指了指前方的俞幼悠，微微压低声音道，“俞师妹的腰粗了一圈啊！”

俞长安：自己肯定是昨晚被异狼吼傻了，才会觉得这个盾修洞察力可怕。

俞幼悠听到了，不过她没法儿解释自己的腰粗是因为盘在腰上的尾巴变粗了。幽蓝花根的药效太过生猛，她扯了扯衣襟透气，依然觉得体内有股挥散不去的燥热。

张浣月御剑落在她身侧，很是担忧："俞师妹，你是否伤势未愈？我看你脸色潮红得很不正常，若是难受，我御剑带你走。"

俞幼悠摇摇头示意自己无事，之后突然吸了吸鼻子，下一刻脚下猛地转向一蹬，似利箭般飞射向不远处的荆棘丛中。她这套动作迅猛得过分，跟她病弱的外表截然不符。

"嗷！"一阵凄惨的尖叫响起，众修士吓了一跳，以为俞幼悠遇到了危险，连忙冲上去查看。

结果飞过去才看到的确是有危险，不过受害者不是俞幼悠，而是一只筑基期的异兽。

那只异兽龇牙咧嘴凶恶地嘶吼着，数次张着半腐烂的大口想要咬那个瘦弱的少女。

然而俞幼悠不给它半点儿机会，每当异兽冲过来的时候，便拎着丹炉狠狠地往它头上砸过去。她的动作深得快准狠的要诀，丹炉振鸣的嗡嗡巨响更听得人头皮发麻。

启南风也看得头皮发麻，他不是没见过俞幼悠在黑市擂台上打架，当时她还是凭着技巧跟人周旋，现在这压根儿就是单方面的暴力压制了。她刚晋升筑基期，而且先前还一直都是一副要死不活的样子。今天到底是怎么回事，吃错药了吗？

苏意致表情复杂："她生嚼了幽蓝花的根，没炼化过的。"

启南风："这是哪儿来的猛人？"

苏意致一说他就懂了，幽蓝花本就是修补肉身和气血的顶级灵药，因为药性太猛所以都要炼成丹药使其变得温和，否则经脉非但不会被修补，反而会被暴烈的药性冲碎。金丹期的都不敢直接吃，她居然生嚼？

唯一庆幸的是，先前启南风查看时就发现俞幼悠的经脉已经碎了，自然不存在再碎一次的危险。

难怪她脸红得这么不正常，还能拿丹炉跟筑基期的异兽打架。敢情是补过头了啊！

"咝——"张浣月看得倒吸一口凉气，目光复杂地问启南风，"你们丹修原来还要辅修格斗术吗？"

启南风担心他们对丹修产生错误认知，连忙解释："倒也不是，通常来说，我们都是性情温和且身体柔弱的。”

张师姐指着俞幼悠的身影，声音中全是难以置信：“性情温和与否我不知道，但是你管这叫身体柔弱？”

启南风：对不起，我没法儿解释了。

接下来的这一路上，相似的场景还在时不时上演。

为了尽快把多余的幽蓝花根药效挥发出来，往常都是和启南风、苏意致一起采药的俞幼悠，这次也加入了斩杀异兽的队伍。

万古之森里回荡着丹炉砸异兽的嗡嗡声，场外早就变得鸦雀无声。

原本还在担心俞幼悠死活的东境长老们也说不出话了。

唯独那些解说员兴奋的声音时不时响起——

“东境的俞幼悠再次加入了斩杀异兽的战斗，她的武器依然是丹炉！”

“这是她砸死的第三只异兽了！”

“经过这次四境大会，我相信以前瞧不起医修的人都可以闭嘴了，俞幼悠用她可怕的实力证明了医修有无限的潜力！”

“或许日后丹修会出现一个专门以丹炉做武器的暴力分支？”

回春门的长老沉默了好一会儿，最后看向悬壶派的长老：“我记得……三年前，你们的人好像也被丹鼎宗的人拿丹炉砸过？”

悬壶派长老的脸马上垮下去了，他狠狠瞪了马长老一眼，又回想起对方的暴力行径。于是，他往后退了几步，才冷冷道：“我辈医修自当专注医术，只有上不得台面的人才走这些旁门左道！”

牛长老艰难地解释：“我们丹鼎宗并非这般，其实只有马长老略擅长此道……”

“不是，我说的不是马长老砸人那回。”回春门长老笑呵呵地解释，“我说的是那个叫曲清妙的女弟子，好像也曾在四境大会中拿丹炉砸异兽？”

牛长老：“……”

听到这里，灵药谷的长老略好奇地询问：“马长老，你们丹鼎宗是否真有一门特殊的功法，专以丹炉作为武器施展？”

他略惊叹地抬头看着东境的画面，发自内心地夸赞道：“这俞幼悠甩丹炉的动作纯熟无比，招式自然，看样子练得炉火纯青了，你们丹鼎宗真是深藏不露啊！”

马长老：救命，我们丹鼎宗现在在外人眼里到底是个什么奇怪的门派了啊？

在接下来的几天里，万古之森外都热闹得过分。前来观赛的修士们越来越多，有拖家带口的世家，也有孑然一身的散修。

极西城内聪明的商家早早地摆好了摊位售卖灵食灵茶，还有的已经在售卖马长老同款躺椅了。于是外面那一大片空地上齐刷刷地躺满了修士，个个手上端着灵茶小口品着，再听旁边树顶上的解说员们激情澎湃地讲解，好不自在。

而每境画面前坐着的观众数量，也隐约地反映了这境的人气。

以前最热闹的都是北境，要不就是南境。前者都爱把异兽放倒一片再由法修齐齐开大，一次性干掉一群异兽带来的视觉享受很爽。后者则是能让他们见识到各种高级法宝来开眼界。

西境的人气也还不赖，这得益于合欢宗的修士们人均靓女，哪怕是修真界也无法免俗，谁不喜欢好看的人呢？

相较之下，自俞不灭那届过后便被天道制裁的东境就没多少人愿意看了。因为东境的遭遇太虐心了，谁代入到东境修士的身上都觉得痛苦。

不过今年……马长老躺在躺椅上往后一看，他身后的那块空地已经坐满了人。

主要负责解说东境的那个散修把自己绑在了树上，声音随着画面变化而逐渐兴奋——

“已经是第五天了，俞幼悠今天又拿着丹炉跟剑修一起出发斩杀异兽了，我们可以看到盾修们也放弃了防御，开始拿盾来砸异兽了。对，这就是代表着自由的东境，不为形式和武器所拘，一切皆可砸！”

“丹鼎宗，顾名思义，丹和鼎乃他们的看家手段，灵丹大家都已知晓，现在也是时候让世人见识他们的鼎了！”

牛长老用复杂的眼神看了眼马长老，低声埋怨：“你教的好徒弟！”

马长老：“都说了，这招不是老子教的！”

偏偏后面的散修们已经信了解说员的话，每当俞幼悠拿丹炉出来砸异兽的时候，后面都有人跟着欢呼一下，兴致勃勃地计算着她砸趴了多少异兽。

当然，没人觉得俞幼悠敢生嚼幽蓝花根，所以他们还开始猜测丹鼎宗是有某种神秘丹方，能让孱弱的丹修也拥有超越盾修的可怕力量。就连马长老当年孤身干翻悬壶派一群长老的光荣事迹也成了这个推测的佐证。

“丹鼎宗真是深藏不露啊！”

听到这样意味深长的试探，丹鼎宗两位长老揣着手，老神在在地注视着画面，一副高深莫测的样子，越发让人信服那个传言。

密林内的俞幼悠将头扎进水里，清冽的山溪从她滚烫的脸上冲刷过，也将那股燥热感慢慢地压下。

这是血脉反噬的第五天了。她体内的妖族血脉再次被人族血脉压过去，而幽蓝花根的药效也逐渐散去，现在的她逐渐平复下来，没有继续拿丹炉砸异兽的欲望了。

不过她感知了一下自己体内，发现兴许是这次幽蓝花根药效太猛的原因，她的灵脉在再次重塑后变得茁壮了许多，吸收灵力的速度再次攀升。

更重要的是，她还在这根火系灵脉的旁边发现了另一条细弱的新生灵脉。因为着实太过弱小，所以还看不出到底是什么属性的。既然短时间内没有用处，俞幼悠也就懒得再去管它了。

边上的启南风采药归来，一眼就发现了俞幼悠的脸色已恢复正常：“幽蓝花根的劲儿过去了？”

“嗯。”俞幼悠平静地答道。

“那正好，我跟苏老二两个找到了一些药，你可以一起来炼丹了。”启南风把药材递过去。

这几天因为俞幼悠热血沸腾，连带着剑修和盾修们也不甘认输，个个都跟打了鸡血似的比赛斩杀灵兽，导致剩下的那点儿虚灵丹液全用完了不说，就连辟谷丹也消耗得快了。

“现在有我们两个筑基期，炼制丹药的速度应该会快很多。”苏意致坐在地上，微抬了抬眉毛看向启南风，“当然，如果启老三能争点儿气也到筑基期，那速度应该就更快了。”

被迫成为老三的启南风很气，却无法反驳。

眼下正好大家刚结束完战斗在林间休息，三个丹修便找了个角落开始炼丹。

俞幼悠拿出自己的丹炉的时候，却被另外两个拦住了。启南风和苏意致一脸纠结地提醒她："你这玩意儿砸烂多少异兽了？"

俞幼悠看了看自己的丹炉，确定没在上面发现什么血迹或者腐肉："我每次都洗干净了的。"

然而启南风和苏意致想到前几天那些异兽被砸烂的场景，都连连摇头。

俞幼悠只好退让一步："那我炼出来的丹药给姜道友吃。"

"那就没问题了。"三个丹修瞬间达成了共识。

苏意致说得不假，俞幼悠晋升到筑基期后，她炼丹的速度果然又提高了不少。只不过她炼出来的丹药依然是那副软趴趴不成形的模样，因为她坚持不浪费一丝灵力的原则，舍不得把它弄好看点儿。

三个丹修带着新出炉的灵丹去找剑修和盾修了，被分到药效最强的那几粒灵丹的姜渊颇有点儿受宠若惊。

狂浪生的心思却没放在丹药上面，他悄悄地往边上挪了几步，最后目光落到了俞幼悠还没来得及收起的大丹炉上。

过去的五天内，俞幼悠就用这个丹炉砸了十多只异兽，而他因为有点儿心疼自己的盾，使用盾击的时候格外小心，所以还没她杀的异兽多。

狂浪生想着俞幼悠拿丹炉当锤子的模样，心痒难耐地对着它伸出了手——

"嗷呜！"众人回头，就看到狂浪生一边惨叫一边甩着手，猪叫般冲进了山溪中。他的那只手肉眼可见地肿了一大片。

俞幼悠纳闷："你干什么去了？"

狂浪生眼含热泪："我想拎一下你的丹炉有多重。"

俞幼悠沉默了会儿，就差直接称他为傻子了："我刚炼完丹，丹炉烫手的。"最后，她还是忍着嫌弃给这夯货弄了治烫伤的药敷上。

还有几个修士在这段时日高强度的猎杀中伤了手脚，俞幼悠前几天把控不好力度，怕一不小心把骨头拧断了，所以没给他们接骨，现在也一并接了。

剑修们还好，不过轮到那几个盾修的时候，他们的眼神要多复杂就有多复杂。

在杀异狼时就断了左腿的孙师兄今天早上又断了右腿，他一瘸一拐地过来坐下。

先前给剑修们接骨时俞幼悠还要拿灵力探看一下再动手，轮到孙师兄时，她目不斜视，伸手就是一通熟练的操作。看这样子，对孙师兄的腿骨构造已经熟记于心了。

孙师兄眼睛不敢眨，死盯着俞幼悠手上的动作，这眼熟的手法和先前她同异兽战斗时的狂野路子让他莫名地想起了一个人。

他犹豫了一下，轻咳一声："俞师妹，你这接骨的手法还挺好的，原来丹鼎宗还要教这个吗？"

俞幼悠抬头看了他一眼，语气很平静："是啊，丹鼎宗什么都教。"

孙师兄依然不太信，他压低了声音："我先前从未听说过丹修们还会接骨，你偷偷告诉我是哪儿学来的，我保证不告诉别人。"他有点儿怀疑俞幼悠是秃大师的弟子，要不就是秃大师的孙女什么的。

俞幼悠指了指边上的丹炉，反问："你先前听说过丹修们会用这个当武器吗？"

孙师兄：我无法反驳了。

接完骨后的孙师兄又被喂了粒疗伤的丹药，他道了谢后继续一瘸一拐地离开了，不过临走前依然不死心，看着俞幼悠的背影试探着喊了声——

"秃——"

"秃什么？她头发浓密，哪儿秃了？"苏意致打断孙师兄。

"秃……突然好想你，你会在哪里……"孙师兄磕磕巴巴地哼着不知名的小调走开了。

跟孙师兄有相同感受的盾修还有几人，俞幼悠为了不暴露自己在黑市的"马甲"，不得不指导着启南风和苏意致给他们接骨，后果就是密林里时不时响起盾修们凄惨的哀号。

姜渊今天分到了药效最好的灵丹，语气都温和了许多，难得地没有冷眼嘲讽那群有点儿怪的盾修。

他沉声总结这几天的战果："这片密林附近的异兽都已清剿完毕，我们现在有两个选择，一是继续在万古之森外围寻找异兽，二是沿着这条山溪深入，朝着万古之森的内围走。”

“越是往内围走，异兽的数量便越多，实力也更强。”张浣月显然是云华剑派这边负责信息收集的，她的手指着这条溪流介绍，“我刚才飞上去察看了一下，这条山溪的下游会汇成一条大河。若没猜错，这就是区分万古之森内外围的那条河了，也是当年环绕着中州的那条中州河。”

万古之森本就是在中州废墟上生长起来的，据说当年的中州大地乃四境灵气最充沛之地，里面的资源肯定也丰厚得多。

前几届东境修士们在外圈自保都难，就更别提进入内围去竞争了。三年前那次的实力倒是不错，然而就在他们刚进入内围的那一夜便遭遇了异兽突袭，全部被迫退赛。

张师姐拔出剑，在地上画出地图，又在其中一个位置画了个圈：“我看过历年四境大会的记录，大河中有很多难缠的异兽，周边又全是悬崖和毒荆棘林，所以想要进入内围几乎都会从这个峡谷中穿越，我们沿溪而下便可抵达此地。”

姜渊年纪最长，行事也最为稳妥，于是不咸不淡地提醒了一句：“我们东境已有百年不曾踏出外围，对于中州河对面内围的情况知之甚少，里面的金丹期异兽很是常见，更不乏从万古之森中心区域跑出来的元婴期和化神期异兽。”

狂浪生蹲岸边把手放在溪水中冰镇，扭头就是一句无限乐观的话：“没事，遇到危险大不了我们传送出去，退赛就是。反正都杀了一只金丹期异兽了，今年南境没有符篆还被俞师妹诳走了五件高级法宝，西境又一向专注于采集灵药，我们怎么算今年都不会垫底了。”

“就是，只要不是垫底，我们就能拿到东境百年内的最好成绩了。”启南风接了一句。

“没错，我们已经是东境百年一遇的最强队伍了。”苏意致骄傲地给自己竖了个大拇指。

姜渊：“……”

本着打不过大家就一起传送出去退赛的咸鱼心态，东境众人没产生任何分歧，打定主意要突破外围往内围去了。

众修沿溪而行。果然，越是往前走溪水便越发湍急，更有数条山溪开始汇聚在一起，隐约也有了小河的样子。

“灵力变得更充沛了，路上居然长了这么多二品灵药。”俞幼悠看了眼边上生得越发茁壮粗大的巨木，顺手把上面生长的灵药藤给扯下来。

苏意致先前在苏家，所以知晓得好像更多些：“没记错的话，先前曲师姐的那株灵药就是在中州河源头的峡谷附近找到的，那附近的灵药好像不少。”

听到这里，启南风便来了兴致，跃跃欲试地把自己的木系灵力放出来：“我来感应下这附近的木系灵力。”

一般灵药的木系灵力都比寻常灵植要强，启南风能够感应到它们的存在，虽然比不过灵药谷那么强大，但是在万古之森中也很好用了。

启南风闭眼感应了一会儿，很快便兴奋地睁开眼指着一个方向：“前面有很浓郁的木系灵力，估计生长有大量灵药。”

众修马上来了精神，快速朝着前方行进。结果还没抵达目的地，一阵阵凶狠的咆哮声和嘶吼声便从前方传来，时不时地还有鞭子在空气中的清脆爆破声。

俞幼悠跟众人对视一眼，都生起了同一个念头——“不会这么巧吧？西境跟南境居然在这里打起来了？”

事实上还真不是巧，这一切都是从幽蓝花被盗走引起的。

西境修士们原本都是来万古之森采药，准备闷声发大财的，结果跟南境大战的那一场输得太凄惨，灵药谷有三个弟子被踏雪踢出局，直接导致灵药谷的秘法无法施展，自然也不能继续寻找灵药了。

于是合欢宗的大师姐竹朝雪毅然决定今年转变战略，选择去猎杀异兽争夺最后的排名，不然在万古之森里没争到资源，出去后又垫底拿不到奖励，那也太亏了。

此时距离比赛结束仅剩十多天了，竹朝雪心知想要追上其他三境很难，唯有更深入万古之森才行。万万没想到，与她抱有相同想法的还有御雅逸。

西境众修士前脚才从密林中钻出来，正打算原地歇口气，不一会儿便听到御雅逸率领着灵兽突袭而来了。

仇人相见，分外眼红。

竹朝雪凤眸微眯，欺霜赛雪的脸上浮出三分冷笑：“很好，御少宗主果然不曾死心，原来一路都在跟踪我们，借机偷袭！”

御雅逸指挥着踏雪避过那条带着倒刺的鞭子，俊朗的眉目中亦是隐含着怒气，气极反笑道：“我竟不知道竹道友这般能说会道，颠倒黑白的本事果然还是你合欢宗最强！”

他们南境在这次四境大会中尤为倒霉，一路上惨遭各种暗算，尤其是西境最为可耻，先是以莫须有的罪名污蔑他们，现在南境想要进入内围，他们竟然提前来埋伏！

竹朝雪不愿与之多言，鞭子一甩径直朝御雅逸飞去。

南境跟西境打得太过投入，根本无暇顾及后方。东境众人蹲在山坡上，皆屏气敛息看得……紧张？不存在的，他们看得津津有味。

俞幼悠突然冲着启南风伸出手，后者很有默契地从芥子囊中摸了一把野果给她，自己也拿着一边吃，一边看热闹。

东境的这个视角可真是太好了，将整个战场尽收眼底。场外众人也都兴致勃勃地从东境画面里看热闹。

梅长老脸上的笑容越来越淡，她冷冷地看着西境众修，从那株幽蓝花丢失开始，西境的阵脚就开始乱了。她并没有因为竹朝雪是合欢宗弟子就口下留情，而是毫不客气地批道：“转道去猎杀异兽的确是个好主意，但是刚才就不该跟南境继续对上，两方好好谈谈的话是完全有机会合作的。眼下两境再次碰上，而且东境还疑似跟南境是一伙的，若是东境出手，西境面临的形势将会糟糕透顶。”说着便瞥向了南境的御长老。

御长老有点儿摸不准，因为南境跟东境素来没有往来，先前商议战略的时候也没人提过要跟东境合作。东境的气运太背是修真界的共识，跟他们联手可能会被传染霉运。

不过，这时候御长老只能寄希望于东境真的是己方的帮手了，因为悬壶派长老冷笑了一声，点出了最关键的那个问题——

“若是东境选择背弃盟友、袖手旁观，待西境跟南境打得两败俱伤时再出来，稳稳地坐收渔翁之利呢？”

众长老看了看画面，发现东境众修果然没有要出手的意思，他们个个都盘腿缩在灌木丛中吃着野果，底下打到精彩处，这群人甚至无声地竖起大拇指叫好。看这模样，居然跟他们身后的那群吃瓜修士一模一样！

而下方的西境众修跟南境众修已经打得难分难解，又有好几个修士被迫传送出局，就连御雅逸跟竹朝雪两人也都负伤了。

吃完了野果，狂浪生拿胳膊碰了碰俞幼悠。他指了指下面，又比了个动手的动作："动手吗？"

如果现在突袭，说不定他们能把西境和南境全部送出局，这样的话，东境几乎稳坐第二名的宝座了。

俞幼悠目光灼灼地盯着前方，又将目光放到了河对面万古之森的内围。她压低了声音："刚才来的时候，我就闻到对面有股异兽尸体的腥臭味儿，若是没猜错，北境抢在我们前面过去了。"异兽打完架都会吃掉对方的尸体，所以出现尸臭味儿肯定是修士的手笔。

俞幼悠指了指底下的南境："他们想跟北境争第一，过去后肯定会去找北境的麻烦，我们要把他们留下来养蛊。"

养蛊这个词说得太过形象，姜渊听了都忍不住点点头。

"最主要的是，我看南境跟西境都不会对我们造成威胁了。"俞幼悠盯着他们看。

她刚刚数了数，发现西境只剩下十四人了，南境也只有十五个人了，而且负伤的人数还在增多。

御雅逸眼睛一眯，很快便找到了西境的弱点，冷声指挥："把那个灵药谷弟子送出去！"

灵药谷只剩下最后这个医修了，只要让他淘汰，在接下来的十多天里，西境便无法得到补给和救援，只能等着完蛋了。南境众修的攻势顿时齐齐落到了那个可怜的医修身上。

东境的三个丹修看到此景，果子都不香了。

启南风摇摇头："啧，打架先打医修，不讲武德啊。"

苏意致早有准备，他嘀咕："等到打架的时候，我们就钻进丹炉里躲着。"

眼见着南境众修不讲武德，竹朝雪自然知晓其中利害，银牙一咬，挥鞭回护那个被围攻的医修："明心小和尚，保护医修！"

然而御雅逸的动作极快，他骑着踏雪冲破佛修的佛光大盾，径直朝着最后的医修飞掠而去，目标明确。

竹朝雪娇小的身形一扭，以快得不可思议的速度追了上来，鞭子重重一挥，精准地缠到了踏雪的后爪上。她双手持鞭，一声清叱后，竟生生地把体形庞大的灵兽拉住了！

少女的眼中闪过一丝狠厉，全身灵力骤然爆发在手上，狠狠地拽着鞭子一转，借着力把那只黑虎甩向湍急的中州河方向。

“踏雪！”御雅逸才刚飞身下来揍晕那个灵药谷医修，一转头就看到自己的本命灵兽被丢进河里了。

踏雪是灵虎，在丛林中是近乎无敌的存在，但是它压根儿不通水性，况且中州河中还有许多可怕的异兽！

御雅逸双目赤红，想去救踏雪，然而距离太远，终究无能为力。他气得咬牙，朝着黑虎丢出封兽石，大声呼喊："踏雪，快进去！”然而只有浑浊的中州河水浪激流，哪儿还见得到踏雪的身影？

就在这时，一道剑光闪过，东境众人在山上出现。

见此情状，御雅逸的脸马上变黑："果然，你们西境跟东境联手了！”

西境众修脸上浮起了些许疑惑，他们怎么不知道自己跟东境联手了？

原本已经占据上风的南境众修不再恋战，果断地驭使着灵兽奔往内围的密林中，而且一边跑，回春门的弟子还一边往后面飞针雨，像是在防备着东境来追杀。

场外，解说员在树上大声地解说——

“很好，南境的盟友东境修士终于出手了，他们选择拖住西境修士，让自己的盟友抢先进入万古之森内围！看样子那五件高级法宝没有白送，东境很好地履行了盟友的职责！”

御兽门的长老悬着的心总算放下来，很好，东境跟他们南境果然是一伙的。他对着牛长老微微颔首，语气无比和善："多亏东境的诸位朋友了。”

都用的是亲近的朋友，而非是客套的道友了？

御兽门长老神秘一笑："待四境大会之后，我们南境必定登门重谢！”

牛、马二位长老：你真的这么想谢，我们也没办法。

第十六章

丹鼎宗天骄

万古之森里，西境众修士的状态很差，他们经历了方才那场大战后灵力枯竭，更有不少人受了伤，得不到医治。刚才御雅逸出手狠，一拳将医修干翻后还把人家的传送符摸出来，热心地送他出去了！

现在的西境此刻对上状态全满的东境修士，压根儿毫无胜算。

竹朝雪手握着倒刺鞭，表情冷然地往前走了一步，挡在其他同伴前面：“东境诸位道友看了这么久热闹都没出手，现在是想做什么呢？”

狂浪生推了推俞幼悠，压低声音：“去，诳她！”

就连原本正直的剑修张师姐，也充满了期待：“俞师妹，该你上场表演了！这次再骗点儿东西回来！”

俞幼悠很无辜，她小声地澄清：“你们对我有点儿误会，其实我从不做坑蒙拐骗的事，我很讲道理的。”

东境众修：没有误会，你的话术可以让我们东境发家致富！

大家这样沉默地对视着实有点儿尴尬，俞幼悠只好站了出来。

果然，看到她之后，当初被救的梅灵儿脸上便露了笑，低声地同竹朝雪说：“大师姐，这就是当初救了我还把我护送回营地的俞师妹。”

俞幼悠友好地拱了拱手，开口问询：“西境的道友像是遇到了些麻烦，不知道你们需要帮忙吗？”

竹朝雪沉默了片刻，她绝对不会相信四境大会中真有滥好人，但是东境居然没动手也出乎她的意料。

她垂眸打量着俞幼悠，的确是个很瘦小且无害的丹修，而且看她毫无防备就走出来的样子，的确很符合梅灵儿所说的善良且无心机。

“方才南境的御雅逸曾说，西境和东境联手了。”竹朝雪红唇轻扬，声音中带了些许蛊惑的意味，“既然如此，我们何不真如他所说，联手走下去呢？以我们两境的实力，携手互助，即便是对上北境也不成问题……”

竹朝雪的声音如泉水一般清透，兴许是刚结束战斗，所以带了些许喑哑，说话的时候让人不由得精神恍惚。

俞幼悠察觉到不对，她笑眯眯地摸出丹炉猛地砸到地上。

“哐当！”这声巨响瞬间让差点儿被蛊惑的东境众修回过神来，大家都略带警戒地看向了竹朝雪。

见到蛊惑功法失效，竹朝雪倒也没有恼怒，只是收敛了笑容，语气冷静：“方才我说的乃真心话，东境道友们要考虑一下结盟的事吗？”

“结盟就算了。”俞幼悠回答得很果断，不过在竹朝雪错愕的神情中，又补上了一句，“但是我们可以给你们疗伤。”

“为何要帮我们？”竹朝雪皱眉。

“帮？不是帮，我们丹鼎宗从不免费救人的。”俞幼悠语气有点儿自豪。

竹朝雪沉默了一下，警戒地看着他们：“我们没有多余的法宝和灵药。”

其实西境还是剩下了一些灵药的，但是现在医修全部被淘汰，他们不可能把这些保命的东西交出去。

“没关系，我们东境不是北境那种冷酷无情的人。”俞幼悠答应得很痛快，还不忘黑一波北境。她不知从哪儿摸出纸笔，热情地冲竹朝雪推销，“我们丹鼎宗讲究的是悬壶济世救苍生，所以现在没法儿付钱也无碍，你打个欠条就好。”

启南风和苏意致已经反应过来，他们开始帮着俞幼悠写欠条了。

“接断手断腿的话是两万一条，止血包扎是一千一道伤口，内伤的话看情况，五万枚灵石起步。”俞幼悠飞快地报价，眼睛贼亮地从西境众修士身上掠过，“每个人的伤势不一样，所以给你们每个人都写了张欠条，想要疗伤的来签个字就好了。”

西境众修：“……”

说东境无耻吧，他们真的没有趁势搞偷袭，还热情地帮着疗伤。说东境热心吧，听听他们的报价，就差把“宰人”两个字印在脑门儿上了！

每个西境修士都拿到了一张欠条，就连竹朝雪也不例外。

竹朝雪身上被回春门的针扎了几十个洞，血都把粉色的纱裙染成殷红色了。然而她并没有让俞幼悠他们治疗，只是不冷不热地看向身后的同伴：“都在欠条上签字吧，把严重的伤势都治好再说。”

小伤可以靠着灵力慢慢修复，但是重伤不赶紧治疗的话，在危机四伏的万古之森里根本活不过两天。没有了医修的他们不可能继续去万古之森内围冒险，只能返回外围猎杀剩下的异兽了。

竹朝雪的眸中很是黯然，她知晓西境在这次四境大会已经走到头了，但是他们不能就此退出比赛。他们代表的不仅是自己和宗门，更有整个西境，若主动退出，无异于宣告西境的失败和放弃。西境修士可战败，不可不战而败。

俞幼悠抬头看了一眼竹朝雪，见后者美艳的脸因失血而苍白，不由得心疼起了漂亮姐姐。她摸出一粒止血丹递上去：“这位师姐，你不想包扎伤口的话，要来一粒止血丹吗？只要五百枚灵石，若没现钱打欠条也行。”

竹朝雪没有接，她美眸低垂，细细地打量着握了一大把欠条的俞幼悠，之后声音淡淡地开口：“你是丹鼎宗弟子，想来同你们宗门带队的马长老也很熟悉了。”

正在推销止血丹的俞幼悠愣了愣，不知道为何生出了一股不好的预感，她委婉道：“还好，略算熟悉，其实只算是认识。”

竹朝雪并不管她的回答，她唇角勾了勾，露出个冷淡的笑容：“认识他就行，劳烦俞师妹出去以后替我师父转问马长老一句话——都拖了一百二十年了，您欠合欢宗竹长老的那十八万枚灵石打算什么时候还？”

俞幼悠：“……”

她冷静地把所有欠条收进芥子囊中，迅速调整出诚恳的表情：“师姐一说我才想起，我只认识牛长老，你说的马长老是谁？我闻所未闻、见所未见。”

俞幼悠充分展现了什么叫翻脸不认人。比如现在，竹朝雪刚表露出想用这次疗伤来抵消马长老一百多年前欠下巨款的意图，俞幼悠就突然变成了鱼的记忆，忘记了丹鼎宗还有马长老这号人物。

就连启南风和苏意致也露出了迷茫的表情：“马长老是谁？丹鼎宗还有这号人物吗？”

竹朝雪：“……”

俞幼悠也不知道马长老怎么回事，债主居然从丹鼎宗发展到了西境！虽说欠债还钱天经地义，但是谁欠的债找谁还去。像她就学聪明了，绝对不会借钱给马长老的。

南境下手特别狠，现场还没传送出去的西境修士们大多都躺着不能动弹，即便是练了佛家金身的小和尚们这会儿也是满头的血痕，要不就扎满了回春门的针。

狂浪生在某些事上精明得要命，比如此刻，他便低声提醒俞幼悠："小和尚们应该很穷，你当心他们跟你们那个马长老一样，写了欠条赖上一百多年都不还。"

苏意致听到了，他面无表情地纠正狂浪生的说法："和尚们都不穷，天音禅寺的信众遍布四境，受无数信徒供奉，要不是他们太爱拿灵石塑金身、修寺院，估计会比御兽宗还富裕。"

狂浪生听了以后瞪大了双眼，又磕磕巴巴地悄悄指向合欢宗那群人："那她们肯定很穷，你看这么冷的天气，她们还穿这么少。"

"合欢宗也不穷。"这次倒是俞幼悠出来解释了，她的眼神轻飘飘地从苏意致身上飞过，然后淡定地解释，"合欢宗的特产店在四境每条小巷都有，生意好得很，不可能缺钱。"

特产店…… 曾放下豪言要给亲爹买特产的启南风，还有亲自去买过特产的苏意致同时回想起了那绝望的一夜，他们的心理扭曲着变得冰凉。

脚为什么那么痒，脚趾为什么开始自动抠地？

"我看北境的人好像也很阔绰，这么看来，原来只有我们东境最穷了？"狂浪生难以置信。

张浣月握紧了手中那把中品灵剑，亦是满眼羡慕。

俞幼悠实在没好意思告诉他，其实丹鼎宗也不穷，丹修们靠着炼丹能轻松挣大钱，外门弟子们每个月都能领不少灵石。四境诸多大宗门里，穷的只有你们盾、剑二宗罢了。

赶了半天路的剑修和盾修们坐在河边休息恢复灵力，顺便叽叽喳喳闹腾着，开始商量在中州河里钓异鱼。

竹朝雪立在一旁，虽然身上已被鲜血浸透，却也没有半点儿松懈。她依然紧握着倒刺鞭，静默地看着东境众人。

河边的东境修士们也不知道是什么心态，明明是在危机四伏的万古之森里，更被整个修真界注视着，依然没正形地在中州河边拿盾砸异龟，拿剑叉异鱼。

盾修也就算了，毕竟四境各大派都知道他们肌肉发达，脑子不太聪明。为何传闻中素来清傲古板的剑修也开始做这种傻事了？

而且四境大会虽是代表一境出战，终究还是分属不同门派，其间更不乏利益争端，所以大家都是明面上过得去就可的合作关系。正如合欢宗和天音禅寺，两宗平素完全没有往来，甚至略有些瞧不起对方，在四境大会中也只是分工协作，合欢宗负责攻，天音禅寺负责守，战斗之外便泾渭分明，连话都不会多说两句。

东境那群人看起来却亲密无比，剑修们和盾修们混在一起吵吵嚷嚷的，聒噪得过分了。

狂浪生这会儿正不要脸地缠着姜渊御剑把他带上天，好去河对面捡个什么漂亮的石头，那位传说中甚是高傲不近人情的剑神弟子板着张死人脸，还真的御剑把他带过去了。

见此画面，竹朝雪神情略错愕。

俞幼悠想的可没竹朝雪那么多，她跟启南风和苏意致这会儿正小心翼翼地给病患疗伤，被后面的人吵得头痛。

“安静点儿，伤口缝坏了就拿不到灵石分你们了！”

听到没灵石的威胁，贫穷的剑修和盾修们马上小声了许多。

俞幼悠继续利落地给那个叫明心的小和尚接骨，他的膝盖骨都碎了大半，得切开皮肉将碎骨剔除。

她在包裹里找了半天也没找到止痛药，只能交代小和尚：“实在没药了，你得忍忍。”

那个白净的小和尚脸色惨淡，眉目依然和善地低垂着，声音轻灵像一阵春风：“无碍，有劳您了。”

他已经做好了吃痛的准备，不过俞幼悠的动作远比他想象中快得多。她只挑开了一道小小的口子，之后便拿着一根银针飞快地挑除碎骨碴儿，一股暖融融的灵力也随之覆上，催动着血肉生长。

这样好的技术怕是只有那些颇具盛名的老医修才有了，真要算起来还真的不贵。明心正这样想着，突然注意到俞幼悠手中的银针……

他怎么觉得这玩意儿跟方才回春门扎到自己脑门儿上那根一模一样呢？你们丹鼎宗给人疗伤的工具就用别人脑门儿上拔下来的？

然而俞幼悠没给小和尚继续观察的机会，她利落地解决完这个病患后，又转向下一个目标了。收了钱就要治好人，这是俞幼悠的行事准则。

启南风负责那些外伤的包扎，俞幼悠负责各类接骨正骨，苏意致给受内伤的人现场炼药，配合得好不默契。

场外的人有点儿看不懂，他们只看到俞幼悠拿了一沓纸给西境修士们签了字，然后便看到本该是敌对的两境居然和睦相处，那三个丹修更是开始给西境的修士们疗伤了！

树上的解说员很费解："奇怪，按照以往比赛的惯例，大家遇到残兵一般都是直接送出局，为什么东境非但没动手，反而帮对手疗伤呢？"

另一棵树上传来回应："我听说合欢宗有一门功法可以操纵人心，作为合欢宗竹长老的爱徒，竹朝雪最擅此道，很有可能她将丹鼎宗的三个丹修操控了。"

"不过看三个丹修的样子不像是被操控，而且剑修和盾修们的状态也很……活跃，不是被蛊惑后的呆滞模样。"

"或许东境又跟西境临时达成同盟了。"

御兽宗的长老慢慢抚摸胡子，表情也略显茫然。

马长老见状，生怕对方先前许诺的谢礼跑了，于是施施然开口："御道友不必多心，我丹鼎宗毕竟乃医修一脉，素来教授弟子要多行善事。这群孩子虽然现在是对手，但日后都是守护我人族的道友，他们无法坐视西境道友身负重伤去面对异兽，也是人之常情，赤子之心难得啊。"

这么光明正大的一番说辞，顿时让御兽宗的长老不知道该怎么开口了。北境众长老冷哼一声，显然不信马长老的话。

倒是西境的梅长老微微一笑，美眸微亮地对着马长老颔首言谢："不承想马长老教出的弟子这般高风亮节，先前对您多有误解，是我浅薄了。"

马长老泰然自若地躺着，不多言语，好一副云淡风轻的高人模样。

牛长老：装还是老马你会装。

西境的伤患太多，俞幼悠三人从上午忙碌到下午才算完，河边的剑修和盾修们也恢复了灵力，还顺便弄死了几只凶残的异兽王八。

“眼下事毕，我们就先告辞了。”俞幼悠擦了擦汗水，站起身来。

竹朝雪细细地查看了一番，确定同伴的状态好了不少后，悬着的心微微落下。她颔首，声音清清冷冷道：“不送。”

东境修士对着竹朝雪微微拱手，利落地招呼着同伴往内围的方向走去。

竹朝雪挺直背脊，始终注视着东境修士远去的身影，一刻也不敢放松。

不是她多疑，而是身为大师姐就要肩负起保护师弟师妹的职责，若是东境收了钱后再反过头来把他们送出去……才这样想着，已经行至对面的东境队伍中倏然亮起一道剑光，一把飞剑似闪电般疾掠而来。

竹朝雪眸子骤冷，正欲扬起鞭子反击的时候，一道懒散的声音从对岸传来——

“合欢宗那位师姐，失血过多会有大麻烦，这粒药算免费赠你的啦。”

她的手一顿，只见那把剑在她面前停住，剑尖上稳稳地置了一坨小小的灵药，是方才俞幼悠要价五百的止血丹。

竹朝雪拿下药，灵剑便转了个方向，飞回东境队伍中那个高挑女剑修手中，而她身边那个矮个子的丹修头也没回。

她垂眸沉默片刻，还是把这枚丑丹放到嘴里，慢慢嚼咽。丑是丑，味道却不赖。

“西境像是不打算进内围了。”张师姐回头看了眼，说道。

姜渊头也不回地走在最前方：“他们没有医修补给，而且人数也不齐，现在的状态只能在最外围猎杀异兽，基本上等同于退出这次四境大会的竞争了。”

“那南境呢？”狂浪生突然问，“南境去哪儿了？”

“南境应当是怕我们会联合西境一起追杀他们，所以方才离开的时候走得很快，还特意掩盖了痕迹、隐藏了气息，我现在也嗅不到他们的气味……虽然我也不知道为什么他们会认为我们跟西境联手了。”俞幼悠的表情要多无辜就有多无辜。

“那就麻烦了啊，我还说拿着这玩意儿去找御雅逸，让他给赎金买回去呢。”狂浪生挠了挠头，从芥子囊中摸出一块精致的金色圆石，上面刻印着御兽宗的标志和一个“御”字。

姜渊看了一眼石头后就移不开眼了，他一副见鬼似的表情：“你哪儿来的？”

“就那会儿啊，我让你载我去对岸捡石头。”狂浪生满脸都是自得，“我亲眼看到御雅逸丢出来的，南境的人都有钱，丢出来的石头肯定也是大宝贝！”

姜渊沉默片刻，心情很复杂，不知道该感叹狂浪生的好运气还是他的无知了：“这是御兽宗的封兽石，里面有一个类似于芥子囊的空间，不过是用来安置他们的灵兽的。”

俞幼悠突然想起来了：“那时候御雅逸的黑老虎被丢河里了，所以他丢封兽石是想让老虎躲进去？”

也就是说……御雅逸的大老虎可能就在这块封兽石里。这下东境的人都来劲儿了，个个带着好奇开始打量这块石头。

“我听说御雅逸的这只灵虎是整个御兽门血脉最强的，能升到化神期。”

“我先前就看到那只黑虎的爪子是白色的，好像叫踏雪来着。南境的人就爱整这些花里胡哨的，一个老虎的名字比我的还讲究。”

然而看了半天，也没看到老虎从石头里出来。封兽石只有主人打开或者灵兽自行出来，外力是决计打不开的，众修都有点儿失望。

最后这块石头被俞幼悠拿到了手里。她掂了掂石头，声音冷冷淡淡的，没多大兴趣：“河水那么急，这只老虎肯定被冲走了，空石头拿来也没用，走吧。”

语罢，俞幼悠浑不在意地将封兽石往不远处的草丛里一抛。狂浪生刚要骂骂咧咧就被俞幼悠堵了嘴，她悄悄地示意众人收敛气息，之后安安静静地蹲在了草丛后。

过了大半个时辰，就在狂浪生快要忍不住去把封兽石捡回来的时候，一道亮光突然闪过，一只通体漆黑的巨型猛虎出现在草丛间。

黑虎一出来就对上了那二十多双贼精的眼睛，顿时知晓上当了。它原想站起来逃跑，却无力地四脚跪倒在地，浑圆的脑袋趴在草丛上，虎目愤怒地盯着众人，先前强有力的尾巴却垂着一动不动，唯有鼓胀的肚腹还在上下起伏，证明它还有口气。

俞幼悠在猛虎的注视下捡起了那块封兽石，然后蹲下开始观察这只大猫。猛虎果然是不识水性，那大得畸形的肚子估计是喝了不少河水进去。俞幼悠用手按了按，黑虎果然一边龇牙咧嘴怒吼，一边被迫吐出浑浊的河水。

狂浪生见俞幼悠都上了手，顿时也来了兴趣："我力气大，我来帮它按！"

他按得又快又大力，开始黑虎还要吐水出来，后面就开始蹬着四爪挣扎着要反击了，然而它这次伤得够呛，往日能拍飞筑基期修士的大爪都没有力道，虚弱得像只病猫。

虎落平阳被犬欺，莫过于此了。踏雪眼中已快要喷出怒火，要是能说话估计都开始骂娘了，但是它不会，所以狂浪生一边按一边大气地同它对话："哎，你客气啥，帮你按个肚子而已，你不用吼那么大声。"

俞幼悠蹲在地上看了会儿，意识到不对："狂浪生，你别按了，它肚子里好像没水了。"

"不对啊。"狂浪生鬼鬼祟祟地往踏雪尾巴附近瞧了瞧，又指着黑虎浑圆的肚子，"它是公的，不可能怀孕，这么大的肚子肯定是还有水。"

俞幼悠回想了一下第一次见到黑虎时的场景，试探着说出另一个可能："兴许这是它的肥膘呢？"

"吼！"踏雪怒吼了一声，比刚才被狂浪生按肚子时吼的声音还大。

然而东境众人内心毫无波澜，面对这只爬不起的病虎甚至开始上下其手，就连向来最端庄的张浣月也目光灼灼地悄悄伸出手，捏了捏它后脚的肉垫。

俞幼悠倒是很认真地在观察踏雪的伤势，在中州河中呛了水肯定不至于这么虚弱，身上除了鞭痕也不见其他致命伤。她不顾老虎的怒吼，揉了揉它的圆耳朵："奇怪了，为什么这么虚弱呢？"

这时候，张师姐突然盯着自己手上沾染的些许血迹，迟疑道："它的后脚好像也有伤。"

俞幼悠挪过去，掰开一个黑色的肉垫仔细地观察一番："上面有齿痕，它应该是被异兽咬了。"

至于为什么先前众人没发现，还是得怨这老虎长得太黑，被异兽咬后的黑气在它脸上完全看不出来。

“得抓紧时间给它解毒，不然待会儿万古之森指不定要多一只疯虎。”

中州河里乱七八糟的异兽太多了，而且他们现在已远离河流，想要倒回去估计还要耽误一段时间。

好在俞幼悠先前捡尸的好习惯传染给了狂浪生，后者这会儿利落地从自己的芥子囊中倒出好大一堆奇形怪状的水生物：“这都是刚刚我们斩杀的异鱼之类的，先拿来给它吃了。”

黑虎对眼前这群东境修士充满了戒备，所以当俞幼悠企图给它喂炼化后的异鱼血时，它冷冷地盯着她，不愿张嘴。

“啥毛病呢？”俞幼悠不惯着这臭毛病，伸手一扯老虎胡子，黑虎立马龇牙咧嘴地开始呜呜低吼了，此时，一滴异鱼血顺势被滴进了老虎的牙缝里。

“怎么样，它好了吗？”曾被猛犬堵在墙上的启南风有点儿担心，躲在树后小心地探了个头出来。

俞幼悠观察了一下，摇摇头：“它脸太黑了，看不出来。”

苏意致很干脆：“很简单，把这些血全都灌下去后再看。”

于是丛林中时不时就传来一阵低沉的猛虎咆哮声，在喂了王八血后，原本虚弱的咆哮声顿时变得中气十足，连带着头顶的林梢都被震得掉落了无数片树叶下来。

“好了。”俞幼悠把手擦干净，趁着黑虎没注意往它嘴里丢了粒止血丹，然后狠搓了两下虎头，冲它冷笑，“别想偷袭我们，也别想逃，我刚给你喂的是丹鼎宗秘制毒丹，明天不吃解药你必死，到时候你的主子怕是要伤心死了。”

原本正打算转身逃入草丛中的黑虎对她怒目而视，冲着俞幼悠无能地怒吼了好几声，长长的虎尾愤怒地甩来甩去，把脚下的野草打得稀碎。然而俞幼悠根本不理它，招呼着众人起身继续前进。

启南风纳闷：“你喂的明明是止血——”

“嘘，它听得懂人话。”俞幼悠往后瞟了一眼，果然在不远处的灌木丛后发现了一对黑色的圆耳朵，“南境的人把行踪抹得干干净净，它肯定找不到御雅逸的，而且这附近太危险，要是又被异兽咬了就完了。它一只老虎又不能跟我们一样捏碎传送符传送出去，落单了只有死路一条。”

“你还挺有善心。”姜渊抱着剑，冷不丁地开口。

“呵。”俞幼悠回之以骄傲的笑容，“我可是有个桐花郡第一大善人的名号！”才不是打算出去以后让御雅逸给他的老虎付医药费！

事实证明，这只大老虎是真的能听懂人话，被俞幼悠诳了以后，怕死的它果然鬼鬼祟祟地跟上来了。

东境诸修们在密林间行进了整日，每当俞幼悠悄悄回头的时候，总能发现小半截毛茸黑尾巴尖儿，或是黑色的圆耳朵，当然，看到最多的还是那最醒目的雪白色圆润的肉爪了。

灵兽也要脸，被戳穿后指不定又要瞎吼，所以众人也装着没发现，该走走，路上发现了异兽该杀也杀。

越往里面走，众人行进的速度就越慢。内围的万古之森灵气浓郁得让众修欣喜不已，但是里面出现的异兽也越来越强大。在森林外围最常见的炼气期异兽已经变得罕见，取而代之的是遍地走的筑基期异兽。先前狂浪生去解决三急，结果差点儿被一只比他脑袋还大的异蛛吓得叫出来。

“这附近好像曾有人住过？”启南风在采药的时候突然发现了一根被藤蔓缠满的石柱，他又扒拉了一下，又发现了一块巨大的石砖。

“这里就是当年的中州了，曾经是整个人族最繁华的地界，有人住也是正常的。”苏意致介绍道，“据说数千年前的中州曾是修士的圣地，出过很多飞升大能。”

原文中都在描述俞不灭的各种如何打别人的脸和收服各路美人的事迹，并没有提及中州，俞幼悠也很好奇：“那中州为什么变成了现在的万古之森？”

“不知道。”苏意致回答得很干脆，“据说中州曾突然用大阵封锁了整片领域，禁止修士进出，后来阵法随着时间湮灭，再出现在大家面前的就是空无一人的万古之森，还有无处不在的异兽。”

夜色越来越深，这片区域因为曾有人居住，铺了很多厚重的巨石砖，所以有一片未被树木侵占的空地，大家便决定在此地休整一夜。

丛林中不敢生火，于是狂浪生那面镶有寒晶石的盾就被放到了中间当灯用。

密林中的灵药数量远超外围，他们这一路来也采到了不少。俞幼悠和苏意致在边上飞快地炼制好了驱除毒虫的丹药，捻成粉末后绕着这片空地撒了个圈。

这一路来众人都不敢松懈，眼下困乏得要命，却又不敢睡过去。

这时候不知从哪儿传来忽高忽低的呼噜声，俞幼悠下意识地往狂浪生那儿望了一眼，结果发现源头不是他。

张师姐忍笑，指了指黑暗中某个方向："好像是御雅逸的那只老虎。"

俞幼悠把巨盾挪了挪方向，借着寒晶石的微光，果真在那个方向看到了四只懒散张开的白色爪子。

众修：呵，谁能想到堂堂御兽宗最具威名的灵虎睡觉打起呼来，鼾声居然比盾修还要大呢？

众修不敢睡，也舍不得睡，这里的灵药效力要超过外界十倍，他们都闭了眼安静地吸收灵力，抓紧时间修炼。

俞幼悠也不例外，只是过了一会儿，她便睁开了眼睛。"有东西来了。"她声音冷冷地说着，与此同时也站起身来。

黑暗中有窸窸窣窣的响声传出，角落的踏雪似乎也意识到了不对，低吼着发出威慑声。

俞幼悠手中的火系灵力溢出，将自己的丹炉瞬间点亮。

借着火光，众人终于看清前方的情形——

山林中钻出了密密麻麻难以计数的硕大老鼠，个个都似猫狗那般大小，皮肉半腐，尖牙乌黑，那双贼眼更是泛着凶狠的血光。

"嗞！好大一群筑基期的异鼠！"

这边人多它们不敢上，现在已经蜂拥着朝黑虎围过去了。踏雪怒吼着想要将这些小东西踩死，但是它们的数量惊人，不多时便从它的四爪开始往它身上爬。

俞幼悠怒喊："大猫过来！"

踏雪吼了一嗓子，这时候也顾不上忌惮这群东境骗子了，带着一身的异鼠朝着俞幼悠狂奔而来。

都不用俞幼悠开口指挥，剑修们已齐齐出手，精准地挥剑刺出去，恰好刺死异鼠，连黑虎的半点儿皮毛都没伤。

踏雪甩了甩脑袋，压低了身子，愤怒地朝着那群异鼠大声咆哮。然而异鼠多得可怕，而且已经开始朝着东境众修的方向狂奔而来。

异兽们只食肉，但是在内围内位于底层的异鼠杀不死其他异兽，常年得不到食物补充，饿极时遇到了这群修士，自然不可能放过他们。

鼠海降临，众修的鸡皮疙瘩都快起来了，但是没有一个人说害怕或退后。经历了这么多次的战斗，还曾一起斩异狼，共同在鬼门关前走了一遭，东境众修战斗的默契早就突飞猛进了。

狂浪生带着盾修们以灵力护体，持盾立在了最前方，将丹修护在了最中间的安全地带。剑修们飞跃而起，剑上涌动着五行剑气。

原本幽暗的万古之森瞬间被这些灵力的光辉映照，变得恍如白昼。

外面的解说员们声音都吼得嘶哑了——

“异兽潮是万古之森里最可怕的存在之一！粗略估算这里的异鼠恐怕要以千计数，东境的运道着实太背了，撞到了最难缠的异鼠潮。这些异兽看似威胁不大，实际上它们的利齿无比锋利，同时无孔不入，难以防备。此时又是深夜，东境恐怕要退出万古之森才行了，否则异兽群会将他们彻底淹没！”

“不过他们好像并没有要传送出来的意思，他们开始动手了！”

万古之森里没有一个人说话，大家知晓这将是一场漫长的战斗，所以都保留着力气。

盾修们分为前后两列，前列顶不住的时候便飞快退下，由丹修们飞快地包扎伤口喂回灵丹。

头顶的剑修们则根据所练功法不同分做了好几队，互相配合着以发挥出更大的威势。剑修们素来都是独来独往，即便是同门也少有配合，眼下这逐渐熟练的配合，都是在过去这段日子里被逼着磨炼出来的。

其间也有些异鼠突破了盾修的防线冲进来，这时候俞幼悠他们便拎着丹炉狠狠地砸过去。

就连一直防备着东境众修的踏雪也加入了战斗，此兽甚是记仇，看到异鼠就怒吼着一脚踩上去。

这场战斗持续了很久，场外的人亦是哑然了许久。

所有人都被带入了这片凝重的战斗气氛中。异兽潮来袭，它们乌压压地朝着那二十多个少男少女涌去，像阴沉的乌云般难以抵挡。

东境的那丝光虽然越来越黯淡，却始终不曾熄灭过。他们井然有序地配合着，以可怕的默契保持着最初的阵形，抵挡了异鼠一波又一波的冲击。

“四境大会素来被称为少年们的扬名大会，尤其是自不灭剑神过后，谁都想借此机会扬名修真界。”天顶上的顾真人语气略有感慨，“加上少年气盛，谁也不服谁，所以时常见到实力出众的天骄，倒是很少再见到配合得如此好的队伍。”

他们眼界之深，自然看得出东境的队伍中各修士实力并不平衡。比如狂浪生就远超过他的师弟们，而姜渊和俞长安的剑气也远非其他剑修能比，若是他们愿意表现，冲出来剿灭一大片异鼠再全身而退，肯定能扬名了。

先前的俞不灭便是这样做的，后面的年轻修士们也有样学样，能表现多帅就多帅。

但是这次东境的这几个修士选择配合队友维持防护的阵列，当队友支撑不住时再施以援手。

“这样的做法掩去了他们自己的光辉，却能让整个队伍撑过异鼠的侵袭。”无尘佛子面色深沉，“今年的东境，与以往大不相同了。”

万古之森内围。

空气中萦绕着一股浓烈的腥臭味儿，当清晨的最后一股寒气开始为阳光所驱散时，那些开始凝结的暗黑血液和腐肉的味道变得越来越刺鼻。

长时间被这个味道包围，俞幼悠不再想吐，她已经麻木了。

又一只异鼠朝着后方的伤患群冲了过来，这种小东西的速度极快，像一道黑色闪电般难以捕捉到身影，所以能够轻松绕过盾修们的防线。

然而还没等边上的盾修回护，俞幼悠已经以更快的速度举起丹炉重重地砸过去，并且在触碰到那异鼠的瞬间将丹炉催动到最大化。巨炉落下，异鼠连逃跑都来不及就被砸扁了。

俞幼悠皱起眉嫌弃地看了看自己的丹炉，捡了根木棍把上面的那只扁异鼠挑下来丢远了，结果没注意砸到了狂浪生的脚后跟上，后者骂骂咧咧嚷了好几句。

边上负伤轮替下来的盾修孙师兄看到了这一幕，略惊讶：“我记得你们丹修的丹炉催动到最大化后还挺沉的，但是看你的样子好像拎着很轻松。”

俞幼悠自信回答：“毕竟我是筑基期的高手了。”

启南风投来怨念的眼神。

其实俞幼悠也不知道原因，究其根本好像跟修为无关，在几天前的血脉反噬结束后，她身体的爆发力和行动速度突然增强了许多。

先前俞幼悠都是因为走得太慢被狂浪生扛着走的，但是这两天赶路她都跑在最前面。她把这变化归到了幽蓝花根的强劲药效上，可惜一丛幽蓝花就一条根，不然她下个月还能再生猛一次。

又砸了两只异鼠后，便没有异鼠再冲入防护线内了。

“它们好像惧怕阳光，太阳出来以后就开始往后退了。”苏意致踮起脚观察目前的战况，发现随着阳光的出现，原本像潮水一般的异鼠似乎开始往后面的密林丛中逃去。

这片空地附近没有巨木生长，所以阳光得以直直洒落下来，将异鼠们都驱散了，留在众人眼前的是快要堆成山的异鼠尸体，它们给整片空地围出了一圈恶心的矮墙，众修看得几欲作呕。

原本充斥满耳的吱吱声消失得无影无踪，只剩下众人剧烈的喘息声和身后那只大黑老虎的低低咆哮。

“都退了？”俞幼悠问道。

张师姐忍着疲乏御剑飞上空去巡视了一圈，回来后给予肯定的答案：“对，方圆数里内寻不到异兽的踪影了。”

听到这个回答后，强撑了一整夜的东境众修立刻瘫倒了一大片。盾修们手一松，将沉重的巨盾放下，一屁股坐在地上，更有不少人直接摊平躺在了地上。

他们太累了。这次战斗一直从头天入夜坚持到了第二天的上午，其间为了维持防线连歇气都不敢，许多人退下来吃两粒疗伤的丹药后，便又咬着牙冲回去填补空位。

就连三个丹修也都累得浑身酸痛，灵力枯竭。俞幼悠懒懒地往后一倒，恰好倒在黑虎柔软的肚子上。

黑虎发出不耐烦的呜呜声，它昨夜跟异鼠打架也是耗费了大量精力，还没得到一粒回灵丹吃，这会儿累得趴地不起，只能甩着尾巴表示不爽。

俞幼悠才不管它爽不爽，她躺着舒服就完事了。踏雪的毛虽然柔软，却格外光滑，就像是一匹上好的黑色绸缎，再加上这一身的肥膘，靠着简直绝了。

踏雪身上被异鼠咬伤了，俞幼悠炼了团异鼠血送去，结果这老虎警惕地盯着她不愿意吃。

俞幼悠扯着它的胡子威胁："这顿毒药里有上顿的解药，你吃不吃？"

老虎愤怒地咧开牙，俞幼悠把异鼠血送进去，重新躺回了黑虎的肚子上。这货现在气急败坏，肚子一直在愤怒地上下起伏，俞幼悠靠着觉得更舒服了。

不过现在她不敢歇，虽然现在附近没有异兽，但是这会儿要是哪只金丹期异兽出来觅食逛过来了，这群人得全被送回老家去。

昨夜的战斗太惨烈，原本预计用五天的丹药一夜就用完了，唯一庆幸的是内围的灵药数量比外围多得多，他们芥子囊中还放了许多备用的药材。

苏意致喘着气，他跟启南风昨夜没空歇着。修士们一直被异鼠咬伤，他们得不停地炼化异鼠血喂给伤员，这会儿早就背靠背躺一起了："不行，我们的灵力都没了，得歇会儿恢复灵力再起来炼。"

俞幼悠根本不敢耽搁，她在芥子囊中摸了半天，最后摸出个空药匣。

"这是先前装虚灵丹的吗？"启南风看了一眼，发现里面空无一物，"都没了，该留点儿的。"

"先前炼的是一坨，所以药匣边上还有点儿渣子。"俞幼悠盯了会儿，往药匣里掺了点水摇晃，然后在众人羡慕的眼神中把水喝了。

不愧是四品灵丹，剩下的这点儿渣子泡水喝都有用，俞幼悠瞬间觉得自己的灵力恢复了一小半。她打起精神开始拿丹炉炼丹药了，因为嫌弃自己的丹炉砸过异鼠还没洗，所以她特意用苏意致的那个。

先炼了回灵丹给两个同伴吃下，之后恢复灵力的三人开始一起给地上的这群伤员疗伤。这次的异鼠数量太多，防不胜防，飞在天上的剑修们大多是灵力枯竭，再或者是退下休息的时候被异鼠咬伤，只需要慢慢恢复灵力就可以了。

顶在最前方当人墙的盾修们状况就凄惨得多，几乎没有一个人能全身而退。他们个个身上都是深可见骨的伤口和血痕，有不少人的小腿肉都被饿疯了的异鼠撕咬着啃了，坚持最久的狂浪生身上更是没有一块好肉。虽说盾修是体修，但是伤成这样，一时间也无法靠着灵力自行恢复了。

“你忍忍，我得把你的伤口清理干净，再上药包扎好。”俞幼悠从芥子囊中摸出捡到的银针，细细地给狂浪生清理伤口。

狂浪生躺在地上，精神头儿倒好：“俞师妹，你给我吃的什么丹药？我怎么一下子就不觉得疼了呢？”他跃跃欲试，看样子是看上这个丹药了。

“刚炼的止痛丹，不过药材就只够一炉的，所以这次吃了就没了。”俞幼悠看穿了他的想法，飞快将其掐灭在萌芽状态。

狂浪生不觉得痛后，话也开始变多：“寻常的止痛丹我吃过，不过感觉药效都不太好，我倒是曾在桐花郡的黑……某个地方听说过你们那儿有位秃大师的止痛丹药效极佳。可惜卖得太贵，所以一直没舍得买，也不知道跟你的比起来如何。”

秃大师本秃装作没听到。

异兽浑身都是毒，被它们抓伤咬伤后都会染上那诡异的毒。狂浪生伤得太重，所以被迫喝了许多炼化后的异鼠血。

他有点儿不乐意：“虽然打了一晚上我的确是饿了，但是我也不想喝这玩意儿填肚子啊。”

这话一出，大家的肚子也都跟着咕咕叫起来，其中还要数大老虎的肚子叫得最响。

俞幼悠随手拍了拍黑虎的大肚子，发现它真的瘪下去一些了，于是指着边上那些碍眼的异鼠：“大猫，你吃老鼠不？去吃。”

踏雪恼怒地照着俞幼悠的手一口咬过去，后者连忙缩手。大猫贼狠，要不是她现在反应变快，估计就要见血了。

苏意致听了很无语：“御兽宗的灵兽都是喂鲜肉和各种灵禽灵植的，要不就是特意为它们炼制的灵兽粮，比我们吃得还好，它才不会吃那些异兽的腐肉呢。”

毫无养殖灵兽经验的俞幼悠陷入沉思：“我没养过灵虎，我只养过狗。”

花婶家的狗蛋啥都吃，抓到老鼠给它，它还吃得贼香呢。看样子，果然狗才是人类最好的朋友，老虎什么的太娇贵了。

见到踏雪宁愿肚子响声如雷也不肯吃异鼠，俞幼悠只能现炼了一炉辟谷丹分给众人，还特意多炼制了一粒分给大老虎。

可惜此虎甚是挑剔，胡子嘲讽地颤了颤，趴在前爪上的大脑袋傲慢地偏到了一边。

俞幼悠冷哼一声，开始阴阳怪气道：“再不吃就没了啊，你饿死以后就要被异鼠给啃了，你的主人就会换一只新的灵兽，它天天吃你的兽粮、住你的兽窝……”

她还没挑拨离间完，那边的大脑袋猛地转过来，飞快地叼走她手中那坨加大版的辟谷丹。

东境众修都很新奇：“嘿，老虎也吃辟谷丹了！”

“哈哈，你们看它干呕了两声，是不是快吐了？肯定是第一次吃辟谷丹吧？”

“看它的反应，辟谷丹兴许还没兽粮好吃？”

人与灵兽的悲喜并不相通，前一刻众修士还在嘲笑灵虎，此话一出就陷入了悲伤之中。

吃饱恢复力气后，黑虎便片刻不停留，飞快地蹿入丛林里了。俞幼悠也懒得管它，她这会儿正同张浣月等人焚烧异兽的尸体。

这是俞幼悠从末世带来的习惯，末世的丧尸死了以后还会爬起来，只有烧成灰了才会彻底死亡，所以她现在杀了异兽都会把它们炼成灰，也能顺便练习下对灵力的操控能力。同行的东境队友们见怪不怪，而且也都养成了这个好习惯。

全身都被包扎了的狂浪生走过来：“昨晚我们杀了多少只筑基期的异鼠？不数数吗？”

“外面有人一直盯着我们的画面，计算我们猎杀异兽的数量，我们自己就别数了吧。”俞幼悠皱着眉，很嫌弃地看着这一大堆异鼠尸体，“而且这玩意儿这么恶心，你要一只只拎出来数？”

狂浪生马上投降：“那还是算了。”

“说起来，今年我们猎杀的异兽数量很多，想来积分榜上应该不是垫底了。”苏意致在心中暗暗地推算了一番，“而且西境不打算进入万古之森内围，就算先前斩杀了很多异兽，在接下来的十天里也不可能追上我们的。”

“猎杀一只炼气期异兽积一分，筑基期异兽积十分，金丹期异兽则是每只五百积分。”

狂浪生高高兴兴地打断他的话：“所以我们今年保住第三名了！”

启南风亦是沾沾自喜：“我先前翻过四境大会的记录，这一百年内共举行了二十四次，其中我们东境垫底二十次，其余几次都是第三名。我们已经超越了绝大多数前辈，成了百年内数一数二的东境天骄了！”

“这样一想，我突然觉得自己很了不起，我决定出去后就找我师父讨赏了。”

俞幼悠没想到大家的梦想都这么简单，她就不一样了：“不行，我还是想拿第一名，我在赌桌上押了好几万枚灵石东境会拿头名。”面子拿来无用，但灵石是真实存在的。

剑修赵师兄也突然想起另一桩事，他看向了边上的俞长安：“跟俞师妹的那几万赌注比起来，更值钱的是不灭剑神拿出来的那份额外奖励吧？那可是伪仙器。”

每次四境大会都有化神期大能拿出一样顶级法宝出来，赠予表现最佳的那名年轻修士当作额外奖励。俞不灭不出手则已，一出手就是大手笔，别人最多拿顶级法宝，他直接拿了一对伪仙器出来，这东西在大宗门中都是能作为镇宗之宝传承的。

经过这些时日的相处，俞长安跟东境其他修士的关系也亲近了不少，他们纷纷投来了担忧的眼神。

很明显，俞不灭拿出伪仙器就是想要自己的儿女再赢回去的，结果俞念柔直接没来，东境也完全没有冲第一的把握，到时候俞长安空手回家怕是不好向他爹交代。

“要是今年又让北境拿了第一名……那肯定就是苏飞白拿到不灭剑神的那对伪仙器了，咱们东境的脸就又被北境按在地上摩擦了。”

大家都看向了俞长安，后者抿着唇，神情有点儿落寞，显然也想到了这件事。

启南风纳闷：“悬壶派都是医修，也没人用剑，他们拿来也没用啊。反正你这么有钱，直接买回来不就好了嘛。”

如此豪阔的富二代发言，苏意致听得无语：“要是小鱼拿到剑了肯定马上卖，苏飞白要是拿到了那对剑肯定不会卖的，苏家嫡系的财力远超你的想象。”

俞幼悠突然抬头，眼神不经意地落到了俞长安身上：“我要是拿到了也不卖。”

俞长安微怔。

她语气轻松，用懒散的口吻说：“我也想练剑。”

启南风和苏意致听到这句话就笑翻了：“跟马长老一样炼剑赔钱吗，哈哈哈哈！”

原本还表情紧张的俞长安也跟着抿唇一笑。

俞幼悠看了眼众人，随手拎起自己的丹炉起身：“走了，该继续去战斗了，真想被北境打脸啊？”

后面的人纳闷：“一开始不是商量好了不垫底就行吗？”

“不行，我押的那几万枚灵石不能输出去。”

狂浪生在后面碰了碰俞长安，低声嘀咕：“她是不是听到伪仙器那么值钱，所以打算赢回来卖给你啊，你要不提前先打个欠条？”

俞长安怔了怔，要放在以前他肯定也会这样想，但是见过月夜下俞幼悠挥出的那一剑后，他有点儿不确定了。她像是很有练剑的天赋，万一真的突发奇想去兼修剑术呢？毕竟她是连丹炉都能拿来当武器的人。

万古之森外。

“四境大会已经进行了大半，目前只剩下最后十天时间，四境弟子们斩杀异兽的数量也逐渐拉开差距了。”声音最大的那个解说员大声地同后面的修士们介绍着赛况。

“虽然这次四境大会是在西境进行，遗憾的是，今年的西境运道和表现皆算不上好。虽然他们一开始就找到了最好的资源地并快速驻扎好了营地，但是从碰上南境的那天开始，他们就接连痛失灵药谷医修，到如今没有了医修做后援，他们甚至不敢踏入万古之森内围，目前积分仅有三百二十分，排在了最末！”

边上的另一个解说员拿了个扩音法宝，强行压过隔壁的声音——

“南境的境遇也好不到哪儿去，不过二十名御兽宗弟子加上二十只筑基期的灵兽，本来就比其他三境多了天然的优势，再加上回春门的针雨攻击范围极大，对上异兽的时候很占优势。虽然他们在刚进入万古之森时耽误了两天时间，后面又损失了数名弟子，但是刚才在斩杀了那只金丹期的异熊后，已经积累了一千二百分！”

“在失去了踏雪这一最大战力后，御雅逸的指挥好像变得越发凶狠激进了。”

“是的，刚才他甚至亲自下场拳打异熊了，虽然没有打中。”

御兽门的长老愁眉不展，他当然知道踏雪没死，甚至跑到人家东境队伍里去蹭辟谷丹了，但是御雅逸不知道啊。

画面上的那少年眉眼间笼着肉眼可见的阴郁，以往素来先仔细考虑得失的冷静作风变得格外冷厉，现在的南境靠着灵兽的助力奔袭在万古之森内围，斩杀异兽的速度快得惊人。

南境是一直在计算着积分的，有弟子汇报：“少宗主，现在我们已经斩获一千二百分了。”

这个分数绝对不算低，往年的四境大会中能得到一千分以上就有机会争夺头名了，更何况现在还剩下十天时间。

御雅逸拍了拍高级法衣上沾染的异熊污血，面色冷凝不见喜色。他每每想起踏雪落水的那一幕便心口绞痛，好几次差点儿忍不住要回头去寻找自己的灵兽，但是身上肩负的责任时刻提醒他不能被情绪主导。

“还有十天，我们要尽量获得三千分。”御雅逸在脑中计算一番后，沉声道出目标。

“三千分……”御兽宗弟子吓了一跳，他提醒道，“可是上一届的师兄他们带了攻击符篆，又运气极好地碰到了异兽潮，也不过才拿到两千五百分，两千分应该足够拿下头名了吧？”

“不够。”御雅逸声音极冷淡，“上一届的北境忙着花时间对付东境抢那株灵药去了，最后的那几天都没有猎杀多少异兽，最终都拿了两千三百分，若师兄他们未曾使用符篆，定不是他们的对手。今年的苏飞白并不比他大哥差，据说他在炼毒的天赋上还要略胜一筹，所以今年他们肯定不止那点儿分数，更何况我们现在要一边斩杀异兽，一边寻找北境的踪迹，尽量把他们全部送出局！”

这时，有一个弟子迟疑着开口："西境的医修都出局了，的确不用再担心，但是东境就不用管了吗？他们今年运道极好，找到了雷爆刺球那般恐怖的宝贝。"

御雅逸的气息猛地一乱，他回头，咬牙切齿地提醒："不要再给我提那四个字！"

幽僻的丛林之中笼着一股若有似无的深色雾气，将阳光遮挡在外，本该是翠绿的草木也变得灰蒙蒙的，古木倒好，有些小树和草木已经开始枯萎了。

行走在其间的修士们脸色也略显灰败，直到最前方那个绿袍修士将一把解毒丹分给众人服用后，他们的状态才逐渐变好。

苏飞白狭长的眼睛微微眯着，他看着前方那个传出可怕巨吼的灌木丛，说了句"还不够"，又抬手拍了拍掌。

他身后其他四个悬壶派弟子顿时了然，将丹炉搬到了苏飞白的正前方，从芥子囊中取出一堆东西，有各种灵药，更多的是各种异兽的尸体。

苏飞白从中取了几样丢进丹炉，开始炼制毒丹。丹成后，那四个弟子又将丹药掷向前方的灌木丛中。

随着毒雾扩散，那可怕的咆哮声逐渐变得微弱。

苏飞白微颔首："可以了。"

早就酝酿了许久的万法门法修们齐齐施放术法，伴随着那只金丹期异兽的嘶吼，那一整片灌木丛都化作了灰烬，入目只剩下一大片焦黑。

苏飞白勾了勾唇角，亲自走上前去，开始采集这只异兽的毒齿。

其实一开始悬壶派也是单纯的医修宗门，但是后来某个弟子发现拿异兽的尸体可以炼制出各种可怕的毒药后，悬壶派便越来越倾向于炼制各种毒丹了。

每个宗门都有自己的优势，丹鼎宗收集记录了各种灵药的救人用法，而悬壶派则拥有各种异兽的绝密资料。

苏家子弟都知道该如何用异兽来炼制毒丹，如此以毒攻毒，在万古之森里堪称无敌。当然，像苏意致那种连旁支都算不上的苏家人，是不配知晓这个秘法的。

将这只异兽的毒齿取下后，苏飞白冷不丁地问了句："现在我们多少积分了？"

"两千一百分了，照这样的速度下去，我们应该能在结束前拿下三千分。"

苏飞白磨了一下后槽牙，盯着自己身边的这个顶级丹炉，微眯了眼。

虽然在分数上能够超过苏留白，但是他今年可没那么好的运气抢到第二株五品灵药，偏偏还在四境大会前弄丢了双生炉……要是不能干净利落地拿下头名，那家中的资源毫无疑问会完全倾向大哥，自己将失去竞争家主的资格。

北境的对手只有南境而已，西境素来争不过，至于东境……要不是三年前走了狗屎运，寻到了那株五品灵药，北境压根儿懒得正眼瞧他们。毕竟是被天道制裁了一百年的倒霉鬼。

更别提今年东境的修士们修为都不高，最多也就不灭剑神的儿子和徒弟有点儿看头，至于那三个医修嘛……呵，炼气期就敢来参加四境大会，怕是已经被异兽吓哭找娘了吧？

苏飞白看了眼异兽的尸体，干脆地下令："继续出发，寻找下一只金丹期异兽。"

北境众法修的术法威力极强，但是施放前需要以灵力酝酿一段时间，而施放后灵力基本也空了一半，加之他们身体比医修还要孱弱，所以这会儿面色都略显苍白，想要原地休息片刻。

然而苏飞白只是语气冰冷地提醒："三年前我们已经输给南境一次了，难道今年还想给北境丢脸吗？"

法修们被堵得说不出话，偏偏悬壶派比万法门势大，尽管万法门在场人数远超悬壶派，这会儿也不得不听令行事。

苏飞白不再理会法修们，他从芥子囊中摸出数枚毒丹："剩下的收尾工作给你们了。"

另外四个悬壶派的弟子了然地接过了毒丹，他们无比熟练地将其催化成雾气，铺散在整片密林中，又走到这两日他们落脚地边上的山泉边上，将毒丹投入其中。

这样的事情他们这一路以来都在做，无论是草木间还是水源里，都投了毒丹进去。这些毒丹只能让异兽昏睡虚弱，但是对于没有解药的灵兽和修士来说是致命的。而且在万古之森里，各类古怪的异兽众多，他们可能连中毒了都不知道，只以为是被异兽伤了。

“虽然毒丹只会残留三五日，但是南境那群家伙一向爱跟在咱们后面，稍不注意就会中毒。”

“苏师兄此举极妙。”

“修士素来警惕，不太可能中毒，只能寄希望于那些灵兽会中毒了……”

然而真相往往是那么残酷，中毒的不是南境的灵兽，而是狂浪生。

这日，俞幼悠三人走在最后面，前方忽然传来一阵骚动，之后她就看到正前方的狂浪生一头栽倒在地。

“大师兄，你怎么了？！”

众修顿时进入警戒状态，盾修们以为是异兽偷袭，马上集结成队，而剑修们也拔出了剑，飞上天开始观察周围。

俞幼悠飞快跑上前去查看，就看到狂浪生浑身变得青紫，呼吸也变得微弱。

启南风上前趴地观察：“又被异蚁咬了吗？”

俞幼悠看了看，发现狂浪生手中有一枚红色的果子，看着分外诱人。

她接过果子观察片刻，脸色顿时变得不好看：“你吃了这个？”果子上面有毒。

狂浪生气息微弱：“没，我摘了想喂给大猫……它闻了闻没吃，还凶我。我觉得可能有毒，也就没吃。”

俞幼悠抬头一看，果然在树后面发现了半个探出来暗中观察的老虎脑袋。

狂浪生难得的谨慎让俞幼悠很欣慰：“嗯，的确有毒。”

果子被她远远丢开，滚落到了踏雪的脚边。老虎伸出前爪扒拉着这东西踢了两脚，却完全没有要吃的意思，它远比寻常灵兽聪慧，估计是意识到了这玩意儿不能吃。不过也有可能是它仍防备着东境众人，在怀疑狂浪生给它投毒。

狂浪生的脸色越来越惨淡，也不知道究竟是毒发了还是心情郁闷：“可是我这不是没吃吗？”

因为你运气不好。俞幼悠半蹲在地上，仔细检查着狂浪生露在外面的手脚，最后目光定在了他先前被异鼠咬伤的脚上面，青紫色在伤口附近蔓延得最快。

她拿银针在狂浪生的伤口上刮过，之后低头观察着狂浪生脚边那株枯萎的草：“你脚上有伤，碰到了草上沾着的毒药，所以中毒了。”

启南风一愣：“这只是普通的草，怎么还会有毒？”

“是悬壶派，他们应该就在我们前面不远处了。”

盾修在修炼的过程中就吃惯了苦头，虽然这次进来他们都穿上了具有防护功能的防御法衣，但是偶尔露出来的那些皮肤上，总是遍布着大大小小的伤口。

狂浪生从来没喊过痛，就连被异鼠啃掉了肉都没多嚷嚷，今天他却忍不住了。他低低地骂了声脏话，灰败的脸上滚落无数汗珠，那条被毒侵入的伤腿很快变得僵硬，皮肤也随之变成了青紫色。

俞幼悠早在发现他中毒的源头时便开始行动了，她随手撕下一段布条，绑在狂浪生大腿处，防止毒素蔓延，但是很明显，修真界的毒药药效猛烈，不过数息时间，狂浪生的手都跟着变色了。

“的确是从脚上的伤口开始蔓延的。”苏意致表情凝重地观察着狂浪生的脚踝，马上提醒众人，“这附近的草叶上都沾染了毒药，有伤势的记得用灵力阻隔，不要碰到了。”

俞幼悠嗅到了熟悉的腥臭味儿，她掰过狂浪生的腿一看，暗暗咬牙：“他脚踝附近的肉开始腐败了。”而且腐肉的范围还在以肉眼可见的速度扩大，悬壶派的毒药太毒了！

想要解毒，就必须先知道这是什么样的毒。俞幼悠直接从狂浪生的伤口上取下一小块腐肉，后者疼得早失去了知觉，陷入了半昏迷状态。

“这种毒药无色无味，会从皮肤上慢慢侵入血肉之中，让血肉快速腐烂。我看这个症状与异兽毒很是相似，恐怕是拿某种异兽的毒素提炼出来的，但是远比单纯的异兽毒来得厉害，这里面还掺杂了数种毒物。”

启南风眼看着狂浪生的气息越来越微弱，腿上的伤势也逐渐加剧，不由得慌了，他拉住苏意致：“你知道你二堂兄下的是什么毒吗？”

苏意致神情黯淡：“我连悬壶派的炼丹房都没能进去过，怎么可能知道。”

三个丹修的表情都不太好看。

丹鼎宗弟子在修习方面很是自由，虽然主要以丹药为主，但若是有弟子对治疗外伤感兴趣乃至于想从事兽医行业，都能够找到合适的长老选修这门课程，其中不乏擅长制毒和解毒的长老。

但他们三个都是误打误撞来凑数的新人，为了来参加四境大会，恶补的知识都是各类增益的灵药材大全和最常见的增益丹药的丹方，各种有毒的药材只在玉珏上见过，至于灵毒丹更是从未接触过。

场外。

狂长老早在狂浪生倒下的那一刻就召出巨盾站起来了，他大跨步走到悬壶派长老的面前，拿巨盾抵在对方的头顶，俨然一副准备狠砸下去的模样。

悬壶派长老只是个瘦削的医修，这会儿被盾牌吓得顿时胆寒，下意识地往后缩。

然而狂长老另一只手已经死死地捏住了他的手腕：“解药拿出来！”

“没有解药。”悬壶派长老艰难地咽了咽唾液，“毒丹都是用万古之森中的材料就地炼制的，想要解药也得用里面的东西炼制才行。你知道的，除非特别珍稀的灵药，其他的我们都不会耗费大力气将它们带出来。”

想要携带万古之森的药材出来，除非是元婴期以上的大能出手，用灵力将其包裹着，否则任它多贵重的灵药，都会迅速流失灵力，枯竭成灰。

“老子管你呢？”狂长老揪住对方的手用力地拧着，咬牙切齿，“你现在就滚进去找解药！”

悬壶派的长老知道狂长老不敢对自己动手，毕竟顶上还有苏真人在盯着呢，他也胆大了一些：“不可能！且不说四境大会禁止我们插手，就说他们现在的位置一时半会儿也没人能找到，等我赶进去，狂浪生早就毒发身亡了。”

“意思是老子的儿子中了你们的毒后，连传送出来求救的机会都没有？”狂长老的声音里透着压抑不住的愤怒，“四境大会只是杀异兽，你们却毒杀同族，岂有此理！”

“四境大会并未说不能用毒，东境鲁莽中招是你们自己的问题！而且大家都看得到，这些年来斩杀异兽最多的便是我们北境，若不是万古之森太大，无法将毒丹投满，这为祸苍生的异兽早就被我们北境清剿一空了！”

北境长老虽被挟制着，但是脸上的傲色很明显：“我北境为守护四境出力最多，你们凭什么置喙？”

他说的是实话，正因为北境靠着毒丹剿灭大量异兽，才被默许继续用这样的手段。只不过这种手段也很容易打擦边球，用来对付其他三境修士。

四境安宁了太久，以至于分化得厉害。四大境之间、门派与门派之间，明面上都维持着客气，私下为了资源和威望，竞争得堪称惨烈。

四境大会是整个修真界最大的盛会，也是展示其宗门实力的机会。正因为北境展现出了这么强的实力，才吸引了众多有天赋的弟子拜入其门下，实力随之水涨船高。

与之相对的，东境年年垫底，除了云华剑派因为俞不灭的存在而声名远扬，其他两大宗门在这百年间越发倾颓，丹鼎宗甚至很少出现“修二代”了。

为了宗门利益，北境不可能放弃使用他们的毒丹。

狂长老才不管其中的弯弯绕绕，他冷声道：“狂浪生要是死了，你们宗门的苏飞白出来的时候给老子当心点儿！”语罢，他手中的巨盾哐当落在地上，砸出一个大坑。

云顶上的苏真人皱起眉头，威胁那个长老可以，但是居然威胁到了苏家嫡系的头上？他抬手朝着狂长老压去，作势要将后者打飞出去。

然而就在这时，另一道更加霸道的灵力袭来，让苏真人的这一击落空不说，甚至让云端上的他也不由得后退了几步。

边上一直沉默的无尘佛子跟顾真人抬起头，微错愕：百里空山居然还没走呢？

苏真人的脸色苍白如纸，百里空山那一击没留情，隐约间竟让他受了内伤，以至于连强撑着同对方理论的余力都没有了。他跟另外两人一样，都以为那个疯子已经离去了，这也是底下的悬壶派长老敢大声嚷嚷的原因。

谁料百里空山这次这般有耐心，还在某个角落阴暗地盯着。也是，疯子的想法无人能理解。

不知为何，明明先前从未有过交集，苏真人却觉得百里空山似乎很是厌恶悬壶派。

场内的气氛远比外面沉重。

孙师兄匆忙地翻找着狂浪生的传送符，想要将狂浪生送出去疗伤。

苏意致虽然不知晓悬壶派毒丹的配方，但是对他们一贯的行事风格很清楚："不行，他们都是就地取材炼制毒丹，并没有提前准备解药，狂浪生离开万古之森恐怕就是死路一条。"

"可是大师兄的腿现在都快烂完了，再拖下去他的命都要没了！"盾修们都静不下心思来维持防御阵形了。

俞幼悠的语速极快："这药碰到就会侵入体内，所以北境的人肯定会炼制解药先服用。苏老二说悬壶派的人都是就地取材炼制毒丹，也就是说，解药应该就生长在万古之森，极有可能就在这附近。"

她始终低着头，手上的银针不知何时已经换成了一把尖利的小刀，下一刻，她眼睛也不眨，将狂浪生伤口边缘的那些腐肉清理掉。之后释放出灵力，自这片狰狞的腐败血肉中探入，在察觉到那一丝黑气后，精巧地操纵着灵力阻止了它的蔓延，狂浪生血肉腐败的速度立刻放缓。

"有用！"苏意致一直都在观察俞幼悠的动作，这会儿也是第一个察觉出来。

"并不能坚持太久，灵力一旦松懈毒素就会再次蔓延，而且先前侵入的那些毒素已经进入经脉了，我无法将其拔除。"俞幼悠将手覆在狂浪生的伤腿上，快速地指挥，"将附近所有的灵植……不管有毒与否都先采集一部分过来，另外把看到的异兽尸体也都带回来。"她的灵力还能坚持三个时辰，这也是最后的希望。

狂浪生早就失去意识昏厥过去了，众修士分散奔往各个方向寻找灵植，虽然他们不认识灵药，但灵植跟普通的树木还是能分辨出来的，至于异兽的尸体就更是常见了。

北境所到之处，异兽尸体漫山遍野，隔几片草丛就能够捡到中毒身亡的筑基期异兽尸体。

俞幼悠面前很快便堆出了两座小山，一堆是各种灵植样本，另一堆是异兽尸体。她正打算动手的时候，对面的荆棘丛忽然传来窸窣的响声，下一刻，一道巨大的黑色身影猛地跃出来，已经被弄得灰扑扑的白爪子稳稳落地。

踏雪竟然叼着一具比它还大些的金丹期异虎尸体过来了，这只异虎被打烂了半个脑袋，腐烂的程度也更严重，看样子像是北境最开始集火[①]的目标。黑虎将异虎尸体丢下后，又像是极嫌弃那股腥臭味儿，跟人似的往边上吐了好几口唾沫，之后头也不回地又躲远了。

俞幼悠顾不上夸踏雪了，她看向了苏意致和启南风。这次还没等她开口，另外那两人已经了然地点头了："马上。"

苏意致蹲在地上开始翻找异兽的尸体，寻找那些异兽曾被采集了毒牙或者毒囊之类的痕迹。启南风则飞快地看着那些灵植，从中挑出有毒的植物分到边上。

约莫半个时辰后，两人飞快地说明结果："一共有三十二种有毒的灵植，有七具异兽尸体上有被二次动过的痕迹。"

这个数字不算小，能排列出的毒物组合很多，但是有了范围后就不再是漫无目的了。俞幼悠一手压制着狂浪生体内的毒素，另一只手则用灵力覆上了旁边那丛枯叶。她要用灵力将这毒素抽丝剥茧，对照着眼前这些毒物，慢慢逆推出它最初的构成元素。

在末世的时候各个基地之间为了争夺生存资源，时常会有人使用生化武器。俞幼悠为了救人和自保，被迫学习了很多相关的知识。虽然跟修真界的这种毒并非一种，但破解的思路是一致的。

边上众人等得心急如焚，好在俞幼悠这次也没让他们失望。

她起身，拎起脚下一具异兽的尸体逼出一团鲜血，炼化后丢到丹炉里，又看似随意地从灵植堆中选出了四种灵药放入其中，开始炼制解药。

约莫半炷香后，她从丹炉中取出一坨药材，抠下一小块塞进狂浪生的嘴里。俞幼悠这仿佛没经过思考的动作让苏意致有点儿呆滞。

他提醒："你还没有试一下药就喂给他？"

"炼药的东西都没有毒，解药也没毒。"俞幼悠不看狂浪生了，转身把这一大坨药挨个儿分发下去让其他人吃。

"可是你就这么随意地对待苏飞白的毒丹？"

① 集火，集中火力攻击。

“有什么了不起的，只不过一个筑基期医修随手炼的毒丹而已。”俞幼悠的语气淡定，她看了眼苏意致，好奇地问，“很厉害吗？”

苏意致哑口无言：乍听好像没什么，但你是不是忘记自己也是个筑基期的医修而已啊！这种好像元婴期长老说出来的狠话，换你来说不太合适吧？

然而下一刻，他就知道俞幼悠没有吹牛了。因为躺着的狂浪生虚弱地睁开眼睛，逐渐苏醒过来了。其余众修见状，飞快地把俞幼悠分发下来的解药送进了嘴里。

场外。

灵药谷的长老已经站了起来，眼神热切地看着画面中的俞幼悠，转头询问牛长老：“这么小的年纪就能自配解药，此等天资卓绝，不知这是哪家的孩子？”

除了丹鼎宗乐意接收各路出身平凡的弟子外，其他医修宗门一般都是师徒传承或者是世家沿袭，收的徒弟也都是各个医修世家的“修二代”。

修行久了，久居高位的修道之人大多数都觉得自己跟凡人是两个世界的人了，提及凡人时总带着一股与生俱来的优越和轻慢。况且“修二代”们几乎人人都有天赋，而凡人当中，一万个人里也不一定能出一个有修行天赋的，更别提天赋高超的了。

对于最讲求天赋的医修更是如此。普通的凡人能在这么短时间内记下灵药属性就顶天了，没有从小的熏陶，想要自行配制药方完全是天方夜谭。当初启南风在外门考核时炼制了一粒废丹，却靠着“自创丹方”得了个天才的评价，就是这个原因。

“这孩子配制解药时甚至没有多犹豫，估计是从小耳濡目染，对此烂熟于心了。”回春门长老赞叹着抚摸着胡子，思忖片刻后笑道，“我听闻不灭剑神生了一对儿女，这孩子叫俞幼悠是吧，姓俞…… 莫不就是那个女孩儿？”

提及俞不灭，众修都很是羡慕：“真是得天道眷顾，儿子剑术高超，女儿更有丹道天赋……”

“不是，诸位道友想岔了，虽然修真界俞姓的少，但是在凡界这不过是寻常姓氏罢了。”牛长老笑眯眯地打断众人的猜测。

回春门长老以为自己听错了：“她是凡人出身？”

牛长老颔首：“是啊，她自幼父母双亡，一年多以前不过是桐花郡里一个吃百家饭长大的孤儿罢了。”

听到这话，众医修宗门看向俞幼悠的眼神都变得炽热起来。

回春门的长老微侧过头，和自己的同门低声商量：“若真的只是孤儿，又才入丹鼎宗一年多……待四境大会后，带上几件高级法宝去找这小姑娘，问她有没有意愿来我回春门游玩个三五十年。”当然，三五十年后俞幼悠到底是丹鼎宗弟子还是回春门弟子，那就说不准了。

边上的灵药谷长老轻咳一声，提醒道：“你们回春门在海岛上，风吹日晒的，还时常有海啸，不适合小姑娘久住。不如来我们灵药谷玩，我们那儿可拥有整个西境最好的绿洲，而且本门最缺女医修，来了就是最受宠的小师妹。”

这话说得好笑，就连悬壶派的长老都听不下去了，他冷嘲道：“你们灵药谷不是只收木系的弟子？那丫头可是火系的！”他们悬壶派倒是很钟爱火系弟子，当然，这句话他没说出口。

牛长老和马长老听了一会儿才回过味儿来了，敢情这些人是想挖他们墙脚啊？太新奇了，以往都是他们羡慕别宗有天骄，这回终于轮到他们了。

马长老咳了一声：“其实我们丹鼎宗比她厉害的还有百八十个……”

没有人理他，现在那三个宗门的争执已经让牛、马两位长老无法插话了，因为那几人已经从意图挖墙脚发展到疯狂攀比了。

悬壶派长老傲然一笑：“我们悬壶派百年内拿了十二次四境大会头名。”

灵药谷长老睥睨众人：“我们灵药谷能种植高级灵药！”

回春门长老气定神闲：“我们回春门弟子人手全套高级法宝。”

牛、马二位长老对视一眼，马长老挠挠头：“我们丹鼎宗有啥？”

牛长老想了想，试探着说：“我们膳堂的伙食很不错？”

马长老：算了，这种优势就别拿出来说了。